À LA GRÂCE DES HOMMES

Hannah Kent

À LA GRÂCE DES HOMMES

Roman

Traduit de l'anglais (Australie)
par Karine Reignier-Guerre

PRESSES DE LA CITÉ

Titre original : *Burial Rites*

Australian Government

Australia Council for the Arts

Cet ouvrage a été traduit avec le concours du gouvernement australien par le truchement de l'Australia Council, son fonds de soutien aux arts et à la culture.

ISBN 978-2-258-10450-1

Presses de la Cité — un département **place des éditeurs**

place des éditeurs

A mes parents

Note de l'auteur sur les patronymes islandais

En Islande, on attribue aux nouveau-nés le prénom de leur père suivi du suffixe *són* pour les garçons, ou *dóttir* pour les filles. Agnes Magnúsdóttir signifie littéralement « Agnes, fille de Magnús ». Ce système patronymique explique que les membres d'une même lignée ne portent pas tous le même nom de famille.

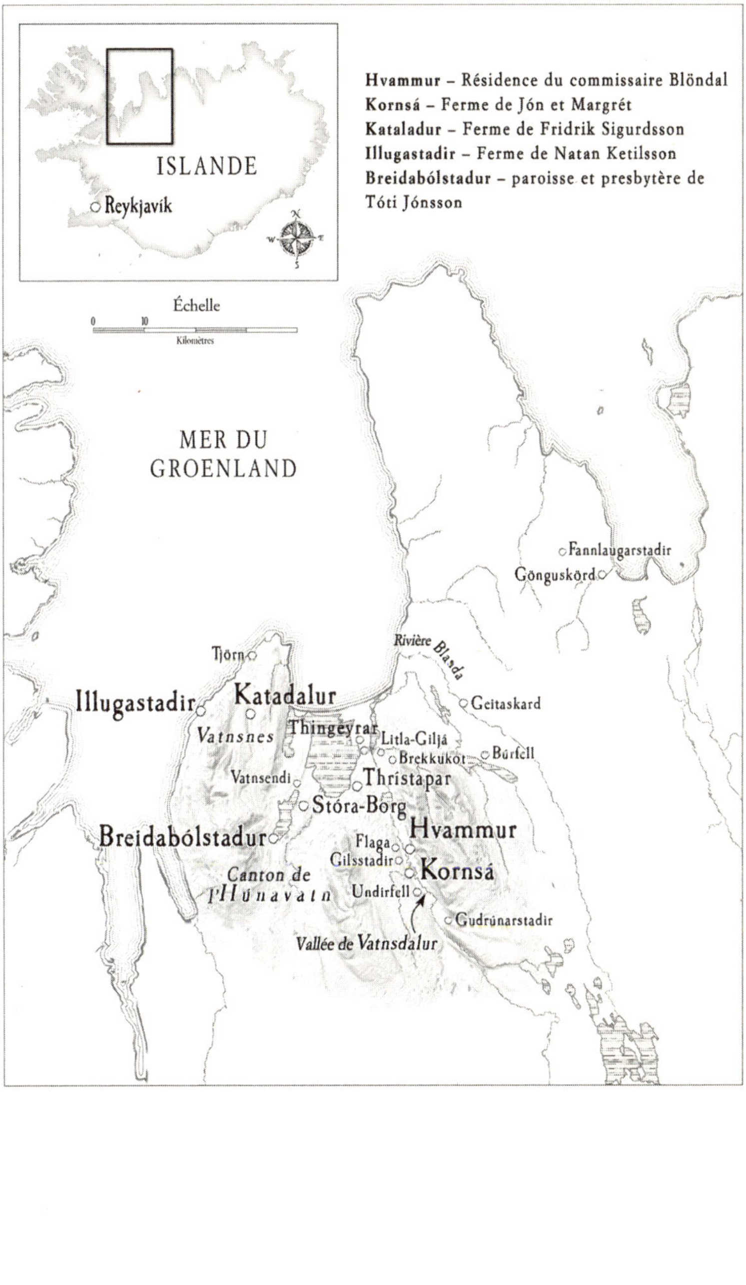
Hvammur – Résidence du commissaire Blöndal
Kornsá – Ferme de Jón et Margrét
Kataladur – Ferme de Fridrik Sigurdsson
Illugastadir – Ferme de Natan Ketilsson
Breidabólstadur – paroisse et presbytère de Tóti Jónsson
ISLANDE
Reykjavík
Échelle
0
10
Kilomètres
MER DU GROENLAND
Fannlaugarstadir
Gönguskörd
Rivière Blanda
Tjörn
Illugastadir
Katadalur
Geitaskard
Vatnsnes
Thingeyrar
Litla-Gilja
Brekkukot
Búrfell
Vatnsendi
Thrístapar
Stóra-Borg
Breidabólstadur
Hvammur
Flaga
Gilsstadir
Kornsá
Canton de l'Húnavatn
Undirfell
Gudrúnarstadir
Vallée de Vatnsdalur

Note de l'auteur sur la prononciation de l'islandais

Afin de faciliter la lecture de cet ouvrage, les consonnes islandaises ð (Đ) et þ (Þ) ont été remplacées respectivement par « d » et « th »., sauf dans les phrases en version originale et dans la Note de l'auteur qui se trouve en fin d'ouvrage.

La prononciation de certaines voyelles dépend de leur accentuation :

á se prononce comme le son ao en français
é se prononce comme le son *ié* en français
í se prononce comme le son *i* en français
ó se prononce comme le son *au* en français suivi d'un léger *ou*
ö se prononce comme le son *eu* en français (fleur)
ú se prononce comme le son *ou* en français
ý se prononce comme le son *i* en français
æ se prononce comme le son *aï* en français (ail)
au se prononce comme le son *euï* en français (œil)
ei se prononce comme le son *eï* en français (pareil)

« J'étais une moins que rien
pour ceux que j'aimais le plus. »

Saga des gens du Val-au-Saumon

Prologue

Ils disent que je dois mourir. Ils disent que j'ai volé à ces hommes leur dernier souffle et qu'ils doivent voler le mien. Comme si nous étions des bougies – je vois palpiter leurs flammes graisseuses dans l'obscurité et le mugissement du vent. Et je crois entendre des pas déchirer le silence. D'horribles pas qui viennent à moi, qui viennent pour éteindre et emporter ma pauvre vie dans un ruban de fumée grise. Je me disperserai dans l'air nocturne. Ils nous éteindront tous, un à un, jusqu'à ce qu'ils ne s'éclairent plus qu'à la lueur de leurs propres bougies. Où serai-je alors ?

Parfois, je crois revoir la ferme brûler dans la nuit. L'étau de l'hiver meurtrit mes poumons. Au loin, le feu se reflète dans la mer. L'eau ondule et semble vaciller sous les flammes. Je me suis retournée cette nuit-là. Un instant seulement, pour voir l'incendie. Quand je passe ma langue sur ma peau, je sens encore le goût du sel. Et l'odeur de roussi.

Il n'a pas toujours fait aussi froid.

J'entends des pas venir à moi.

1

Avis à la population

Les biens du défunt Natan Ketilsson, propriétaire terrien, seront mis aux enchères à Illugastadir le 24 mars 1828. Le lot comprend une vache, plusieurs chevaux, un important troupeau de brebis, une très grande quantité de foin et de meubles, une selle, une bride, beaucoup de vaisselle. Toute proposition décente sera étudiée et le lot sera attribué au plus offrant. En cas de mauvais temps, la vente sera annulée et reportée au jour suivant si les conditions le permettent.

Le commissaire de police du canton
Björn Blöndal

Le 20 mars 1828

Au très révérend Jóhann Tómasson

Mon très révérend,

Je vous remercie de votre courrier du 14 mars, qui m'interrogeait à juste titre sur le déroulement des funérailles de Pétur Jónsson de Geitaskard, dont on présume qu'il a été assassiné puis brûlé dans la nuit du 13 au 14 de ce mois, en même temps que Natan Ketilsson. Comme vous le savez, le fait que sa dépouille soit enterrée en terre chrétienne prêtait à discussion. Suite aux poursuites engagées par la Cour suprême, cet homme avait été condamné pour vol et recel de biens volés. Cependant, nous n'avions pas encore reçu du Danemark les documents ordonnant l'exécution de sa peine. Le 5 février de l'année dernière, le tribunal d'appel l'avait reconnu coupable et condamné à quatre ans de travaux forcés au Rasphus de Copenhague, mais à l'heure de sa mort, Pétur était encore libre de ses mouvements. Par conséquent, et pour répondre à votre question, nous avons enterré sa dépouille en terre chrétienne, près de celle de Natan et à l'issue d'une cérémonie religieuse, puisque Pétur ne répondait pas alors aux critères expressément définis par Sa Majesté le roi dans sa lettre du 30 décembre 1740, qui énumère les individus ne pouvant bénéficier des rites funéraires chrétiens.

Le commissaire de police du canton
Björn Blöndal

Le 30 mai 1829

A l'attention du sous-révérend Thorvardur Jónsson, Breidabólstadur, canton de Vesturhóp

Mon révérend,

J'espère que cette lettre vous trouvera bien portant et prospère dans votre paroisse de Vesturhóp.

Tout d'abord, je tiens à vous adresser mes félicitations sincères, quoique tardives, pour l'obtention de votre diplôme dans le sud de l'Islande. Vous êtes un jeune homme zélé, apprécié de vos paroissiens. J'étais ravi d'apprendre que vous aviez regagné le nord du pays sitôt vos études terminées, afin de débuter votre aumônerie sous le contrôle de votre père. Savoir qu'il existe encore dans nos contrées des hommes de valeur prêts à servir Dieu et ses fidèles m'emplit d'une joie immense.

Je vous écris aussi aujourd'hui en ma qualité de commissaire de police pour vous demander une faveur. Comme vous le savez, un crime terrible a récemment endeuillé la vie de notre communauté. Les meurtres haineux commis l'an dernier à Illugastadir me paraissent emblématiques, par leur violence même, de la dépravation et de l'impiété qui règnent dans ce canton. En tant que chef de la police du Húnavatn, je ne peux tolérer le moindre débordement de la part de nos concitoyens. Aussi ordonnerai-je l'exécution des meurtriers dès que la Cour suprême de Copenhague m'en aura donné l'autorisation. C'est dans cette perspective que je viens requérir votre aide, sous-révérend Thorvardur.

Vous avez certainement gardé en mémoire la circulaire que j'ai adressée aux membres du clergé il y a presque dix mois, les informant du double meurtre et les invitant à le condamner avec la plus extrême vigueur auprès de leurs paroissiens. Permettez-moi cependant de revenir sur ces événements – pour que vous en ayez, cette fois, une connaissance plus approfondie.

Dans la nuit du 13 au 14 mars 1828, trois individus ont perpétré un acte abject à l'encontre de deux hommes qui vous étaient peut-être familiers : Natan Ketilsson et Pétur Jónsson. Les corps calcinés de Pétur et de Natan ont été retrouvés à Illugastadir parmi les décombres de la ferme de Natan, dont les bâtiments avaient brûlé pendant la nuit. Un examen attentif des cadavres a permis d'y déceler des blessures manifestement infligées dans l'intention de tuer. Une enquête a été ouverte, suivie d'un procès pour homicides volontaires. Le 2 juillet 1828, les trois suspects – un homme et deux femmes – ont été reconnus coupables par le tribunal du canton, présidé par moi-même, et condamnés à être décapités. Comme le prescrit l'Ancien Testament, « celui qui frappera mortellement un homme sera puni de mort ». Ces condamnations ont été confirmées par le tribunal d'appel, qui s'est réuni à Reykjavík le 27 octobre dernier. Le dossier se trouve actuellement à la Cour suprême de Copenhague, qui entérinera, selon toute vraisemblance, les attendus de mon jugement. Le condamné se nomme Fridrik Sigurdsson. C'est le fils du fermier de Katadalur. Les deux femmes, nommées Sigrídur Gudmundsdóttir et Agnes Magnúsdóttir, sont filles de ferme.

Ces trois individus sont incarcérés dans le nord du pays, et y resteront jusqu'à leur exécution. Fridrik Sigurdsson est détenu à Thingeyrar, sous le contrôle du révérend Jóhann Tómasson. Sigrídur Gudmundsdóttir vient d'être transférée à Midhóp. Nous avions prévu de laisser Agnes Magnúsdóttir en détention à Stóra-Borg jusqu'à son exécution mais, pour des raisons que je n'ai pas le loisir de développer ici, elle sera transférée le mois prochain à Kornsá, dans la vallée de Vatnsdalur. A la suite d'un désaccord avec son directeur de conscience, elle a mis à profit l'un des derniers droits qui lui restent pour réclamer un autre pasteur. Et c'est vous qu'elle a désigné, sous-révérend Thorvardur.

Ce n'est pas sans hésitation que je vous confie cette mission. Je suis conscient que vos responsabilités se sont jusqu'à présent limitées à l'éducation spirituelle des plus jeunes membres de votre paroisse – tâche d'une valeur indiscutable, mais de faible portée politique. Peut-être vous jugerez-vous trop novice pour conduire cette femme vers notre Seigneur et son Infinie Miséricorde. Dans ce cas, je ne m'opposerai pas à votre refus. C'est une charge que j'hésiterais à confier à des pasteurs chevronnés.

Si toutefois vous acceptiez de préparer Agnes Magnúsdóttir à sa rencontre avec le Seigneur, sachez que vous devrez vous rendre régulièrement à Kornsá si les conditions climatiques le permettent. Là, il vous faudra dispenser la parole de Dieu à la condamnée, lui inspirer du repentir et l'amener à accepter la justice des hommes. Ne laissez pas, je vous prie, l'orgueil ou la sympathie – s'il en naissait entre vous et cette femme – guider vos choix. Quoi qu'il arrive, mon révérend, si vous doutez de votre propre jugement, quêtez le mien.

J'attends votre réponse et vous saurais gré de la confier à mon messager.

Le commissaire de police du canton
Björn Blöndal

Le sous-révérend Thorvardur Jónsson se trouvait dans la petite ferme adjacente à l'église de Breidabólstadur, occupé à réparer les dalles de la cheminée, quand son père, le révérend Jón, apparut sur le seuil.

— Un messager de Hvammur vient d'arriver, annonça-t-il. Il te demande.

— Un… Un messager ? bredouilla Thorvardur. Pour moi ?

La pierre lui échappa des mains. Elle s'abattit sur le sol de terre battue à quelques centimètres de son pied. Agacé, le révérend Jón se mordit la lèvre. Il fit un pas dans la pièce et poussa doucement son fils vers la porte.

— Oui, toi, Tóti. Vas-y. Il attend.

Vêtu d'un manteau usé, le domestique chargé du message attendait dans la cour. Il examina longuement Tóti avant de s'enquérir :

— Révérend Thorvardur Jónsson ?

— C'est moi. Bienvenue. Je ne suis que sous-révérend, en fait.

L'homme haussa les épaules.

— Notre commissaire de police, l'honorable Björn Blöndal, m'a confié une lettre pour vous.

Il tira un petit morceau de papier de son manteau et le tendit à Tóti.

— J'ai ordre d'attendre votre réponse, ajouta-t-il.

Le papier était moite, encore imprégné de la chaleur de son corps. Tóti brisa le cachet. La lettre avait été écrite le jour même. Il s'assit pour la lire sur le billot près de l'entrée.

Lorsqu'il releva les yeux, le domestique le dévisageait toujours avec insistance.

— Alors ? lança ce dernier en haussant les sourcils.

— Je vous demande pardon ?

— Quelle réponse dois-je donner au commissaire de police ? Je n'ai pas toute la journée !

— Puis-je en parler à mon père ?

Le messager soupira.

— Faites donc.

Tóti trouva son père dans le badstofa[1] : il lissait lentement du plat de la main les couvertures de sa couchette.

— Oui ?

— C'est de la part du commissaire de police.

Tóti lui tendit le document et attendit qu'il en ait pris connaissance. Lui-même ne savait comment réagir.

Le révérend Jón replia la lettre et la lui rendit sans émotion apparente.

— Que dois-je répondre ? demanda Tóti au bout d'un moment.

— La décision t'appartient.

— Je ne connais pas cette femme.

— En effet.

— Est-ce une de nos paroissiennes ?

— Non.

— Pourquoi m'a-t-elle choisi ? Je ne suis que sous-révérend !

---

1. Désigne la salle commune dans les fermes traditionnelles islandaises. *(Toutes les notes sont de la traductrice.)*

Son père lui tourna le dos et se remit à lisser les couvertures.

— Tu devrais peut-être lui poser la question.

Tóti sortit de la maison. Assis sur le billot, le messager se curait les ongles à la pointe d'un couteau.

— Alors, que dois-je dire au commissaire de police de la part du *sous-révérend* ?

La réponse franchit les lèvres de Tóti avant qu'il ait pris sa décision :

— Dites à Blöndal que j'accepte de rencontrer Agnes Magnúsdóttir.

Le domestique écarquilla les yeux.

— C'est de *ça* qu'il s'agit ?

— Ils m'ont demandé d'être son directeur de conscience.

Cette précision lui valut un regard incrédule, bientôt suivi d'un grand éclat de rire.

— Seigneur... Ils ont choisi une souris pour apprivoiser un chat !

Sur ce, le messager se remit en selle et disparut derrière les collines. Tóti demeura immobile, la lettre à la main. Il la tenait le plus loin possible de son corps, comme si elle menaçait de s'enflammer.

Steina Jónsdóttir empilait des briquettes de bouse séchée dans la cour de la ferme familiale quand elle entendit un bruit de sabots. Elle essuya ses mains boueuses sur ses jupes, se redressa et se pencha vers le coin de la masure pour scruter le sentier qui sillonnait la vallée. Un homme en manteau rouge vif approchait au galop. Elle comprit, en le voyant obliquer vers la ferme, qu'elle allait devoir l'accueillir. Prise de panique, elle se cacha derrière le mur, cracha vivement dans ses mains pour les décrotter et s'essuya le nez dans sa manche. Lorsqu'elle regagna la cour, le cavalier l'attendait.

— Bonjour, jeune fille.

L'homme posa un regard perplexe sur ses jupes noires de terre.

— Je t'ai interrompue en plein travail, à ce que je vois.

Steina le fixa du regard lorsqu'il descendit de cheval. Pour un homme de sa carrure, il se mouvait avec grâce, sans bruit.

— Sais-tu qui je suis ? reprit-il, guettant la réponse sur son visage.

Steina secoua la tête.

— Je suis le commissaire de police du canton, Björn Audunsson Blöndal.

Il la salua d'un hochement de tête, avant de rajuster son manteau rouge, attirant l'attention de Steina sur ses boutons d'argent.

— Vous êtes de Hvammur, murmura-t-elle.

Blöndal lui offrit un sourire patient.

— Oui. Je suis le chef de ton père. J'aimerais lui parler.

— Il n'est pas là.

Le commissaire fronça les sourcils.

— Et ta mère ?

— Ils sont partis rendre visite à des proches dans le sud de la vallée.

— Ah.

Blöndal l'observa fixement. Elle se raidit, jetant un regard nerveux sur les champs environnants. Quelques taches de rousseur sur son nez et son front interrompaient la pâleur de sa peau. Ses yeux marron s'étiraient vers ses tempes et ses dents de devant, largement espacées, ajoutaient à son air gauche, presque disgracieux. Son opinion faite, Blöndal baissa les yeux et remarqua l'épaisse couche de terre accumulée sous les ongles de la jeune fille.

— Je crois que vous devrez revenir un peu plus tard, suggéra-t-elle.

Il se crispa.

— Puis-je entrer, au moins ?

Steina se mordit la lèvre.

— Bien sûr. Attachez votre cheval ici.

Elle le regarda enrouler les rênes autour du poteau, puis elle tourna les talons et s'engouffra vivement dans la maison.

Blöndal lui emboîta le pas. Il dut baisser la tête pour franchir le seuil.

— Ton père rentrera-t-il aujourd'hui ?

Il n'obtint pour toute réponse qu'un « non » sec et laconique.

— Quel ennui ! grommela-t-il.

Il trébucha dans le couloir obscur qui menait au badstofa. Il avait pris du poids depuis sa nomination au poste de commissaire de police et s'était habitué aux pièces spacieuses de son logement de fonction, à Hvammur. Construite en bois d'importation, la maison accueillait confortablement toute sa famille. Les masures des paysans et des fermiers lui semblaient presque repoussantes, à présent, avec leur succession de petites cellules en tourbe. Il s'y formait en été des nuages de poussière qui irritaient ses poumons.

— Commissaire…

— *Monsieur* le commissaire.

— Je suis désolée, monsieur le commissaire. Mamma et pabbi – je veux dire, Margrét et Jón – rentreront demain. Ou après-demain. Si le temps le permet.

Elle tendit la main vers le rideau de laine grise qui séparait le badstofa de la minuscule salle de réception aménagée à l'extrémité de la masure.

— Asseyez-vous là, reprit-elle. Je vais chercher ma sœur.

Lauga Jónsdóttir, la sœur cadette de Steina, désherbait le modeste potager qu'ils cultivaient près de la ferme. Courbée vers le sol, elle n'avait pas vu arriver le commissaire, mais elle entendit sa sœur l'appeler bien avant qu'elle n'apparaisse sur le sentier.

— Lauga ? Où es-tu ? Lauga !

Elle se redressa et essuya ses mains terreuses sur son tablier. Sur le sentier, sa sœur courait en se prenant les pieds dans ses longues jupes, mais Lauga ne lui répondit pas, préférant attendre qu'elle vienne à sa rencontre.

— Te voilà enfin ! Je t'ai cherchée partout ! cria Steina, à bout de souffle.

— Qu'est-ce qui t'arrive encore ?

— Le commissaire ! Il est là !

— Qui ?

— Blöndal !

Lauga l'observa fixement.

— Björn Blöndal, le commissaire de police ? Mouche-toi, Steina. Tu as le nez qui coule.

— Il est assis au salon.

— Où ?

— Tu sais bien... derrière le rideau !

Lauga écarquilla les yeux.

— Tu l'as laissé *tout seul* ?

Steina se renfrogna.

— Viens-lui parler, s'il te plaît.

Lauga lui lança un regard noir, puis elle dénoua son tablier et le jeta derrière un carré de livèches.

— Des fois, je me demande vraiment ce qui te passe par la tête, murmura-t-elle en se dirigeant à grands pas vers la ferme. Laisser un homme comme Blöndal se tourner les pouces dans notre badstofa !

— Je l'ai conduit au salon.

— La belle affaire ! Et tu lui as servi quoi, à boire ? Le petit-lait des domestiques ?

Steina se figea, prise de panique.

— Je ne lui ai rien donné.

— Oh, non ! Il va nous prendre pour des paysans !

Lauga hâta encore le pas, courant presque entre les touffes d'herbe. Steina s'arrêta et la suivit du regard.

— Et alors ? marmonna-t-elle. On est des paysans.

Lauga se lava rapidement le visage et les mains, puis elle chipa un tablier propre à Kristín, la fille de ferme, qui s'était réfugiée dans la cuisine en entendant la voix d'un étranger. Après un dernier regard à sa tenue, Lauga rejoignit le visiteur au salon. Assis à la petite table, Blöndal lisait un document tiré de sa poche. Elle le pria d'abord d'excuser les mauvaises manières de sa sœur, puis elle lui proposa du hachis de mouton froid, qu'il accepta volontiers, quoique d'un air légèrement offensé. Elle demeura debout tandis qu'il mangeait, ses lèvres charnues aspirant vivement chaque bouchée de viande. Il venait peut-être pour promouvoir son pabbi à un poste plus prestigieux. Jón recevrait un uniforme et un traitement de la Couronne du Danemark. Elles auraient de nouvelles robes. Une nouvelle maison. D'autres domestiques.

Blöndal racla la lame du couteau sur le bord de l'assiette.

— Voulez-vous un peu de skyr avec de la crème, monsieur le commissaire ? demanda-t-elle en prenant l'assiette vide.

Il esquissa un geste de refus, puis changea d'avis :

— Pourquoi pas ? Je te remercie.

Les joues rouges d'émotion, Lauga tourna les talons pour aller chercher la faisselle dans le garde-manger.

— Et je serais ravi d'avoir un peu de café ! ajouta son hôte lorsqu'elle souleva le rideau de laine.

Steina attendait dans la cuisine, recroquevillée près du feu.

— Alors, qu'est-ce qu'il veut ? chuchota-t-elle. Je n'entends rien, à part toi qui trottines dans le couloir !

Lauga poussa l'assiette sale vers elle.

— Il n'a rien dit, pour le moment. Il veut du skyr et du café.

Steina échangea un long regard avec Kristín, qui leva les yeux au plafond.

— On n'a pas de café, annonça platement Steina.

— Si. J'en ai vu dans le garde-manger la semaine dernière.

Sa sœur se raidit.

— Je… Je l'ai bu, bafouilla-t-elle.

— Steina ! On n'est pas censées le boire ! On le garde pour les grandes occasions !

— Quelles grandes occasions ? C'est la première fois que ce commissaire nous rend visite.

— C'est le commissaire de police du canton, Steina !

— Nos garçons de ferme reviendront bientôt de Reykjavík. Ils en apporteront peut-être avec eux.

— Peut-être. Mais on fait quoi en attendant ?

Excédée, Lauga poussa Kristín vers le garde-manger.

— Du skyr et de la crème ! Dépêche-toi.

— J'étais curieuse de savoir quel goût ça a, expliqua Steina.

— Tu n'aurais pas dû. Tant pis. Apporte-lui une tasse de lait frais à la place. Ou plutôt, non… Demande à Kristín de s'en charger. On dirait que tu viens de te rouler dans la boue avec les chevaux ! asséna Lauga.

Elle posa un regard éloquent sur les vêtements souillés de sa sœur, puis s'élança dans le couloir.

Lorsqu'elle entra, Blöndal se tourna vers elle.

— Eh bien, jeune fille… Tu t'interroges sans doute sur les raisons de ma visite ?

— Je m'appelle Sigurlaug. Lauga, si vous préférez.

— Entendu. Sigurlaug.

— Etes-vous venu voir mon père ? Il est…

— Parti dans le Sud, je sais. Ta sœur me l'a dit. Tiens, la voici.

Lauga jeta un regard derrière son épaule, juste à temps pour voir Steina franchir le rideau de laine. Elle tenait la faisselle, la crème et les mûres dans une main, le lait dans l'autre. Ses doigts étaient toujours noirs de terre. En s'approchant de Blöndal, elle fit malencontreusement tomber le coin du rideau dans la faisselle, portant à son comble l'exaspération de Lauga. Par chance, le commissaire ne remarqua rien.

Steina ébaucha une révérence maladroite.

— Tenez, monsieur, murmura-t-elle en posant le bol et la tasse sur la table. Puissiez-vous les trouver à votre goût.

— Merci, dit Blöndal.

Il renifla le skyr d'un air appréciateur, puis leva les yeux vers les deux sœurs. Un fin sourire étira ses lèvres.

— Laquelle de vous deux est l'aînée ?

Lauga donna un coup de coude à Steina pour l'inciter à répondre, mais celle-ci demeura silencieuse, les yeux rivés sur le manteau rouge du visiteur.

— Je suis la cadette, monsieur le commissaire, précisa Lauga en souriant pour creuser ses fossettes. D'un an seulement, monsieur. Steinvör aura vingt et un ans ce mois-ci.

— Tout le monde m'appelle Steina.

— Vous êtes aussi ravissantes l'une que l'autre.

— Merci, monsieur.

Lauga donna un autre coup de coude à Steina.

— Merci, marmonna-t-elle.

— Vous avez toutes deux les cheveux blonds de votre père, et je vois que tu as hérité des yeux bleus de ta mère, dit-il à Lauga.

Il repoussa vers elle le bol de faisselle auquel il n'avait pas touché et prit la tasse de lait. Il la renifla et la reposa sur la table.

— Mangez, monsieur, je vous en prie, insista Lauga en désignant le bol.

— Non, je te remercie. Je n'ai plus faim.

Il plongea la main dans la poche de son manteau.

— J'aurais préféré exposer l'objet de ma visite au maître des lieux, mais puisqu'il n'est pas là et que je ne peux attendre son retour, je me vois dans l'obligation de parler à ses filles.

Il sortit le document, le déplia et le posa sur la table pour leur permettre de le lire.

— Vous avez sans doute entendu parler des événements qui se sont produits à Illugastadir l'année dernière ? demanda-t-il.

Steina tressaillit.

— Les meurtres, vous voulez dire ?

Le regard bleu de Lauga se fit plus solennel. Elle acquiesça.

— Oui, monsieur. Le procès s'est tenu chez vous.

Blöndal hocha la tête.

— C'est exact. Je vous parle des meurtres de Pétur Jónsson et de l'herboriste Natan Ketilsson. Il se trouve que cette terrible tragédie s'est déroulée dans le canton du Húnavatn, qui est placé sous ma responsabilité. J'ai donc été chargé de réfléchir au sort des accusés en concertation avec le juge et le tribunal de Reykjavík.

Lauga s'empara du document et s'approcha de la fenêtre pour le lire.

— Tout est réglé, alors.

— Bien au contraire. En octobre dernier, la justice de notre pays a reconnu les trois accusés coupables de meurtre et d'incendie. Leur dossier vient d'être transféré à la Cour suprême de Copenhague, au Danemark. Le roi…

Blöndal marqua une courte pause pour ménager son effet, avant de poursuivre :

— Le roi lui-même sera prochainement informé du meurtre. Selon toute vraisemblance, il approuvera *ma* décision de les soumettre à la peine capitale. Comme tu peux le lire, Sigurlaug, ils ont tous trois été condamnés à mort. C'est une victoire pour la justice, tu en conviendras certainement.

Encore penchée sur le document, Lauga hocha distraitement la tête.

— On ne les envoie pas au Danemark ?

Blöndal sourit. Il se carra contre le dossier de la chaise, qui bascula, soulevant ses talons du sol.

— Non.

Lauga lui jeta un regard perplexe.

— Dans ce cas, monsieur, pardonnez mon ignorance, mais où seront-ils… ?

Elle laissa sa phrase en suspens.

Blöndal se redressa. La chaise racla le sol lorsqu'il se leva pour rejoindre Lauga – sans plus se soucier de Steina, demeurée dans l'ombre. Il tenta d'apercevoir la cour à travers la vessie de mouton séchée qui obturait la fenêtre. Une petite veine courait d'un bord à l'autre de la surface jaunâtre. Il fut saisi d'un léger frisson. Sa maison était équipée de carreaux en verre.

— Ils seront exécutés ici, répondit-il enfin. En Islande. Au nord du pays, pour être exact. Nous avons estimé, le président du tribunal de Reykjavík et moi-même, que ce serait plus… économique.

Il avait opté pour cet adjectif après une courte hésitation.

— Vraiment ? répliqua Steina.

Blöndal fronça les sourcils. La jeune fille l'observait d'un air soupçonneux. Elle se pencha et arracha le papier des mains de sa sœur.

Oui, assura le commissaire, même si nous voyons aussi dans cette exécution l'occasion de montrer aux membres de notre communauté que ce type de crime ne demeure pas impuni. Nous devons donc gérer cette affaire avec prudence. Toi qui es si intelligente, Sigurlaug, tu n'ignores pas que les criminels de cette envergure sont généralement envoyés au Danemark, où les prisons sont en nombre suffisant. Cependant, la décision ayant été prise d'exécuter les trois condamnés en Islande, dans le canton où ils ont commis leur crime, nous devons les détenir ici jusqu'à ce que les autorités compétentes aient choisi la date et le lieu de l'exécution. Comme vous le savez, le Húnavatn ne dispose d'aucun édifice public susceptible d'accueillir des prisonniers.

Blöndal traversa la pièce et reprit place sur la chaise.

— C'est pourquoi j'ai décidé de les loger dans les fermes du canton, auprès de bons chrétiens susceptibles de leur inspirer du repentir, et pour lesquels ils travailleront en attendant leur exécution.

Blöndal lança un regard à Steina, qui le scrutait en silence, une main sur la bouche, l'autre crispée sur le document.

— Des Islandais, poursuivit-il, qui trouveraient ainsi l'occasion de servir le gouvernement qui les emploie.

Lauga le dévisageait avec stupeur.

— Est-ce qu'il n'y a pas, à Reykjavík, des lieux où les accueillir ? murmura-t-elle.

Il écarta sa suggestion d'un revers de main.

— Non. Le coût serait trop élevé.

Steina plissa les yeux.

— Alors, vous voulez les installer *ici* ? Chez nous ? Parce que le tribunal de Reykjavík juge trop coûteux de les envoyer à l'étranger ?

— Steina ! intervint Lauga.

— Vous serez indemnisés, précisa Blöndal dans un froncement de sourcils.

— Et quelles sont les instructions ? Faut-il les enchaîner aux montants de nos lits ?

Blöndal se redressa lentement.

— Je n'ai pas le choix, affirma-t-il à voix basse, d'un ton soudain menaçant. Votre père doit assumer les responsabilités liées à ses fonctions. Je suis sûr qu'il sera d'accord avec moi. De toute façon, vous manquez de bras à Kornsá et votre situation financière ne vous permet pas d'embaucher plus de personnel !

Il s'approcha de Steina et baissa les yeux vers son petit visage crasseux, à peine visible dans la pénombre.

— Rassure-toi, Steinvör : je ne vous imposerai pas la présence des trois condamnés. Seulement une des deux femmes, précisa-t-il en abattant sa main sur son épaule.

Elle eut un mouvement de recul, mais il continua :

— Tu n'as pas peur de ton propre sexe, tout de même ?

Après son départ, Steina regagna le salon pour remporter le bol de skyr auquel le commissaire n'avait pas touché. La crème avait gelé sur les bords. Tremblante de colère et de frustration, elle appuya de tout son poids sur le bol en se mordant la lèvre pour retenir un cri. Le bol ne se brisa pas. Peu à peu, la colère de Steina reflua. Elle prit le skyr et se dirigea vers la cuisine.

Parfois, je me demande si je ne suis pas déjà morte. Est-ce vivre que d'attendre ainsi dans le noir et le silence, enfermée dans une pièce si fétide que j'en oublie l'existence de l'air frais ? Le pot de chambre est si plein de mes propres déjections qu'il débordera bientôt si personne ne vient le vider.

Quand sont-ils venus pour la dernière fois ? Mes journées se fondent en une seule longue nuit, à présent.

C'était moins pénible en hiver. Le froid nous retenait tous prisonniers ; nous partagions le badstofa quand la tempête faisait rage autour de la ferme. Ils allumaient des lampes dans la journée et quand l'huile venait à manquer, des bougies dissipaient les ténèbres. Puis le printemps est arrivé et ils m'ont transférée dans la remise. Là, ils m'ont laissée seule et sans lumière. Impossible de compter les heures, de différencier le jour de la nuit. Je n'ai plus pour compagnons que les fers qui enserrent mes poignets, le sol de terre battue, le métier à tisser en pièces détachées et abandonné dans un coin.

Est-ce déjà l'été ? J'entends les domestiques trotter dans le couloir. La porte grince chaque fois qu'ils passent. Parfois, j'entends aussi le rire aigu des filles de ferme qui jacassent dans la cour. Je devine que le temps s'est adouci, que le vent a perdu son mordant. Je ferme les yeux et j'imagine la vallée au cœur de l'été, quand les jours s'étirent en longueur, quand le soleil réchauffe les os de la terre, quand les cygnes affluent vers le lac, quand les nuages s'écartent pour révéler l'immensité du ciel : d'un bleu clair, si clair qu'on en pleurerait.

Trois jours s'étaient écoulés depuis la visite de Björn Blöndal aux filles de Kornsá quand leur père, Jón Jónsson, policier du canton de Vatnsdalur, prit avec sa femme Margrét le chemin du retour.

Maigre et légèrement voûté, Jón avait cinquante-cinq hivers. Sous ses cheveux blonds presque blancs, ses grandes oreilles lui donnaient l'air d'un simple d'esprit. Il marchait en tête, les rênes du cheval bien en main, foulant d'un pas sûr les cailloux du chemin. Juchée sur leur jument noire, son épouse était fatiguée par le voyage, bien qu'elle se refusât à l'admettre. Elle se tenait droite, le menton relevé, sa tête oscillant au bout de son cou maigre à la peau distendue. Sous ses paupières tombantes, son regard acéré passait de ferme en ferme. Elle observait la moindre masure de la vallée de Vatnsdalur, sauf lorsqu'une quinte de toux l'obligeait à fermer les yeux. La quinte terminée, elle crachait, penchée sur l'encolure du cheval. Puis elle s'essuyait la bouche dans un coin de son châle et murmurait une courte prière. Parfois, son mari inclinait la tête vers elle, comme s'il craignait qu'elle ne tombe de sa monture. Hormis ces intermèdes, le voyage se déroulait sans encombre.

Ils approchaient de Kornsá lorsque Margrét fut saisie par une énième quinte de toux. Epuisée, elle cracha dans l'herbe et plaqua ses mains sur sa poitrine, le temps de reprendre son souffle. Lorsqu'elle parla, ce fut d'une voix enrouée, presque brisée :

— Tu vois, Jón, les fermiers d'As ont une nouvelle vache.

— Hmm ? marmonna son mari, perdu dans ses pensées.

Margrét s'éclaircit la gorge.

— Je te dis que les fermiers d'As ont une nouvelle vache.

— Vraiment ?

— Je suis étonnée que tu ne t'en sois pas aperçu.

— C'est étonnant, en effet.

Elle cligna des yeux pour échapper à la lumière poussiéreuse. Lorsqu'elle les rouvrit, elle distingua les contours de leur ferme dans le lointain.

— Nous serons bientôt chez nous.

Son mari grommela en guise d'assentiment.

— Ça fait réfléchir, tu ne trouves pas ? reprit-elle. On gagnerait à avoir une autre vache, nous aussi.

— On gagnerait à bien des choses.

— Tout de même, une vache... Ce serait bien, non ? On ne manquerait plus de beurre. Et on pourrait employer un gars de plus pour les foins.

— Chaque chose en son temps, ma chérie.

— Quand ce temps-là viendra, je serai morte et enterrée.

Sa réplique lui parut plus amère qu'elle ne l'avait souhaité. Jón ne répondit pas, préférant inciter leur cheval à avancer plus vite. Margrét fusilla du regard le chapeau de son homme en espérant qu'il se tournerait vers elle. En vain : Jón continua d'avancer pesamment, un pas après l'autre. Elle prit une profonde inspiration et braqua de nouveau les yeux vers Kornsá.

L'après-midi touchait à sa fin. La lumière déclinait sur les prés, encore atténuée par les nuages bas qui s'amoncelaient à l'est. Au sommet de la montagne, les plaques de neige persistante paraissaient grises, puis, quand les nuages se déchiraient, d'un blanc éclatant. Les oiseaux s'abattaient en piqué sur les champs pour gober les insectes qui tourbillonnaient au-dessus des graminées. On entendait au loin le bêlement plaintif des moutons que les jeunes bergers ramenaient du fond de la vallée vers les fermes environnantes.

Au même moment à Kornsá, Lauga et Steina se préparaient à aller remplir leurs seaux à la source qui jaillissait de la montagne. Lauga se frottait les yeux sur le pas de la porte, éblouie par le soleil. Steina s'avança la première sur le sentier, balançant distraitement son seau contre ses hanches au rythme de ses pas. Aucun mot ne fut échangé.

Les deux sœurs ne s'étaient quasiment pas adressé la parole au cours des jours précédents, ne rompant le silence que pour requérir des outils ou se demander quel baril de morue devait être ouvert en premier. Elles s'étaient disputées après le départ du commissaire et s'étaient ensuite enfermées dans un mutisme teinté de colère et d'angoisse. L'effort constant qu'elles devaient fournir pour ne pas se parler les avait toutes deux épuisées. Excédée par l'entêtement et le manque de tact de sa sœur aînée, Lauga se faisait un sang d'encre. Que diraient leurs parents en apprenant la visite de Blöndal ? Les manières discourtoises de Steina, sa colère lorsque le commissaire avait annoncé l'objet de sa visite, risquaient d'affecter leur position dans la vallée. Björn Blöndal était un homme puissant – le genre d'homme qui n'aime pas être remis en question par de vulgaires donzelles. Steina avait-elle perdu la tête ? Ignorait-elle à quel point leur famille dépendait de Blöndal ? Ils ne feraient que leur devoir en obéissant à ses ordres !

De son côté, Steina s'efforçait de ne pas penser à la meurtrière. De la chasser complètement de son esprit. Son estomac se soulevait à la seule évocation des crimes commis, et la manière froide et insensible dont le commissaire les forçait à héberger cette femme l'avait emplie d'une rage qui lui nouait encore la gorge. Ce n'était pas à sa cadette de lui dicter sa conduite. Et de toute façon, comment elle, Steina, aurait-elle pu connaître les usages à respecter en présence d'un gros bonhomme en manteau rouge ? Non, franchement. Mieux valait ne pas y penser du tout.

Elle laissa pendre le seau au bout de son bras et bâilla à s'en décrocher la mâchoire. Près d'elle, Lauga ne put s'empêcher de l'imiter. Elles échangèrent un bref regard, conscientes de partager la même fatigue, puis Lauga ordonna à Steina de mettre sa main devant sa bouche. Et Steina, furieuse, reporta son attention sur le sol.

Elles avançaient face au soleil déclinant qui leur réchauffait les joues. Sans vent, la vallée était si calme que les jeunes filles ralentirent le pas, comme pour mieux se fondre dans l'atmosphère. Elles arrivaient près des rochers qui marquaient la présence de la source, quand Lauga se pencha pour tirer sur sa jupe, prise dans un buisson d'épines. Elle aperçut alors le cheval qui approchait de la ferme.

— Oh !

Steina se retourna.

— Qu'y a-t-il ?

Lauga désigna la jument d'un revers du menton.

— Regarde ! Mamma et pabbi sont de retour.

Une brume de chaleur s'était levée sur les prés, estompant les silhouettes des voyageurs. Lauga plissa les yeux pour en avoir le cœur net.

— Oui, c'est bien eux, conclut-elle à voix basse.

Gagnée par une soudaine agitation, elle tendit son seau à Steina et lui fit signe de continuer sans elle.

— Va les remplir, dit-elle. Tu t'en sortiras toute seule, non ? C'est mieux si… si j'y vais tout de suite. Pour faire du feu.

Elle poussa Steina en avant, plus rudement qu'elle ne l'aurait voulu, puis tourna les talons.

Elle dévala le sentier sans prendre garde aux ronces qui s'accrochaient à ses bas. Quel soulagement ! Elle n'avait plus à s'inquiéter. Ni du commissaire ni d'Agnes Magnúsdóttir. Pabbi saurait quoi faire, lui.

Elle ouvrit à la volée la porte de la ferme, s'engouffra dans le couloir et tourna à gauche vers la cuisine. En l'absence de la maîtresse de maison, Kristín, leur servante, avait pris un après-midi de congé pour aller rendre visite à sa famille, mais le feu qu'elle avait allumé au petit matin brûlait encore dans la cheminée. Lauga empila plusieurs briquettes de bouse séchée dans l'âtre, si brusquement qu'elle faillit étouffer les flammes au lieu de les raviver. Comment réagirait son père lorsqu'elle lui raconterait la visite du commissaire de police ? Combien de temps la prisonnière resterait-elle à Kornsá ? Impossible de le savoir : Steina s'était emparée de la lettre de Blöndal et l'avait jetée au feu pendant leur dispute.

Peu importe, pensa-t-elle en accrochant une marmite dans la cheminée. Pabbi se chargerait de tout régler.

Elle souffla sur les flammes, puis se rua dans le couloir pour jeter un œil au-dehors. Une nouvelle vague de panique la submergea.

Comment pabbi s'y prendra-t-il ?

Elle referma la porte d'entrée et se dirigea vers l'arrière-cuisine pour préparer une soupe. Le baril d'orge était quasiment vide. Ils attendaient le retour des garçons de ferme, partis s'approvisionner dans le sud de l'île.

En sortant, elle trébucha sur le seuil. Elle se redressa et courut chercher un peu de viande dans la remise. Il était encore trop tôt dans la saison pour entamer l'agneau fumé, mais il restait quelques tranches de boudin de l'hiver précédent, au goût âcre et piquant.

On mangera ensemble dans le badstofa. Et je leur raconterai tout.

Un instant plus tard, elle entendit les sabots du cheval résonner dans la cour.

Lauga tapa dans ses mains noircies par les briquettes de bouse séchée, puis glissa hâtivement quelques mèches de cheveux rebelles sous sa coiffe.

— *Komiđ piđ sæl !* dit-elle en sortant de la ferme. Je suis heureuse de vous revoir sains et saufs. Avez-vous fait bon voyage ?

Jón arrêta la jument, puis sourit à sa fille sous son chapeau à large bord. Il leva la main pour la saluer, avant de l'étreindre brièvement.

— Ma petite Lauga. Tout s'est-il bien passé ?

Il se tourna vers le cheval pour décharger les paquets arrimés sur ses flancs.

— Bonjour, mamma.

Margrét se pencha vers Lauga. Ses lèvres s'étirèrent à peine, mais son regard se fit plus chaleureux.

— Bonjour, Sigurlaug.

— Vous semblez en bonne forme.

— Je suis encore vivante.

— Etes-vous fatiguée ?

Margrét se laissa maladroitement glisser au sol, ignorant la question. Lauga l'embrassa avec retenue, puis flatta le museau de la jument. Elle sentit frémir ses naseaux et le souffle chaud vint chatouiller sa paume.

— Où est ta sœur ?

Lauga lança un regard vers les rochers qui bordaient le ruisseau. Steina n'était nulle part en vue.

— Elle est partie chercher de l'eau pour le dîner.

Margrét haussa les sourcils.

— Elle aurait pu venir nous accueillir !

Lauga se tourna vers son père. Elle prit une profonde inspiration.

— Pabbi, je dois vous annoncer quelque chose.

— Un décès ?

— Pardon ?

— L'une de nos bêtes a disparu ?

— Oh, non. C'est tout autre chose… Dieu merci ! ajouta-t-elle vivement.

Elle fit un pas vers lui.

— Il vaudrait peut-être mieux que nous soyons seuls, chuchota-t-elle.

Sa mère l'entendit.

— Cette nouvelle nous concerne certainement tous les deux, Lauga.

— Je ne veux pas vous inquiéter, mamma.

— Oh ! L'inquiétude est mon état naturel, répliqua-t-elle en souriant pour la première fois depuis son arrivée. Je me fais du souci depuis que j'ai des enfants et des domestiques à surveiller.

Elle recommanda à son mari de ne pas poser leurs effets dans les flaques d'eau, puis elle prit quelques paquets et s'engouffra dans la maison, Lauga sur les talons.

Jón venait de s'installer près de sa femme dans le badstofa quand Lauga apporta les bols de soupe.

— J'ai pensé qu'un repas chaud vous ferait du bien, dit-elle.

Il leva les yeux. Sa fille se tenait face à lui, son plateau à la main.

— J'aimerais d'abord me changer… Tu veux bien ?

Lauga hésita, puis elle posa le plateau sur le lit, s'agenouilla et entreprit de délacer les souliers de son père.

— J'ai quelque chose à vous dire. A tous les deux.

— Où est Kristín ? s'enquit brusquement Margrét.

Jón s'appuya sur ses coudes et tendit la jambe pour que sa fille puisse le débarrasser de ses chaussettes trempées de sueur.

— Steina lui a donné une demi-journée de congé, répondit Lauga.

— Et Steina, où est-elle ?

— Aucune idée. Quelque part par là.

Soumise aux feux croisés de leurs regards, Lauga sentit son estomac se nouer.

— Le commissaire de police du canton nous a rendu visite en votre absence, murmura-t-elle.

Jón se redressa.

— Le commissaire du canton ? répéta-t-il. Björn Blöndal ?

Margrét serrait les poings.

— Que voulait-il ?

— Il avait une lettre pour vous, pabbi.

— Pourquoi est-il venu la remettre en personne ? insista Margrét en scrutant sa fille. Tu es sûre que c'était Blöndal ?

— Mamma, je vous en prie !

— Où est cette lettre ? demanda Jón.

Lauga ôta l'autre chaussure et la laissa tomber au sol. La boue séchée s'émiettait sur le cuir.

— Steina l'a brûlée.

— Seigneur ! Pourquoi donc ?

— Mamma ! Ce n'est pas grave. Je sais ce qu'elle disait. Pabbi, nous sommes obligés de…

— Pabbi !

La voix de Steina résonna dans le couloir.

— Vous ne devinerez jamais qui nous devons enfermer chez nous !

— Enfermer ?

Margrét se tourna vers son aînée, qui venait d'entrer dans la pièce.

— Oh, Steina ! reprit-elle. Tu es trempée !

Sa fille baissa les yeux vers son tablier mouillé et haussa les épaules.

— Les seaux m'ont glissé des mains. J'ai dû revenir sur mes pas pour les remplir à nouveau. Pabbi, Blöndal a décidé d'enfermer Agnes Magnúsdóttir chez nous !

Margrét lança un regard horrifié à Lauga.

— Agnes Magnúsdóttir ? répéta-t-elle.

— Parfaitement, mamma ! s'écria Steina en dénouant son tablier.

Elle le jeta sur un des lits avant de reprendre :

— Agnes Magnúsdóttir. La meurtrière. Celle qui a tué Natan Ketilsson…

— Steina ! J'allais justement expliquer à pabbi…

— … et Pétur Jónsson, mamma.

— Steina !

— Oh, Lauga ! Je sais que tu voulais leur annoncer la nouvelle, mais…

— Tu n'avais pas le droit de m'interrompre…

— Ça suffit, les filles ! s'écria Jón en se levant. Recommence depuis le début, Lauga. Que s'est-il passé ?

Après un instant d'hésitation, la jeune fille raconta à ses parents la visite de Blöndal en veillant à n'omettre aucun détail. Lorsqu'elle en vint aux termes de la lettre ou du moins aux passages dont elle se souvenait le mieux, ses joues étaient rouges d'émotion.

Jón attrapa son manteau avant qu'elle ait terminé.

— Rien ne nous oblige à faire une chose pareille ! murmura Margrét en le tirant par la manche.

Il ignora son geste, veillant à ne pas croiser son regard apeuré.

— Jón ? insista-t-elle.

Elle jeta un coup d'œil à ses filles. Assises sur leur couchette, les mains sur les genoux, elles les observaient en silence.

Jón enfila ses bottes, puis enroula les lacets autour de ses chevilles.

— As-tu l'intention de te rendre à Hvammur ? dit Margrét. Il est trop tard, Jón. Ils seront tous couchés.

— Je les réveillerai.

Il attrapa son chapeau accroché au clou, enlaça son épouse et l'écarta gentiment du passage. Puis il prit congé de ses filles d'un hochement de tête, s'engagea dans le couloir et sortit. La porte de la maison se referma derrière lui dans un claquement sonore.

— Qu'allons-nous devenir, mamma ?

La petite voix de Lauga avait jailli du recoin le plus obscur de la pièce.

Margrét ferma les yeux et inspira profondément.

Jón regagna Kornsá quelques heures plus tard. Les femmes étaient dans le badstofa. Kristín, qui s'était fait sévèrement tancer par la maîtresse de maison en rentrant de son après-midi de congé, couvait Steina d'un regard noir. Penchée sur son tricot, Margrét hésitait à intervenir – ses filles accepteraient-elles de faire la paix ? – quand elle entendit la porte de la ferme grincer sur ses gonds. Un instant plus tard, le pas de son mari résonnait dans le couloir.

Sitôt entré, Jón évita son regard. Elle crispa les mâchoires.

— Alors ? dit-elle en l'aidant à s'asseoir.

Penché sur ses bottes, il tira sur les lacets d'une main malhabile.

— Par pitié, pabbi ! s'exclama Lauga en s'agenouillant pour l'aider. Que vous a dit Blöndal ? Doit-elle vraiment venir ici ?

Jón acquiesça.

— Tout ce que tu nous as raconté est vrai. Agnes Magnúsdóttir sera transférée de Stóra-Borg à Kornsá dans les plus brefs délais.

— Mais pourquoi, pabbi ? insista-t-elle à voix basse. Qu'avons-nous fait de mal ?

— Nous n'avons rien fait de mal. Je suis officier de police. On ne peut pas envoyer cette femme chez n'importe quel fermier. Elle est sous la responsabilité des autorités dont je fais partie.

— Ce ne sont pourtant pas les autorités qui manquent, à Stóra-Borg ! lança Margrét d'un ton acide.

— Là n'est pas la question. Elle doit quitter Stóra-Borg. Blöndal m'a parlé d'un incident.

— Que s'est-il passé ? demanda Lauga.

Jón baissa les yeux vers le joli visage de sa fille cadette.

— Rien de grave, assura-t-il.

Margrét laissa échapper un rire nerveux.

— On va se laisser faire, alors ? S'aplatir comme un chien devant son maître ?

Elle marqua une pause, puis reprit dans un sifflement :

— Cette Agnes est une meurtrière, Jón ! Nous ne sommes pas seuls, ici. Nous avons nos filles, nos gens. Et Kristín. Ils sont sous notre responsabilité, eux aussi !

Jón l'incita au calme d'un regard éloquent.

— Blöndal m'a assuré que nous serions indemnisés, Margrét. Il compte nous rétribuer pour sa détention.

Un bref silence s'ensuivit. Lorsque Margrét reprit la parole, ce fut d'un ton plus conciliant :

— Nous devrions peut-être éloigner les filles…

— Non, mamma ! s'écria Steina. Je ne veux pas partir !

— Ce serait pour ta propre sécurité.

Jón s'éclaircit la gorge.

— Les filles seront parfaitement en sûreté ici. Ecoute, ajouta-t-il d'un ton las. Il y a autre chose… Björn Blöndal m'a demandé de passer la nuit à Hvammur le soir où cette femme arrivera chez nous.

Margrét blêmit, effarée.

— Ce sera donc moi qui devrai l'accueillir ?

— Pabbi, vous ne pouvez pas laisser mamma seule avec elle ! protesta Lauga.

— Ta mère ne sera pas seule. Vous serez tous là. Il y aura aussi des policiers de Stóra-Borg. Et un révérend. Blöndal a tout organisé.

— Et que se passera-t-il de si important à Hvammur pour que Blöndal te demande d'y être le soir où il installera une criminelle chez nous ?

— Margrét…

— Non, réponds-moi. C'est trop injuste.

— Puisque tu insistes… Ce soir-là, Blöndal organise une réunion pour décider lequel d'entre nous sera le bourreau…

— Le bourreau !

— Il a convoqué tous les officiers de police du canton, y compris ceux de Vatnsnes, qui voyageront avec les hommes de Stóra-Borg. Nous passerons la nuit là-bas. Nous rentrerons le lendemain.

— Et pendant ce temps-là, je serai seule avec la femme qui a tué Natan Ketilsson.

Jón la dévisagea calmement.

— Tu auras tes filles avec toi.

Margrét ouvrit la bouche, puis se ravisa. Optant pour le silence, elle foudroya son mari du regard et reprit son tricot, faisant cliqueter les aiguilles avec violence.

Steina observait ses parents sous ses sourcils froncés. Elle n'avait pratiquement rien mangé. Cette histoire lui nouait l'estomac. Les mains crispées sur le bol en bois, elle examina les petits bouts de mouton qui flottaient dans le bouillon graisseux. Elle saisit lentement sa cuillère, porta un peu de viande à sa bouche et entreprit de la mâcher. Un morceau trop noueux crissa sous ses dents. Elle réprima un haut-le-cœur et l'avala en silence.

Depuis qu'ils ont décidé de me transférer ailleurs, les hommes de Stóra-Borg m'attachent parfois les jambes en fin d'après-midi, comme ils le font avec les chevaux, pour être certains que je ne m'enfuirai pas. Chaque jour qui passe me rend un peu moins humaine à leurs yeux : ils me traitent désormais comme un animal, comme une de ces bêtes au regard morne qu'ils rentrent quand il pleut et nourrissent avec ce qu'ils peuvent. Ils me laissent dans le noir, me privent d'air et de lumière. Quand ils doivent me déplacer, ils me ligotent et me conduisent où bon leur semble.

Ici, personne ne m'adresse la parole. Cet hiver, dans le badstofa, le silence était tel que je m'entendais respirer. J'évitais de déglutir pour ne pas attirer l'attention sur moi. Je n'avais pour seule compagnie que le froissement des pages du livre sacré et le chuchotement des personnes présentes. Je surprenais parfois mon nom sur leurs lèvres, et je savais que ce n'était pas pour me bénir. Maintenant, lorsqu'ils sont contraints de me parler pour me lire une lettre ou un document officiel, ils font mine de s'adresser à quelqu'un derrière moi. Ils refusent de croiser mon regard.

Vous, Agnes Magnúsdóttir, avez été reconnue complice du meurtre de Natan Ketilsson et Pétur Jónsson. Vous, Agnes Magnúsdóttir, avez été reconnue coupable d'incendie criminel et d'homicide volontaire. Vous, Agnes Magnúsdóttir, avez été condamnée à mort. Vous, Agnes. *Agnes.*

Ils ne savent pas qui je suis.

Je ne dis rien. Je suis résolue à me fermer au monde. Je veux endurcir mon cœur et m'accrocher à ce qui ne m'a pas encore été volé. Je ne me laisserai pas glisser vers le néant. Je me retiendrai à ce que je suis, je le garderai contre moi, je fermerai mes poings sur tout ce que j'ai vu, senti et entendu – les poèmes que j'ai composés en lessivant, en fauchant ou en cuisinant jusqu'à en avoir les paumes à vif, les sagas que je connais par cœur. Tout cela, je l'emporterai sous l'eau avec moi. Mes mots ne seront plus que des bulles d'air. Nul ne pourra les retenir. Ceux qui me regarderont verront une putain, une folle, une meurtrière, une créature qui rougit l'herbe de sang et rit à gorge déployée, la bouche pleine de terre. Ils prononceront le mot « Agnes » et verront une sorcière, une araignée prise dans sa propre toile. Ou un agneau encerclé par des corbeaux, bêlant pour appeler sa mère. Mais ils ne me verront pas, moi. Je ne serai pas là.

En quittant l'église, le révérend Thorvardur Jónsson fut assailli par une bouffée d'air froid et humide. L'après-midi touchait déjà à sa fin. Il laissa échapper un soupir. Un mois s'était écoulé depuis qu'il avait accepté de rendre visite à la condamnée sur la requête de Björn Blöndal, mais cette décision continuait de le hanter. Il se réveillait chaque matin l'esprit troublé, comme s'il émergeait d'un cauchemar. Il avait le ventre noué en permanence, même lors de son trajet quotidien vers l'église de Breidabólstadur, où il se rendait à pied pour prier dans le silence de la petite bâtisse. Il était fréquemment pris de tremblements, comme si son corps cédait sous le poids d'un esprit trop indécis. Aujourd'hui même, assis sur le long banc de bois, les yeux baissés sur ses mains, il s'était surpris à rêver qu'une maladie, une grave maladie, l'empêcherait d'aller à Kornsá. Ces élucubrations l'horrifiaient. Craignait-il cette mission au point de sacrifier sa santé pour y échapper ?

Trop tard, pensa-t-il en traversant le pitoyable jardin attenant à l'église. *Tu as donné ta parole à Dieu et aux hommes. Tu ne peux plus revenir en arrière.*

Autrefois, avant la mort de sa mère, le jardin était rempli de petites fleurs sauvages, dont les pétales mauves parsemaient les pierres tombales en été. Sa mère disait que les morts faisaient danser les fleurs pour souhaiter la bienvenue aux fidèles au sortir de l'hiver. Lorsqu'elle était morte, le révérend Jón avait tout arraché. Depuis, les tombes étaient restées nues.

Tóti trouva la porte de la ferme entrouverte et se glissa à l'intérieur. Les lourds effluves qui provenaient de la cuisine et l'odeur du suif qui brûlait dans le couloir lui soulevèrent l'estomac.

Penché sur une marmite d'eau bouillante, le révérend Jón piquait son contenu de la pointe d'un couteau.

— Il est temps que je parte, annonça Tóti.

Son père acquiesça en silence.

— Ils m'ont demandé d'arriver tôt dans la soirée pour rencontrer les habitants de Kornsá et être présent quand… quand la criminelle arrivera.

Le révérend Jón fronça les sourcils.

— Mets-toi en route, mon fils.

Tóti lui lança un regard hésitant.

— Père… Croyez-vous que je sois prêt ?

Jón soupira. Il se pencha pour décrocher la marmite au-dessus de l'âtre. Le poisson était cuit.

— Toi seul connais les secrets de ton cœur, répondit-il.

— J'ai beaucoup prié à l'église. Je me demande ce que mamma aurait pensé de tout ça.

Le vieil homme ferma brièvement les yeux.

— Et vous, père, qu'en pensez-vous ?

— Un honnête homme n'a qu'une parole.

— Mais ai-je pris la bonne décision ? Je… Je ne voudrais pas vous contrarier.

— Cherche plutôt à contenter ton Seigneur et Maître, murmura Jón en s'efforçant de sortir le poisson de la marmite à l'aide de son couteau.

— Prierez-vous pour moi, père ?

Tóti attendit une réponse qui ne vint pas.

Il croit peut-être qu'il est plus apte que moi à confesser les meurtrières. Ou il est jaloux qu'elle m'ait choisi moi, et pas lui.

Il observa son père, qui léchait la lame sur laquelle un morceau de poisson s'était collé.

Elle m'a choisi.

Il tourna les talons.

— Tâche de ne pas me réveiller en rentrant ! lança le révérend lorsqu'il s'engouffra dans le couloir.

Tóti sortit et sella son cheval.

— L'heure est venue, chuchota-t-il.

Il se hissa sur la selle, serra doucement les genoux pour faire avancer l'animal, puis jeta un regard vers la ferme. Le ruban de fumée qui s'échappait de la cuisine se dissipait dans la bruine estivale.

Il s'engagea dans les herbes hautes en tentant de se préparer à ce qui l'attendait. Que dire à la condamnée ? Et comment le dire ? Devait-il se montrer hospitalier et bienveillant ? Ou sévère et distant, comme Blöndal ? Il s'exerça à différentes intonations, essaya diverses formules de politesse – puis renonça. Mieux valait attendre de la rencontrer en chair et en os. A cette pensée, un frisson d'excitation le parcourut. Ce n'était qu'une fille de ferme, certes. Mais c'était aussi une *meurtrière*. Elle avait tué deux hommes. Les avait massacrés comme des bêtes. Il répéta le mot à voix basse. Une meurtrière. *Morđingi*. Les syllabes glissèrent entre ses lèvres comme un filet de lait.

Le ciel s'éclaircit lorsque Tóti s'approcha de la péninsule nord, finement ourlée par l'océan. Bientôt, la lumière rougissante de la fin juin inonda le défilé. Elle fit miroiter les gouttes d'eau restées au sol, et les collines prirent une teinte rosée, parfois obscurcie sous un nuage. Eclairés par le couchant, de petits insectes dansaient dans l'air comme des grains de poussière pris dans un rayon de soleil. L'air froid du vallon se chargeait du parfum doux et humide de l'herbe prête à être fauchée. Perdu dans la contemplation du paysage, Tóti sentit son estomac se dénouer. L'angoisse qui l'avait étreint si fermement au cours des semaines précédentes s'évanouit peu à peu.

Nous sommes tous les enfants de Dieu. Cette femme est ma sœur en Jésus Christ, et c'est à moi, son frère spirituel, de la conduire vers la maison de Dieu.

Il sourit et mit son cheval au *tölt*[1].

— Je la sauverai, murmura-t-il.

1. Allure typique des chevaux islandais.

2

Le 3 mai 1828
Undirfell, Vatnsdalur

La prisonnière Agnes Magnúsdóttir est née en 1795 à Flaga, dans la paroisse d'Undirfell. Elle a été confirmée en 1809, époque à laquelle elle possédait « un excellent intellect, doublé d'une connaissance et d'une compréhension approfondies du christianisme ».

Cette appréciation est consignée dans le registre paroissial d'Undirfell.

P. Bjarnason

Ils m'ont sortie du réduit et m'ont remise aux fers. Cette fois, ils ont dépêché un jeune garçon pour procéder aux formalités. Je l'ai reconnu tout de suite à sa peau vérolée et son sourire nerveux : il travaille à Hvammur. Quand ses lèvres se sont ouvertes, j'ai remarqué que ses dents pourrissaient dans sa bouche. Il avait une haleine atroce, mais la mienne ne vaut guère mieux. Je sais que je pue. Je suis noire de crasse et couverte de croûtes : sang, sueur, humeurs. Je ne suis que suintements. Je ne me souviens même plus du jour où je me suis lavée pour la dernière fois. Mes cheveux ressemblent à un amas de cordes graisseuses. Au début, j'essayais de les natter, puis j'ai renoncé : ils m'ont privée de rubans. Le jeune garçon de Hvammur m'a certainement prise pour un monstre. Est-ce pour cela qu'il a souri ?

Il m'a sortie de ce réduit immonde et m'a poussée dans un couloir obscur, où d'autres hommes nous ont rejoints. Ils gardaient le silence, mais je les sentais derrière moi. Leurs regards telles des mains glacées sur ma nuque. Ils m'ont conduite à travers les couloirs, puis l'un d'eux a ouvert une porte. Et brusquement, après des mois passés à renifler mon haleine fétide et les odeurs de mon pot de chambre, j'ai pénétré dans la cour boueuse de Stóra-Borg. Sous une pluie battante.

Comment décrire ce que j'ai éprouvé ? J'avais l'impression d'être un nouveau-né. D'emplir mes poumons pour la première fois. J'ai vacillé sous la lumière du vaste monde et avalé de grandes goulées d'air marin. La journée était bien entamée : l'après-midi ouvrait grand ses mâchoires mouillées sur mon visage. Mon âme s'est déployée comme une fleur. Je suis tombée à genoux dans la boue et j'ai levé les yeux vers le ciel telle une fidèle vers le Seigneur. J'étais si heureuse de revoir la lumière du jour que j'en aurais pleuré.

Un homme s'est penché et m'a arrachée du sol comme il l'aurait fait d'une mauvaise herbe. C'est alors que je les ai vus : une petite assemblée d'hommes et de femmes se tenait là, immobile, les yeux rivés sur moi. J'ai mis un moment à comprendre ce qu'ils faisaient. Car ce n'était pas moi qu'ils regardaient. Pas moi qu'ils voyaient. J'étais deux hommes morts. J'étais une ferme en feu. J'étais le couteau. J'étais le sang.

Je ne savais comment réagir. Puis j'ai aperçu Rósa parmi eux. Elle se tenait à l'écart, sa fillette à la main. J'ai souri malgré moi, réconfortée par ce visage familier. Je n'aurais pas dû. Mon sourire a mis la foule en colère. J'ai vu se tordre les visages des filles de ferme, et un cri d'enfant s'est élevé dans le silence : *Fjandi !* Démon ! Le son de sa voix a fendu l'air comme un geyser d'eau brûlante. Mon sourire s'est évanoui.

L'insulte a tiré la foule de sa torpeur. Quelqu'un s'est mis à ricaner tandis qu'une vieille femme éloignait l'enfant qu'on avait fait taire. Puis ils se sont dispersés, chacun retournant à sa tâche. Je suis restée seule sous l'averse avec les policiers, les jambes tremblantes dans mes bas raides de sueur séchée, le cœur battant sous ma peau crasseuse. Quand j'ai jeté un regard derrière mon épaule, Rósa avait disparu.

Nous traversons maintenant le nord de l'Islande. Partout, l'île baigne dans ses eaux, boude dans son océan et poursuit nos ombres jusqu'au sommet des montagnes.

Ils m'ont ficelée en travers de la selle comme un cadavre qu'on mène au cimetière. Pour eux, je suis déjà morte. Juste bonne pour la tombe. Mes bras entravés sont tendus devant moi. Les fers me cisaillent les poignets : je les vois s'empourprer tout au long de cette parade interminable. Depuis qu'on m'a enfermée à Stóra-Borg, je m'attends sans cesse à recevoir des coups. Pour consigner leur haine, certains geôliers ont tatoué mon corps de menues violences : une bosse ici, un bleu là. Les hématomes fleurissent sous ma peau comme des constellations, un nuage de fumée noire et jaune retenu sous l'épiderme.

Ces hommes avaient sans doute bien connu Natan.

Nous faisons route vers l'est, à présent. Bien qu'ils m'aient ligotée comme un agneau qu'on conduit au sacrifice, je leur sais gré de me ramener dans ces vallées où l'herbe l'emporte sur la pierre, même si c'est là que je dois mourir.

Tandis que nos chevaux se frayent tant bien que mal un passage dans les touffes d'herbe, je me demande où ils ont choisi de me tuer. Et avant cela, où vont-ils me remiser ? Ils m'entreposeront quelque part comme une motte de beurre ou un tonneau de viande fumée. Comme un cadavre qui attend le dégel. Ensuite, ils m'enfonceront dans la terre comme un caillou.

Ils ne me disent pas ces choses-là. Ils se contentent de me mettre les fers et de m'emporter. Comme une vache, je vais où je suis conduite – et pas question de regimber, sinon c'est le couteau, la corde, ou pire encore ! Alors je baisse la tête et je vais où ils m'emmènent en espérant que ce n'est pas dans la tombe. Pas encore.

Le pire, ce sont les mouches. Elles pleuvent sur mon visage et s'insinuent dans mes yeux ; le frottement de leurs pattes et de leurs ailes me démange atrocement. Ma sueur les attire, et mes fers trop lourds m'empêchent de les chasser. Bien qu'ils aient été conçus pour un homme, ils m'enserrent étroitement les poignets.

Malgré tout, je me réjouis de sentir les mouvements et la chaleur du cheval sous mon corps – de sentir que la vie continue, et de ne plus avoir si froid. J'ai vécu à demi gelée pendant si longtemps que l'hiver semble avoir élu domicile dans ma moelle épinière. Passer ses journées dans le noir et ne recevoir d'autrui que des regards haineux glacerait les os des plus valeureux. Voilà pourquoi je me réjouis d'être enfin sortie de ce réduit. Même si l'air est gorgé de mouches, je préfère aller quelque part que pourrir lentement dans une remise comme un corps dans un cercueil.

Le bourdonnement des insectes et le bruit des sabots rythment notre chevauchée. J'entends aussi un grondement dans le lointain. Est-ce l'océan ? Par moments, je crois reconnaître l'incessant fracas des vagues sur la plage de Thingeyrar. A moins que mon imagination ne me joue des tours. La mer te reste dans la tête. D'après Natan, si tu la laisses s'installer, elle ne te fichera plus la paix. C'est une scie, ajoutait-il. Une vraie bonne femme.

Je me souviens très bien de cette conversation. C'était au printemps. Mon premier printemps chez lui. La lumière avait surgi comme une bête traquée – tremblante, les yeux écarquillés. La mer était étale, presque muette. Natan a poussé la barque et plongé les rames dans sa peau argentée.

— Quel calme... On se croirait dans un cimetière ! a-t-il lancé en souriant.

Il arrondissait les bras pour accompagner le mouvement des courtes vagues qui soulevaient l'embarcation. La coque grinçait sous son poids. Les rames semblaient marmonner des jurons à voix basse chaque fois qu'elles frappaient la surface de l'eau.

— Sois sage. Je serai bientôt de retour.

Cesse de penser à lui.

Depuis combien de temps sommes-nous partis ? Une ou deux heures ? Difficile à dire. Le temps file entre mes doigts. Pas plus de deux heures, tout de même. Je connais bien cette partie de l'île. Je sais que nous chevauchons maintenant vers le sud – vers Vatnsdalur, peut-être. Etrange. Mon cœur se met à cogner dans mes côtes. A quand remonte mon dernier passage ici ? Quelques années ? Davantage ? Rien n'a changé.

Je ne reviendrai sans doute jamais aussi près de chez moi.

Nous nous engageons entre les drôles de collines qui marquent l'entrée de la vallée. J'entends des corbeaux croasser au-dessus de nos têtes. Leurs silhouettes noires semblent de mauvais augure dans le bleu éclatant du ciel. Chaque nuit à Stóra-Borg, étendue sur ma couchette sale et humide, je fermais les yeux et m'envolais pour Flaga afin de nourrir les corbeaux. Ils sont cruels, les corbeaux – mais sages. Toute créature devrait être aimée pour sa sagesse si la bonté lui fait défaut. Enfant, je passais des heures à les observer, massés sur le toit de l'église d'Undirfell, pour tenter de deviner qui allait mourir. Installée sur le muret, je les scrutais dans l'espoir de voir l'un d'eux s'ébrouer : il faut alors regarder dans quelle direction l'oiseau tourne son bec. Une fois, le présage s'est réalisé. Un corbeau s'est posé sur le pignon en bois de l'église et je l'ai vu pointer son bec vers la ferme de Bakki. Un petit garçon s'est noyé là-bas quelques jours plus tard. On l'a retrouvé gris et gonflé dans la rivière. Le corbeau l'avait prédit.

Sigga ne savait rien des cauchemars et des fantômes. Une nuit, alors que nous tricotions dans le badstofa à Illugastadir, nous avons entendu un corbeau. Porté par le vent du large, son cri nous a glacées jusqu'aux os. J'ai expliqué à Sigga qu'il ne faut jamais appeler ni nourrir un corbeau pendant la nuit. Les oiseaux qu'on entend croasser dans l'obscurité sont des esprits, ai-je ajouté. Ils te tueraient s'ils posaient les yeux sur toi. Je l'ai terrifiée, j'en suis certaine – sinon, pourquoi aurait-elle médit sur mon compte par la suite ?

Où est-elle, à présent ? Et pourquoi n'ont-ils pas voulu qu'elle reste avec moi à Stóra-Borg ? Ils l'ont emmenée un matin quand j'étais entravée dans le réduit. Après, j'ai eu beau demander où elle était détenue, je n'ai jamais réussi à le savoir. « Loin de toi, me répondaient-ils. Et tais-toi maintenant ! »

— Agnes Magnúsdóttir !

L'homme qui chevauche à mon côté vient de crier mon nom. Il m'observe d'un regard dur.

— Agnes Magnúsdóttir. Je vous informe que vous serez détenue à Kornsá jusqu'au jour de votre exécution.

Il lit un document déplié entre ses mains gantées.

— Comme tout condamné reconnu coupable par les magistrats de ce pays, vous avez perdu votre droit à la liberté.

Il replie la feuille de papier et la glisse dans son gant.

— Tu ferais mieux de sourire. Ils sont gentils, à Kornsá.

Tiens, le voilà ton sourire. Tu es content ? Tu vois mes lèvres se craqueler ? Et mes dents, tu les vois ?

L'homme dépasse ma jument. Le dos de sa chemise est trempé de sueur. Ont-ils agi en connaissance de cause ? Seigneur, pourquoi fallait-il qu'ils choisissent Kornsá ?

Hier, quand je croupissais dans la remise de Stóra-Borg, la perspective de retourner à Kornsá m'aurait emplie de joie. Souvenirs d'enfance, ruisseaux, herbe verte, mottes de tourbe couvertes de rosée au printemps… Aujourd'hui, je sais que ce retour sera une humiliation. Les habitants de la vallée me connaissent bien. Ils se souviennent de celle que j'étais : le bébé, l'enfant, la jeune femme allant de ferme en ferme. En me voyant reparaître, ils penseront d'abord aux meurtres – et l'enfant, la jeune femme s'effaceront de leur mémoire.

Ne regarde pas autour de toi.

Je scrute la crinière du cheval. Elle est pleine de poux. Viennent-ils de moi ou de l'animal ? Je ne saurais le dire.

Le révérend Tóti courba les épaules et sortit de la masure. Il cilla, un instant ébloui par la lumière rosée du soleil de minuit, puis il porta son regard au loin, tout au bout du pré le plus au nord de la ferme. Et cette fois, il les vit : plusieurs cavaliers sur le sentier. Il tenta de repérer la femme parmi eux. Nimbées dans la poussière dorée qui montait des foins, leurs silhouettes, trop noires, trop petites, ne révélaient rien.

Margrét sortit à son tour et se tint derrière lui.

— J'espère qu'ils laisseront quelques hommes ici pour s'assurer qu'elle ne nous tuera pas pendant notre sommeil.

Tóti se retourna et scruta le visage dur de Margrét. Sourcils froncés, elle plissait les yeux pour apercevoir les cavaliers. Elle avait tressé ses cheveux gris et torsadé les deux nattes en un chignon bien serré, glissé sous sa meilleure coiffe. Le tablier sale qu'elle portait plus tôt dans la soirée, lorsque Tóti était arrivé, avait cédé la place à un vêtement propre.

— Vos filles se joindront-elles à nous ?

— Elles ne tiennent plus debout. Je les ai envoyées se coucher. Je ne vois pas pourquoi ils amènent la criminelle au milieu de la nuit !

— Pour éviter de déranger vos voisins, j'imagine, répondit-il avec tact.

Margrét se mordit la lèvre. Ses joues s'empourprèrent.

— Il ne me sied pas de partager ma maison avec les enfants du Diable.

Elle baissa la voix pour ajouter :

— Révérend Tóti, nous devons faire savoir aux autorités que nous ne voulons pas d'elle ici. Qu'ils l'envoient sur une île s'ils ne veulent pas la garder à Stóra-Borg !

— Nous devons accomplir notre devoir, murmura-t-il, les yeux rivés sur les cavaliers.

Ils venaient d'obliquer sur le sentier et se dirigeaient à présent vers le pré qui s'étendait devant la ferme. Tóti sortit son cornet à priser de sa poche et saisit une pincée de tabac, qu'il posa délicatement sur sa main gauche, entre son pouce et son index. Il se pencha pour l'aspirer. Derrière lui, Margrét toussa, puis cracha.

— Même si ce devoir nous rend aussi impuissants que des cochons parqués pour la nuit, mon révérend ? Vous êtes un homme – un jeune homme, certes, mais un serviteur de Dieu. Je ne pense pas que la condamnée s'en prendrait à vous. Mais à nous ? A mes filles ? Seigneur ! Comment voulez-vous que je dorme en paix ?

— Ils laisseront certainement un homme avec vous, assura-t-il en reportant son attention sur les cavaliers.

L'un d'eux s'était détaché de la file et venait vers eux au petit galop.

— Espérons-le. Sinon, je la ramènerai moi-même à Stóra-Borg !

Les mains nouées sur son tablier, Margrét scrutait un groupe de corbeaux qui se dirigeaient vers le massif de Vatnsdalsfjall. Sombres et silencieux, ils ressemblaient à une poignée de cendres lancée vers le ciel.

— Etes-vous un homme de traditions, révérend Tóti ?

Il réfléchit un instant.

— Oui, dit-il enfin. Tant qu'elles sont nobles et chrétiennes.

— Savez-vous comment les anciens appellent un vol de corbeaux ?

Il secoua la tête.

— Une conspiration, mon révérend. Une *conspiration*.

Elle avait haussé les sourcils, comme pour le mettre au défi de la contredire. Tóti observa les oiseaux qui se posèrent sur l'auvent de l'étable.

— En êtes-vous sûre, Margrét ? Il me semble que « malveillance » serait plus approprié.

Le cavalier qui venait à leur rencontre atteignit le bord du pré avant que Margrét ait eu le temps de répondre.

— *Komið pið sæl og blessuð !* cria-t-il.

— *Drottin blessi yður !* Que Dieu vous bénisse ! répondirent-ils à l'unisson.

Ils attendirent que l'homme soit descendu de sa monture pour aller à sa rencontre. Tous trois s'embrassèrent, comme le voulait la coutume. Le garde était trempé de sueur et sentait le cheval.

— Elle est avec nous, annonça-t-il, le souffle court. Le voyage l'a fatiguée.

Il s'interrompit pour ôter son chapeau et s'éponger le front du plat de la main.

— Je pense qu'elle vous laissera en paix, conclut-il.

Margrét ricana.

— Qu'en savez-vous ? lança-t-elle.

L'homme esquissa un sourire poli.

— Nous avons ordre de camper ici pour nous en assurer. Nous nous installerons dans ce pré.

Elle acquiesça d'un air solennel.

— Bien. Ne piétinez pas les herbes, je vous prie. Puis-je vous apporter un peu de lait ? De l'eau et du petit-lait ?

— Volontiers, répondit le garde. Nous vous rembourserons.

— C'est inutile. Assurez-vous que cette diablesse n'entre pas dans ma cuisine, c'est tout ce que je vous demande. Elle aurait vite fait d'attraper un couteau !

L'homme haussa les épaules et la suivit sans mot dire. Le révérend l'attrapa par la manche à l'instant où il allait franchir le seuil de la ferme.

— La prisonnière a demandé à me parler. Où est-elle ?

Le garde désigna le cheval le plus éloigné de la masure.

— Vous la reconnaîtrez à son haleine. L'autre fille est restée à Midhóp. Paraît qu'elle attend le résultat d'un recours en grâce.

— Un recours ? Je croyais qu'ils étaient tous condamnés à mort ?

— Sur la péninsule de Vatnsnes, beaucoup espèrent que Sigga sera graciée par le roi. Trop jeune et trop gentille pour mourir. Pas comme celle-là, ajouta-t-il avec une grimace. C'est une sacrée teigne quand ça lui prend !

— A-t-elle fait appel ?

L'homme éclata de rire.

— Ça m'étonnerait ! Blöndal soutient la plus jeune. Paraît qu'elle lui rappelle sa femme. Alors que celle-là... Il veut qu'elle serve d'exemple.

Le révérend observa les chevaux alignés au bord du pré. Les cavaliers avaient mis pied à terre et commençaient à déballer leurs affaires. Il ne restait qu'une seule personne en selle.

— Dites, marmonna Tóti, soudain hésitant. Comment dois-je m'adresser à la... ?

— Agnes, interrompit l'homme. Contentez-vous de l'appeler Agnes. Elle répondra à son nom.

Nous sommes arrivés à Kornsá. Les hommes de Stóra-Borg se sont arrêtés à courte distance de la ferme. Deux personnes se tiennent devant l'entrée – un homme et une femme. Le garde qui m'a informée de ma privation de liberté s'avance vers eux. Personne ne pense à détacher mes fers. Peut-être m'ont-ils oubliée ? La femme, qui tousse et crache comme une vieille carne, se penche pour rentrer à l'intérieur. L'homme demeure sur le seuil et continue de parler au garde.

J'entends des rires sur ma gauche – deux hommes pissent côte à côte. Je le devine à l'odeur qui monte dans l'air chaud. Comme toujours, nul ne se soucie de moi. Je n'ai pourtant rien mangé ni bu de la journée. Mes lèvres sont sèches comme du petit bois. J'ai l'impression de revenir en enfance, quand la faim me tenaillait : je croyais sentir mes os grandir dans mon corps et pousser mon squelette peu à peu hors de moi-même. J'éprouve cette sensation aujourd'hui. Je ne suis déjà plus une femme. Mes menstruations ont cessé.

L'homme qui se tenait sur le seuil traverse le pré à grandes enjambées.

Ne le regarde pas.

— Bonsoir, Agnes. Je… je m'appelle Thorvardur Jónsson. Je suis sous-révérend à Breidabólstadur dans le canton de Vesturhóp, énonce-t-il sans reprendre son souffle.

Ne lève pas les yeux. C'est lui. Je reconnais sa voix.

Il tousse et se penche – pour m'embrasser, sans doute. Mais il se fige, puis recule si vite qu'il trébuche sur une touffe d'herbe. Mes bas empestent l'urine. Il a dû le sentir et renoncer à observer la coutume.

— Vous avez requis ma présence ici, n'est-ce pas ? reprend-il d'un ton incertain.

Je lève les yeux.

Il ne me reconnaît pas. Je ne sais si je dois m'en réjouir ou m'en offusquer. Ses cheveux sont aussi rouges qu'autrefois, rouges comme un soleil de minuit. A croire que ses boucles ont absorbé la lumière tel un écheveau de laine qu'on trempe dans la teinture. Seul son visage a vieilli. Il est moins joufflu qu'autrefois.

— Vous avez requis ma présence ? répète-t-il.

Je cherche son regard, mais il détourne le sien. Il essuie d'un revers de main la sueur qui perle à sa lèvre supérieure, y déposant une traînée de petits grains noirs. Du tabac à priser ? Il préférerait être ailleurs, c'est évident.

Ma langue a gonflé dans ma bouche. Impossible de la remuer pour former des sons. Même si j'y parvenais, que lui dirais-je ? Je gratte les croûtes qui se sont formées sur mes poignets, là où les fers m'entaillent la peau. Un flot de sang affleure à la surface. Le révérend s'en aperçoit.

— Bien. Je dois… Je suis heureux de vous avoir rencontrée, mais… il est tard. Vous devez être… Je reviendrai bientôt, de toute façon.

Il s'incline gauchement, puis s'éloigne – si vite qu'il trébuche de nouveau. Dommage. Je n'ai pas eu le temps de lui faire savoir que je comprends ce qu'il ressent. J'étale le sang de ma plaie sur mon bras tandis qu'il rejoint son cheval en vacillant sur ses jambes.

Je suis seule, à présent. J'observe les corbeaux et j'écoute les chevaux manger.

Quand les hommes de Stóra-Borg se retirèrent sous leurs tentes après avoir dîné, Margrét ramassa les bols sales et regagna le badstofa. Elle remonta les couvertures sur ses filles endormies, puis elle arpenta lentement la petite pièce en se penchant pour ramasser les brins d'herbe sèche qui s'échappaient des blocs de tourbe posés sur les chevrons. La poussière la mettait au désespoir. Il y en avait partout ! Autrefois, les murs avaient été lambrissés de bois norvégien, mais Jón l'avait ôté pour rembourser un fermier auquel il devait de l'argent, au fond de la vallée. Les conséquences étaient désastreuses : sèche en été, la tourbe répandait constamment de la poussière et de l'herbe sur les lits ; froide et humide en hiver, elle produisait des moisissures qui tombaient sur les couvertures de laine et infestaient les poumons de toute la famille. La ferme avait commencé à se désintégrer. Elle se transformait en taudis, et son état de délabrement gagnait ses habitants : l'an passé, deux domestiques étaient morts des suites de maladies causées par l'humidité.

Margrét songea à sa propre toux et porta instinctivement la main à sa bouche. Depuis que le commissaire du canton leur avait annoncé la terrible nouvelle, l'état de ses poumons n'avait fait qu'empirer. Elle se levait chaque matin avec un poids sur la poitrine. Etait-ce dû à l'angoisse provoquée par l'arrivée imminente de la condamnée, ou aux miasmes accumulés dans ses bronches pendant la nuit ? Elle n'aurait su le dire, mais cette toux persistante l'inclinait à penser à sa propre mort. Tout se délite de l'intérieur, conclut-elle.

L'un des hommes était parti chercher Agnes, qu'ils avaient attachée près des chevaux. Margrét l'avait entraperçue lorsqu'elle avait apporté le dîner des gardes dans le pré – un éclat de bleu, une longue jupe sur les flancs d'une jument. Rien de plus. A présent, son cœur cognait dans sa poitrine. Bientôt, la meurtrière surgirait devant elle. Margrét verrait son visage ; elle percevrait la chaleur de son corps dans la petite pièce. Que faire, alors ? Comment devait-elle se conduire en présence d'une telle femme ?

Si seulement Jón était là ! Il m'aiderait à trouver les mots justes. Seul un homme, un honnête homme, peut s'adresser aux filles qui ont quitté le droit chemin.

Margrét s'assit et rassembla distraitement les brins d'herbe au creux de sa main. En presque quarante ans de mariage, elle avait connu plusieurs dizaines de fermes et employé tout autant de domestiques. D'où venaient, alors, les doutes qui l'assaillaient ? Elle se sentait paralysée d'angoisse. Cette femme, cette Agnes, s'était détournée du droit chemin. Ce n'était ni une servante ni une invitée. Ce n'était pas non plus une pauvresse à qui l'on fait la charité. Elle ne méritait nulle pitié – et pourtant, elle était condamnée à mort... Margrét frissonna. La lampe faisait danser son ombre sur les lattes du plancher.

Un bruit de pas résonna dans le couloir. Margrét se leva d'un bond, laissant tomber au sol les brins d'herbe qu'elle tenait dans son poing.

— Madame Margrét ? Je suis avec la prisonnière. Puis-je la faire entrer ?

Elle prit une profonde inspiration.

— Faites, ordonna-t-elle.

Le garde entra en premier. Il offrit un large sourire à Margrét, qui se tenait très droite, les mains crispées sur son tablier. Elle lança un regard vers ses filles endormies et sentit son pouls s'accélérer.

L'homme cilla pour s'accoutumer à la pénombre. Puis, brusquement, il tira la femme dans la pièce.

Margrét ne s'attendait pas à la trouver dans un état si pitoyable. La condamnée portait une robe en drap de laine grossier, comme la plupart des filles de ferme – mais la sienne était si tachée, si crasseuse, que le bleu d'origine ne se voyait quasiment plus sous les auréoles graisseuses qui maculaient l'encolure et les manches. Une épaisse couche de boue séchée déformait le vêtement, qui pendait gauchement sur son corps. Ses bas de laine délavés, également bleu foncé, étaient complètement trempés. L'un d'eux s'était déchiré, dévoilant un triangle de peau pâle. Les coutures de ses chaussures, manifestement en peau de phoque, s'étaient rompues, mais la couche de boue qui les recouvrait empêchait Margrét d'évaluer les dégâts. Elle ne portait pas de coiffe et ses cheveux emmêlés, divisés en deux longues tresses brunes, luisaient de crasse. Plusieurs mèches tombaient mollement dans son cou. On aurait dit que les gardes l'avaient traînée dans la boue depuis Stóra-Borg. Impossible de voir son visage : elle fixait obstinément le sol.

— Regardez-moi.

Agnes leva lentement la tête. Margrét grimaça. Une tache de sang séchait au coin de ses lèvres et des coulées de boue striaient son front. Un hématome jaunissait sa peau, du menton jusqu'à la base du cou. Lorsque ses yeux quittèrent le sol pour croiser ceux de Margrét, celle-ci fut troublée par leur intensité : leur éclat semblait encore avivé par la saleté de ses joues.

Margrét se tourna vers le garde.

— Cette femme a été frappée.

L'homme quêta un éclair de connivence dans son regard. N'en trouvant pas, il baissa les yeux.

— Où sont ses affaires ? reprit Margrét.

— Elle n'a que ça, répondit-il. Les greffiers lui ont pris ce qui lui servait à se couvrir les miches.

Aiguillonnée par une soudaine bouffée de colère, Margrét désigna les fers qui enserraient les poignets de la prisonnière.

— Doit-elle rester attachée comme un agneau prêt pour l'abattage ?

Le garde haussa les épaules. Il tira la clé de sa poche et libéra Agnes, qui laissa retomber ses bras le long du corps.

— Vous pouvez partir, dit Margrét à l'homme. Je vous demanderai de revenir quand j'irai me coucher. Avant cela, j'aimerais rester seule avec elle.

Le garde ouvrit de grands yeux.

— Vraiment ? C'est risqué.

— Je vous assure que je vous appellerai quand j'irai me coucher. Restez sur le seuil. Je crierai si nécessaire.

Il marqua un temps d'hésitation, puis s'inclina et sortit. Margrét se tourna vers Agnes, qui se tenait sans bouger au milieu de la pièce.

— Vous, dit-elle. Suivez-moi.

Elle ne voulait pas la toucher, mais l'obscurité qui régnait dans la maison l'obligea à l'attraper par le bras pour la guider d'une pièce à l'autre. Elle sentit les os du poignet osciller sous ses doigts et le sang séché se glisser sous ses ongles. L'odeur d'urine qui se dégageait du corps emplit ses narines.

— Par ici.

Margrét se dirigea lentement vers la cuisine. Elle se pencha pour passer sous l'encadrement de la porte, invitant Agnes à faire de même. Les braises qui rougissaient dans l'âtre éclairaient la pièce. Le trou pratiqué dans le toit de chaume pour évacuer la fumée laissait entrer de pâles rayons de lumière. Ils rayaient le sol de terre battue et teintaient de rose les volutes qui dansaient dans la pièce.

Margrét fit entrer Agnes, puis se tourna vers elle.

— Déshabillez-vous. Vous ne dormirez pas dans mes draps sans vous être lavée. Pas question d'ajouter vos poux à ceux qui infestent déjà la maison.

Agnes l'observait d'un air impassible.

— Où est l'eau ? croassa-t-elle.

Margrét hésita un court instant, avant de s'approcher de la marmite posée sur les braises. Elle y plongea la main, en sortit les plats qu'elle avait mis à tremper, puis elle la souleva et la posa sur le sol.

— Là, dit-elle. C'est encore chaud. Dépêchez-vous, à présent. Il est plus de minuit.

Agnes jeta un regard à la marmite, puis s'affaissa brusquement au sol. Margrét crut d'abord qu'elle avait perdu connaissance – non : elle voulait boire. Penchée au-dessus du faitout, elle y puisait à pleines mains et s'abreuvait avec l'impatience d'une bête à l'étable. L'eau graisseuse coulait sur son menton et dans son cou avant de s'immiscer dans les plis crasseux de sa robe. Sans réfléchir, Margrét plaqua sa main sur le front de la jeune femme et la tira vivement en arrière. Agnes tomba en poussant un cri. L'eau gargouillait encore dans sa bouche de manière si pathétique que Margrét en eut le cœur serré. Les yeux mi-clos, la bouche ouverte, Agnes ressemblait à ceux que la boisson, la maladie ou un deuil trop brutal ont rendus fous. Elle gémit, frotta sa bouche et sa robe du plat de la main, puis elle se dressa sur ses coudes et tenta de se relever.

— J'avais soif.

Margrét poussa un long soupir. Son cœur cognait dans sa poitrine.

— Demandez-moi une tasse, la prochaine fois.

Le révérend Tóti était couvert de sueur lorsqu'il atteignit la paroisse de Breidabólstadur. Il avait parcouru au galop la distance qui le séparait de Kornsá, les joues cinglées par le vent, les talons enfoncés dans les flancs de son cheval.

Il ralentit l'allure et guida son cob encore écumant vers un échalier près de l'entrée de la ferme. Ses jambes tremblaient lorsqu'il mit pied à terre. Une rafale de vent s'immisça aussitôt sous le maillage serré de ses vêtements, glaçant sa peau moite. Il prit les rênes entre ses doigts gourds et les enroula autour du poteau.

Poussés par le vent, de gros nuages arrivaient de la mer. Quelques jours à peine s'étaient écoulés depuis le solstice d'été, mais la belle saison semblait déjà loin. Tóti tira sur le col de sa veste et enfonça son chapeau sur ses oreilles. Il était trempé jusqu'aux os. Il tapota la croupe de son cheval et s'engagea sur le sentier en pente douce qui montait vers l'église. Au nord de l'île, les longues journées d'été brouillaient ses repères. La lumière persistante, le crépuscule permanent le perturbaient. Plus au sud, là où il avait fait ses études, il parvenait toujours à deviner l'heure. Ici, il en était incapable.

Une pluie violente s'abattit sur ses épaules. Les rafales s'accélérèrent. Elles plaquaient au sol les herbes hautes, avant de les redresser brusquement vers le ciel. Les foins prenaient des reflets d'argent sous la lumière déclinante. Tóti gravit la colline à grandes enjambées en repensant à sa rencontre avec la femme. La criminelle. *Agnes*.

En s'approchant d'elle, il avait d'abord été frappé par la manière dont elle avait enfourché le cheval pour ne pas risquer de tomber pendant le trajet. Puis son odeur l'avait assailli – la puanteur d'un corps négligé, couvert de vêtements souillés, de sueur et de sang séché. S'y ajoutait autre chose, une odeur spécifique aux femmes, qui montait de ses jambes écartées. Il rougit en y repensant.

Plus encore que son odeur, son apparence l'avait troublé : on aurait dit un cadavre fraîchement tiré du tombeau. Cheveux noirs emmêlés et luisants de saleté. Peau sillonnée de crasse. Couleurs lépreuses.

Il avait failli tourner les talons. S'enfuir. Comme un lâche.

Courbant les épaules pour se protéger de la pluie et du vent, Tóti se sermonnait avec vigueur.

Quelle sorte d'homme es-tu si le spectacle d'une chair malade te donne envie de fuir ? Quelle sorte de prêtre seras-tu si tu ne peux supporter la vue de la souffrance ?

Il avait été particulièrement horrifié par l'hématome qui couvrait le menton et le cou d'Agnes : sa couleur jaune vif évoquait un jaune d'œuf desséché. Par quel violent concours de circonstance avait-il éclos sur son menton ? Tóti imagina plusieurs options : une main masculine la saisissant méchamment par le cou ; une corde l'attachant à des fers ; une chute.

Le corps humain peut souffrir de mille et une façons, songea-t-il en atteignant le sommet de la colline. Il s'arrêta devant la grille du cimetière et leva le loquet en s'y reprenant à deux fois.

Il s'agissait peut-être d'un accident. Elle s'est blessée sans le vouloir.

Le révérend longea rapidement le sentier pavé qui menait à l'église en évitant de regarder les tombes plongées dans la pénombre. Tirant une grosse clé de sa poche, il se glissa à l'intérieur. Il referma avec soulagement la grande porte en bois, qui l'isola aussitôt du monde extérieur. Le rugissement du vent se tut, remplacé par un profond silence. Seul persistait le bruit de la pluie qui s'abattait doucement sur l'unique fenêtre de l'église – une simple ouverture tendue de peau de poisson.

Tóti ôta son chapeau et passa une main dans ses cheveux. Le plancher craqua sous ses pieds lorsqu'il s'avança vers la chaire. Il se figea, les yeux levés vers la peinture murale qui se dressait derrière l'autel. Le dernier repas du Christ.

La peinture était hideuse : une grande table présidée par un Jésus trapu. Judas, qui rôdait dans l'ombre, avait l'air d'un troll. C'était l'œuvre d'un enfant du pays, fils d'un riche marchand doté d'une épouse danoise et de relations au gouvernement. Un dimanche après l'office, Tóti avait entendu le marchand se plaindre au révérend Jón de l'ancienne fresque, qui commençait à s'écailler. L'homme avait parlé de son fils, assurant que ses talents artistiques lui avaient valu l'octroi d'une bourse d'études à Copenhague. Si le révérend Jón permettait au jeune homme d'exprimer sa dévotion envers la paroisse, avait poursuivi le marchand, lui-même serait heureux d'acheter le matériel nécessaire et d'offrir à l'église le résultat de son travail. Le père de Tóti, en homme sage et parcimonieux, avait aussitôt acquiescé. Peu après, le jeune artiste avait recouvert l'ancienne fresque.

Elle manquait à Tóti. Elle illustrait joliment une scène de l'Ancien Testament : on y voyait Jacob luttant contre l'ange, le visage enfoui dans son épaule, le poing fermé sur ses belles plumes blanches.

Un long soupir lui échappa. Il s'agenouilla, posa son chapeau au sol et joignit les mains sur sa poitrine.

— O Père très saint, pardonne mes offenses ! Pardonne ma faiblesse et mes peurs. Aide-moi à surmonter ma lâcheté ! Donne-moi la force d'endurer le spectacle de la souffrance humaine, afin que je puisse accomplir Ton œuvre en soulageant ceux qui sont dans la peine… Seigneur, je prie pour l'âme de cette femme qui a commis un crime atroce. Apprends-moi les mots qui m'aideront à lui inspirer du repentir. Père, je viens te confesser mes peurs. Je ne sais que lui dire. Je me sens mal à l'aise en sa présence. Seigneur, protège mon cœur de… l'horreur que cette femme m'inspire !

Tóti resta à genoux un long moment. Seul le souvenir de son cheval, qu'il avait laissé attaché en plein vent sous la pluie, le poussa à se lever. Il sortit et verrouilla la porte de l'église derrière lui.

Margrét se réveilla tôt le lendemain matin. Le garde qui s'était installé en face d'elle pour la protéger de la criminelle ronflait sans discontinuer. Elle se tourna contre le mur et enfonça les coins de la couverture dans ses oreilles – en vain. Les ronflements résonnaient toujours sous son crâne. Impossible de se rendormir, à présent. Elle s'allongea sur le dos et glissa un regard vers le garde. Ses épais cheveux blonds se dressaient en épis graisseux sur sa tête, et il dormait bouche ouverte sur l'oreiller. En plissant les yeux dans la pénombre, Margrét aperçut une rangée de petits boutons sur son menton.

Est-ce là tout ce qu'ils ont trouvé pour me protéger d'une meurtrière ? Un gamin qui ronfle sur ses deux oreilles ?

Elle observa ses filles sagement assoupies, puis risqua un œil vers la prisonnière, qui occupait l'un des lits réservés aux domestiques, à l'autre extrémité de la pièce : elle dormait, immobile sous ses couvertures. Margrét se dressa sur ses coudes pour l'observer plus attentivement.

Agnes.

Elle forma le mot sur ses lèvres.

Je ne devrais peut-être pas employer son nom de baptême… Comment l'appelaient-ils, à Stóra-Borg ? Prisonnière ? Accusée ? Condamnée ? Et s'ils ne l'appelaient pas, tout simplement ?

Saisie d'un frisson, Margrét se blottit sous la couverture. Agnes n'avait pas bougé, gardant paupières et lèvres closes. Le bonnet de nuit que Margrét lui avait donné s'était dénoué, libérant ses cheveux noirs. Ils formaient une tache sombre sur l'oreiller.

Elle est là, maintenant.

Sa présence, pourtant annoncée, la surprenait presque. Un mois s'était écoulé depuis que Jón était rentré de Hvammur, après son entrevue avec Blöndal. Un mois d'expectative. Des journées entières passées à tenter d'imaginer la meurtrière.

Des nuits à anticiper ses propres réactions. A se fixer une ligne de conduite. Un mois d'angoisse, aussi. Une angoisse aiguë, rivée en elle comme une ligne de pêche agrippée à une ancre qu'il faudrait inévitablement remonter des profondeurs.

Et toujours, cette question lancinante : à quoi ressemble une femme qui a tué deux hommes ?

Les seules références de Margrét en la matière étaient les criminelles des sagas – et encore : ces femmes-là tuaient avec des mots. Elles envoyaient leurs domestiques tuer leurs amants ou venger la mort d'un proche. Elles agissaient à distance et gardaient les mains propres.

Les temps ont changé. Cette femme n'est pas une héroïne de saga. C'est une fille pauvre et sans terre, élevée dans la boue et nourrie au gruau.

Etendue sur sa couchette, Margrét pensa à Hjördis, sa servante préférée, maintenant enterrée au cimetière d'Undirfell. Hjördis avait-elle l'étoffe d'une criminelle, elle aussi ? Aurait-elle pu la poignarder dans son sommeil, comme Agnes l'avait fait à Natan Ketilsson et Pétur Jónsson ? Elle tenta d'imaginer les doigts fins de sa servante crispés sur le manche d'un couteau, ses pieds foulant le sol dans l'obscurité…

Impossible.

Lauga avait demandé à Margrét s'il existait un moyen de reconnaître le mal – une marque quelconque permettant de savoir qu'une personne était habitée par le Diable : un bec-de-lièvre, une dent de travers, une tache de naissance ? Il fallait bien que les honnêtes gens puissent se tenir sur leurs gardes ! Margrét avait secoué la tête. « Ce ne sont que des superstitions », avait-elle assuré, mais Lauga ne l'avait pas crue. Pour elle, la meurtrière portait forcément le signe de son infamie.

De son côté, Margrét s'était interrogée. Et si, au contraire, la femme était superbe ? Comme tous les habitants de la région, elle savait que Natan Ketilsson était friand de beautés féminines. Il avait le chic pour les débusquer dans les coins les plus reculés. C'est un sorcier, murmurait-on.

Ingibjörg, la voisine de Margrét, avait entendu dire que Natan avait quitté la poète Rósa pour Agnes. Parce qu'elle était plus séduisante que Rósa ? Margrét n'était pas loin de le penser. Qu'une très belle femme soit capable de meurtre ne l'étonnait guère. Comme le rappellent les sagas, *Opt er flagđ í fögru skinni*, les sorcières ont souvent la peau blanche.

Sauf qu'Agnes n'était ni belle ni laide. Elle avait un physique intéressant, certes, mais sa beauté n'était pas de celles qui font tourner la tête des hommes. De taille moyenne, elle était menue, « mince comme un elfe », auraient dit les habitants du sud de l'île. La veille, dans la cuisine, Margrét avait trouvé son visage un peu allongé ; elle avait remarqué ses pommettes hautes et son nez droit. La pâleur de sa peau contrastait avec la couleur de ses cheveux. Il était rare qu'une femme ait des cheveux semblables dans la région, pensa Margrét. Des cheveux très longs, très sombres. D'un noir d'encre.

Elle tira la couverture sur son menton. Le jeune garde continuait de ronfler – à croire qu'une avalanche dévalait la montagne, pensa Margrét, agacée. Elle se sentait fatiguée. Ses bronches encombrées l'empêchaient de respirer normalement.

Elle ferma les paupières et repensa à la prisonnière. A l'avidité bestiale avec laquelle Agnes avait lapé l'eau de la marmite. A sa faiblesse, si grande qu'elle n'avait pu se déshabiller seule : elle avait essayé de dénouer sa robe, mais ses doigts enflés refusaient de se plier. Margrét avait été contrainte de l'aider, grattant la boue séchée du bout des ongles pour pouvoir desserrer les lacets. Entre les murs de la petite cuisine pourtant enfumée, la puanteur qui se dégageait des vêtements et du corps d'Agnes lui avait soulevé l'estomac. Elle avait retenu sa respiration pour lui retirer sa robe, et détourné la tête quand le vêtement s'était affaissé au sol dans un nuage de poussière. Les épaules d'Agnes, acérées comme des lames de rasoir, pointaient sous le tissu épais de sa chemise à l'encolure jaunie, tachée de brun sous les aisselles.

Margrét avait décidé de brûler les vêtements d'Agnes à la première heure le lendemain matin. Lorsqu'elle les avait abandonnés dans un coin de la cuisine – pas question de les emporter dans le badstofa –, elle avait vu un régiment de puces ramper entre les plis du tissu.

Après l'avoir dévêtue, elle s'était attaquée à la crasse qui noircissait son corps. Agnes avait tenté de se laver seule, passant faiblement le linge mouillé sur ses membres émaciés, mais la crasse était si profondément incrustée dans sa peau qu'elle semblait avoir pénétré ses pores. Au bout d'un moment, Margrét avait retroussé ses manches, serré les dents et arraché le linge des mains d'Agnes. En la frottant, elle avait, malgré elle, cherché sur son corps les difformités dont Lauga la pensait affublée. Celles qui la désigneraient comme une meurtrière. Elle n'avait rien trouvé. En fait, seuls les yeux de la prisonnière avaient retenu son attention. Des yeux étranges, d'un bleu intense, trop clairs pour être jolis.

Le reste de sa personne témoignait des maltraitances qu'elle avait subies. Pourtant habituée à soigner des corps meurtris par de longues journées de labeur, Margrét avait été profondément choquée.

Elle enfouit sa tête sous son oreiller pour tenter d'échapper aux ronflements étranglés du jeune garde. D'autres images se pressèrent alors sous ses paupières : le linge de toilette devenu noir de crasse ; le sang d'Agnes qui jaillissait de certaines plaies, brusquement rouvertes – Margrét avait sans doute frotté trop fort, mais la vue du sang l'avait secrètement réjouie ; ses longs cheveux qu'il avait fallu laver, eux aussi. L'eau de la marmite était si noire que Margrét avait demandé à l'un des hommes de Stóra-Borg d'aller puiser de l'eau fraîche à la source. En attendant son retour, elle avait nettoyé les plaies de la prisonnière, avant de les couvrir d'un onguent à base de soufre et de saindoux.

« Je le tiens de Natan Ketilsson », avait-elle précisé.

Agnes n'avait rien dit, mais Margrét avait vu – ou cru voir ? – les muscles de son cou se raidir.

« Paix à son âme ! » avait murmuré Margrét en refermant le pot d'onguent.

Ensuite, elle avait sorti pour Agnes les draps et la chemise de Hjördis – celle que la servante portait le soir de sa mort. Ce vêtement était-il encore empreint des germes qui lui avaient été fatals ? Peut-être… mais quelle importance ? Celle qui le porterait désormais mourrait bientôt, elle aussi.

Margrét soupira, troublée par cette pensée. Dans peu de temps, la femme qui respirait à moins d'un mètre de sa couchette reposerait sous terre… C'était à la fois étrange et inéluctable. Elle s'assit contre la tête de lit. Agnes n'avait toujours pas bougé. Le garde continuait de ronfler. Il se grattait même l'entrejambe dans son sommeil ! Elle détourna les yeux, amusée. Un peu irritée, aussi, de songer que ce gamin constituait sa seule protection contre les éventuels assauts de la criminelle qu'on l'avait obligée à accueillir sous son toit.

Renonçant à se rendormir, Margrét décida de se lever pour préparer le repas des gardes. Du skyr, peut-être ? Ou du poisson séché. Elle se demanda s'il lui restait du beurre, puis elle pensa aux garçons de ferme partis s'approvisionner à Reykjavík. Elle les attendait d'un jour à l'autre, à présent.

Elle dénoua son bonnet de nuit tout en jetant un dernier regard à la femme endormie.

Son cœur bondit dans sa poitrine. Agnes était couchée sur le côté. Les yeux grands ouverts, elle l'observait tranquillement.

3

Il est maintenant établi que le crime a été commis par Fridrik Sigurdsson, avec la complicité d'Agnes Magnúsdóttir et de Sigrídur Gudmundsdóttir. Fridrik s'est introduit dans la demeure de Natan Ketilsson aux abords de minuit. Mû par la haine qu'il vouait à Natan et le désir de lui voler ses biens, il a frappé et tué Natan et Pétur Jónsson, son invité, à l'aide d'un couteau et d'un marteau. Puis, les corps ayant perdu beaucoup de sang, Fridrik a mis le feu à la ferme dans l'espoir de dissimuler son crime. La thèse de l'accident, d'abord retenue, a rapidement été écartée par le commissaire de police du canton au profit de celle du meurtre : lorsque les deux corps à demi calcinés ont été découverts sous les décombres, il a compris que ces trois-là avaient agi ensemble.

D'après les registres de la Cour suprême
pour l'année 1829

A Stóra-Borg, je ne rêvais pas. Mon sommeil ressemblait à une vague trop courte : il me recouvrait sans jamais me submerger. Recroquevillée sur les lattes du plancher sous une peau de cheval moisie, je dormais mal. Un rien suffisait à m'éveiller : des pas dans le couloir, le raclement du pot de chambre sur le sol quand on venait le vider, la violente odeur de pisse qui régnait dans la remise. Certains soirs, si je demeurais immobile, paupières closes, et que je repoussais fermement les pensées qui me venaient à l'esprit, je parvenais à trouver le sommeil. Il s'immisçait en moi comme un filet d'eau. Je passais le reste de la nuit à somnoler jusqu'à ce qu'un pâle rayon de soleil se glisse dans la pièce et que mes geôliers me jettent un morceau de poisson séché. J'ai parfois l'impression de ne pas avoir réellement dormi depuis l'incendie. Est-ce le châtiment que Dieu me réserve ? Ou l'œuvre de Blöndal – mes rêves saisis avec mes affaires pour rembourser ma détention ?

Mais voilà que cette nuit, la première que j'ai passée ici, à Kornsá, mes rêves me sont revenus. Et Natan avec eux. J'ai rêvé que nous étions tous deux dans son atelier. Il préparait une décoction d'herbes. Moi, je l'observais en frôlant du bout des doigts le mur de tourbe. C'était l'été.

La lumière se teintait de rose. La potion de Natan dégageait un parfum puissant qui m'enveloppait peu à peu. Je savourais la senteur aigre-douce des plantes, gagnée par une douce félicité. J'avais enfin quitté la vallée ! A cet instant du rêve, Natan s'est retourné et m'a souri. Il tenait un petit vase à la main, empli de l'écume recueillie à la surface de sa décoction. Un filet de vapeur s'échappait du bec verseur. On aurait dit un sorcier, avec ses bas de laine noire et son vase plein de fumée. Il a traversé la flaque de lumière qui s'étendait au sol. J'ai ri et ouvert les bras. Je l'aimais tant que j'aurais pu mourir sur place. Mais au moment où j'allais l'enlacer, le vase lui a glissé des mains. Et l'obscurité s'est répandue dans la pièce comme une tache d'huile.

Je me suis réveillée en sursaut. Je ne suis pas certaine de m'être rendormie.

Natan est mort.

Chaque matin, mon cœur est plus lourd que la veille.

Aujourd'hui comme hier, je sais ce qui me reste à faire : me blottir en moi-même, tenter de retourner à mon rêve, de me raccrocher au bonheur qui m'a saisie avant que le vase ne se brise. Ou me souvenir de Brekkukot, quand mamma était encore avec moi. En me concentrant, je peux la voir dormir dans le lit en face du mien. Je vois aussi Jóas, mon petit Jóas, gratter ses piqûres de puces. Tout à l'heure, je les écraserai sous mes ongles pour le soulager…

Je secoue la tête. Les souvenirs que je hisse à la surface ne parviennent pas à me réchauffer. Je sais ce qui vient après Brekkukot. Je sais ce qui arrive à mamma, et à Jóas.

En ouvrant les yeux, je m'aperçois que Margrét est réveillée, elle aussi. Elle se tourne et se retourne sur sa couchette, les doigts crispés sur la couverture. Son bonnet de nuit s'est un peu dénoué, révélant ses cheveux gris. Comme hier soir, ils sont tirés en arrière et nattés si serrés que je peux presque discerner les contours de son crâne.

Je distingue moins bien son visage, à demi enfoui sous la couverture. Elle s'est tournée pour observer le garde qui dort en face d'elle.

Il ronfle bruyamment. Elle fait claquer sa langue contre son palais pour marquer sa désapprobation. Comme je vous comprends, Margrét ! Il vous fatigue déjà ? Essayez donc de passer un an avec ses semblables. Livrée à leurs mains rugueuses. A leurs regards durs.

Les algues séchées qui garnissent son oreiller crissent sous sa tête. Elle vient de se retourner vers moi. Nos regards se croisent. Elle sursaute et porte la main à son cœur.

J'aurais dû faire plus attention. Ne vous laissez jamais surprendre en train de fixer quelqu'un : il risque de se méprendre sur vos intentions.

— Vous êtes réveillée ? murmure-t-elle. Très bien.

Elle me scrute en lissant ses cheveux sur son front – pour tenter de deviner, peut-être, depuis combien de temps je l'observe.

— Levez-vous, dit-elle finalement.

J'obéis. Les lattes du plancher sont fraîches sous mes pieds.

Margrét me tend une robe de laine bleue – celle d'une de ses servantes, sans doute. Tandis que nous nous habillons sans mot dire, elle jette des regards nerveux vers le jeune garde endormi. Je passe ma tête dans le vêtement, puis je regarde autour de moi. D'autres couchettes sont occupées. Par des domestiques ? Je n'ai pas le temps d'en savoir plus : Margrét m'invite à la suivre dans le couloir humide qui relie toutes les pièces de la ferme. Passé l'embrasure, elle se fige devant un long brin d'herbe qui s'effiloche sous une poutre.

— Tout part en morceaux, murmure-t-elle en le brisant d'un coup sec.

Elle marche si vite que je n'ai pas le temps de jeter un œil aux autres pièces. La ferme n'est pas grande, et j'en garde un souvenir assez précis. Je reconnais certaines pièces : la remise, la laiterie – à moins qu'ils ne l'aient transformée en garde-manger ? Elle semble remplie de seaux et de casseroles, et j'aperçois du matériel de traite. Nous passons devant la cuisine. Les vêtements que je portais à Stóra-Borg sont empilés dans un coin.

Dehors, il fait déjà très beau. Il a plu pendant la nuit : l'herbe mouillée scintille au soleil. Dans la cour, les flaques ondulent sous la brise. Je remarque ce genre de détails, à présent.

— Comme vous pouvez le constater…

Margrét s'interrompt : elle vient de trébucher sur un morceau de bois flotté tombé du tas empilé contre le mur de la ferme.

— Comme vous pouvez le constater, reprend-elle, il y a beaucoup à faire dans cette maison.

C'est la première fois qu'elle m'adresse la parole depuis qu'elle m'a ordonné de m'habiller. Je garde les yeux baissés. Je remarque que le bas de sa jupe est tout élimé – des années qu'elle frôle le sol, sans doute.

Margrét se redresse et pose les mains sur ses hanches, comme si elle essayait de paraître plus grande. Ses ongles sont rongés jusqu'au sang.

— Je ne vous cacherai pas le déplaisir que me cause votre arrivée. Je ne souhaitais pas que vous veniez chez moi. Ni que vous approchiez mes enfants.

Les autres occupants du badstofa sont donc ses enfants.

— On m'a forcée à vous loger ici, et vous… Vous êtes forcée d'y rester.

Nous raidissons les épaules face au vent matinal, qui cingle nos jupes contre nos jambes. Quand j'étais petite, Inga, ma seconde maman, m'a montré comment tirer sur mes vêtements face au vent pour qu'il en fasse des ailes. Parfois, j'avais presque l'impression de m'envoler. « Un jour, disait-elle, le vent t'emportera, et tout le monde dans la vallée verra sous tes jupes. » Ça me faisait beaucoup rire.

— Mon mari est à Hvammur et sera de retour dans la matinée. Nos garçons de ferme reviendront d'un jour à l'autre pour commencer à faucher. N'essayez pas de faire la maligne. Je ne sais pas ce qui s'est passé à Stóra-Borg, mais je vous assure qu'ici, vous ne pourrez pas nous faire tourner en bourriques.

Elle ne sait rien de moi.

— Bien, reprend-elle, les mains toujours crispées sur ses hanches. J'ai cru comprendre que vous aviez travaillé dans plusieurs fermes avant de…

Avant quoi ? Avant que Natan Ketilsson et Pétur Jónsson n'aient le crâne enfoncé à coups de marteau ?

— Oui, madame.

Le ton de ma voix m'effraie. Depuis combien de temps n'ai-je plus parlé librement ?

— Vous travailliez comme servante ?

Le vent souffle si fort qu'elle ne m'a pas entendue.

— Oui. Depuis mes quinze ans. Avant cela, j'allais de ferme en ferme pour garder les troupeaux.

Elle est soulagée.

— Vous savez filer et tricoter, cuisiner et vous occuper des bêtes ?

Je pourrais le faire dans mon sommeil.

— Et vous servir d'un couteau ? ajoute-t-elle.

Je sursaute.

— Je vous demande pardon, madame ?

— Vous savez faucher ? Vous n'imaginez pas le nombre de servantes qui n'ont jamais coupé un brin d'herbe de leur vie ! Il paraît que les filles d'aujourd'hui ont perdu l'habitude de faucher, mais nous sommes peu nombreux ici et…

— Je sais manier une faux.

— Bien. Dans ce cas, vous travaillerez pour votre pitance. Oui, vous payerez pour le désagrément que vous me causez. Je n'ai rien à faire d'une criminelle, mais j'ai besoin d'une domestique.

Une criminelle. Le mot est lâché. Il flotte dans l'air. Si lourdement que le vent ne parvient pas à le chasser.

Je voudrais secouer la tête. Crier que ce mot n'est pas pour moi. Qu'il ne décrit pas celle que je suis. Qu'il désigne quelqu'un d'autre.

Mais à quoi bon crier contre un mot ?

Margrét s'éclaircit la gorge.

— Je ne tolérerai aucun écart de conduite. Ni violence ni insolence. Si je vous surprends à désobéir, à paresser, à voler ou à intriguer contre moi, je vous jetterai dehors. Je vous traînerai par les cheveux s'il le faut. C'est compris ?

Elle n'attend pas de réponse. Elle sait que je n'ai pas le choix.

— Venez. Je vais vous montrer les bêtes, dit-elle. Je trairai les brebis et la vache pendant que vous…

Elle s'est tue. Ses yeux ont glissé de mon visage à la ferme voisine, située plus bas dans la vallée. Quelque chose a attiré son attention.

Snæbjörn, le fermier de Gilsstadir, venait d'apparaître sur le sentier. Il était accompagné de Páll, l'un de ses sept fils, qui menait cet été-là les brebis de Kornsá au pâturage. Derrière eux venaient Róslín, la femme de Snæbjörn, visiblement essoufflée, et leurs deux filles cadettes.

— Seigneur ! murmura Margrét. Voici la horde.

Elle tressaillit et prit brusquement Agnes par le bras.

— Rentrez à l'intérieur, ordonna-t-elle en la poussant vers la porte. Vite !

Agnes l'interrogea du regard, visiblement étonnée, puis s'engouffra dans le couloir.

— *Sæl og blessuð !* lança Snæbjörn. Quelle belle journée !

Grand et vigoureux, il avait les joues rouges, et de fins cheveux blonds qui lui tombaient constamment dans les yeux.

— En effet, acquiesça Margrét d'un ton sec.

Elle le laissa approcher, puis reprit sur le même ton :

— Vous m'avez amené de la visite, à ce que je vois.

Snæbjörn esquissa un sourire penaud.

— Róslín tenait à venir. Pas moyen de l'en empêcher. Faut dire qu'elle a entendu parler de... de votre situation. Elle voulait être sûre que tout allait bien par chez vous.

— Comme c'est gentil de sa part ! répliqua Margrét entre ses dents.

Róslín était maintenant à portée de voix.

— Qu'est-ce qu'il fait beau ! s'écria-t-elle avec une excitation enfantine. Pourvu que ça dure jusqu'aux foins... Bonjour, Margrét !

La femme de Snæbjörn attendait son onzième enfant. Son ventre pointait sous sa robe, qui dévoilait ses chevilles enflées, humides de rosée. La marche avait enflammé ses grosses joues et rendu son souffle court : elle haletait, montant et descendant son ample poitrine sur son ventre rond au rythme de sa respiration.

— Ce matin, je me suis dit que ce serait une bonne idée de vous rendre visite. Alors, j'ai accompagné Páll et Snæbjörn jusqu'ici.

Juchée sur une petite touffe d'herbe, sa fille de cinq ans tendait à Margrét une assiette recouverte d'un linge.

— C'est du pain de seigle, expliqua Róslín. J'ai pensé que ça vous ferait plaisir.

— Merci.

— Bonté divine ! Je suis hors d'haleine... C'est pas sérieux d'en attendre un autre à mon âge, mais j'y peux rien. Ils continuent d'arriver !

Elle ponctua son propos d'une tape affectueuse sur son ventre.

— Effectivement, renchérit Margrét avec amertume.

Snæbjörn toussota.

— On va se mettre au travail, nous autres, annonça-t-il. Dites, Margrét… Est-ce que Jón est là ?

— Non. Il est à Hvammur.

— Tant pis. Je vais emmener Páll à l'étable, puis j'irai bricoler dans la forge, si ça ne vous dérange pas. Je dois m'occuper de la faux dont vous m'avez parlé. Et toi, Róslín, promets-moi que tu n'empêcheras pas Margrét de vaquer à ses occupations, hein ?

Il sourit, puis tourna les talons et s'éloigna à grandes enjambées en poussant gentiment son fils devant lui.

Róslín éclata de rire dès qu'il eut disparu derrière la maison.

— Ah, ces hommes ! Incapables de rester tranquilles ! Va jouer avec ta sœur, Sibba. Pas trop loin. Restez près de nous.

Tout en parlant, elle promenait son regard sur les bâtiments de la ferme, comme si elle cherchait quelqu'un. Margrét posa l'assiette de pain sur sa hanche. Son odeur sucrée, mêlée à la senteur chaude et humide qui montait du corps de Róslín, lui soulevait l'estomac. Elle fut prise d'une quinte de toux si violente que sa voisine dut lui prendre l'assiette des mains pour éviter que le pain ne tombe dans l'herbe.

— Là, Margrét… Tout doux. Respirez. Vous êtes encore souffrante ?

Margrét attendit que la toux se calme, puis elle cracha dans l'herbe.

— Ce n'est rien. J'ai dû attraper froid cet hiver.

Róslín haussa les sourcils.

— Cet hiver ? On est en plein été !

— Je vais très bien, assura sèchement Margrét.

Sa voisine lui décocha un regard faussement compatissant.

— Sûr que vous allez bien… Si vous le dites ! C'est justement pour ça que je suis venue ce matin. Je me fais du souci pour vous.

— Ah oui ? Pour quelle raison ?

— Eh bien… Cette mauvaise toux, pour commencer. Et puis, j'ai eu vent d'une rumeur… Je n'y ai pas cru, bien sûr, mais tout de même…

Róslín sourit, la tête inclinée sur le côté. Ses grosses joues se creusèrent, laissant apparaître des fossettes.

— Je parle, je parle, et je vous ai même pas demandé si vous aviez le temps de m'écouter !

Elle mit sa main en visière sur son front pour observer la ferme.

— J'espère que je ne vous dérange pas, poursuivit-elle. Vous aviez de la compagnie, il me semble. Une dame brune. Une parente, peut-être ?

Elle affectait l'indifférence, à présent. Margrét soupira, agacée.

— Vous avez de bons yeux, Róslín.

— Merci. Mais j'y pense… C'était peut-être votre chère Ingibjörg ? Dans ce cas, je vous laisse. Je ne voudrais pas troubler votre tête-à-tête !

Margrét dut se retenir pour ne pas lever les yeux au ciel.

— Non, ce n'est pas elle.

— Oh, j'aurais dû m'en douter. Ingibjörg ne rend jamais visite de si bon matin, répliqua Róslín avec un clin d'œil. C'est une servante, alors ? Une journalière embauchée pour les foins ?

— Pas tout à fait…

— Une cousine ? insista Róslín en faisant un pas vers la maison.

C'en était trop. Margrét cessa de lutter. A quoi bon ? La curiosité de Róslín était sans limites.

— La femme que vous avez vue m'a été amenée sur ordre du commissaire Björn Audunsson Blöndal.

— Vraiment ? Comme c'est étrange ! Pourquoi vous l'a-t-il amenée ?

— Cette femme s'appelle Agnes Magnúsdóttir. C'est l'une des servantes condamnées pour le meurtre de Natan

Ketilsson et de Pétur Jónsson. Nous sommes chargés de la détenir ici jusqu'au jour de son exécution.

Bras croisés sur sa poitrine, Margrét défia sa voisine du regard.

— Agnes ! s'écria Róslín, les yeux écarquillés d'horreur. L'Agnes qui était de mèche avec Fridrik ? Les assassins de Natan Ketilsson ?

Elle s'interrompit, le temps de poser l'assiette de pain dans l'herbe, puis elle se redressa et porta les mains à ses joues empourprées dans un geste théâtral.

— Oh, Margrét ! C'est pour ça que je suis venue vous voir ! Osk Jóhannsdóttir m'a dit qu'elle avait parlé avec Soffia Jónsdóttir dont le frère travaille à Hvammur, et Soffia lui a raconté que Blöndal avait décidé de transférer Agnes dans une autre ferme, parce qu'il ne pouvait pas prendre le risque que les gens de Stóra-Borg, qui sont des sommités dans la région, soient massacrés et…

Elle s'interrompit, consciente d'être allée trop loin. Ses grosses joues virèrent au cramoisi.

— Oh, Margrét, je ne voulais pas…

Margrét pinça les lèvres.

— Vous avez en partie raison. Le commissaire a décidé d'installer la meurtrière ici, et ni Jón ni moi n'avons pu nous y opposer. Mais nul ne connaît les raisons de ce transfert, hormis Blöndal lui-même.

Róslín hocha vigoureusement la tête.

— Bien sûr. Osk raconte de telles âneries, parfois !

— Je ne vous le fais pas dire.

Róslín continua de hocher la tête, puis elle fit un pas vers Margrét et posa une main sur son épaule.

— Je suis vraiment navrée pour vous.

— Et pourquoi donc ?

— Parce que vous devez accueillir une *meurtrière* sous votre toit ! Parce que vous serez forcée de regarder sa face hideuse ! Parce que vous aurez constamment peur pour vous, pour votre mari et vos pauvres filles !

Margrét secoua la tête.

— Son visage n'a rien de hideux, répliqua-t-elle.

En pure perte : Róslín ne l'écoutait pas.

— Il se trouve que je suis bien informée sur cette affaire et que j'ai entendu les pires horreurs sur les trois bandits qui ont assassiné ce bon Natan et ce cher Pétur !

— « Bon » n'est pas le mot que je choisirais pour décrire Natan.

— Oh, mais si ! C'était un brave homme. Pétur aussi. Ils avaient commis des erreurs, certes…

— Pétur avait égorgé une trentaine de brebis, Róslín. C'était un voleur.

— Peut-être, mais c'était aussi un noble Islandais, comme vous et moi. Et quand je songe à la famille de Natan ! Son frère Gudmundur, sa femme et tous leurs enfants… Quel malheur ! Ils se sont installés à Illugastadir pour reconstruire la ferme et l'atelier de Natan.

— D'après ce que je sais, Natan passait plus de temps au lit avec des femmes mariées que dans son atelier d'Illugastadir !

Róslín lui lança un regard incrédule.

— Margrét ?

— Je veux seulement dire que…

Elle hésita, les yeux tournés vers l'entrée de la ferme.

— Ce n'est pas si simple, murmura-t-elle finalement.

— Vous ne pensez tout de même pas que Natan et Pétur méritaient de mourir ?

— Bien sûr que non !

Róslín l'observa avec attention.

— Vous savez qu'elle est coupable, n'est-ce pas ?

— Oui, je le sais.

— Bien. Alors, permettez-moi de vous donner un conseil : méfiez-vous de cette – comment s'appelle-t-elle, déjà ?

— Agnes, répondit doucement Margrét. Vous le savez très bien, Róslín.

— Agnes, c'est cela. Agnes Magnúsdóttir. Méfiez-vous d'elle, je vous dis. Je sais que vous n'y pouvez pas grand-chose, mais demandez au moins à ce qu'un garde la surveille jour et nuit. Le commissaire vous doit bien ça, non ? Et veillez à ce qu'elle ait les mains liées ! On raconte que c'est la pire des trois condamnés. Le garçon, Fridrik, était sous son emprise. Quant à l'autre fille, Agnes l'a forcée à faire le guet et l'a ligotée au montant de la porte pour qu'elle ne puisse pas s'enfuir !

Róslín fit un pas vers Margrét.

— Il paraît que c'est elle qui a tué Natan. Dix-huit coups de couteau, vous vous rendez compte ?

— Dix-huit, vraiment ? murmura Margrét.

Elle n'avait qu'un désir, à présent : que Snæbjörn vienne chercher sa femme.

— Oui, elle l'a frappé au ventre et à la gorge, poursuivit Róslín, les yeux brillants d'excitation. Encore et encore… Et même – Seigneur Jésus – en pleine figure ! On dit qu'elle a plongé son couteau dans ses orbites. Elle les a percées comme du jaune d'œuf !

Elle saisit Margrét par l'épaule, avant d'ajouter :

— Si j'étais vous, je n'arriverais pas à fermer l'œil de la nuit ! J'irais dormir dans l'étable, c'est sûr ! Seigneur, je n'arrive toujours pas à y croire… Ils ont installé des assassins chez nous ! Cette paroisse part à vau-l'eau, décidément. Pire qu'à Reykjavík. Dire qu'*elle* est ici, tout près de nous, à quelques mètres de mes filles… J'en ai des frissons partout. Tenez ! Regardez mes bras : j'ai la chair de poule ! Oh, ma pauvre Margrét, qu'allez-vous devenir ?

La maîtresse de maison se pencha pour ramasser l'assiette de pain.

— Ça ira, assura-t-elle d'un ton laconique.

— Vraiment ? Et Jón ? Pourquoi n'est-il pas là ? C'est lui qui devrait veiller sur vous !

— Il est à Hvammur, avec Blöndal. Je vous l'ai déjà dit.
— A Hvammur ?
Róslín leva les bras au ciel.
— Quelle horreur ! Comment Blöndal ose-t-il le convoquer dans un moment pareil ? Il vous a laissée seule avec cette femme ? Eh bien, vous savez quoi ? *Moi*, je vais rester avec vous.
— Certainement pas, répondit fermement Margrét. C'est très gentil à vous, mais je vous assure que ce n'est pas nécessaire. Maintenant, si ça ne vous ennuie pas… Les brebis ne se trairont pas toutes seules, vous le savez !
— C'est vrai. Attendez, je vais vous aider… Donnez-moi cette assiette. Je vais l'emporter à l'intérieur.
— Au revoir, Róslín.
— Si je la voyais, je pourrais mieux évaluer le danger que vous courez. Que nous courons tous ! Qui nous dit qu'elle ne va pas se lever en pleine nuit pour venir fouiner chez nous avec de mauvaises intentions ?
Margrét prit Róslín par le coude et la fit pivoter sur ses talons.
— Merci de votre visite. Et merci pour le pain. Attention où vous mettez les pieds – vous allez tomber !
— Mais…
— Au revoir, Róslín.
La femme de Snæbjörn jeta un dernier regard vers l'entrée de la maison. Puis elle sourit vaillamment et s'engagea sur le sentier qui menait à Gilsstadir. Ses fillettes s'élancèrent derrière elle. Les doigts crispés sur l'assiette de pain, Margrét les regarda s'éloigner. Lorsque leurs silhouettes se furent évanouies au loin, elle s'agenouilla dans l'herbe et toussa jusqu'à ce que sa langue devienne visqueuse. Elle cracha, puis se redressa lentement et se dirigea vers la ferme.

Quand j'entre dans le badstofa, je remarque aussitôt que le jeune garde n'y est plus. Il a sans doute rejoint ses compagnons : j'entends un groupe d'hommes bavarder dans un mélange de danois et d'islandais de l'autre côté de la fenêtre. Ils n'ont pas vu la maîtresse de maison me renvoyer à l'intérieur. Les deux filles endormies sont parties, elles aussi. Je suis seule.

Je suis seule.

Personne ne m'observe. Il n'y a pas de garde à la porte, pas de corde, pas de fers, pas de serrures. Ils m'ont laissée seule, pieds et poings déliés. Cette pensée me paralyse sur place. N'y a-t-il vraiment personne pour me surveiller ? Impossible. L'un des hommes doit m'espionner par le trou de la serrure. Ou m'observer par une fissure dans le mur. Il attend de voir ce que je vais faire. Puis il bondira dans le badstofa, le doigt tendu comme un couteau vers ma gorge.

Non. Il n'y a personne.

Absolument personne.

Je m'avance jusqu'au centre de la pièce. Mes yeux s'accoutument à la pénombre. Oui, je suis seule. Une vague d'euphorie glisse sur ma peau, comme le frémissement qui s'empare d'une marmite d'eau sur le point de bouillir. En cet instant, je peux faire ce qui me plaît : inspecter les lieux, m'allonger, parler à voix haute, chanter, jurer. Je pourrais même danser, si je le voulais ! Ou éclater de rire. Personne n'en saurait rien.

Je pourrais m'enfuir.

Soudain, l'effroi m'étreint la gorge. Comme si je marchais sur un lac gelé et que la glace craquait brusquement sous mes pas : je tremble d'angoisse et d'excitation. A Stóra-Borg, je rêvais de m'évader. De trouver les clés de mes fers et de m'enfuir – pour aller où ? Je n'y pensais même pas. Je n'avais aucune chance d'y parvenir, de toute façon. Alors qu'ici je pourrais me glisser dehors et courir jusqu'au fond de la vallée, le plus loin possible des fermes. J'attendrais la nuit pour gagner les hauts plateaux, où le ciel me couvrirait de sa grande main grise. Ou bien j'irais me cacher sur la lande. Je leur montrerais qu'ils ne peuvent pas me retenir prisonnière. Que je suis une voleuse de temps. Et je reprendrais une à une les heures qu'ils m'ont dérobées !

Des grains de poussière virevoltent dans la lumière qui filtre à travers la membrane séchée tendue sur la fenêtre. Je les observe un moment. Leur ronde silencieuse me dépossède de mon désir d'évasion. Je ne ferais que troquer une condamnation à mort contre une autre. Sur les hauts plateaux, le blizzard hurle comme une veuve de marin et son souffle vous entaille le visage. L'hiver s'abat sur vous tel un poing dans l'obscurité. Les lieux désertés par les hommes peuvent être aussi cruels que la hache du bourreau.

Mes genoux se mettent à trembler. Je chancelle jusqu'à ma couchette et je ferme les yeux. Le silence m'enveloppe comme une main plaquée sur mon visage.

Quand mon cœur s'apaise, je me dirige vers la couchette du garde. Le couvre-lit froissé dévoile un matelas usé. Je le tâte – vite, car le geste me paraît indécent. Il est froid : le garde est parti depuis un moment. Quelqu'un a fait mon lit. Je frôle la couverture trop fine du plat de la main. Les années l'ont rendue douce au toucher. Combien de corps ont dormi là avant moi ? Combien de cauchemars ont défilé sous ces draps ?

Il y a du plancher au sol, mais les murs et le plafond sont nus. La tourbe aurait besoin d'être réparée : des mottes d'herbe sèche se sont détachées des plaques, créant des fissures dans les parois. Pleine de courants d'air, la pièce doit être glacée en hiver.

Et alors ? Je serai sans doute morte d'ici là.

Chut ! N'y pense pas.

De longs brins d'herbe pendent du plafond comme des cheveux gras. De petits objets sculptés ont été accrochés aux linteaux, et un crucifix surmonte l'encadrement de la porte.

Margrét et son mari chantent-ils des cantiques pendant les longues soirées d'hiver ? Ou récitent-ils les sagas ? Moi, j'ai toujours préféré les histoires aux prières. J'ai même été fouettée pour ça, ici même, quand j'étais petite. J'étais chargée de surveiller les bêtes dans le pré. Björn, le fermier, n'appréciait pas que je connaisse les sagas mieux que lui. « Tu ferais mieux d'aller tenir compagnie aux moutons, Agnes. Les livres écrits par des hommes ne sont pas faits pour les gamines de ton espèce. Ils te détourneront de Dieu ! »

Je l'aurais peut-être cru si Inga, sa femme, ne m'avait pas appris les sagas à son insu : elle me les récitait à voix basse dès qu'il s'endormait.

Non loin de la couchette de Margrét, un rideau de laine grise a été cloué à une latte de bois près de l'entrée. J'imagine qu'il sert de partition entre cette pièce et la suivante. Il est un peu court, et j'aperçois les pieds d'une table de l'autre côté. Ils sont abîmés, comme si quelqu'un les avait mordillés.

Le badstofa est presque aussi vide qu'autrefois. Seules quelques planches ont été ajoutées entre les chevrons branlants et les montants des parois pour servir d'étagères. Les occupants des lieux les ont garnies d'objets ordinaires : petites boîtes en bois, sifflets pour les troupeaux, une pipe, arêtes de poisson, mitaines et aiguilles à tricoter. Un coffre en bois peint est placé sous l'un des lits. Une pantoufle abandonnée gît sous un autre. Comme les objets du quotidien peuvent être réconfortants ! Leur familiarité nous rassure. J'avais de petites choses de ce genre, moi aussi. Mon sac de toile blanche rempli de fleurs séchées. Le caillou que mamma m'avait donné avant de partir. « Il te portera chance, Agnes. Mets-le sous ta langue et tu pourras parler aux oiseaux. »

J'ai gardé ce caillou dans ma bouche pendant des jours. Si les oiseaux ont compris mes questions, ils n'ont jamais pris la peine de me répondre.

Kornsá, canton du Húnavatn. J'avais six ans quand mamma m'a déposée sur le seuil avec un baiser et ce caillou ; je reviens âgée de trente-trois hivers, à cause de deux morts et d'un incendie. Entre-temps, j'ai sillonné le nord du pays, m'arrêtant chaque fois qu'on voulait m'embaucher. Combien de fermes m'ont abritée ? J'en perds presque le compte. La pauvreté se charge de réduire ces masures au strict minimum. Partout, le même dénuement, les mêmes manques. J'ai parfois l'impression d'avoir passé toute ma vie au même endroit.

Me voici arrivée au terme de mon voyage. Kornsá sera ma dernière demeure. Dernier lit, dernier toit, dernier plancher. La fin de tout m'entraîne dans un abîme de douleur où ne subsisterait que la fumée de mes anciens campements. Alors, quoi ? Ne pas y penser. Faire comme si. Comme si j'étais encore une fille de ferme. Comme si je venais de m'installer dans mes nouveaux quartiers. Dresser la liste des tâches à accomplir. Me mettre au travail. Chercher à m'attirer les compliments de la maîtresse de maison sur la dextérité de mes dix doigts. Autrefois, je pensais que si je travaillais dur je serais nommée intendante. Mais pas ici. Pas à Kornsá.

Kornsá. Le mot ne cesse de surgir à mon esprit, m'invitant à l'énoncer à voix basse pour l'entendre chanter à mon oreille.

— Kornsá… Kornsá… Kornsá…

Pourquoi lui accorder tant d'importance ? Ce n'est qu'une ferme parmi d'autres. Pour m'en convaincre, je me récite la liste des demeures où j'ai vécu. On dirait une incantation : Flaga, Beinakelda, Litla-Giljá, Brekkukot, Kornsá, Gudrúnarstadir, Gilsstadir, Gafl, Fannlaugarstadir, Búrfell, Geitaskard, Illugastadir…

Il n'y a qu'une erreur dans cette liste. Un cauchemar. La marche qu'on manque dans le noir.

Illugastadir.

Son nom contient le commencement et la fin de tout. Illugastadir, la ferme du bord de mer, où la douceur de l'air se mêle au fracas de la forge, où les mouettes s'assemblent en criant, où les phoques oscillent sur leur gros ventre. Illugastadir, où les flammes de l'incendie éclairent la nuit, où la fumée enveloppe les étoiles au petit matin, où les ruines bercent les cadavres dans leur cage de poutres calcinées. Illugastadir, encore et toujours.

Dehors, les gardes éclatent de rire. L'un d'eux parle de son cousin, qui vit grassement à Helgavatn.

— Arrêtons-nous en chemin pour nous faire son schnaps ! suggère l'un de ses comparses.

— Oui ! Et sa femme et ses filles avec ! crie un autre.

Ils se remettent à rire.

L'un d'eux restera-t-il ici pour s'assurer que je ne prends pas la fuite ? Pour veiller à ce que je n'approche pas la lampe un peu trop près du plancher ? A ce que je garde les mains propres, la langue dans ma bouche, les jambes jointes et les yeux baissés ?

J'appartiens au Danemark, maintenant. Propriété de la Couronne.

J'espère qu'ils partiront tous aujourd'hui.

Je tends l'oreille pour continuer à suivre leur conversation. Au même instant, mon œil est attiré par un petit objct brillant dissimulé sous la couchette qui me fait face. Je me penche. C'est une broche en argent – étrange dans unc pièce aussi misérable. L'a-t-on dérobée ? Ce ne serait pas étonnant dans cette vallée, où les voleurs de moutons savent attraper une brebis et lui couper les oreilles pour faire disparaître son tatouage avant que le troupeau ne se disperse, où les hommes se font pousser les ongles pour mieux ramasser les pièces qui traînent. Combien de maîtres, combien de serviteurs ont été fouettés pour vol ? Même Natan portait sur ses reins la marque de ses erreurs de jeunesse.

Je saisis la broche. Elle est plus lourde que je ne l'imaginais.

— Lâchez ça. C'est à moi.

Une jeune fille se tient dans l'embrasure de la porte. Taille fine, jambes écartées, bras levés. Je lâche la broche. Nous tressaillons toutes deux lorsqu'elle heurte le sol. Plutôt petite, la fille a une bosse sur le nez et de grands yeux bleu sombre sous de longs cils pâles. Elle m'observe sans bouger, la tête bien droite sous son foulard. Je crois qu'elle a peur de moi.

— Steina ! crie-t-elle.

Une autre fille apparaît sur le seuil. Sa sœur, sans doute – mais plus grande, avec des yeux bruns et des taches de rousseur.

— Róslín et ses gamines viennent de…

Elle s'interrompt en me voyant.

— Elle était en train de toucher à ma broche, explique sa sœur. Mon cadeau de confirmation !

— Je croyais que mamma l'avait emmenée dehors ?

— Moi aussi.

Elles me fixent du regard.

— Mamma ! Mamma ! Venez voir !

Margrét entre en boitillant. Elle s'essuie les lèvres, puis remarque la broche tombée à mes pieds. Elle blêmit, bouche bée.

— Elle était en train de la prendre, mamma. Je l'ai vue.

Margrét ferme les yeux et passe une main sur ses lèvres ouvertes. Elle semble souffrir. J'aimerais lui saisir le bras. La rassurer, mais elle s'élance vers moi, furieuse. J'entends la gifle avant de la sentir. Un claquement sec. La douleur est cuisante.

— Qu'est-ce que j'ai dit ? Ne touchez à rien sans mon autorisation !

Elle respire péniblement, le doigt pointé vers mon visage.

— Estimez-vous heureuse que je ne rapporte pas cet incident !

— Je ne suis pas une voleuse, dis-je.

— Non. Une meurtrière.

La fille aux yeux bleus a craché ses mots en s'empourprant. Ses fossettes se sont creusées et son foulard a glissé, libérant une mèche de cheveux blond pâle sur son front.

— Lauga, intervient Margrét d'un ton réprobateur. Emmène Steina dans la cuisine.

Elles s'éloignent. Margrét me saisit par la manche.

— Venez, ordonne-t-elle en m'entraînant vers le couloir. Il ne vous reste qu'à prouver votre repentir en travaillant comme une bête de somme.

Le révérend Tóti ouvrit les yeux à l'aube et ne parvint pas à se rendormir. On l'attendait à Kornsá dans la journée. Il se leva et s'habilla à contrecœur, puis sortit et se mit au travail, comme chaque matin. Après avoir rassemblé le petit troupeau de brebis qui appartenait à son père, il entreprit de les traire avec un soin inhabituel – caressant leurs oreilles duveteuses, les appelant par leur nom.

La matinée était déjà bien avancée et le soleil rougissait dans le ciel quand il nourrit la vache, Ysa. Il décida ensuite de ramasser le linge que son père avait mis à sécher sur le muret de pierres qui entourait l'église.

— Ne t'embête pas avec ça, lança le révérend Jón en sortant de la ferme.

— Ça ne m'embête pas, assura Tóti.

Il sourit à son père et arracha un brin d'herbe coincé dans une chaussette. Le révérend haussa les épaules.

— Je croyais que tu devais prendre la route de Vatnsdalur ce matin.

Tóti fit la moue.

— Laisse ce linge tranquille… Tu as autre chose à faire, non ?

Cette fois, Tóti se figea. Il regarda le révérend Jón, qui secouait un pantalon encore humide.

— Je ne sais pas quoi dire, avoua-t-il. Qu'est-ce que vous lui diriez, vous ?

Son père abattit une main rugueuse sur son épaule.

— Ça suffit, ordonna-t-il. Qui te dit que tu dois lui parler ? Vas-y. Ils t'attendent.

Margrét m'emmène au bout de la cour pour me montrer leur petit carré d'angélique et de livèche, puis nous commençons à traire les brebis. J'ai l'impression qu'elle ne veut plus me laisser seule. Le gamin que j'ai vu arriver plus tôt dans la matinée a rassemblé les bêtes. Margrét me le montre du doigt. « Il s'appelle Páll », précise-t-elle, mais elle ne lui dit pas mon prénom et le petit ne s'approche pas. Il se contente de me dévisager de loin, bouche bée.

Ensuite, nous brûlons ma robe.

Je l'ai cousue il y a deux ans, avec Sigga. Une pour chacune. Une robe de travail, bleue, toute simple, cousue dans le drap de laine que Natan nous avait donné.

Si j'avais su que cette robe serait ma seule source de chaleur dans une pièce empuantie par ma propre crasse ! Si j'avais su que je l'enfilerais à la hâte, en pleine nuit, pour courir à toutes jambes vers Stapar en poussant des hurlements à réveiller les morts !

Margrét me donne un peu de lait chaud tiré du seau, puis nous rejoignons ses filles dans la cuisine. Elles sont en train d'allumer un feu avec des briquettes de bouse séchée. Elles se recroquevillent contre le mur en me voyant entrer.

— Décroche la marmite, Steina, ordonne Margrét.

La jeune fille s'exécute en silence tandis que sa mère va chercher mes vêtements entassés dans un coin de la pièce. Elle les jette aux flammes sans plus de cérémonie.

— Et voilà !

Elle semble satisfaite.

Nous regardons ma robe brûler jusqu'à ce que la fumée nous pique les yeux. Forcées de quitter la pièce, les filles se réfugient dans le garde-manger. Margrét sort en toussant et m'entraîne vers le jardin. Mes vêtements continuent de se consumer dans la cuisine déserte.

Cette robe était ma dernière possession. Désormais, plus rien ne m'appartient en ce monde. Même la chaleur de mon corps m'est volée par la brise d'été.

Le jardin des simples de Kornsá est envahi de broussailles, entouré d'un muret dont l'extrémité s'est effondrée. La plupart des plantes sont mortes – leurs racines gelées pendant l'hiver pourrissent maintenant au soleil –, mais il reste tout de même des tanaisies et de petites herbes amères qui me rappellent l'atelier de Natan à Illugastadir. Et pour ma plus grande joie, le parfum délicat de l'angélique m'emplit les narines.

Nous arrachons les mauvaises herbes qui rampent sous les simples et s'agrippent à leurs tiges. Je savoure chacun de mes gestes : extirper la racine du sol en veillant à ne pas la briser, sentir la sève qui coule sur mes doigts quand la tige éclate. Je me fatigue vite, mais je n'en laisse rien paraître.

J'ai plaisir à être près du sol, les pieds dans la terre, les jupes retroussées sur les chevilles, les cheveux imprégnés de fumée. Margrét travaille dur, elle aussi. Elle respire péniblement. A quoi pense-t-elle ? Elle gratte le sol avec insistance, les ongles noirs de terre. Ses yeux sont encore rougis par la fumée qui envahissait la cuisine. Quand elle s'éclaircit la gorge, j'entends le raclement des glaires dans ses bronches.

— Rentrez à la ferme, dit-elle brusquement. Demandez à mes filles de me rejoindre. Puis prenez une pelle, nettoyez la cheminée et allez enterrer les cendres.

Les gardes sont en train de seller leurs chevaux quand j'arrive dans la cour. Ils sont surpris de me voir seule.

— Tout va bien ? crie l'un d'eux à Margrét.

Elle les rassure d'un signe de la main. Je m'avance vers la maison. La porte est restée ouverte, sans doute pour évacuer la fumée. Je lève les pieds pour franchir le seuil et m'engouffre dans le couloir. Les filles sont dans le garde-manger, occupées à écrémer le lait de la veille. La cadette m'aperçoit la première et avertit sa sœur d'un coup de coude. Elles reculent toutes deux de quelques pas.

— Votre mère vous demande de la rejoindre.

Je leur adresse un petit signe de tête, puis je m'efface pour les laisser sortir. La plus jeune s'exécute sans me quitter des yeux.

L'aînée semble hésiter. Comment la surnomment-ils ? Steina. *Pierre.* Elle me jette un regard étrange, et repose lentement la pale au sol.

— Je crois que je vous connais, dit-elle.

Je ne réponds pas.

— Vous avez déjà travaillé dans cette vallée, n'est-ce pas ?

Je hoche la tête.

— Je vous reconnais. On s'est croisées il y a longtemps. Vous quittiez Gudrúnarstadir et nous arrivions pour reprendre le bail. On s'est rencontrées sur la route.

Quand était-ce ? Mai 1819. Quel âge cette fille pouvait-elle avoir ? Guère plus de dix ans.

— Nous avions un chien. Blanc avec des taches marron. Je me souviens de vous parce qu'il s'est mis à aboyer en vous voyant. Pabbi a dû le gronder pour qu'il vous laisse tranquille. Ensuite, nous avons partagé notre repas.

La fille me questionne du regard.

— J'en suis sûre, maintenant. Nous nous sommes croisées sur la route de Gudrúnarstadir. Vous vous souvenez de moi ? Vous avez tressé les cheveux de ma sœur et vous nous avez offert un œuf à chacune.

Deux gamines gobant des œufs au bord de la route, les jupes tachées de boue. Un chien efflanqué poursuivant son ombre dans les flaques d'eau. Un ciel immense et gris. Trois corbeaux volant l'un derrière l'autre. Un bon présage.

— Steina !

1819. Un printemps glacial. Des heures de marche pour relier Gudrúnarstadir à Gilsstadir. Une centaine de petites baleines échouées sur le rivage, près de Thingeyrar. Un mauvais présage.

— Steina !

— J'arrive, mamma !

Elle se tourne vers moi.

— J'ai raison, n'est-ce pas ? C'était vous.

J'avance d'un pas vers elle.

La maîtresse de maison fait irruption sur le seuil.

— Steina !

Son regard passe de mon visage à celui de sa fille.

— Toi, tu viens avec moi. Et vous… les cendres. Maintenant !

Elle saisit sa fille par le bras et la tire hors de la pièce.

Dans la cour, une rafale de vent soulève les cendres de ma robe. Elles s'échappent du seau et s'élancent vers le bleu du ciel. Je les vois tournoyer un moment, puis se dissoudre dans l'air. Quelle est cette chaleur qui m'étreint ? Est-ce le bonheur ? On dirait une main posée sur mon cœur.

Ici, je parviendrai peut-être à faire comme si j'étais encore moi-même.

— Voulez-vous commencer par une prière ? demanda le sous-révérend Thorvardur Jónsson.

Agnes et lui s'étaient assis près de l'entrée de la ferme sur un petit tas de tourbe destiné à réparer les murs. Le pasteur tenait le Nouveau Testament dans une main, une tranche de pain de seigle dans l'autre. Quelques poils de cheval échappés de ses vêtements s'étaient collés sur la fine couche de beurre que Margrét avait tartinée avant de la lui offrir.

Agnes ne répondit pas à la question du religieux. Le dos voûté, les mains posées sur ses genoux, elle regardait droit devant elle. Au fond de la cour, les officiers de police se préparaient à partir. Le vent était retombé, laissant un peu de cendres dans ses cheveux. De temps à autre, un rire ou un cri d'homme leur parvenait aux oreilles, interrompant le bruit sec et régulier que produisaient Margrét et ses filles, occupées à arracher les mauvaises herbes du jardin. L'aînée regardait dans leur direction aussi souvent que possible, levant la tête chaque fois que sa mère baissait la sienne.

Tóti s'éclaircit la gorge.

— Voulez-vous commencer par une prière ? répéta-t-il un peu plus fort, certain qu'Agnes ne l'avait pas entendu.

— Commencer quoi par une prière ? répliqua-t-elle posément.

— Eh bien… Vo… Votre absolution.

Il avait bégayé, pris de court.

— Mon absolution ?

Elle secoua la tête. Troublé, Tóti fourra la tartine dans sa bouche, la mâcha et l'avala à grand bruit. Ensuite, il s'essuya les mains sur sa chemise et feuilleta les pages du Nouveau Testament en se déplaçant de quelques centimètres sur le tas de tourbe. La pluie l'avait mouillé pendant la nuit, et l'humidité gagnait maintenant son pantalon. Tóti s'en voulait. Ils n'auraient jamais dû s'asseoir là. C'était une idée stupide. Pourquoi n'étaient-ils pas restés à l'intérieur ?

— J'ai reçu une lettre du commissaire de canton il y a un peu plus d'un mois, Agnes. Puis-je vous appeler Agnes ?

— C'est mon nom.

— Il m'annonçait que vous n'étiez pas satisfaite du révérend de Stóra-Borg et que vous aviez demandé à ce qu'un autre pasteur passe du temps avec vous avant…

Il laissa sa phrase en suspens.

— Avant ma mort ? compléta Agnes.

Tóti hocha brièvement la tête.

— Il ajoutait que vous m'aviez choisi pour le remplacer.

Agnes prit une profonde inspiration.

— Révérend Thorvardur…

— Appelez-moi Tóti, coupa-t-il. Comme tout le monde.

Il rougit, regrettant aussitôt la familiarité qu'il venait d'instaurer entre eux.

Agnes paraissait hésitante.

— Révérend Tóti, dans ce cas. A votre avis, pourquoi le commissaire de police souhaite-t-il que je passe du temps avec un pasteur ?

— Eh bien… J'imagine que nous… nous souhaitons, Blöndal, les membres du clergé et moi-même… que vous retourniez à Dieu.

Le visage d'Agnes se durcit.

— Je crois que je retournerai à Dieu bien assez tôt. D'un coup de hache.

— Ce n'est pas ce que je… Je ne voulais pas…

Il soupira. L'entretien se passait aussi mal qu'il l'avait craint.

— Vous m'avez choisi, n'est-ce pas ? reprit-il. Seulement, j'ai consulté les registres de la paroisse à Breidabólstadur et votre nom n'y figure pas.

— En effet, acquiesça-t-elle.

— Vous n'avez jamais été une de mes paroissiennes ? Vous avez peut-être connu mon père, alors ?

— Non.

— Dans ce cas, pourquoi m'avoir choisi ?

Agnes le regarda droit dans les yeux.

— Vous ne vous souvenez pas de moi ?

Tóti eut un mouvement de recul. La condamnée lui rappelait vaguement quelqu'un, c'est vrai. Il passa mentalement en revue les femmes qu'il connaissait ou qu'il avait croisées au cours de sa vie – servantes, mères, épouses, fillettes – sans parvenir à faire surgir Agnes de sa mémoire.

— Non, je suis désolé.

Elle haussa les épaules.

— Vous m'avez aidée autrefois.

— Vraiment ?

— Oui. Pour traverser un torrent. Vous m'avez fait monter sur votre cheval.

— Où, exactement ?

— Près de Gönguskörd. Je venais de quitter ma place à Fannlaugarstadir.

— Vous êtes originaire du Skagafjördur, alors ?

— Non. Je suis née ici, dans cette vallée. A Vatnsdalur. Canton du Húnavatn.

— Et je vous ai aidée à traverser un torrent ?

— Oui. Les eaux avaient inondé le gué. Vous êtes arrivé à cheval au moment où j'allais passer à pied.

Tóti réfléchit. Il était allé plus d'une fois à Gönguskörd, mais il ne se rappelait pas l'avoir rencontrée.

— Quand était-ce ?

— Il y a six ou sept ans. Vous étiez jeune.

— Sans doute.

Il laissa passer un court silence, avant d'ajouter :

— Est-ce parce que je me suis montré gentil avec vous ce jour-là que vous m'avez choisi aujourd'hui ?

Il l'observa plus attentivement. Elle n'avait pas l'air d'une criminelle. Pas depuis qu'elle avait pris un bain.

Agnes tourna les yeux vers la vallée. Impossible de déchiffrer son expression.

— Agnes… insista-t-il. Je ne suis que sous-révérend. Je n'ai pas encore achevé ma formation. Il vous faudrait peut-être un pasteur plus qualifié, ou quelqu'un de votre paroisse ? Je ne suis tout de même pas le seul à vous avoir témoigné de la gentillesse ! Comment s'appelait votre révérend lorsque vous viviez ici ?

Elle coinça une mèche de cheveux noirs derrière son oreille.

— Je n'ai pas gardé de sympathie pour les pasteurs que j'ai croisés, et je peux vous assurer qu'aucun d'eux ne sait vraiment qui je suis.

Plusieurs corbeaux vinrent se poser sur le muret qui encerclait le jardin. Tóti et Agnes virent Margrét se redresser d'un bond.

— Saletés ! cria-t-elle.

Elle leur lança une motte de terre. Les oiseaux s'enfuirent en croassant avec indignation. Amusé, Tóti sourit à Agnes, mais elle demeura impassible.

— Les corbeaux n'aiment pas ça, murmura-t-elle.

Tóti prit une profonde inspiration.

— Ecoutez... Si vous cherchez un directeur de conscience, je me ferai un devoir de vous rendre visite. Conformément aux vœux du commissaire, je viendrai vous guider dans vos prières, afin que vous puissiez cheminer vers votre destin dans la foi et la dignité. Je m'estimerai responsable de votre état d'esprit et ferai tout mon possible pour vous apporter espoir et réconfort spirituel.

Il avait conçu et répété ce petit discours en chevauchant vers la ferme, et se félicitait de ne pas avoir omis l'expression « réconfort spirituel » : elle lui semblait à la fois paternaliste, noble et pleine d'assurance, comme s'il s'appuyait sur des certitudes spirituelles qu'il aurait dû posséder mais qui continuaient, hélas, de lui échapper.

Aussi réussi soit-il, le discours l'avait mis à rude épreuve : il n'avait pas l'habitude de s'exprimer de manière aussi formelle. Ses mains moites menaçaient de froisser les pages du Nouveau Testament. Il referma l'ouvrage avec précaution et essuya ses paumes sur ses cuisses. Le moment était sans doute bien choisi pour citer les Ecritures, comme son père n'aurait pas manqué de le faire à sa place, mais Tóti n'avait plus qu'une envie : sortir son matériel à priser.

— Je crois que je me suis trompée, mon révérend, déclara la prisonnière d'un ton mesuré.

Tóti ne sut que répondre. Son regard se posa sur les hématomes qui bleuissaient le visage d'Agnes. Gêné, il se mordit la lèvre.

— Il vaut peut-être mieux que vous restiez à Breidabólstadur. Je vous remercie, mais... Etes-vous vraiment sûr de... ?

Elle se couvrit la bouche du plat de la main et secoua la tête.

— Ne pleurez pas, mon enfant ! s'exclama-t-il en se levant.

Agnes baissa la main.

— Je ne pleure pas, dit-elle fermement. Je me suis trompée. Vous m'appelez « mon enfant », révérend Thorvardur, mais vous êtes vous-même à peine sorti de l'enfance. J'avais oublié que vous étiez si jeune.

Que répondre ? Tóti n'en avait pas la moindre idée. Il la dévisagea sans rien dire, puis acquiesça tristement. Il remit son chapeau sur sa tête et prit congé en lui souhaitant une bonne journée.

Agnes le vit s'approcher du muret pour dire adieu à Margrét et à ses filles. Ils discutèrent quelques instants en jetant des regards vers elle. Elle tendit l'oreille, mais le vent avait forci. Il emportait leurs propos dans la direction opposée à la sienne. Ce ne fut qu'au dernier moment, lorsque Tóti se dirigea vers le poteau où il avait attaché sa jument, qu'elle entendit Margrét crier :

— Croyez-moi, vous auriez moins de peine à faire saigner une pierre !

Je passe le reste de la journée à travailler – à arracher les mauvaises herbes et à tailler les misérables plantes de Kornsá. J'entends les moutons bêler au fond de la vallée. Ils me font presque pitié, les pauvres ! Récemment tondus, ils paraissent encore plus maigres qu'en hiver. Après le départ du pasteur, les filles, Margrét et moi partageons un plat de poisson séché, de pain et de beurre. Je veille à mâcher chaque bouchée au moins vingt fois de suite. Ensuite, nous regagnons le jardin, où je tente maintenant de réparer le muret. J'ôte les pierres qui se sont effondrées, je les pose et je les trie dans l'herbe, puis je les remets solidement en place. J'apprécie leur masse entre mes mains.

J'ai si souvent l'impression de ne pas être là, que le fait de porter des pierres me rappelle ma propre existence.

Nous trimons en silence, Margrét et moi. Elle ne parle que pour me donner des ordres. Je crois que son esprit s'évade – comme le mien, sans doute. Je suis encore étonnée de me retrouver ici, dans la ferme où j'ai passé une partie de mon enfance. Quelle ironie ! C'est à Kornsá que j'ai découvert l'existence du chagrin. Je repense aux chemins que j'ai pris. Et au révérend.

Le révérend Thorvardur Jónsson se fait appeler Tóti comme un fils de fermier. Il semble trop naïf pour exercer ses fonctions. Sa voix et ses mains sont trop douces – ses mains, surtout. Ni longues et tachées de teintures comme celles de Natan, ni rugueuses comme celles des garçons de ferme, mais petites, fines et propres. Elles reposaient sur sa Bible tandis qu'il me parlait.

Je me suis trompée. Ils me condamnent à mort et c'est à un gamin que je demande de m'aider ! Un gamin aux cheveux rouges, qui engloutit sa tartine beurrée et trottine jusqu'à son cheval dans son pantalon mouillé. Et c'est lui qui est censé m'apprendre à prier pour mon salut ! C'est lui dont j'espère recevoir de l'aide – mais quelle aide, au juste ? Et comment s'y prendra-t-il ? Je n'en sais rien.

Natan est la seule personne qui pourrait comprendre ce que je ressens. Il me connaissait comme on connaît le passage des saisons et le mouvement des marées. Il savait qui j'étais et ce que je voulais. Mais il est mort, à présent.

Je devrais peut-être lui parler franchement, à ce pauvre gamin. Le renvoyer à ses livres et à sa paroisse. Je me suis trompée : il ne peut rien pour moi. Dieu aurait pu me libérer, mais pour des raisons connues de Lui seul, il m'a clouée à mon lit d'infortune. J'ai lutté de toutes mes forces – en vain.

Me voici maintenant plongée dans le désastre jusqu'au cou. Le destin m'a poignardée de part en part.

4

Au gouverneur du nord-est de l'Islande

Excellence,

Je vous remercie de votre illustre lettre du 10 janvier dernier concernant le procès pour meurtre, incendie et autres crimes intenté contre les prévenus Fridrik, Agnes et Sigrídur, qui se sont vu notifier leur condamnation à mort. En réponse à votre courrier, permettez-moi de vous informer que M. Henriksson, l'artisan sollicité pour forger la hache destinée à l'exécution, estime le coût de son labeur et du matériel à cinq rigsdalers[1] *d'argent, le devis étant conforme aux suggestions que je lui avais faites le 30 décembre de l'an passé quant à la fabrication et à la taille de la hache. Cependant, après avoir reçu la lettre de Votre Excellence, j'ai pensé, en accord avec Votre Excellence, qu'il serait plus judicieux d'acquérir pour le même prix une hache plus grande à Copenhague. J'ai aussitôt confié cette mission au marchand Simonsen, qui a effectué les démarches en mon nom.*

Herr Simonsen est venu me livrer la hache cet été. Bien qu'elle soit en tout point conforme à ma commande, j'ai été

1. Monnaie utilisée au Danemark jusqu'en 1873.

surpris d'apprendre de Simonsen lui-même qu'elle avait coûté vingt-neuf rigsdalers. Cette somme figurant également sur la facture que j'ai examinée avec soin, je me suis vu contraint de régler Herr Simonsen à l'aide des fonds alloués pour cet achat par Votre Excellence.

Suite à cette dépense, ces fonds sont maintenant déficitaires. Par conséquent, je demande humblement à Votre Excellence si ces frais n'auraient pas dû être tirés sur les sommes budgétées pour cette affaire, sommes qui servent, entre autres, à régler les frais de détention des prisonniers.

Enfin, je me permets de demander à Votre Excellence ce qu'il faudra faire de la hache lorsqu'elle aura été utilisée pour les exécutions.

Votre très humble et très dévoué serviteur,

Le commissaire de police du Húnavatn
Björn Blöndal

En quittant Kornsá, Tóti s'était promis d'écrire à Blöndal pour revenir sur sa promesse de rendre visite à Agnes jusqu'à l'exécution. Son second entretien avec la prisonnière n'avait abouti à rien – pas même à une simple prière. Cependant, l'idée de devoir s'expliquer sur les raisons de ce revirement le mettait dans un tel embarras qu'il repoussait sans cesse la lettre à plus tard. Demain ! se disait-il chaque soir, mais deux semaines s'étaient écoulées, les paysans de Breidabólstadur se préparaient aux travaux de fauchage de la mi-juillet, et Tóti n'avait toujours pas pris la plume.

Un soir, alors qu'il lisait en silence près du révérend Jón, ce dernier tourna vers lui sa tête grisonnante.

— La meurtrière consacre-t-elle du temps à la prière ?

Tóti hésita avant de répondre.

— Je n'en suis pas sûr.

Son père fronça les sourcils.

— C'est à toi de t'en assurer, non ?

Il plissa ses yeux chassieux et les riva sur Tóti, qui sentit bientôt son cou et ses joues s'enflammer.

— Tu es au service de Dieu. Ne Lui fais pas honte, mon fils.

Et il retourna aux Saintes Ecritures.

Le lendemain matin, Tóti se leva tôt pour aller traire Ysa. Le front appuyé contre le flanc chaud de la vache, il se laissa bercer par le rythme régulier du lait jaillissant dans le seau de bois. Quand Agnes surgit à son esprit, il ne la repoussa pas. Il se revit assis à son côté sur le tas de tourbe. Son père savait qu'il ne lui rendait pas visite. Avait-il compris pourquoi ? Il aurait certainement rougi d'apprendre que Tóti se sentait incapable d'amener cette femme à expier ses fautes. Et pourtant… la tâche n'était pas facile. Que faire d'une pécheresse qui ne veut pas expier ? Comme Agnes l'avait dit elle-même, elle n'éprouvait aucune sympathie pour les pasteurs qu'elle avait croisés. La religion ne faisait pas partie de ses priorités. Et le petit discours stupide qu'il avait composé à son intention, avec ses termes choisis, sa noblesse de ton et son allusion au « réconfort spirituel », était tombé à plat. Qu'attendait-elle de lui, alors ? Pourquoi l'avoir appelé si ce n'était pour parler de Dieu ? Pour discuter des Ecritures, de la mort, du paradis et de l'enfer ? L'avait-elle choisi uniquement parce qu'il l'avait aidée à traverser une rivière ? C'était ridicule. Dans ce cas, pourquoi n'avoir pas demandé à ce qu'un ami ou un parent l'accompagne vers sa mort prochaine ?

Peut-être n'avait-elle plus d'ami en ce monde ? Ou voulait-elle parler d'autre chose ? Du gué inondé de Gönguskörd au printemps. Des raisons qui l'avaient poussée à quitter la vallée de Vatnsdalur pour travailler plus à l'est. De son peu de sympathie pour les pasteurs.

Tóti ferma les yeux. Impatiente d'être libérée, Ysa fit passer son poids sur ses pattes arrière. Il récita une strophe de Hallgrímur Pétursson pour la calmer :

De Ta passion
Je veux suivre le sentier,
Et sur mes faiblesses
Façonner des nerfs d'acier.

Il ouvrit les yeux et redit les deux derniers vers.

Lorsqu'il se leva pour prendre le seau plein de lait, il avait décidé de retourner à Kornsá.

De longues nappes de brouillard matinal persistaient dans la vallée, dérobant à Tóti la vue des montagnes tandis qu'il galopait à travers les prés, fendant une à une les couronnes de rubans fantomatiques. Pris de frissons, il enfouit ses mains glacées dans la crinière de son cheval. Il s'était levé avant l'aube, résolu à trouver un terrain d'entente avec Agnes.

Le soleil déchira les nuages à Thrístapar, lorsque Tóti mit sa jument au pas après avoir dépassé les trois collines difformes qui marquent l'entrée de la vallée verdoyante de Vatnsdalur. La journée s'annonçait aussi belle que les précédentes. Bientôt, les fermiers et leurs ouvriers se posteraient dans les champs, faucilles en main. Ils étaleraient l'herbe fraîchement coupée pour la faire sécher au soleil, et l'odeur des foins envahirait la vallée.

Le brouillard se levait, révélant à Tóti le sommet des montagnes. Il entendit un cri et vit Páll, le berger de Kornsá, mener les brebis à flanc de colline, leurs silhouettes obscurcies par la brume. Il les observa un moment, puis descendit au trot vers les berges de la rivière qui serpentait en contrebas. Laissant Kornsá derrière lui, il continua vers les bâtiments affaissés de la ferme d'Undirfell.

Un grand fermier mal rasé apparut sur le seuil.

— *Blessuđ*. Bonjour à vous. Je suis Haukur Jónsson.

— *Saell*, Haukur. Je suis le sous-révérend Thorvardur Jónsson. Le révérend d'Undirfell est-il chez vous ?

— Pétur Bjarnason ? Non, il ne loge pas ici, mais il n'est pas loin. Entrez.

Tóti suivit l'épaisse silhouette du fermier à l'intérieur. La demeure était plus spacieuse que la plupart de celles qu'il connaissait. Le badstofa abritait au moins huit personnes, qui s'habillaient en bavardant. Un bébé rougeaud hurlait sur les genoux d'une fillette aux yeux écarquillés. Plus loin, deux servantes s'efforçaient de vêtir un gamin absorbé par les osselets qu'il avait jetés sur le sol. Elles se turent en voyant entrer Tóti.

— Asseyez-vous là, je vous prie, dit Haukur.

Il désignait un espace libre sur la couchette occupée par une très vieille femme, qui leva ses yeux éteints vers Tóti.

— C'est Gudrún, reprit le fermier. Elle n'y voit plus rien. Vous pouvez attendre un peu ? Je vais vous chercher le révérend.

— Merci, dit Tóti.

Haukur sortit. Une fermière aux traits juvéniles entra peu après dans le badstofa.

— Bonjour ! Je suis Dagga, la maîtresse de maison. Alors comme ça, vous arrivez de Breidabólstadur ? Voulez-vous boire quelque chose ?

Tóti déclina son offre d'un signe de tête. Dagga prit le bébé des bras de la fillette et le jucha sur sa hanche.

— Pauvre petite ! Elle a hurlé toute la nuit.

— Est-elle souffrante ?

— Mon mari pense qu'elle a la colique, mais je crains que ce ne soit plus grave. On ne sait jamais, avec la fièvre… Vous vous y connaissez, mon révérend ?

— Moi ? Oh, non. Je serais bien en peine de vous renseigner ! Désolé.

— Tant pis. Raison de plus de regretter la mort de Natan Ketilsson – que Dieu ait son âme !

Tóti lui lança un regard surpris.

— Pardon ?

La fillette assise dans un coin de la pièce se redressa d'un bond.

— C'est lui qui m'a guérie de la coqueluche, mon révérend !

— C'était un ami de la famille ? demanda Tóti à Dagga.

Elle plissa le nez.

— Pas vraiment. Mais on savait qu'on pouvait compter sur lui si l'un des gamins tombait malade ou s'il leur fallait une saignée. Quand ma petite Gulla a attrapé la coqueluche, Natan est resté ici une nuit ou deux, penché sur ses potions et ses grimoires. Tous ses bouquins venaient de l'étranger… Ah, c'était un drôle d'homme !

— Un vrai sorcier, ce gars-là.

Les regards se tournèrent vers la vieille femme, qui venait d'intervenir.

— Parfaitement : c'était un sorcier, répéta-t-elle. Et il n'a eu que ce qu'il méritait.

Dagga sourit nerveusement à Tóti.

— Gudrún… Nous avons un invité. Tu vas faire peur aux enfants.

— Natan Satan, c'est comme ça qu'on l'appelait. Sûr que le bon Dieu n'a jamais guidé sa main, à celui-là !

— Arrête, Gudrún. Ce ne sont que des racontars.

— De quoi parlez-vous ? demanda Tóti.

Dagga fit passer le bébé, qui pleurait toujours, sur son autre hanche.

— Vous ne connaissez pas cette histoire ?

Tóti secoua la tête.

— Non. J'ai fait mes études dans le Sud. A Bessastadir.

Dagga haussa les sourcils.

— Vous savez, c'est juste une histoire que les gens se racontent dans la vallée… Comme quoi la mère de Natan pouvait prédire l'avenir : elle voyait en rêve ce qui allait se passer. D'après cette histoire, quand elle était enceinte de Natan, elle a rêvé qu'un homme venait la trouver. Il lui annonçait que ce serait un garçon. Puis, toujours dans le rêve, il lui demandait si elle accepterait de donner son nom au bébé. « Bien sûr ! a-t-elle répondu. Comment vous appelez-vous ? – Satan », a dit l'homme.

— Elle a pris peur, poursuivit Gudrún. Quand le bébé est né, le pasteur a choisi de l'appeler Natan – il s'est dit que ce serait plus approprié. Ça n'a pas changé grand-chose : nous autres, on savait que ce petit ne ferait jamais rien de bien. Natan avait un jumeau, mais il n'a pas vu la lumière… Un sur terre, l'autre sous terre.

Elle se pencha lentement vers Tóti, collant presque son visage au sien.

— Il n'a jamais manqué d'argent, chuchota-t-elle. Il marchandait avec le Diable.

— Dis plutôt que c'était un excellent herboriste et qu'il se faisait payer à prix d'or ! répliqua Dagga d'un ton facétieux. Comme je le disais, ce ne sont que des racontars, mon révérend.

Tóti hocha la tête.

— Au fait, qu'est-ce qui vous amène à Vatnsdalur ? reprit la jeune femme.

— Je suis le pasteur d'Agnes Magnúsdóttir.

Le sourire de Dagga s'évanouit.

— Il paraît qu'elle a été transférée à Kornsá.

— En effet, acquiesça-t-il.

Les deux servantes échangèrent des regards inquiets. Et Gudrún fut prise d'une quinte de toux si violente que Tóti sentit des gouttelettes de salive atterrir sur sa nuque.

— Ils l'ont jugée à Hvammur, continua Dagga.

— C'est exact.

— Elle est née ici, dans cette vallée. Vous le saviez, n'est-ce pas ?

— Oui. C'est pour cela que je suis venu ce matin. J'aimerais lire les pages qui la concernent dans le registre de la paroisse. Pour en savoir un peu plus sur elle.

Une vive amertume durcit les traits de la jeune femme.

— Moi aussi, je pourrais vous en dire plus !

Elle se tut, hésitant à poursuivre. La présence des enfants la gênait, semblait-il. Elle ordonna aux servantes de les emmener dans la cour. Elles s'exécutèrent, vidant la pièce de ses occupants. Alors seulement, Dagga reprit la parole – à voix basse, en surveillant Gudrún du coin de l'œil. Avachie contre le mur, la vieillarde semblait somnoler.

— Elle n'était pas comme nous, mon révérend. Et ne l'a jamais été.

— Que voulez-vous dire ?

Dagga se pencha vers lui.

— C'est malheureux, mais Agnes Magnúsdóttir ne s'est jamais souciée de personne d'autre que d'elle-même. Elle ne se contentait pas de ce qu'elle avait. Il lui fallait toujours plus ! En fait, elle espérait échapper à sa condition.

— Elle était pauvre ?

— Oh, ça oui ! Une bâtarde sans foi ni loi, capable des pires machinations.

Choqué par sa virulence, Tóti eut un mouvement de recul.

— Vous n'étiez pas en bons termes, si je comprends bien.

Dagga sourit.

— Non, pas vraiment. Agnes est une fille à part.

— Quel genre de fille, au juste ?

La fermière fit passer son bébé d'une hanche à l'autre, avant de répondre :

— Certaines personnes se satisfont de leur sort et de ceux qui leur tiennent compagnie – que Dieu les bénisse. Elle, non. Il fallait toujours qu'elle aille chercher ailleurs.

— Vous la connaissez bien ?

— Je n'ai jamais partagé un badstofa avec elle, mon révérend, mais je sais ce qu'il faut savoir. Comme tous les habitants de cette vallée. Elle a même eu droit à un poème, quand elle était plus jeune. Les gens l'aimaient bien, alors. Elle s'est endurcie en vieillissant. Elle ne savait pas garder un homme – toujours cette manie d'aller voir ailleurs ! La vallée n'est pas grande, mon révérend, et Agnes s'est vite fait une réputation de mauvaise langue et de fille facile.

A cet instant, le fermier apparut sur le seuil en compagnie d'un homme qui bâillait en se grattant le menton.

— Révérend Thorvardur Jónsson, je vous présente le révérend Pétur Bjarnason.

L'église d'Undirfell, très exiguë, n'abritait que six bancs. Impossible d'y faire tenir tous les fermiers de la vallée ! pensa Tóti, tandis que le révérend Pétur repoussait distraitement ses lunettes cerclées de métal sur l'arête de son nez.

— Ah ! Voici la clé.

Le pasteur s'approcha d'un coffre posé près de l'autel et commença à batailler pour ouvrir la serrure.

— Vous dites que vous allez loger à Kornsá ?

— Non. Je m'y rends seulement pour la journée, répondit Tóti.

— Mieux vaut que ce soit vous que moi, j'imagine. Comment se portent-ils, là-bas ?

— Je ne les connais pas très bien.

— Bien sûr, bien sûr, mais... comment prennent-ils la chose ? L'accueil de la meurtrière ?

Tóti repensa aux confidences venimeuses de Margrét le soir de l'arrivée d'Agnes.

— Ils sont un peu contrariés, je crois.

— Ils feront leur devoir. Ce sont des gens bien, vous savez. La cadette est une vraie beauté. Ah, ces petites fossettes... Et sacrément maligne, avec ça !

— Vous parlez de Lauga ?

— Oui. Une fille intelligente et consciencieuse. L'aînée est moins bien lotie – à tous points de vue. Tenez...

Le pasteur sortit du coffre un grand registre relié de cuir, et le posa sur l'autel.

— Nous y sommes. Pouvez-vous me rappeler son année de naissance, mon garçon ?

Tóti se raidit, vexé d'être ravalé au rang de bambin.

— Je ne sais pas exactement. Elle a plus de trente ans, en tout cas. Vous ne la connaissez pas ?

— Non. Je n'ai passé qu'un hiver ici.

— Dommage. J'espérais en savoir plus grâce à vous. Sur sa vie, son tempérament...

— Son tempérament ? s'esclaffa le prêtre. Le cadavre de Natan Ketilsson parle de lui-même, non ?

— Sans doute. Mais j'aimerais quand même savoir ce qu'elle faisait avant d'arriver à Illugastadir.

Le révérend Pétur dévisagea Tóti avec attention.

— Vous êtes très jeune, révérend. Peut-être trop pour cette mission, non ?

Il rougit.

— Elle m'a choisi.

— Bien... S'il y a quoi que ce soit d'intéressant à savoir sur son *tempérament*, nous allons le trouver dans ce registre.

Il tourna lentement les pages jaunies, couvertes de pattes de mouche.

— Là, dit-il en se figeant. Attendez voir... Oui, c'est elle. Née à Flaga en 1795. Fille d'une certaine Ingveldur Rafnsdóttir et de Magnús Magnússon. Couple non marié. Enfant illégitime. Venue au monde le 27 octobre et baptisée le jour suivant. Que voulez-vous savoir de plus ?

— Ses parents n'étaient pas mariés ?

— C'est écrit ici. Je vous lis la suite ? « Le père vit à Stóridalur. Aucun fait notable à consigner. » Alors, qu'en dites-vous ? Voulez-vous savoir à quelle date elle a fait sa confirmation ? Tout est noté là-dedans. Je le sais, parce que le commissaire de police m'a demandé de recopier les notices pour lui.

Le pasteur renifla bruyamment et repoussa ses lunettes sur son nez.

— C'est ici. Tenez, lisez vous-même.

Il recula d'un pas pour permettre à Tóti de se pencher sur le registre.

— « Le 22 mai 1809, lut Tóti à voix haute. Confirmée à quatorze ans avec cinq autres enfants. »

Il compta sur ses doigts.

— Sauf qu'elle avait treize ans.

— Pardon ?

Le pasteur, qui regardait par la fenêtre, lui lança un regard interrogateur.

— Le registre précise qu'elle avait quatorze ans. Mais en mai 1809, elle en avait treize.

Le révérend Pétur haussa les épaules.

— Quelle importance ?

Tóti hocha la tête.

— Aucune, en effet. Et là, qu'est-il marqué ?

Le pasteur se pencha sur son épaule. Tóti sentit son haleine balayer sa joue. Elle sentait le schnaps et le poisson.

— Voyons… Trois de ces enfants – Grímur, Sveinbjörn et Agnes – ont appris l'intégralité du *Kverið* par cœur. Je vous fais grâce de la suite. Les commentaires sont tous les mêmes dans ces registres !

— Etait-ce une enfant appliquée ?

— Le rédacteur précise qu'elle avait un « excellent intellect, doublé d'une connaissance et d'une compréhension approfondies du christianisme ». Dommage qu'elle n'ait pas suivi ces enseignements par la suite !

Tóti décida d'ignorer sa dernière remarque.

— Un excellent intellect, répéta-t-il.

— C'est ce qui est écrit. Maintenant, révérend Thorvardur, que voulez-vous faire ? Continuer à vous geler les doigts sur de vieux grimoires ? Ou rejoindre la jolie femme de

Haukur qui nous servira à déjeuner – et peut-être même une tasse de café ?

— Révérend Tóti ! s'exclama Margrét.

Elle avait ouvert presque aussitôt après qu'il eut frappé au battant.

— C'est gentil de nous rendre visite. Nous pensions que vous étiez reparti dans le Sud… Entrez.

Elle ouvrit plus largement la porte, puis se figea, prise d'une quinte de toux. Tóti découvrit alors qu'elle portait un gros sac de grains sur la hanche.

— Donnez-moi ça, dit-il. Je vais vous aider…

— Certainement pas ! protesta Margrét en l'invitant à la suivre dans le couloir. Je me débrouille très bien toute seule. Les garçons de ferme sont enfin revenus de Reykjavík.

— C'est ce que je vois. Ont-ils trouvé tout ce que vous vouliez ?

Elle lui sourit par-dessus son épaule.

— Quasiment. Mieux que l'année dernière. Pas de charançons dans la farine. Du sel, et même du sucre.

— Je suis content pour vous.

— Puis-je vous offrir un peu de café ?

— Vous en avez ? répliqua-t-il, surpris.

— Nos gars ont réussi à vendre tous nos tricots et une bonne partie de la viande fumée. Jón aiguise les faux dans la cour. Alors, vous en voulez une tasse ?

Elle le guida vers le badstofa et tira le rideau pour l'inviter à entrer dans le petit salon.

— Installez-vous, dit-elle. Je reviens tout de suite.

Elle sortit en clopinant, le sac toujours juché sur sa hanche. Tóti s'assit et fit distraitement courir ses doigts sur la table. La toux rauque et précipitée de Margrét lui parvint de la cuisine. De l'autre côté du rideau, une voix murmura :

— Révérend Tóti ?

Il se leva et tira maladroitement sur le tissu. Le visage d'Agnes apparut dans l'embrasure. Elle le salua d'un signe de tête.

— Bonjour, Agnes. Comment allez-vous ?

— Pardonnez-moi de vous déranger. Il faut juste que j'aille chercher…

Elle désignait l'écheveau de laine posé sur l'autre chaise de la pièce. Tóti fit glisser le rideau sur la tringle pour lui permettre d'entrer.

— Restez, s'il vous plaît. Je suis venu pour vous.

Elle prit l'écheveau et fit un pas vers la porte.

— Margrét m'a demandé de…

— S'il vous plaît, Agnes. Asseyez-vous.

Elle obtempéra et se posa au bord de la chaise.

— Et voilà ! s'écria Margrét en faisant irruption dans la pièce.

Elle avait disposé un pot de café, une assiette de pain de seigle et du beurre sur un plateau, qu'elle portait à deux mains. Elle se figea en apercevant la condamnée.

— J'espère que vous ne m'en voudrez pas d'accaparer Agnes, dit Tóti en se levant. C'est pour lui parler que je suis venu.

Margrét le fixait sans rien dire.

— Sur ordre de Blöndal, bien sûr ! poursuivit-il d'un ton badin, espérant la faire sourire.

Elle se mordit les lèvres, durcissant encore les traits de son visage.

— Vous pouvez disposer d'elle, révérend Tóti. Je serai soulagée de ne plus l'avoir sur le dos !

Elle posa lourdement le plateau sur la table et sortit en tirant le rideau d'un coup sec. Agnes et Tóti entendirent ses pas résonner sur la terre battue du couloir, puis la porte de la cuisine claquer derrière elle.

— Eh bien ! commenta Tóti en offrant un sourire contrit à Agnes. Voulez-vous un peu de café ? Il n'y a qu'une seule tasse, mais je suis sûr que…

Elle secoua la tête. Il s'assit et poussa le plateau vers elle.

— Prenez le pain, alors. Je me suis arrêté à Undirfell ce matin et la fermière m'a gavé de skyr.

Il se servit une tasse de café, qu'il sucra légèrement en observant Agnes du coin de l'œil. Elle prit un morceau de pain et le porta à sa bouche. Il sourit.

— J'ai l'impression que les garçons de ferme ont fait de bonnes affaires à Reykjavík.

Le café lui brûla la langue. Il l'aurait recraché si Agnes n'avait rivé ses yeux pâles sur son visage. Il se força à avaler le liquide bouillant et toussa, avant de reprendre :

— Comment vous sentez-vous ici ?

Elle continua de le fixer sans rien dire. Ses joues s'étaient un peu arrondies et sur son cou, l'hématome avait presque disparu.

— Vous avez meilleure allure, insista-t-il.

— Je suis mieux nourrie qu'à Stóra-Borg.

— Et vous vous entendez bien avec la famille ?

Elle hésita.

— Ils me tolèrent.

— Que pensez-vous de Jón Jónsson, l'officier de police ?

— Il refuse de me parler.

— Et ses filles ?

Comme elle ne disait rien, Tóti poursuivit :

— Lauga semble avoir les faveurs du révérend d'Undirfell. Pour une femme, elle est extrêmement intelligente ! m'a-t-il assuré.

— Et sa sœur ?

Tóti but une autre gorgée de café.

— C'est une brave fille, répondit-il. Honnête et loyale.

— Une brave fille, répéta Agnes.

— Oui. Prenez encore du pain.

Elle beurra le bout qui restait. Elle mangeait vite, les doigts près de la bouche, et les nettoyait d'un coup de langue après chaque morceau. Tóti ne put s'empêcher de suivre le mouvement de ses lèvres roses, luisantes de beurre.

Il se força à baisser les yeux vers sa tasse.

— Vous vous demandez sans doute pourquoi je suis revenu.

Occupée à déloger d'un coup d'ongle une miette de pain coincée entre ses dents, Agnes ne répondit pas.

— Vous m'avez traité de gamin.

— Je vous ai offensé ?

Elle s'était exprimée d'une voix atone, comme si le sujet ne l'intéressait pas.

— Non, mentit-il. Mais vous vous méprenez sur mon compte. Malgré mon jeune âge, j'ai passé trois longues années au collège de Bessastadir, dans le Sud. Je sais le latin, le grec et le danois. Et Dieu m'a choisi pour vous guider sur la voie de la rédemption.

Elle l'observa sans ciller.

— Non. C'est moi qui vous ai choisi, révérend.

— Alors laissez-moi vous aider !

Le silence retomba. Agnes finit de se curer les dents, puis elle s'essuya les mains dans son tablier.

— Si vous voulez me parler, parlez comme tout le monde. Le révérend de Stóra-Borg s'adressait à moi comme s'il était l'évêque en personne. Il s'attendait à ce que j'inonde ses pieds de mes larmes. Il ne m'écoutait pas.

— Et que vouliez-vous qu'il écoute ?

Elle haussa les épaules.

— Chaque fois que je disais quelque chose, ces gens dénaturaient mes propos et me les retournaient sous forme d'insulte ou d'accusation !

Tóti acquiesça.

— Vous voulez donc que je vous parle comme tout le monde. Et vous voulez peut-être aussi que je vous écoute ?

Penchée vers lui, Agnes le dévisageait avec attention. Ses yeux, qu'il voyait de près pour la première fois, étaient d'une couleur inhabituelle : finement cerclés de noir, leurs iris bleus pailletés de gris avaient la pâleur de la glace.

— Que voulez-vous entendre ? demanda-t-elle finalement.

Tóti s'appuya contre le dossier de la chaise.

— J'ai passé la matinée à l'église d'Undirfell. Pour consulter les notices qui vous concernent dans le registre de la paroisse. Vous m'aviez dit que vous étiez originaire de cette vallée.

— Mon nom figure-t-il dans le registre ?

— Oui. J'ai trouvé mention de votre naissance et de votre confirmation.

— Vous connaissez mon âge, à présent.

Elle ponctua sa remarque d'un sourire froid.

— Vous pourriez peut-être m'en dire davantage sur votre vie. Sur votre famille.

Agnes prit l'écheveau et commença à enrouler la laine autour de ses doigts.

— Je n'ai pas de famille, dit-elle.

— C'est impossible.

Elle serra le fil autour de ses jointures. L'afflux de sang fit rougir le bout de ses doigts.

— Vous avez sans doute vu leur nom dans le registre, mon révérend, mais en ce qui me concerne, j'aurais pu être déclarée orpheline.

— Pourquoi donc ?

On toussota de l'autre côté du rideau et une paire de brodequins en peau de poisson apparut sous la bordure.

— Entrez, dit Tóti.

D'un geste vif, Agnes déroula la laine, libérant ses doigts. Le rideau s'écarta, livrant passage à Steina.

— Navrée de vous déranger, mon révérend, mais mamma la demande.

Elle désigna la prisonnière, qui se leva aussitôt.

— Nous étions en train de parler ! protesta Tóti.

— Désolé, mon révérend. Nous allons faire les foins. On est en plein juillet, vous savez ! On doit faucher toute la journée et les jours qui viennent. Enfin… jusqu'au coucher du soleil.

— Steina, j'ai fait tout ce chemin pour…

Il se tut. Agnes venait de poser une main sur son épaule, le réduisant au silence. Il fixa les longs doigts pâles, le pouce que rosissait une ampoule. Devinant son trouble, elle ôta sa main aussi vivement qu'elle l'avait posée.

— Revenez demain matin si vous le souhaitez, mon révérend. Les bottes de foin seront humides de rosée. Nous discuterons en attendant qu'elles sèchent.

Je n'aurais peut-être pas dû me faire le serment d'enfouir mon passé au plus profond de moi-même. A Hvammur, pendant le procès, ils ont picoré mes mots comme une nuée d'oiseaux. D'affreux oiseaux, vêtus de rouge et boutonnés d'argent. Têtes penchées, becs serrés, ils fouillaient mon âme en quête des baies rouges de la culpabilité. Ils ne m'ont pas laissée raconter les événements à ma façon : ils se sont emparés de mes souvenirs de Natan, de mes images d'Illugastadir, et les ont distordus jusqu'à les rendre méconnaissables. Ils m'ont arraché une déposition qui faisait de moi une femme vile et malveillante. Tout ce que j'ai dit m'a été volé ; tous mes mots ont été altérés jusqu'à ce que cette histoire ne soit plus mienne.

Malgré tout, je continuais d'espérer. Quand les roulements de tambour ont résonné dans la petite pièce et que Blöndal m'a déclarée coupable, j'ai pensé : *Si tu bouges, tu vas t'effondrer. Si tu respires, tu vas t'évanouir. Ils veulent te faire disparaître.*

A l'issue du procès, le pasteur de Tjörn m'a dit que je brûlerais en enfer si je ne priais pas pour le pardon de mon âme – après avoir longuement considéré mes fautes, bien sûr. Comme si prier suffisait à effacer les péchés ! Toutes les femmes savent qu'un fil, une fois tricoté, reste à sa place. Le seul moyen de réparer un point de travers est de défaire l'ouvrage.

Natan ne croyait pas au péché. Il disait que nos défauts font de nous ce que nous sommes. Même la nature défie ses propres lois au nom de la beauté. Au nom de la création. Pour que la vie continue à pulser dans ses veines. « Tu comprends, Agnes ? »

C'était après la naissance de l'agneau à deux têtes. L'un des garçons de ferme de Stapar avait couru jusqu'à Illugastadir pour nous annoncer la nouvelle. Quand Natan est arrivé sur les lieux, l'animal était mort. Le fermier l'avait jugé maudit et tué sur-le-champ. Natan a réclamé le corps : il souhaitait le disséquer pour comprendre comment il s'était formé. Le fermier a accepté. Seulement, lorsque Natan a entrepris de déterrer l'agneau, une des femmes de Stapar s'est avancée pour l'en empêcher. « Laisse le Diable se charger des siens ! » a-t-elle crié. Il lui a ri au nez.

Nous avons transporté cette étrange créature jusqu'à son atelier. En arrivant, couverte de sang et de terre, j'avais le cœur au bord des lèvres. J'ai rejoint Sigga à la cuisine. Natan est resté seul pour dépecer le cadavre. Ce soir-là, nous avons refusé, Sigga et moi, de manger la viande qu'il avait prise sur les os de la bête. Il nous a traitées d'ingrates – « Avez-vous oublié le prix que j'ai dû payer au fermier pour l'obtenir ? » – mais il manquait d'appétit, lui aussi. Nous avons utilisé la viande pour appâter les renards. Natan a gardé le double crâne dans son atelier. Les os blanchis avaient la couleur de la crème fraîche.

Suis-je devenue une bête curieuse, moi aussi ? Est-ce ainsi que le révérend me voit ? Une curiosité. Frappée de malédiction. Que pensent les hommes des femmes de mon espèce ?

Sauf que ce pasteur est à peine un homme. Il a la fragilité de l'enfance sans la rage et la bêtise de la jeunesse. Il est moins grand que dans mon souvenir. Je ne sais que penser de lui.

Et s'il n'était qu'un habile bonimenteur ? J'ai connu assez d'hommes dans ma vie pour savoir qu'ils commencent à mentir sitôt sevrés du sein maternel.

Que vais-je bien pouvoir lui raconter ?

La brume s'était dissipée dans le bleu du ciel et les perles de rosée avaient séché dans les champs quand les habitants de Kornsá se rassemblèrent à l'orée de leur pré pour commencer à faucher les herbes hautes. Jón s'était posté dans le coin gauche avec les deux garçons de ferme récemment rentrés de Reykjavík – Bjarni et Gudmundur, deux blonds aux cheveux longs et à la barbe drue. Kristín, Margrét et Lauga se tenaient dans le coin droit. Ils attendaient en silence que Steina et Agnes viennent se joindre à eux. Steina traversa la cour en clopinant. Agnes la suivait en nouant un foulard sur ses cheveux nattés.

— Nous voilà ! s'écria gaiement Steina.

Agnes salua Jón et Margrét d'un signe de tête. Les garçons de ferme échangèrent un regard après l'avoir observée du coin de l'œil.

Jón baissa les yeux.

— Seigneur, nous te remercions du beau temps que Tu nous as envoyé pour les foins. Nous prions pour que Tu daignes veiller sur nous en ces jours de labeur, nous préserver du danger et nous procurer le fourrage dont nous avons besoin pour vivre. Au nom de Jésus, Amen.

— Amen ! marmonnèrent les ouvriers, pressés de se mettre au travail.

Ils prirent leurs faux. Dotées d'un long manche, elles avaient été récemment reclouées et aiguisées. Les lames d'acier brillaient au soleil. Gudmundur, un homme trapu et musclé de vingt-huit ans, essaya la lame sur les poils de son poignet. Satisfait de son tranchant, il la tourna dans le bon sens, la posa au sol et la fit crisser sur les tiges des graminées. Lorsqu'il releva les yeux, il s'aperçut qu'Agnes l'observait.

— Gudmundur et Bjarni, reprit Jón. Vous faucherez avec Kristín et…

Son regard se posa sur Agnes. Les deux garçons tressaillirent.

— Vous comptez lui donner une faux ? lança Bjarni d'un ton désinvolte.

Il rit, trahissant sa nervosité.

Margrét s'éclaircit la gorge.

— Agnes et Kristín faucheront avec vous trois. Steina, Lauga et moi, nous ratisserons et retournerons les foins.

Elle lança un regard furibond à Gudmundur, qui souriait à Bjarni d'un air narquois, puis elle cracha non loin de ses pieds.

— Donnez-leur une faux, ordonna Jón d'un ton égal.

Gudmundur laissa tomber la sienne et en prit deux autres. Il remit la première à Kristín, qui s'inclina maladroitement pour le remercier, puis il se pencha pour donner l'autre à Agnes. Elle tendit le bras pour prendre l'outil, que Gudmundur refusa de lâcher. Ils restèrent ainsi quelques secondes, les mains crispées sur le manche de la faux, jusqu'à ce que Gudmundur desserre brusquement les doigts. Agnes trébucha, et la faux lui érafla la cheville. Bjarni réprima un petit rire.

— Et vous, les filles, allez prendre vos râteaux ! conclut Jón.

Il ne vit pas, ou ne voulut pas voir, le regard victorieux que s'échangèrent les garçons de ferme. Ni le sourire qui éclaira le visage de Lauga lorsqu'elle surprit le regard paniqué qu'Agnes jeta à sa jambe.

— Etes-vous blessée ? murmura Steina à Agnes en passant devant elle.

Agnes secoua la tête, mâchoires serrées. Margrét regarda sa fille et fronça les sourcils.

Je m'abandonne au rythme de mon corps. La faux m'entraîne vers le bas. Elle plie et coupe, plie et coupe, mue par son propre poids. D'avant en arrière, d'arrière en avant, je ne suis plus que balancement. Offerte au soleil, emportée par le vent, tirée par la faux, entièrement livrée aux longs mouvements qui me poussent toujours plus loin. Même si je le voulais, je ne pourrais plus m'arrêter.

J'aime cette sensation, cette perte de contrôle. Osciller doucement d'avant en arrière. Oublier peu à peu ce qu'est l'immobilité. Comme au début, avec Natan, quand mon cœur cognait à mes oreilles. Quand j'aurais pu mourir du bonheur d'être désirée. Quand l'odeur de son corps, mêlée à celles du soufre et des herbes pilées, à la sueur de son cheval et à la fumée de sa forge, me faisait trembler de plaisir. Frissonner d'anticipation.

Je m'enivre d'été et de lumière. J'aimerais manger le ciel par poignées entières. Plier, couper. Plier, couper. L'herbe gémit sous les faux qui glissent leurs doigts d'argent dans les épis.

Le garçon de ferme, celui qui s'appelle Gudmundur, m'épie à la dérobée. Il incline la tête vers moi à chaque mouvement. Il pense peut-être que je ne m'aperçois de rien.

J'avais quatorze ans quand les hommes ont commencé à m'observer de la sorte. Embauchée à Gudrúnarstadir, j'étais arrivée en mars avec un sac de toile blanche et deux longues tresses trop serrées sur ma tête. Mon premier vrai travail. Les fermiers avaient recruté un jeune garçon en même temps que moi. Un échalas à la peau tavelée qui nous fixait, Ingibjörg, Helga et moi, avec tant d'insistance que nous faisions tout pour l'éviter. La nuit, je l'entendais se toucher – une succession de froissements sous les couvertures, que venait conclure un grognement, parfois un gémissement.

Je m'abandonne au balancement, au poids de la faux qui tire mes bras vers l'avant. Je sens les muscles de mon ventre se tordre et se contracter. La faux se lève, puis retombe, se lève, puis retombe. Le soleil se reflète sur la lame qui me le renvoie en pleine face. Le rayon de lumière semble tomber du ciel, comme si Dieu me faisait un clin d'œil. *Je te surveille*, dit la faux. Elle navigue sur un océan vert, reflète le soleil, me le renvoie. L'ouvrier pousse un soupir. Il lève sa faux en lorgnant mes bras nus. Je fends l'herbe et la lumière. *Je te surveille*, dit la faux.

Le révérend Tóti tint sa promesse : il retourna à Kornsá tôt le lendemain matin, bien avant que le soleil ne quitte son point d'ancrage à l'horizon. Il s'était levé fourbu, courbatu par le premier jour de fauchage à Breidabólstadur. Il savourait l'air glacé qui l'avait fouetté au visage dès qu'il s'était mis en selle. Ses rafales l'accompagnaient encore sur le sentier qui menait à la vallée de Vatnsdalur. Elles s'abattaient sur ses joues embuées par le souffle chaud qui montait des naseaux de sa jument, le tirant peu à peu de sa torpeur. Les fermiers du canton avaient tous commencé à faucher la veille. Le spectacle des champs à moitié nus, parsemés de meules formées pour protéger l'herbe de la rosée, ajoutait à l'impression d'ordre et de prospérité qui se dégageait de la vallée. On vantait dans toute l'île la prodigalité du Nord – à juste titre, pensa Tóti. Partout, de petits oiseaux sautillaient dans les chaumes pour attraper les insectes que le fauchage avait exposés à la lumière. Aussi loin que portait le regard, les toits en pente des fermes et des chaumières ponctuaient le ciel de volutes de fumée blanche.

C'était le cas à Hvammur, de l'autre côté de la rivière. Tóti savait que Björn Blöndal, sa famille et ses domestiques vivaient là, dans cette grande ferme dotée de plusieurs cheminées qu'on apercevait de Kornsá. Les façades en bois des bâtiments en tourbe construits près de la demeure principale étaient dotées de vitres étincelantes qui brillaient même dans la pâle lumière jaune du petit matin. On dirait des yeux, songea Tóti, d'humeur plus imaginative que de coutume. Il avait entendu dire que la majeure partie du procès des meurtriers d'Illugastadir s'était tenue dans la salle de réception de la ferme, qui donnait sur le lit tortueux de la rivière et son ruban doré d'herbes marécageuses.

Qu'a-t-elle pensé à cet instant ? se demanda Tóti en scrutant la ferme. Qu'avait-elle pensé lorsqu'ils lui avaient annoncé qu'elle devait mourir ? Avait-elle regardé par la fenêtre et vu dériver les blocs de glace sur la rivière ? Le noir s'était-il fait en elle, assombrissant le monde entier ? A moins que les clercs n'aient mis des rideaux aux fenêtres pour bloquer la lumière ?

Il trouva Jón Jónsson sur le pas de sa porte : il aiguisait ses faux en compagnie d'un autre homme – un garçon de ferme, estima Tóti en les observant. Jón leva la pierre à aiguiser pour le saluer, puis remit son chapeau avant de s'avancer vers lui.

— Que Dieu vous bénisse, révérend Thorvardur.

— Qu'il vous bénisse également ! répondit gaiement Tóti.

— Vous venez la voir, j'imagine.

Il acquiesça.

— Comment la trouvez-vous ?

Jón haussa les épaules.

— La vie continue.

— Est-ce une bonne travailleuse ?

— Oui, mais…

Il laissa sa phrase en suspens. Tóti lui sourit avec bienveillance.

— Elle n'est pas là pour rester, Jón.

Il lui tapa dans le dos pour le rassurer, puis se tourna vers la maison. Il allait entrer quand la voix de Jón résonna de nouveau dans l'air matinal :

— Jón Thórdarson a proposé de les tuer.

Tóti se retourna.

— Pardon ?

— Jón Thórdarson. Il s'est présenté à Hvammur il y a quelques semaines pour leur annoncer qu'il était prêt à exécuter Fridrik, Sigga et Agnes. Trois coups de hache contre une livre de tabac, voilà ce qu'il voulait.

Il secoua la tête.

— Une livre de tabac, répéta-t-il.

— Et qu'a répondu Blöndal ?

Jón grimaça.

— A votre avis ? Il se fiche pas mal de Thórdarson. C'est un moins que rien ! Blöndal a déjà opté pour un autre, mais son choix ne fait pas l'unanimité.

Tóti jeta un regard au garçon de ferme, qui suivait la conversation en silence, adossé au mur de la forge.

— Et de qui s'agit-il ?

Jón secoua la tête, l'air dégoûté. La réponse vint du garçon de ferme :

— Il s'agit de Gudmundur Ketilsson, lança-t-il d'une voix forte. Le frère de Natan.

— Nous pouvons rentrer, si vous préférez, suggéra Tóti en trébuchant sur les rochers qui bordaient le torrent de Kornsá.

— J'aime regarder l'eau, répondit Agnes.

— Comme vous voudrez.

Il essuya un gros rocher du plat de la main et l'invita à s'asseoir. Ensuite, il s'installa près d'elle.

Clair et impétueux, le torrent de Kornsá offrait une belle vue sur la rive opposée. Tóti aurait apprécié la beauté des lieux si les propos de Jón ne tournaient en boucle dans son esprit. Glissant un regard vers le cou d'Agnes, très pâle sur le rocher gris, il l'imagina tranché.

— Comment se sont passés les foins hier ? lança-t-il pour tenter d'échapper à ces visions macabres.

— Il faisait très chaud.

— Bien, dit-il.

Agnes sortit une pelote de laine et plusieurs aiguilles à tricoter de son châle.

— Vous vouliez parler de ma famille ?

Tóti observa un instant le mouvement de ses doigts sur les longues aiguilles. Il s'éclaircit la gorge.

— Oui. Vous êtes née à Flaga.

— Exactement. Tenez, on la voit d'ici.

Agnes inclina la tête vers la ferme en question, dont les bâtiments affaissés se dressaient sur leur gauche, au bout des champs de Kornsá. Les deux hameaux étaient si près l'un de l'autre que le vent portait à leurs oreilles les voix des servantes de Flaga qui s'interpellaient dans la cour.

— Votre mère n'était pas mariée.

Agnes esquissa un sourire crispé.

— Vous avez lu ça dans le registre de la paroisse ? Les prêtres veillent toujours à consigner les détails qui comptent.

— Et votre père, Magnús ?

— Magnús non plus n'était pas marié, si c'est ce que vous voulez savoir.

Tóti hésita, avant de poursuivre :

— Avec qui viviez-vous lorsque vous étiez enfant, alors ?

Elle promena un long regard sur les fermes environnantes.

— J'ai vécu un peu partout dans la vallée.

— Vos parents ont beaucoup déménagé ?

— Je n'ai pas de parents. Ma mère m'a quittée quand j'avais six ans.

— De quoi est-elle morte ? demanda doucement Tóti.

Contre toute attente, Agnes éclata de rire. Il se raidit, choqué.

— Ma vie vous paraît-elle si tragique ? Rassurez-vous : je n'étais pas orpheline. Ma mère m'a confiée à une autre famille. Je suppose qu'elle est encore en vie, mais je n'en suis pas sûre. Elle s'est évaporée, à ce qu'il paraît. Elle est partie un beau jour et on ne l'a plus revue.

— Vraiment ?

— Oui. Je ne sais rien d'elle. Je serais incapable de la reconnaître si je la voyais.

— Parce que vous n'aviez que six hivers quand elle vous a quittée ?

Agnes interrompit son tricot pour le regarder droit dans les yeux.

— Comprenez-moi bien, révérend. Le peu que je sais de ma mère me vient de ce qu'on m'en a raconté. Or ces récits concernent principalement ce qu'elle a fait – et qui suscitait la réprobation, vous vous en doutez.

— Pouvez-vous me répéter ce qu'on vous a raconté ?

Agnes secoua la tête.

— Savoir ce qu'une personne a fait, et savoir *qui* est cette personne sont deux choses très différentes.

— Les actions parlent plus que les mots, vous ne croyez pas ?

— Non. Les actions mentent, au contraire. Certaines personnes n'ont pas de chance, ou bien elles commettent une erreur – une seule. Et les gens commencent à médire sur leur compte à cause de cette erreur… Ils se mettent à dire que cette personne est forcément une mauvaise mère, par exemple.

Elle marqua une pause. Comme Tóti demeurait silencieux, elle continua :

— C'est injuste. Les gens prétendent vous connaître sous prétexte qu'ils savent ce que vous avez fait, mais ont-ils pris la peine d'écouter ce que vous avez à dire ? Bien sûr que non ! Dans cette vallée, vous aurez beau vous démener pour vivre en bon chrétien, si vous commettez une erreur, elle ne vous sera jamais pardonnée. Même si vous avez opté pour ce qui semblait être la meilleure solution. Même si une voix s'écrie au plus profond de vous-même : « Je ne suis pas celui que vous croyez ! » Seule compte l'opinion que les gens ont de vous. Elle définit qui vous êtes.

Agnes s'interrompit pour reprendre son souffle. Elle avait élevé la voix, et Tóti n'aurait su dire pourquoi. Un peu étonné, il se demandait ce qui avait provoqué un tel déluge de paroles.

— C'est ce qui est arrivé à ma mère, révérend, continua-t-elle. Qui était-elle vraiment ? Elle ne ressemblait sans doute pas au portrait qu'on m'a fait d'elle, mais elle a commis des erreurs qui l'ont perdue aux yeux d'autrui. Ici, les gens ne vous laissent pas oublier vos fautes. Ils pensent même que ce sont les seules données qui méritent d'être consignées.

Tóti réfléchit un moment.

— Quelle erreur votre mère avait-elle commise ? demanda-t-il finalement.

— Il paraît qu'elle en a commis beaucoup, mon révérend. J'étais l'une d'elles, en tout cas. Elle n'a pas eu de chance.

— Que voulez-vous dire ?

— Elle a fait ce que nombre de femmes font en secret sans courir à leur perte, répondit Agnes avec amertume. Mais elle a rejoint les rares infortunées dont les secrets sont apparus au vu et au su de tous.

Tóti sentit ses joues s'empourprer. Il toussota pour se donner une contenance.

— Je vous ai offensé une nouvelle fois, remarqua Agnes.

Il secoua la tête.

— Je suis heureux que vous parliez de votre passé.

— Un passé qui heurte votre sensibilité.

Gêné, il changea de position sur le rocher.

— Et votre père ? reprit-il.

Agnes se mit à rire.

— Lequel ?

Elle jaugea sa réaction du coin de l'œil, avant de reprendre plus sérieusement :

— Qu'y avait-il dans le registre à son sujet ?

— Le registre précisait qu'il s'appelait Magnús Magnússon et qu'il vivait à Stóridalur à l'heure de votre naissance.

Cette fois, Agnes garda les yeux baissés sur son tricot, mais Tóti vit ses mâchoires se crisper.

— Si vous parliez à certaines personnes, vous entendriez peut-être un autre son de cloche, lâcha-t-elle.

— Comment cela ?

Elle porta son regard sur les fermes qui se dressaient de l'autre côté de la vallée. Elle les observa un moment, tout en comptant machinalement du pouce les mailles de son tricot.

— Au fond, que je sois honnête ou non avec vous n'a guère d'importance, dit-elle. Je pourrais vous raconter tout ce qui me passe par la tête !

Tóti se méprit sur le sens de ses propos.

— Bien sûr. Je serais heureux que vous acceptiez de vous confier à moi.

Il se pencha vers elle, pressé d'entendre la suite de son récit.

— Le nom que vous auriez dû lire dans votre registre est Jón Bjarnason, le fermier de Brekkukot. On m'a dit que c'était mon vrai père. Magnús Magnússon n'est qu'un malheureux garçon de ferme qui n'a rien compris à rien.

Tóti haussa les sourcils, perplexe.

— Pourquoi votre mère vous aurait-elle enregistrée comme fille de Magnús si ce n'était pas vrai ?

Agnes se tourna vers lui, un sourire au coin des lèvres.

— Etes-vous ignorant à ce point-là, mon révérend ? Jón de Brekkukot était un homme marié, déjà père de plusieurs enfants légitimes – sans parler des bâtards nés avant moi, j'imagine. Apparemment, il est moins criminel d'avoir un gamin avec un quidam non marié qu'avec un homme déjà uni corps et âme à une autre femme. Voilà pourquoi ma mère a choisi d'attribuer à un pauvre idiot l'honneur d'être mon père.

Tóti réfléchit un moment.

— Vous croyez cette histoire parce qu'on vous l'a racontée ?

— Si je croyais tout ce qu'on m'a raconté sur ma famille, je serais encore plus mal en point qu'aujourd'hui ! Non, cette histoire-là… je l'ai devinée toute seule. Inutile d'avoir étudié à Copenhague ou dans le sud de l'île pour savoir qui a enfanté qui dans la région. Personne ne sait garder un secret par ici !

— Lui avez-vous seulement posé la question ?

— A Jón Bjarnason ? Pour quoi faire, grands dieux ?

— Pour aller chercher la vérité à la source, suggéra Tóti, déçu par la tournure que prenait la conversation.

— La vérité n'existe pas, décréta Agnes en se levant.

Tóti se leva à son tour. Il essuya l'arrière de son pantalon du plat de la main : le tissu était trempé.

— Détrompez-vous, Agnes. La vérité est en Dieu, répliqua-t-il avec conviction, saisissant l'occasion de remplir sa mission spirituelle. Evangile selon saint Jean, chapitre 8, verset 32 : « Et vous…

— « … connaîtrez la vérité et la vérité vous rendra libres. » Je sais, je sais, dit-elle.

Elle remit son tricot et sa pelote de laine dans son châle, puis elle s'engagea sur le sentier qui menait à la ferme.

— Je suis sans doute l'exception qui confirme la règle, révérend Thorvardur, lança-t-elle sans se retourner. Car j'ai dit la vérité et vous pouvez juger par vous-même du bénéfice que j'en ai tiré !

Le révérend n'apprendra rien sur moi dans le registre de la paroisse – ni dans aucun autre livre, d'ailleurs. Que pourrait-il découvrir ? N'y sont consignés que les faits jugés importants par d'autres que moi.

Quand le révérend a vu mon nom et ma date de naissance dans ce livre, n'a-t-il vu que de l'encre sur une feuille de papier ? Ou s'est-il laissé imprégner par d'autres visions ? Celle du brouillard qu'il faisait ce jour-là, par exemple. Ou celle des corbeaux attirés par l'odeur du sang. Cette date a-t-elle éveillé son imagination comme elle a éveillé la mienne ? Combien de fois ai-je vu cette scène ? Ma mère qui me pose en gémissant sur son sein moite ; ma mère qui évite le regard des femmes pour lesquelles elle travaillait à Flaga – elle sait déjà qu'elle devra aller chercher du travail ailleurs. Et qui embauchera une servante flanquée d'un nouveau-né ?

S'il compte sur moi pour le renseigner sur ma famille, il risque d'être déçu. Deux pères et une mère dont les souvenirs s'estompent de ma mémoire comme des silhouettes dans le blizzard. D'elle, je n'ai gardé que quelques images. Celle du jour où elle m'a abandonnée. Une autre, plus ancienne, d'un soir d'hiver où je la regardais à la lueur de la lampe. C'est une image muette à laquelle je ne crois pas tout à fait. Guère plus qu'aux autres, en tout cas. Nos souvenirs sont aussi mouvants qu'un tas de neige poudreuse en plein vent. Aussi trompeurs qu'une assemblée de fantômes s'interrompant les uns les autres. Seule demeure en moi la certitude que ma réalité n'est pas celle d'autrui. Partager un souvenir, c'est risquer d'entacher ma mémoire des faits. Le révérend est-il l'homme dont je me souviens, ou un parfait inconnu ? Est-ce moi ou une autre qui ai fait ci ou ça ? Magnús ou Jón ? Comme la fine pellicule de glace sur l'eau d'un étang, la vérité est trop fragile pour mériter notre confiance.

Ma mère a-t-elle regardé mon visage de nourrisson en pensant : « Un jour, je te quitterai » ? A-t-elle scruté ma peau fripée en souhaitant que la mort m'emporte ? Ou m'a-t-elle incitée à m'accrocher à la vie comme une tique sur un chien ? Elle a peut-être tourné son regard vers la vallée noyée de pluie et de silence en se demandant ce qu'elle avait à m'offrir. Un mensonge pour père. Un râtelier à foin en guise de berceau. Un casque de cheveux sombres. Un baiser. Un caillou pour parler aux oiseaux et ne pas être seule.

5

Poème de la poète Rósa à Agnes Magnúsdóttir, juin 1828

Undrast þarftu ei, baugabrú
pó beiskrar kennir pínu :
Hefir burtu hrífsađ pú
helft af lífi mínu.

Ne t'étonne ni du chagrin qui m'obscurcit la vue
Ni de l'amère douleur qui m'étreint :
Car tu as volé avcc tcs noirs desseins
Celui qui avait donné sens à ma vie,
Et offert la tienne au Diable en contrepartie.

Réponse d'Agnes Magnúsdóttir à Rósa, juin 1828

Er mín klára ósk til þín,
angurs tárum bundin :
Yfđu ei sárin sollin mín,
solar báru hrundin.

Sorg ei minnar sálar herđ !
Seka Drottin nádar,
af því Jésus eitt fyrir verđ
okkur keypti báđar.

Je n'ai qu'un souhait vers toi,
prisonnière de ton chagrin et de tes douleurs :
Ne viens pas rouvrir mes blessures
Je ne peux croire à ce que je vois.

Ah, quelle peine est la mienne !
Puisse Dieu m'accorder son pardon
Souviens-toi que Jésus nous a portées
Toutes deux et pour la même raison.

— Alors, ça fait quoi de dormir dans la même pièce qu'elle ? Moi, je n'arriverais pas à fermer l'œil ! dit Ingibjörg Pétursdóttir.

Margrét jeta un regard aux faucheurs qui travaillaient maintenant le long de la rivière.

— Oh, je ne crois pas qu'elle oserait faire un pas de côté, répliqua-t-elle.

Les deux femmes s'étaient installées sur un tas de bois dans la cour de Kornsá. Ingibjörg, qui habitait l'une des fermes voisines, avait rendu visite à Margrét en apprenant que sa mauvaise toux l'empêchait de continuer à faire les foins. Petite et dotée d'un physique ordinaire, Ingibjörg n'avait ni la causticité ni la franchise de Margrét, mais les deux femmes avaient noué une solide amitié. Elles se rendaient fréquemment visite lorsqu'elles pouvaient traverser à gué la rivière qui séparait leurs fermes.

— Róslín s'imagine que vous finirez tous étranglés dans votre sommeil.

Margrét éclata de rire.

— Je ne peux pas m'empêcher de penser que ça lui ferait diablement plaisir !

— Que veux-tu dire ?

— Ça donnerait à cette langue bien pendue une occasion de passer à l'action.

— Margrét…

— Oh, Inga. Tu sais bien que ses grossesses l'ont rendue à moitié folle.

— Le petit dernier a attrapé le croup.

Margrét haussa les sourcils.

— Ils vont tous l'avoir, alors. On les entendra bientôt pleurnicher du soir au matin.

— Elle grossit à vue d'œil ces temps-ci.

— Iras-tu l'aider pour l'accouchement ? Elle en a eu tellement qu'elle est sans doute capable de se débrouiller toute seule !

Ingibjörg poussa un soupir.

— Je ne sais pas… J'ai un mauvais pressentiment.

Margrét scruta le visage grave de son amie.

— As-tu fait un mauvais rêve ?

Ingibjörg ouvrit la bouche pour répondre, puis se ravisa.

— Je suis sûre que ce n'est rien. Parlons d'autre chose, veux-tu ? Un sujet moins déprimant… La meurtrière, par exemple !

Margrét rit malgré elle.

— Arrête ! On dirait Róslín.

Ingibjörg sourit.

— Sérieusement, comment la trouves-tu ? As-tu peur d'elle ?

Margrét réfléchit un instant avant de répondre :

— En fait, elle ne ressemble pas du tout à l'idée que je me faisais d'une meurtrière. Elle dort, elle travaille, elle mange. Sans rien dire, ou presque. A croire qu'elle a perdu l'usage de sa langue ! Elle parle au révérend – tu sais, le jeune pasteur qui lui rend visite depuis quelques semaines ? Mais il ne me raconte pas ce qui se passe entre eux. Rien, peut-être.

Margrét jeta un regard au groupe de faucheurs.

— Je me demande souvent à quoi elle pense.

Ingibjörg suivit son regard. Toutes deux observèrent Agnes en silence. Sa silhouette courbée sur les foins. La lame brillante de sa faux lorsqu'elle la levait vers le ciel.

— Comment savoir ce qui se passe dans cette tête brune ? murmura Ingibjörg. Je t'avoue que je tremble rien que d'y songer !

— D'après le révérend, sa mère serait Ingveldur Rafnsdóttir.

— Ingveldur Rafnsdóttir… répéta pensivement Ingibjörg. J'ai connu une Ingveldur autrefois. Elle avait mauvaise réputation.

— Les chiens ne font pas des chats, renchérit Margrét. Mais j'ai du mal à croire qu'Agnes a été l'enfant de quelqu'un avant de commettre ce crime monstrueux. Mes propres filles sont à mille lieues de penser à quoi que ce soit d'aussi barbare.

Son amie hocha la tête.

— Comment vont-elles, justement ?

Margrét se leva et secoua ses jupes pour ôter la poussière.

— Oh, figure-toi que…

Elle fut prise d'une quinte de toux que sa voisine tenta de faire passer en lui massant le dos.

— Là… Respire, enjoignit-elle. Ça va aller ?

— Très bien, mentit Margrét. Figure-toi que Steina est convaincue de l'avoir déjà rencontrée !

— Comment est-ce possible ?

— Elle dit que nous l'avons croisée il y a longtemps sur la route de Gudrúnarstadir.

— Eh bien ! Ta fille recommence à inventer des histoires, tu ne crois pas ?

Margrét se rembrunit.

— Dieu seul le sait ! Moi, en tout cas, je ne m'en souviens pas. Du coup, je me fais du souci pour Steina. Je l'ai vue sourire à Agnes l'autre jour.

Son amie éclata de rire.

— Oh, Margrét ! A-t-on jamais vu un sourire causer du tort à quiconque ?

— Détrompe-toi, rétorqua-t-elle sèchement. C'est arrivé plus d'une fois. Regarde Róslín ! Enfin... En ce qui concerne Steina, il n'y a pas que les sourires qui m'inquiètent. C'est un ensemble de choses... Elle pose des questions à Agnes, par exemple. Et si tu la voyais courir pour aller la chercher quand je la réclame ! Regarde : elle la suit de près, même maintenant.

Tendant le bras, elle lui montra Steina, qui retournait les foins derrière Agnes.

— Je ne peux pas m'empêcher de penser à cette pauvre Sigga, reprit-elle. J'ai peur qu'il n'arrive la même chose à Steina.

— Sigga ? Celle qui travaillait à Illugastadir ?

— Oui. Imagine qu'Agnes ait la même influence sur Steina ? Qu'elle la pousse à faire le mal ? Qu'elle lui mette toutes sortes de mauvaises idées en tête ?

— Tu viens de me dire qu'Agnes ne prononce jamais le moindre mot.

— Avec moi, elle ne dit rien. Mais avec les autres, c'est peut-être une autre histoire... Oh, pardonne-moi. Je t'ennuie avec mes soucis.

— Et Lauga ? s'enquit Ingibjörg avec sollicitude. Comment réagit-elle ?

Margrét retrouva le sourire à l'énoncé de sa cadette.

— Oh, Lauga ne supporte pas de l'avoir avec nous ! confia-t-elle avec un petit rire. C'est la plus enragée de la famille... Elle refuse même de dormir dans la couchette voisine de la sienne. Elle guette ses moindres mouvements. Et elle gronde Steina dès qu'elle la surprend en train de la regarder !

Ingibjörg observa la jeune fille. Munie d'un râteau, elle alignait consciencieusement les herbes coupées en petits tas bien nets. Ceux de Steina, par comparaison, paraissaient aussi tordus qu'une écriture enfantine.

— Que pense Jón de tout ça ?

Margrét haussa les épaules.

— A ton avis ? Si j'aborde la question, il se met à discourir sur ses devoirs envers Blöndal. Il est vigilant, tout de même. Il surveille Agnes et m'a demandé de la séparer des filles.

— Difficile à faire dans une ferme !

— Exactement. Autant demander à Kristín de séparer la crème et le lait.

— Ah, cette chère Kristín…

— Elle ne sait vraiment rien faire !

— Dans ce cas, réjouis-toi d'avoir une femme de plus pour t'aider, conclut Ingibjörg.

Satisfaites de leur discussion, les deux femmes s'installèrent dans un silence complice.

Cette nuit, j'ai rêvé du billot d'exécution. J'étais seule. En plein hiver. Je rampais à même la neige vers la souche d'arbre. Le froid me paralysait les coudes et les genoux, mais je continuais d'avancer. Je n'avais pas le choix.

Quand je suis arrivée devant le billot, j'ai d'abord été surprise : il était plus grand, plus lisse que je ne l'imaginais. Il sentait le bois fraîchement coupé. Rien à avoir avec les bâtons de bois flotté, qui sentent le sel. Ce bois-là sentait la sève. Une odeur douce, un peu lourde. Comme celle du sang.

Dans mon rêve, je me hissais péniblement sur mes jambes et je posais ma tête sur la souche. Il commençait à neiger. C'est le silence qui précède le coup, ai-je pensé. Puis je me suis demandé comment cette souche était arrivée là, de quel arbre elle provenait puisqu'il en pousse si peu ici. Il y a trop de silence, ai-je pensé ensuite. Trop de pierres.

Après cela, je me suis adressée directement à la souche. Et je lui ai dit : « Je t'arroserai comme si tu étais encore en vie. »

Et je me suis réveillée.

Ce rêve m'a fait peur. Depuis les foins, j'ai presque l'impression de vivre comme avant. Je me glisse dans mon ancienne peau et j'en oublie ma colère. Le rêve m'a rappelé ce qui m'attend. Il m'a rappelé que les jours passent vite. Maintenant, couchée dans une pièce remplie d'étrangers, les yeux fixés sur les brindilles et les mottes de tourbe qui se détachent du plafond, je sens mon cœur se tourner et se retourner dans ma poitrine. Se tourner tant et si bien que je suis nouée des pieds à la tête.

Ma vessie est pleine. J'ai besoin de me soulager. Je me lève en tremblant et je cherche le pot de chambre. Je l'aperçois sous la couchette d'un des garçons de ferme. Il est presque plein, mais je n'ai plus le loisir d'aller le vider. Mes bas usés glissent sans peine jusqu'à mes chevilles. Je m'accroupis au-dessus du seau. Le jet m'éclabousse la cuisse. La sueur perle à mon front.

Pourvu que personne ne se réveille ! Je n'ai aucune envie d'être surprise dans cette position. Je suis si pressée d'aller remettre le pot à sa place que je remonte mes bas avant d'avoir complètement terminé. Les dernières gouttes d'urine coulent le long de ma jambe quand je pousse le seau sous une couchette.

Pourquoi trembler ainsi ? Mes genoux me portent à peine et c'est avec soulagement que je me glisse sous mes draps. Mon cœur semble pris de bégaiements. Natan était convaincu que nos rêves ont du sens. Etrange, pour un homme qui n'entendait jamais sans rire le nom de Dieu ! Il rejetait les enseignements du Livre, mais s'en remettait volontiers aux énigmes issues de ses heures de sommeil. Etrange aussi, sa manière de bâtir son église sur les racontars des commères et le langage secret du vent. Il voyait l'œil de

Dieu dans les marées, dans le vol en piqué d'un émerillon, dans le grincement de dents de ses brebis. S'il me surprenait à tricoter sur le pas de la porte, il m'accusait de rallonger l'hiver. « Ne crois pas que la nature ne nous observe pas. Elle est aussi consciente que toi et moi. » Son sourire. La paume de sa main sur mon front. « Et aussi secrète. »

J'ai cru que je pourrais rester ici. Etre une de leurs servantes. Arrivée à Kornsá le mois dernier, j'ai déjà oublié ce qui m'attend. Les jours de labeur m'ont apaisée. Le soir venu, mon corps fourbu aspirait au repos. J'ai dormi pendant des semaines d'un sommeil bienheureux, si profond qu'il se jouait des rêves lourds de présage demeurés à la surface de ma conscience. Jusqu'à cette nuit.

Je ne fais pas partie de la famille, c'est vrai. Hormis Steina et le révérend, ils refusent de me parler ou se limitent au strict minimum. Mais est-ce vraiment différent de ce que j'ai connu autrefois ? Quand j'étais en bas de l'échelle, tout juste bonne à vider les pots de chambre, comme on m'ordonnera de le faire dans quelques heures ? Comparés aux gens de Stóra-Borg, ceux d'ici sont gentils avec moi.

Bientôt, l'hiver déferlera sur nous comme une vague monstre sur le rivage : rapide et brutal, il avalera le soleil et ne laissera derrière lui qu'un bloc de terre gelée. En quelques jours à peine, tout se figera. Tout s'arrêtera. Et le révérend ! Que faire du révérend d'ici là ? Il est si jeune ! Et je ne sais toujours pas quoi lui dire. J'ai cru qu'il pourrait m'aider comme il m'avait aidée à traverser la rivière. Mais parler avec lui ne me soulage pas – au contraire : nos conversations me rappellent à quel point tout s'est ligué contre moi. A quel point on m'a malmenée. Mal aimée.

J'ai cru qu'il me comprendrait dès le premier jour. Quelle idiote ! Encore aujourd'hui, j'aimerais qu'il me comprenne, mais je sais que nous ne parlons pas la même langue. A chercher un langage commun, j'ai parfois l'impression de lui parler avec un caillou dans la bouche.

Le révérend n'arrivera pas de Breidabólstadur avant plusieurs heures : il est bien trop tôt pour se lever. Je croise les doigts sur la couverture et j'ordonne aux cordons de mon cœur de se desserrer. Pour me laisser respirer. Et réfléchir à ce que je vais lui dire.

Tóti aimerait que je lui parle de ma famille, mais le peu que je lui ai raconté n'a pas eu l'heur de lui plaire. Il n'est pas accoutumé aux arbres généalogiques qui poussent dans la vallée : noueux, aux branches enchevêtrées, hérissées d'épines.

Je ne lui ai pas parlé de Jóas, ni de Helga. Il serait peut-être heureux d'apprendre que j'ai un frère et une sœur. J'entends déjà ses questions : *Où sont-ils, à présent ? Pourquoi ne vous rendent-ils pas visite, Agnes ?*

Et je sais ce que je lui répondrais : parce que les liens qui nous unissent ne sont pas assez forts, mon révérend. Nous avions chacun un père différent ; Helga est déjà morte et enterrée ; Jóas ? Il n'est pas homme à se laisser convaincre de quoi que ce soit – alors, rendre visite à une sœur condamnée à mort ? Il en faut bien plus pour le tirer hors de chez lui.

Oh, Jóas. Je n'arrive pas à faire coïncider l'adulte au regard morne avec l'adorable bambin que j'ai autrefois eu le droit d'aimer.

Notre mère nous trimballait d'une ferme à l'autre. Combien de badstofas avons-nous connus ? Combien de fermiers flanqués d'épouses aux yeux rouges, assez désespérés pour embaucher une femme à trois bouches, dont deux qui hurlaient de faim toutes les nuits ?

Beinakelda, pour commencer. Jusqu'à mes trois ans, d'après ce qu'on m'a dit. Rien que mamma et moi. Je ne me souviens de rien. Tout est dans l'ombre.

Puis Litla-Giljá. Je ne me souviens pas de la ferme, mais je me souviens du fermier. Le père de mon frère. Illugi le Noir, c'était son surnom. Assise par terre, je jouais à enterrer mes mains dans le sol quand cet homme s'est abattu près de moi, les yeux exorbités, le corps agité de tremblements. On aurait dit un poisson échoué sur le rivage. Et tout autour, les femmes hurlaient à la vue de la bave mousseuse qui jaillissait de sa bouche ouverte. Ensuite ? Je me souviens des grognements qui montaient de son lit, et de sa femme plaquant mon visage contre la peau rance de son cou. « Prie pour lui. Prie pour lui ! » répétait-elle. Où était ma mère, alors ? Sans doute accroupie sur un pot de chambre, quêtant un filet de sang qui ne viendrait pas.

Je me souviens aussi des cris. Illugi, de nouveau en pleine forme, sa grosse face d'ours beuglant contre sa femme. Elle pleurait sans discontinuer tandis que ma mère vomissait dans un coin de la cour, courbée en deux sur ses longues jupes.

Illugi a fini par mourir de ces tremblements. Il était parti pêcher en mer. Certains disent qu'il avait bu, qu'il a eu une crise, que ses soubresauts ont renversé le bateau et qu'il s'est noyé, pris dans ses propres filets. D'autres racontent que la crise était méritée, qu'elle venait punir un homme coupable d'avoir pêché dans les eaux des trolls, mais ceux qui racontent cette histoire sont aussi ceux qui buvaient et se battaient avec lui.

Que dirait le révérend si je lui racontais tout ça ?

Jóas Illugason, né à Brekkukot, la troisième ferme. Agée de cinq ans, j'avais le droit de poser le chiffon imbibé de lait contre ses minuscules gencives couleur saumon. Le couple marié qui vivait là voulait le garder et l'élever avec leurs deux enfants. Mamma m'a expliqué qu'ils me garderaient aussi, que ce serait pour le mieux. Tout au long de l'année suivante, nous avons vécu comme une famille, tous les sept. Moi, j'aidais à faire pousser la vie dans ce petit gamin aux cheveux aussi clairs que les miens étaient sombres. Il sentait la crème fraîche et la fonte des neiges.

Le couple de fermiers a changé d'avis. Une nuit, mamma m'a secouée pour me réveiller. En voyant ses yeux rouges, je lui ai demandé pourquoi elle pleurait. Elle n'a pas répondu. Elle s'est glissée sur la couchette que je partageais avec Jóas, et je me suis rendormie contre ses courbes chaudes. A l'aube, tirée du sommeil par un cri de corbeau, j'ai vu mes affaires roulées dans un sac posé au sol.

Nous sommes partis à pied, ce matin-là. Nous avons rejoint la vallée par une longue journée grincheuse, ponctuée d'averses de neige. Je manquais défaillir à chaque pas, tant j'avais faim. Nous avons fait halte dans la cour de Kornsá. Je buvais le petit-lait que m'avait donné une des servantes quand mamma m'a glissé quelques mots au creux de l'oreille et fourré un caillou dans la main. Puis elle est partie, Jóas sur le dos.

J'ai essayé de la suivre. J'ai crié. J'ai couru. Je ne voulais pas qu'elle me laisse là. Mais j'ai trébuché et je suis tombée. Le temps que je me relève, ma mère et mon frère avaient disparu. Seuls demeuraient deux corbeaux, leurs plumes noires plantées dans la neige comme des flèches empoisonnées.

Longtemps, j'ai pensé que ces oiseaux étaient mamma et Jóas. Mais ils n'ont jamais répondu à mes questions – même lorsque je mettais le caillou sous ma langue. Des années plus tard, j'ai appris que mamma m'avait donné une demi-sœur – Helga, fille du fermier de Kringla – et qu'elle avait abandonné Jóas aux bons soins de la paroisse. A l'époque, je m'étais déjà persuadée que je ne les aimais plus. Je croyais avoir trouvé une meilleure famille : Inga et Björn, les fermiers de Kornsá.

— Avez-vous bien dormi, Agnes ?

Steina venait de rejoindre la prisonnière près du plant de livèches, où elle vidait le contenu du pot de chambre dans la fosse à cendres.

— Vous allez vous mouiller, dit Agnes sans la regarder.

Elle s'était servie d'une grosse pierre pour racler le seau, et l'essuyait maintenant dans l'herbe.

— Il va pleuvoir, ajouta-t-elle.

— Ça m'est égal. Je suis venue vous tenir compagnie.

Steina noua son châle sur sa tête.

— Et voilà. Comme ça, je ne risque rien !

Agnes lança un coup d'œil dans sa direction et esquissa un sourire.

— Oh, regardez ! reprit Steina.

Elle tendait le doigt vers l'orée de la vallée, où se massaient de gros nuages gris venus du nord. Agnes leva la main vers le ciel.

— Oui, le temps va tourner. Ce n'est pas bon pour les foins.

— Je sais. Pabbi est de mauvaise humeur. Ce matin, il a réprimandé Lauga, parce qu'elle a laissé brûler son déjeuner. Il ne la gronde jamais, d'habitude.

Agnes lui fit face.

— Votre père sait-il que vous êtes ici avec moi ?

— Je crois que oui.

— Moi, je crois que vous devriez rentrer.

— Pour me faire houspiller par Lauga, qui n'aime pas ma manière de faire le feu ? Je l'entends d'ici : « Les flammes sont trop hautes, Steina. » Non merci ! De toute façon, je préfère être dehors.

— Même quand il pleut ?

— Oui. Même quand il pleut.

Steina promena son regard sur les champs où ils avaient rassemblé le foin en meules pour le protéger de l'humidité nocturne. Elle fut prise d'un long bâillement.

— Tout ce travail pour rien ! déplora-t-elle.

— Comment ça, pour rien ? Nous reprendrons le travail dès que le temps se remettra au beau. Ce sera vite terminé, vous verrez !

Agnes désigna la ferme d'un coup de menton.

— Vous feriez mieux de rejoindre votre mère, ajouta-t-elle.

— Oh, ça ne la dérange pas !

— Au contraire. Elle n'aime pas vous savoir seule avec moi.

— Allons ! Cela fait des semaines que vous êtes avec nous.

— Je sais, mais vous devriez tout de même rentrer.

Agnes s'engagea lentement sur le sentier qui descendait vers la rivière. Steina lui emboîta le pas.

— Pensez-vous que le révérend viendra aujourd'hui ?

La prisonnière ne répondit pas.

— De quoi vous parle-t-il ?

— Ça me regarde, répliqua Agnes d'un ton sec.

— Pardon ?

— Ça me regarde, répéta-t-elle. Ce dont nous parlons ne vous concerne pas. Ni vous ni votre famille !

Interloquée, Steina se figea. Devant elle, Agnes marchait à grands pas, les doigts crispés sur le pot de chambre.

— Vous ai-je fâchée ? cria-t-elle.

Agnes se tourna vers elle.

— Pourquoi serais-je fâchée contre une jeune fille comme vous ?

Steina se raidit, vexée.

— Parce que mes parents vous retiennent prisonnière et que mon père nous a interdit de vous adresser la parole.

— Il a vraiment dit cela ?

— Oui. Le mieux à faire, d'après lui, est de vous laisser travailler dans votre coin.

— Il a raison.

Steina franchit la distance qui les séparait et la prit doucement par le bras.

— Vous faites peur à Lauga, vous savez. Elle croit tout ce que raconte Róslín. Pas moi. Je sais que ce sont des mensonges parce que je me souviens de vous, autrefois. Quand vous nous avez donné à manger… Vous étiez si gentille avec nous !

Elle s'interrompit pour se pencher vers Agnes.

— Vous ne les avez pas tués. Je n'y crois pas, chuchota-t-elle.

Elle sentit les muscles d'Agnes se raidir sous ses doigts.

— Je peux peut-être vous aider, ajouta-t-elle vivement.

— Ah oui ? fit Agnes. Vous voulez m'aider à m'échapper ?

Steina lâcha son bras.

— Je pensais à une pétition, murmura-t-elle.

— Une pétition…

— Ou bien un appel. Vous savez… Comme celui qu'ils ont lancé pour Sigga !

Agnes tressaillit.

— Quoi ?

— Un appel. Blöndal en a lancé un pour l'autre…

— Quelle autre ?

— Sigga… L'autre servante d'Illugastadir. La fiancée de Fridrik.

Agnes avait blêmi. Elle posa le pot de chambre dans l'herbe humide, puis rejoignit Steina sur le sentier.

— Blöndal a lancé un appel pour gracier Sigrídur Gudmundsdóttir ? énonça-t-elle d'une voix grave.

Apeurée, Steina acquiesça. Elle glissa un regard vers le caillou qu'Agnes avait gardé en main.

— J'ai entendu pabbi en parler à mamma, expliqua-t-elle. Après sa réunion à Hvammur. Ils en ont discuté là-bas avec Blöndal. Le soir de votre arrivée ici.

Agnes secoua la tête, l'air incrédule.

— Je croyais que vous le saviez, murmura Steina.

La prisonnière détacha ses yeux des siens et se mit à osciller d'avant en arrière.

— Blöndal ? répéta-t-elle.

Elle n'avait toujours pas lâché la pierre. En fait, elle la serrait si fort que ses jointures avaient blanchi.

— Je n'aurais pas dû vous le dire, reprit Steina. Je suis désolée.

Agnes fit quelques pas en arrière, puis repartit vers la rivière d'un pas chancelant.

— Nous pourrions peut-être le convaincre de faire appel au roi pour vous aussi ! cria Steina. En lui racontant ce qui s'est vraiment passé à Illugastadir !

Agnes ne répondit pas. Elle s'affaissa sur elle-même en arrivant sur la berge. Affolée, Steina crut qu'elle s'était évanouie. Elle courut vers elle, mais comprit en s'approchant qu'Agnes n'avait pas perdu conscience : les yeux grands ouverts, elle contemplait les flots d'un air absent. Sous ses jupes étalées autour d'elle, son corps était agité de tremblements. Steina hésitait à la rejoindre quand l'averse éclata : une pluie glacée s'abattit leurs épaules, les transperçant jusqu'aux os.

— Agnes ! cria-t-elle en resserrant son châle sur sa tête. Levez-vous ! On ne peut pas rester là !

La pluie tombait si dru qu'elle étouffa le son de sa voix. Agnes ne répondit pas. Elle regardait les gouttes d'eau se mêler à la rivière, dont le niveau montait à vue d'œil. Chacune d'elles brisait la surface auparavant limpide des flots, déformant rageusement les montagnes qui s'y reflétaient. Elle tenait toujours le caillou dans sa main.

— Agnes ! supplia Steina. Je suis désolée ! Je croyais que vous saviez !

Son châle était trempé, à présent. Et ses jupes gorgées d'eau pesaient sur ses hanches. Elle hésita un instant encore, puis elle fit volte-face et courut vers le sommet de la colline. Elle glissa à plusieurs reprises sur le sol déjà boueux. Arrivée au milieu du champ, elle se retourna. Agnes n'avait pas bougé. Elle l'appela une dernière fois, puis elle reprit sa course éperdue sur le sentier qui menait à la ferme.

— Steina ? Seigneur ! Où étais-tu passée ?

Margrét s'élança dans le couloir pour gronder sa fille aînée, qui venait de claquer la porte de la ferme derrière elle.

— Mais… Tu es trempée, en plus !

Tremblante de froid, Steina dénoua son châle et le laissa tomber au sol.

— Agnes… C'est à cause d'Agnes ! bredouilla-t-elle.

— Elle t'a frappée ? Oh, mon Dieu ! Je le savais.

Margrét enlaça sa fille par les épaules et l'attira contre elle.

— Non, mamma ! protesta Steina en la repoussant. Elle a besoin d'aide. Près de la rivière !

— Que se passe-t-il ? intervint Lauga, qui sortait de la cuisine. Oh, Steina ! Tu as sali mon châle.

— Je m'en fiche ! Je lui ai parlé de l'appel lancé en faveur de Sigrídur Gudmundsdóttir, expliqua-t-elle en se tournant vers sa mère. Elle est devenue toute blanche, et maintenant elle ne veut plus se relever !

Margrét lança un regard perplexe à Lauga.

— Qu'est-ce que c'est que cette histoire ?

— Il s'agit d'Agnes, je vous dis ! cria Steina, exaspérée. Elle passa sa manche sur ses joues mouillées de pluie et courut vers le fond du couloir.

— Je vais tout raconter à pabbi.

Elle trouva Jón dans le badstofa. Il réparait ses chaussures.

— Steina ? dit-il en levant les yeux.

— Pabbi ! Je vous en prie… Il faut que vous alliez chercher Agnes. Je lui ai parlé de l'appel que Blöndal a lancé pour l'autre servante d'Illugastadir et ça l'a rendue folle.

Jón se leva d'un bond.

— Où est-elle ?

— Près de la rivière, répondit Steina en retenant un sanglot.

Jón se pencha pour prendre ses bottes sous sa couchette et les laça à la hâte.

— Je suis désolée, pabbi. Je croyais qu'elle le savait ! Je voulais l'aider.

Son père l'agrippa par les épaules. La colère avait rougi ses joues.

— Je t'avais demandé de garder tes distances.

Il la fusilla du regard, puis sortit en appelant Gudmundur. Etendu sur son lit, ce dernier se leva à contrecœur. Demeurée seule, Steina s'assit et fondit en larmes. Lauga entra quelques instants plus tard, Kristín sur ses talons.

— Alors, qu'a dit pabbi ? s'enquit-elle posément. Oh, non ! Lève-toi. Tu vas mouiller ma couchette.

— Laisse-moi ! hurla Steina avec une telle véhémence que Kristín ressortit aussitôt. Laisse-moi tranquille !

Un sourire narquois passa sur les lèvres de sa sœur.

— Reprends-toi, Steina. Tu es en colère. Qu'est-ce qui t'a pris, d'aller là-bas ? Tu voulais te faire une amie ?

— Va au diable !

Lauga ouvrit la bouche, médusée. Son visage se crispa comme si elle allait pleurer, puis elle se ressaisit et toisa son aînée d'un regard vengeur.

— Reprends-toi, répéta-t-elle entre ses dents. Si tu continues comme ça, tu vas devenir aussi malveillante qu'elle !

Elle fit un pas vers la porte et se retourna.

— Je prierai pour toi, conclut-elle, avant de quitter la pièce.

Steina enfouit sa tête dans ses mains et se remit à pleurer.

J'attends, assise sur mon lit, tandis que Margrét, Jón et leurs filles parlent de moi de l'autre côté du rideau gris qui sépare le badstofa du salon. Margrét a beau chuchoter, je l'entends aisément : ses mots se faufilent sous le tissu et se hissent jusqu'à mes oreilles. Mes mains sont encore agitées de tremblements et les battements de mon cœur résonnent à mes tympans. Comme si je venais de courir à toutes jambes. Comme au tribunal, quand j'avais l'impression d'être hors du monde.

J'aurais pu être une mendiante recueillie ici par charité ; j'aurais pu être leur servante – j'y croyais presque. Puis ces mots – Sigga ! Illugastadir ! – m'ont brisée net. Ils me rivent à des images qui m'empêchent de respirer. Ce sont des mots magiques, des mots maléfiques qui me transforment en monstre. Maintenant, je suis l'Agnes d'Illugastadir, l'Agnes de l'incendie, l'Agnes des corps brûlés, l'Agnes ensanglantée accrochée aux vêtements qu'elle a cousus pour sa victime. Ils gracieront Sigga, mais pas moi. Parce que je suis Agnes – celle qui a du sang sur les mains. Celle qui en sait trop. Et j'ai peur, j'ai si peur ! J'ai cru que je pourrais y arriver, que je pourrais faire semblant, mais je me suis trompée. Je le vois, je le sais. Je n'y arriverai pas, je n'y arriverai jamais, à m'échapper, à y échapper. Jamais !

Le message était bref, rédigé en lettres serrées sur un petit bout de papier – soucieux de ne pas gaspiller le peu d'espace dont il disposait, l'auteur avait presque écrit la seconde ligne sur la première. Tóti, que le messager avait dérangé pendant son déjeuner, l'emporta dans le badstofa pour le lire.

— C'est encore Blöndal ? demanda son père sans lever les yeux de son morceau de viande.

— Non, répondit Tóti. Ça vient de Kornsá.

Le message était le suivant : « Venez vite, c'est pour Agnes Magnúsdóttir. Je ne veux pas en parler à Blöndal. Votre frère en Dieu, Jón Jónsson. »

— Par un temps pareil ? Et un dimanche, en plus ! murmura le révérend.

Tóti s'assit à table et observa son père. Des miettes de porridge séché s'étaient accrochées à sa barbe.

— Il faut que j'y aille, déclara-t-il.

Le révérend Jón poussa un long soupir.

— Un dimanche ? répéta-t-il.

— Oui. Le jour du Seigneur, dit Tóti. Pour accomplir la mission que le Seigneur m'a confiée.

Le révérend sortit un morceau de gras de sa bouche, l'examina avec attention, puis se remit à mâcher.

— Père ?

— J'espère que Blöndal sait à quel point tu te tues à la tâche pour accomplir ses quatre volontés.

— Ce sont les volontés du Seigneur, rectifia doucement Tóti. Merci, père. Je rentrerai ce soir. Ou demain, s'il continue à pleuvoir.

Tóti était trempé jusqu'aux os lorsqu'il atteignit le défilé qui ouvrait sur la vallée de Vatnsdalur. Il aperçut alors le messager qui lui avait apporté la lettre de Jón Jónsson, et mit sa jument au galop pour le rattraper.

— Bonjour ! cria-t-il en arrivant à sa hauteur.

L'homme se retourna. Tóti le salua, plissant les yeux sous l'averse. C'était l'un des garçons de ferme de Kornsá. Il portait une cape de pêcheur pour se protéger de la pluie.

— Ah ! Vous voilà ! cria-t-il en retour. Quel temps de cochon !

— Les foins vont s'abîmer, renchérit Tóti sur le même ton.

— Je ne vous le fais pas dire ! Je m'appelle Gudmundur, ajouta-t-il en levant la main. Et vous, vous êtes le révérend chargé de sauver notre meurtrière.

— Disons que…

— Sale besogne, interrompit l'homme. Elle me fiche la frousse, votre paroissienne !

— Pourquoi ?

Gudmundur se mit à rire.

— C'est une vraie sauvage !

— Que s'est-il passé, au juste ? Le message de…

— Oh, elle a fait une crise. Près de la rivière. Elle frappait, elle griffait, elle mordait… Impossible de la ramener à la ferme ! Elle se tordait dans la boue comme une diablesse.

Jón y arrivait pas mieux que moi ! Tenez, vous voyez ça ? dit-il en pointant le doigt vers sa tempe bleuie. Joli travail, hein ? Elle m'a lancé un caillou à la figure quand j'ai essayé de la soulever. Elle aurait pu me fracasser le crâne ! Et tout ça sans cesser de beugler contre Blöndal. Paraît qu'elle avait fait la même chose à Stóra-Borg. C'est pour ça qu'ils l'ont transférée ici.

Tóti secoua la tête, incrédule. Agnes lui avait toujours semblé si calme, si réservée.

— Je vous assure, mon révérend. J'ai bien cru qu'elle allait me tuer sur place.

— Savez-vous ce qui l'a mise dans cet état ?

L'homme renifla et s'essuya le nez dans ses doigts gantés.

— Allez savoir ! L'une des filles lui a dit quelque chose. A propos de la servante qu'ils ont arrêtée avec elle. Sigga.

Tóti baissa les yeux sur les flaques qui miroitaient sur le sentier. Il se sentait mal.

— Plutôt jolie, à part ça, reprit Gudmundur avec un sourire entendu.

— Pardon ?

— Agnes. Les cheveux et le reste... Dommage qu'elle soit si grande ! Je les préfère avec une tête de moins, si vous voyez ce que je veux dire...

Il décocha un clin d'œil à Tóti et éclata de rire.

Le révérend enfonça son chapeau sur son front. La pluie s'atténua pendant quelques minutes, puis reprit de plus belle. Lorsqu'ils s'engagèrent dans la vallée, elle formait une succession de rideaux grisâtres à l'horizon et s'abattait sans discontinuer sur les pics rocheux des montagnes.

Agnes était au lit quand Tóti entra dans le badstofa. Kristín lui apporta une chaise, et la cadette des filles se chargea avec empressement de ses vêtements trempés. Lorsqu'elle se pencha pour dénouer les lacets de ses bottes, il jeta un œil vers le coin sombre où se trouvait Agnes. Elle semblait d'une immobilité inquiétante.

Lauga l'avait débarrassé de sa première botte avec difficulté. Elle lui ôta la seconde d'un geste si brusque qu'il faillit tomber de la chaise.

— Je vous laisse, murmura-t-elle.

Elle sortit en tenant les souliers crottés à bout de bras devant elle.

Tóti s'approcha d'Agnes sur la pointe de ses chaussettes mouillées. Elle était adossée au montant de la couchette, les mains sur ses genoux. Il fut surpris de voir des menottes briller à ses poignets.

— Agnes ?

Elle ouvrit les yeux et le dévisagea sans émotion apparente. Il s'assit au bord du lit. La pénombre accentuait la pâleur de son teint. De sa lèvre fendue s'échappait un filet de sang.

— Que s'est-il passé ? demanda-t-il d'une voix douce. Pourquoi vous ont-ils remis les fers ?

Agnes observa ses poignets avec étonnement, comme si elle les voyait pour la première fois.

— Ils ont fait appel pour Sigga, répondit-elle. Blöndal a écrit au roi pour qu'il commue sa peine. Ils l'ont prise en pitié !

Sa voix s'était brisée sur les derniers mots.

— J'étais au courant, admit Tóti après un court silence.

Elle écarquilla les yeux, interloquée.

— Vous le saviez ?

— Oui. Vous aussi, vous leur faites pitié, ajouta-t-il, espérant la réconforter.

— Moi ? Certainement pas. Ils me haïssent. Tous autant qu'ils sont. Blöndal plus encore que les autres ! Et Fridrik ? Feront-ils appel pour lui aussi ?

— Je ne crois pas.

Les prunelles d'Agnes brillaient dans la pénombre. Tóti crut qu'elle pleurait, mais lorsqu'elle se pencha vers lui, il vit qu'il n'en était rien.

— Laissez-moi vous dire une chose, révérend. Les gens d'ici ont toujours pensé que j'étais trop intelligente. « Elle est maligne pour deux », disaient-ils. Et vous savez quoi ? C'est pour ça qu'ils n'ont pas pitié de moi. Ils pensent que je suis trop maligne pour m'être laissé embarquer dans cette affaire par hasard. Alors que Sigga est parfaitement idiote, très jeune et très jolie. Voilà pourquoi ils sont prêts à la gracier !

Elle s'adossa de nouveau contre le montant du lit, les yeux étincelants de colère.

— Ce n'est peut-être pas si simple, objecta Tóti d'un ton conciliant.

— Si j'étais jeune et simplette, croyez-vous que la police et les juges auraient pointé le doigt vers moi ? Non. Ils auraient accusé Fridrik. Ils auraient dit qu'il nous dominait, qu'il nous a forcées à tuer Natan pour mettre la main sur sa fortune. Toute la vallée savait que Fridrik rêvait de délester Natan d'une partie de ses biens. Mais quand la police m'a interrogée, quand ils ont compris que j'avais la tête sur les épaules, ça ne leur a pas plu. Femme qui pense n'est jamais tout à fait innocente, vous comprenez ? On ne peut pas lui faire confiance. Voilà la vérité, que ça vous plaise ou non, mon révérend !

— Je pensais que vous ne croyiez pas à la vérité, risqua Tóti.

Agnes redressa la tête et le dévisagea avec attention. Ses iris semblaient plus clairs que jamais.

— J'aimerais vous poser une question à ce sujet. Dieu dit toujours la vérité, selon vous ?

— Toujours.

— Et Dieu a dit : « Tu ne tueras point » ?

— Oui, acquiesça prudemment Tóti.

— Dans ce cas, Blöndal et ses acolytes vont à l'encontre des Saintes Ecritures. Ce sont des hypocrites. Ils prétendent servir la volonté de Dieu, mais ils ne font que servir celle des hommes !

— Agnes…

— Je m'efforce d'aimer Dieu, révérend. Mais je ne peux pas aimer ces hommes-là. Je… Je les hais.

Elle avait prononcé les trois derniers mots avec une lenteur délibérée, entre ses dents serrées, crispant les doigts sur la chaîne qui unissait les menottes.

On frappa à l'entrée du badstofa. Margrét pénétra dans la pièce sans attendre la réponse, suivie de ses filles et de Kristín.

— Pardonnez-moi, révérend. Ne vous dérangez surtout pas… Nous allons nous installer ici, et travailler tranquillement entre nous.

Tóti acquiesça à contrecœur.

— Comment se passent les foins ? demanda-t-il poliment.

Margrét soupira.

— Ah, cette pluie d'août…

Elle se pencha sur son tricot, laissant sa phrase en suspens. Le révérend reporta son attention sur Agnes, qui esquissa un sourire navré.

— Elles me craignent encore plus qu'avant ! chuchota-t-elle.

Tóti réfléchit un instant, puis se tourna vers ses hôtesses.

— Margrét ? Serait-il possible d'ôter ces fers ?

Margrét jeta un regard aux poignets d'Agnes. Son visage demeura impassible, mais elle posa son tricot, sortit et revint peu après, une clé à la main. Elle ouvrit les menottes et les plaça sur l'étagère accrochée au-dessus du lit.

— Je les mets ici, mon révérend, indiqua-t-elle avec raideur. Au cas où vous en auriez besoin.

Tóti attendit que Margrét ait regagné l'extrémité de la pièce pour se tourner vers Agnes.

— Promettez-moi de ne plus jamais agir de la sorte, murmura-t-il.

— J'étais hors de moi.

— Vous dites qu'ils vous détestent ? Ne leur donnez pas du grain à moudre !

Elle acquiesça.

— Je suis contente que vous soyez venu.

Elle laissa passer un long silence, avant d'ajouter :

— J'ai fait un rêve la nuit dernière.

— Agréable, j'espère ?

— Hélas, non.

— De quoi avez-vous rêvé ?

— De ma mort.

Pris de court, Tóti chercha ses mots.

— Et vous... Vous en avez peur, j'imagine ? Voulez-vous que je prie pour vous ?

— Faites comme il vous plaira, mon révérend.

— Alors, prions.

Il jeta un coup d'œil vers Margrét, avant de prendre la main froide d'Agnes dans la sienne.

— Seigneur, nous nous tournons ce soir vers Toi, le cœur serré. Donne-nous la force de porter les fardeaux qui sont les nôtres et le courage d'affronter notre destin.

Conscient d'être écouté par les femmes assises à l'autre bout de la pièce, il s'interrompit pour regarder Agnes. Elle l'écoutait, elle aussi.

— Seigneur, poursuivit-il, je Te remercie de nous avoir guidés, Agnes et moi, vers les habitants de Kornsá, qui ont su nous ouvrir leur maison et leur cœur.

Il entendit Margrét s'éclaircir la gorge.

— Je prie pour eux, ajouta-t-il. Aide-les à trouver le chemin de la compassion et du pardon. Puisses-Tu être toujours parmi nous, Seigneur, au nom du Père, du Fils et du Saint-Esprit.

Il se tut, serrant la main d'Agnes dans la sienne. Elle semblait plus calme, mais son expression demeurait indéchiffrable.

— Vous croyez vraiment que c'est mon *destin* d'être ici ? lança-t-elle brusquement.

Il réfléchit avant de répondre.

— Je crois que notre destin nous appartient. Et que nous en sommes les auteurs.

— Dieu n'a rien à voir avec tout ça, alors ?

— Certaines choses échappent à notre compréhension. Il faut l'admettre, Agnes.

Il reposa doucement la main de la prisonnière sur la couverture. Le contact de sa peau glacée le mettait mal à l'aise.

— Je me sens seule, énonça-t-elle d'une voix atone, comme s'il s'agissait d'une évidence.

— Dieu est près de vous. Je suis là. Vos parents sont encore en vie.

Elle secoua la tête.

— Il y a longtemps qu'ils sont morts pour moi.

Tóti jeta un coup d'œil par-dessus son épaule. Lauga venait de s'emparer de la chaussette que Steina tentait de tricoter. Elle défaisait rageusement les mailles pour réparer les erreurs de son aînée.

— N'avez-vous pas une amie ou un proche susceptible de vous rendre visite ? murmura-t-il à Agnes. Quelqu'un que vous auriez connu autrefois ?

— J'ai un demi-frère, mais Dieu seul sait quel badstofa il obscurcit ces temps-ci. Et une demi-sœur. Helga. Elle est morte. Une nièce. Morte aussi. Ils sont tous morts.

— Et vos amis ? Avez-vous reçu des visites à Stóra-Borg ?

Agnes sourit amèrement.

— La seule visite que j'ai reçue à Stóra-Borg était celle de Rósa Gudmundsdóttir de Vatnsendi. Je ne pense pas qu'elle se dise mon amie.

— La poète Rósa ?

— Elle-même.

— On raconte qu'elle parle en vers.

— En effet. Elle est venue avec un poème à Stóra-Borg.

— Un cadeau ?

Agnes se pencha vers lui.

— Non, révérend. Une accusation.

— De quoi vous accusait-elle ?

— D'avoir volé ce qui donnait sens à sa vie – entre autres. Ce n'était pas son meilleur poème.

— Sa réaction peut se comprendre… Elle était bouleversée.

— Elle me rendait responsable de la mort de Natan.

— Elle l'aimait.

Agnes le fusilla du regard.

— Rósa est mariée ! s'exclama-t-elle d'une voix vibrante de colère. Elle n'avait pas le droit de l'aimer !

Tóti remarqua que les autres femmes avaient interrompu leur ouvrage pour observer Agnes. Manifestement, sa dernière phrase leur était parvenue aux oreilles. Apercevant un tabouret près de Kristín, il se leva pour aller le chercher.

— Je crains que vous ne puissiez travailler en paix, dit-il. J'en suis navré.

— Vous êtes sûr qu'il ne faut pas lui remettre les fers ? s'enquit nerveusement Lauga.

— Nous nous en passons très bien, me semble-t-il.

Il rejoignit Agnes et s'assit près d'elle.

— Et si nous parlions d'autre chose ? suggéra-t-il.

Il tenait à ce qu'elle garde son calme. Inutile d'effrayer davantage Margrét et ses filles.

— Elles m'ont entendue ? chuchota-t-elle.

— Parlez-moi de votre enfance, reprit-il. De vos frère et sœur.

— Je les ai à peine connus. J'avais cinq ans à la naissance de mon frère, et neuf quand j'ai entendu parler de Helga. Nous nous sommes vues à quelques reprises, puis elle est morte. J'avais vingt et un ans.

— Et votre frère ? Etiez-vous proche de lui ?

— Nous avons été séparés trop tôt : il n'avait qu'un hiver quand…

— Quand votre mère vous a abandonnée ?

— Oui.

— Avez-vous gardé des souvenirs d'elle ? Ou de la période qui a précédé son départ ?

— Elle m'a donné un caillou.

Tóti l'interrogea du regard, l'incitant à poursuivre.

— A mettre sous ma langue, expliqua-t-elle. C'est une vieille croyance populaire.

Elle fronça les sourcils.

— Les greffiers de Blöndal me l'ont pris.

Au fond de la pièce, Kristín se leva pour allumer quelques bougies. Le mauvais temps les privait des derniers rayons de soleil de la journée. Déjà, Tóti ne voyait plus d'Agnes que ses longs bras nus, posés sur les couvertures. L'obscurité avait dévoré son visage.

— J'aimerais tricoter, chuchota-t-elle. Croyez-vous que ce soit possible ? J'ai besoin de m'occuper les mains… Je ne supporte pas de ne rien faire.

— Margrét ? lança Tóti. Agnes aimerait travailler. Auriez-vous un ouvrage à lui confier ?

Margrét posa ses aiguilles. Elle se tourna vers Steina et lui prit son tricot des mains.

— Tenez, dit-elle en ignorant le regard embarrassé de sa fille. C'est plein de trous. Il faut tout détricoter.

— Je suis désolée pour elle, confia Agnes au révérend.

— Pour Steina ?

— Oui. Ce matin, elle m'a dit qu'elle voulait lancer une pétition en ma faveur.

Tóti ne sut que répondre. Il regarda Agnes défaire les mailles du tricot et rouler prestement la laine en pelote.

— Pensez-vous que ce soit possible, mon révérend ? De lancer un appel au roi ?

— Je l'ignore, Agnes.

— Pourriez-vous poser la question à Blöndal ? Il vous écouterait, vous. Et Steina pourrait en parler à son père !

Tóti s'éclaircit la gorge. Le souvenir du ton paternaliste dont Blöndal usait avec lui ne l'incitait guère à l'optimisme.

— Je vous promets de faire tout mon possible, assura-t-il. Bien… De quoi parlions-nous ?

— De mon enfance. Voulez-vous continuer ?

— Si cela ne vous ennuie pas.

— C'est que… je ne sais que vous dire, avoua-t-elle en se redressant contre la tête de lit.

— Racontez-moi ce qui vous vient à l'esprit.

— Je doute que cela vous intéresse.

— Et pourquoi donc ?

— Vous êtes pasteur, dit-elle fermement.

— J'aimerais seulement que vous me racontiez un peu votre vie, répliqua-t-il doucement.

Agnes lança un regard aux autres femmes pour voir si elles écoutaient.

— Vous ai-je déjà dit que j'ai vécu dans la plupart des fermes de cette vallée ?

— Oui, acquiesça Tóti.

— J'ai d'abord été placée chez des fermiers, puis aux soins de la paroisse.

— Quel malheur !

Agnes pinça les lèvres.

— C'est fréquent, vous savez.

— A qui avez-vous été confiée ?

— A un couple de fermiers qui vivait ici même. Björn est resté jusqu'à la mort d'Inga, puis il a résilié le bail.

— Et vous avez été confiée à la paroisse ?

— Oui. Ainsi va la vie… Les meilleurs partent souvent en premier.

— Je suis désolé pour cette femme.

— Ne soyez pas désolé, mon révérend. Sauf si c'est vous qui l'avez tuée, bien sûr !

Agnes ponctua sa remarque d'un sourire presque malicieux.

— J'avais huit hivers quand Inga est morte, poursuivit-elle. Elle n'a jamais vraiment réussi à faire des enfants : ses cinq premiers bébés étaient mort-nés. Le sixième a grandi avec nous ; le septième l'a emportée au ciel.

Agnes renifla. Elle avait entrepris de reprendre les mailles qu'elle venait de détricoter. Les aiguilles en os cliquetaient rapidement dans le silence. Tóti jeta un regard furtif à ses longs doigts fins. Surpris par leur agilité, il fut saisi d'un désir irrationnel – tendre la main pour les toucher – qu'il réprima aussitôt.

— Vous aviez huit hivers, répéta-t-il. Vous souvenez-vous du jour de sa mort ?

Agnes cessa de tricoter et jeta de nouveau un regard aux femmes assises au fond de la pièce. Elles s'étaient tues pour l'écouter.

— Si je m'en souviens ? répliqua-t-elle d'une voix plus forte. J'aimerais pouvoir l'oublier.

Elle libéra son index enroulé autour du fil et le porta à son front.

— Tout est là, dit-elle. Je peux revenir à cette journée comme si je tournais les pages d'un livre. Cette histoire est imprimée si profondément dans ma mémoire que je sens presque l'odeur de l'encre.

Sans baisser la main, Agnes plongea soudain ses yeux dans ceux de Tóti. Troublé par la flamme qu'il vit danser dans ses prunelles et par le filet de sang qui s'était remis à couler de sa lèvre fendue, il se demanda si le recours en grâce demandé pour Sigga ne l'avait pas rendue un peu folle.

— Que lui est-il arrivé ? murmura-t-il.

6

En ce 29 mars de l'année 1828, nous, les greffiers établis à Stapar, sur la péninsule de Vatnsnes, transcrivons par écrit la description orale qui nous a été faite par le commissaire de police du canton des divers objets, et de leurs valeurs respectives, possédés par Agnes Magnúsdóttir et Sigrídur Gudmundsdóttir, domestiques à Illugastadir, à l'heure de leur arrestation. Ces biens, dont nous certifions qu'ils appartenaient aux personnes susmentionnées, sont les suivants :

AGNES MAGNÚSDÓTTIR	RIGSDALER
1. Un châle pour femme en laine bleue	0,48
2. Une jupe bleue usagée, garnie d'un corselet de laine bleue, d'un liseré rouge et de huit boutons d'argent	1,64
3. Une chemise en drap de laine bleu, avec un col vert bordé de six décorations en fer-blanc	0,20
4. Un vieux chapeau bleu et les restes d'un autre de couleur noire, brûlé	0,10
5. Deux longues jupes noires	0,20
6. Une vieille chemise d'un bleu délavé	0,80

7. Un tablier à rayures en tissage islandais	0,10
8. Une mesure de laine blanche	0,16
9. Une Bible évangélique (n° 33-38)	0,16
10. Quatre mesures de tissu vert, avec une bordure « sarthoise », le tout abîmé	0,10
11. Un petit verre et une tasse	0,16
12. Un pot d'indigo et l'équivalent de deux feuilles de papier	0,20
13. Deux aiguilles à tricoter et une vieille paire de ciseaux	0,6
14. Sept boutons de cuivre, deux boutons d'argent, une vingtaine d'autres boutons et quelques agrafes en cuivre	0,24
15. Un sac de toile blanche rempli de petits objets inutiles	0,20
16. Deux paires de chaussettes, l'une bleue, l'autre blanche, et une semelle intérieure jaunie	0,12
17. Une boîte d'aiguilles, un dé à coudre et une paire de gants blancs	0,8
18. Une petite boîte, un petit bol en bois et plusieurs petites boîtes	0,20

SIGRÍDUR GUDMUNDSDÓTTIR

1. Deux châles jaunis, abîmés	0,80
2. Une jupe de laine bleue, de mauvaise qualité	0,40
3. Une jupe bleue au corselet abîmé	0,24
4. Un vieux tissu fin à rayures	0,24
5. Un vieux chapeau bleu avec un ruban de soie verte, abîmé	0,8
6. Une petite robe de nuit avec deux liserés de soie verte	0,10

7. Un mouton, actuellement situé à Illugastadir, et du foin | 2

Nous apposons notre tampon et certifions que les articles énumérés ci-dessus représentent l'ensemble des biens des prisonnières susmentionnées.

CERTIFIÉ PAR :
J. Sigurdsson, G. Gudmundsson

Voici ce que je raconte au révérend.

La mort est dans l'ordre des choses. Celle d'Inga l'était, et elle s'est produite de la manière habituelle – sans pour autant ressembler à aucune autre.

Tout avait commencé avec l'aurore boréale. Il faisait si froid cet hiver-là que je trouvais chaque matin au réveil une fine couche de givre sur mes couvertures. Je vivais à Kornsá depuis deux ou trois ans. Kjartan, le fils d'Inga, avait trois ans. J'en avais seulement cinq de plus.

Un soir, nous travaillions tous deux dans le badstofa avec Inga. Je l'appelais mamma à l'époque, parce qu'elle en était une pour moi. Elle avait compris que j'aimais apprendre et que j'avais bonne mémoire. Aussi m'enseignait-elle tout ce qu'elle pouvait. Son mari, Björn, que j'essayais d'appeler pabbi en dépit de ses refus répétés, s'y opposait farouchement. Il n'aimait pas me voir lire ou écrire. Et ne répugnait pas à me fouetter pour me faire passer l'envie de continuer s'il me surprenait un crayon ou un livre à la main. « Une fille bien élevée ne lit pas : c'est vulgaire », disait-il. Inga était rusée : elle attendait qu'il s'endorme, puis elle me réveillait et nous lisions les psaumes ensemble. Mieux encore, elle m'apprenait les sagas. Elle me les récitait pendant les longues soirées d'hiver. Sitôt son mari assoupi, elle me demandait de les réciter à mon tour. Björn n'a jamais su que sa femme lui désobéissait pour parfaire mon éducation, et je doute qu'il ait jamais compris la passion d'Inga pour les sagas. Lorsqu'elle les racontait en sa présence, il s'en moquait comme on se moque des caprices d'un enfant. Dieu seul sait pourquoi ils s'étaient chargés de moi. Avaient-ils un lien de parenté avec ma mère ? Peut-être. Je crois plutôt qu'ils avaient besoin de bras. Et que les miens ne coûtaient pas cher.

Nous étions seuls avec Inga cette nuit-là, car Björn était sorti nourrir les bêtes. Lorsqu'il revint, il était de bonne humeur.

— Regardez-moi ça ! s'exclama-t-il en riant. Que faites-vous recroquevillés sous cette pauvre lampe, alors que le ciel brille de mille feux ? Venez voir !

Je mis ma pelote de côté et pris Kjartan par la main. Mamma-Inga, qui attendait un bébé, préféra rester à l'intérieur. Penchée sur son ouvrage, elle nous fit un signe de la main. Elle brodait depuis quelques jours une petite courtepointe qui m'était destinée. Elle n'a pas eu le temps de la finir, et j'ignore encore aujourd'hui ce qu'il est advenu d'elle. Je crois que Björn l'a brûlée. Comme le reste.

Cette nuit-là, nous l'avons donc suivi dehors, Kjartan et moi. En foulant la neige fraîche, nous avons vite compris pourquoi Björn nous avait appelés. Le ciel s'embrasait. Il était envahi de couleurs. Je n'avais jamais vu ça. D'immenses rideaux de lumière ondulaient, comme poussés par le vent, et tournoyaient au-dessus de nos têtes. Björn avait raison : on avait l'impression que le ciel se consumait à petit feu. De longues traînées violettes dévoraient l'obscurité nocturne et les étoiles qui la piquetaient. Les lumières venaient et refluaient telles des vagues sur l'océan, soudain interrompues par des éclairs vert cru qui plongeaient à travers le ciel comme s'ils tombaient de très haut.

— Regarde, Agnes ! s'écria Björn en me prenant par les épaules.

Il me fit tourner sur moi-même pour me montrer comment l'aurore boréale faisait ressortir le sommet de la montagne. Malgré l'heure tardive, je distinguai sans peine son relief torturé à l'horizon.

— Essaie de toucher la lumière, suggéra Björn.

Je laissai tomber mon châle dans la neige pour tendre les bras vers le ciel.

— Tu sais ce que ça veut dire ? reprit-il. Il va y avoir une tempête. Les aurores boréales annoncent toujours du mauvais temps.

En milieu de journée le lendemain, le vent commença à souffler, cinglant les murs de la masure, soulevant la neige tombée pendant la nuit et la plaquant contre les peaux séchées que nous avions tendues sur les fenêtres pour nous protéger du froid. Le bruit du vent projetant des blocs de glace sur la maison était si lugubre que je m'en rappelle encore.

Inga était souffrante ce matin-là. Elle resta couchée, me laissant le soin de préparer le petit déjeuner. Je venais d'accrocher la bouilloire dans l'âtre quand Björn sortit de la remise et entra dans la cuisine.

— Où est Inga ?

— Dans le badstofa, répondis-je.

Il ôta sa casquette et la secoua au-dessus de la cheminée. Des cristaux de glace vinrent s'écraser sur les pierres brûlantes.

— Ton feu donne trop de fumée, décréta Björn en fronçant les sourcils.

Il sortit, me laissant à ma tâche.

Je fis bouillir un peu de lichen dans de l'eau et portai cette soupe dans le badstofa. La pièce était plongée dans l'obscurité. Après avoir servi son repas à Björn, je courus chercher de l'huile pour la lampe. La remise donnait dans le couloir, près de la porte d'entrée. En quittant le badstofa, j'entendis le vent hurler – de plus en plus fort à mesure que j'approchais de la réserve. Une violente tempête se préparait.

Je ne sais ce qui m'incita à ouvrir la porte qui donnait sur l'extérieur. La curiosité, sans doute. Toujours est-il que je ne résistai pas au désir étrange qui me saisit : je soulevai le loquet et passai la tête au-dehors.

Le spectacle était terrifiant. D'épais nuages noirs pesaient sur le sommet des montagnes, délivrant dans la plaine un essaim de neige grisâtre qui tournoyait de plus en plus vite, de plus en loin – jusqu'à l'horizon. Le vent soufflait par rafales d'une violence inouïe. L'une d'elles s'engouffra dans l'entrée, me bousculant si rudement que je perdis l'équilibre. La bougie du couloir s'éteignit, et la voix furieuse de Björn me parvint aux oreilles :

— Qu'est-ce qui te prend, idiote, de laisser entrer le blizzard dans ma maison ?

Je me relevai et poussai de toutes mes forces sur la porte pour la refermer – en vain : le vent était plus fort que moi. Mes doigts raidis par le froid lâchaient prise. On aurait dit qu'un esprit mauvais cherchait à entrer. Je luttais vaillamment quand, tout à coup, le vent retomba. La porte se referma dans un grand claquement comme si l'esprit, parvenu à ses fins, avait tiré le battant derrière lui.

Je regagnai le badstofa un moment plus tard avec le flacon d'huile, dont je remplis les lampes. Björn m'en voulait terriblement d'avoir laissé entrer les bourrasques d'air glacé alors qu'Inga était souffrante.

Le blizzard souffla sans discontinuer pendant trois jours. Au soir du deuxième, Inga se plaignit de douleurs au bas-ventre. L'accouchement avait commencé.

C'était bien trop tôt.

Tard dans la nuit, alors que le vent, la neige et la glace s'abattaient sur la ferme, les douleurs d'Inga s'intensifièrent.

Elle craignait sans doute, elle aussi, l'arrivée prématurée du bébé.

Björn chargea Jón, le garçon de ferme, de se rendre chez son frère afin d'annoncer la nouvelle à sa belle-sœur et à leur servante. Si les deux femmes ne pouvaient se déplacer jusqu'à Kornsá, qu'elles lui donnent au moins quelques conseils afin que Björn sache comment s'y prendre.

Jón commença par refuser, arguant que son maître ne pouvait l'obliger à sortir par un temps pareil. Il dut pourtant s'exécuter : Björn savait se faire obéir. Je vis donc Jón s'emmitoufler sous plusieurs couches de vêtements et sortir de la ferme. Il revint peu après, couvert de neige et de glace.

— J'y vois rien ! cria-t-il. Pouvez pas me forcer à aller plus loin que la grange. Je vais mourir sur place !

Björn le renvoya pourtant dehors, et quand Jón réapparut, à demi gelé, assurant qu'il pouvait à peine faire un pas devant l'autre tant le vent soufflait fort, Björn le prit par le col de sa veste et l'entraîna vers la porte, qu'il ouvrit pour pousser le pauvre homme dans la cour. Sans doute prit-il alors la mesure du danger car, lorsque Jón revint pour la troisième fois, tremblant de froid et de colère, Björn ne dit rien. Il ne protesta pas davantage quand Jón se déshabilla et se mit au lit pour se réchauffer.

Je suis sûre qu'il avait peur du blizzard, lui aussi.

Inga n'avait pas quitté sa couchette. Pâle comme un linge, elle gémissait, en proie à des frissons qui la laissaient couverte de sueur. Björn décida de la transporter dans la pièce aménagée au grenier – car il y avait un grenier autrefois à Kornsá – afin qu'elle soit plus tranquille. Lorsqu'il la souleva, je remarquai que sa chemise de nuit et ses draps étaient trempés. Je poussai un cri de stupeur, convaincue qu'elle avait uriné sous elle.

— Ne la bouge pas, Björn ! criai-je.

Il ne m'écouta pas.

Il la hissa en haut de l'échelle, puis il m'ordonna de faire bouillir de l'eau et de lui apporter un grand morceau de vadhmál. Je pris le lainage que j'avais récemment tissé, et le montai au grenier avec une marmite d'eau bouillante. J'espérais voir mamma, mais Björn me renvoya dans le badstofa pour m'occuper de Kjartan.

L'enfant avait sans doute perçu la gravité de la situation, car il pleurait quand je le rejoignis. J'avais peur, moi aussi. Et grand besoin de réconfort. Je m'assis sur notre couchette et le pris sur mes genoux. Serrés l'un contre l'autre, nous écoutâmes la tempête tournoyer autour de la ferme en attendant que Björn nous donne ses instructions.

Nous attendîmes longtemps. Si longtemps que Kjartan finit par s'endormir contre mon épaule. Je l'étendis sous les couvertures et repris mon ouvrage – un tas de laine vierge que j'avais commencé à filer, dénouant les nœuds entre mes cardes pour obtenir de longs brins délestés de leurs peluches –, mais je tremblais trop. Les cris d'Inga résonnaient dans toute la maison. C'est normal, me répétais-je pour me calmer. Ça se passait toujours comme ça. Et j'aurais bientôt un petit frère ou une petite sœur de plus à aimer.

Deux ou trois heures s'étaient écoulées quand Björn sortit du grenier. Il tenait un petit paquet dans les bras. C'était le bébé. Il me le tendit sans un mot, l'air livide, puis il retourna au chevet de sa femme.

J'étais fière de m'occuper du bébé. Il était minuscule et ne pesait presque rien, mais il couinait doucement en plissant les yeux et les lèvres. Son visage rougeaud était affreux à regarder. Je défis ses langes et vis que c'était une fille.

Kjartan s'était réveillé. Il faisait froid : une fissure dans la paroi laissait passer l'air glacé du dehors. Une rafale plus violente que les autres parvint soudain à éteindre la plupart des chandelles que nous avions posées sur la table. Une seule d'entre elles demeura allumée. Sa flamme vacillante fit danser nos ombres sur les murs. Apeuré, Kjartan se mit à pleurer. Il ferma les yeux et enfouit sa tête dans mon cou.

Parce qu'il faisait de plus en plus froid, je décidai d'envelopper le bébé dans mon châle, puis je plaquai mon oreiller dans son dos pour le serrer contre ma poitrine. Mon geste ne servit sans doute à rien – nos oreillers étaient garnis d'algues séchées qui gardaient mal la chaleur – mais le bébé ayant cessé de pleurer, je me persuadai qu'il allait bien. Je nettoyai son crâne visqueux du bout des doigts, puis Kjartan et moi lui donnâmes un baiser.

Nous restâmes assis sur la couchette pendant un long moment. Les heures passaient – les jours peut-être, pour ce que j'en savais ! Il faisait toujours aussi sombre, toujours aussi froid. Dehors, la tempête continuait de faire rage. J'avais demandé à Kjartan d'aller chercher les couvertures de nos parents, et nous nous étions enroulés dedans, enlacés l'un contre l'autre pour nous tenir chaud. Du grenier nous parvenaient les gémissements ininterrompus d'Inga. Elle émettait des bruits sourds et dépourvus de sens, comme si elle était en proie à un terrible cauchemar. Le blizzard hurlait sans répit, lui aussi. Parfois, je ne savais plus si c'était elle ou lui qui geignait, faisant vaciller la bougie dans son chandelier.

J'avais passé un bras autour des épaules de Kjartan et serrais, de l'autre, le bébé contre ma poitrine. Penchée sur eux, je les invitais à écouter les battements de mon cœur pour qu'ils oublient le mugissement du vent.

Je crois que nous nous sommes endormis. Je n'en suis pas certaine, parce que je ne me souviens pas de m'être réveillée. Je me souviens très bien, en revanche, d'avoir soudain aperçu Björn dans le badstofa. La dernière chandelle s'était éteinte. Je discernais à peine sa silhouette dans la pénombre. Il se tenait debout, tête baissée, parfaitement immobile.

— Inga est morte, annonça-t-il.

Les mots s'égrenèrent lourdement dans le silence de la pièce.

— Ma femme est morte.

— Björn, dis-je. Le bébé est là. Prenez-le !

Je dégageai le nourrisson des couvertures et le lui tendis. Il refusa de le prendre.

— Il est mort, lui aussi, dit-il.

Je baissai les yeux sur le petit paquet de langes. Et je compris que Björn avait raison : le bébé ne bougeait plus et son corps avait perdu sa chaleur. Les couvertures étaient encore tièdes, parce que je les avais plaquées contre moi. Je fondis en larmes. Intrigué, Kjartan se pencha vers le bébé. En voyant son petit visage bleui, parfaitement inerte, encore maculé d'une coulée de sang séché, il fondit en larmes à son tour. Björn nous observait en silence. Bouleversée, je posai le bébé sur le lit et je me laissai glisser au sol, la tête enfouie dans les mains.

— Je veux mourir, moi aussi ! criai-je.

— Peut-être bien, répliqua Björn. Peut-être bien que tu mourras, toi aussi.

Ce fut tout ce qu'il trouva à dire pour me réconforter.

Je restai là un long moment, couchée par terre. Je me souviens que le plancher – celui que nous foulons en cet instant – s'imbibait lentement de mes larmes et de ma morve. J'en voulais à Björn, qui s'était assis sur sa couchette sans nous adresser un mot, sans allumer les lumières, sans crier, sans pleurer, sans même m'ordonner de me taire. A croire qu'il avait un cœur de pierre ! J'ai continué à pleurer, à hurler, à me rouler au sol, à taper du poing contre le plancher jusqu'à ce que mes mains s'engourdissent de douleur. Jusqu'à ce que je me souvienne d'Inga, demeurée seule là-haut. Alors, je me suis levée d'un bond et j'ai couru vers l'échelle en me prenant les pieds dans mes jupes. J'ai gravi les barreaux deux par deux et me suis ruée dans le grenier.

Il y avait une petite lucarne. Le morceau de tissu qui l'obturait d'ordinaire était tombé, dévoilant un carré de ciel lumineux malgré la tempête. Il faisait extrêmement froid – si froid que mon souffle formait de petits nuages blancs devant moi. La neige entrée par la lucarne avait fondu, laissant une grande flaque d'eau sur le sol. C'est cette flaque que j'ai vue en premier. Elle reflétait la lumière bleutée qui tombait de la lucarne, si bien qu'on aurait dit un miroir posé par terre. Puis j'ai vu Inga.

Son sang prenait des teintes violettes dans les ténèbres bleutées de la pièce. Elle était couchée sur un fin matelas de foin recouvert du vadhmál que j'avais remis à Björn quelques heures plus tôt, mais le tissu écru avait rougi de part en part. Ses yeux grands ouverts étaient si brillants que je l'ai crue encore vivante. Je me suis penchée et l'ai appelée à plusieurs reprises – *Mamma ! Mamma !* – mais lorsque j'ai posé ma main sur son épaule, j'ai compris qu'elle était morte. Son corps s'était raidi, et sa chair avait refroidi.

Il y avait du sang partout. Sa chemise de nuit gorgée de rouge paraissait presque noire dans la pénombre. Il y en avait aussi sur ses jambes, sur le matelas, sur ses épaules nues, et même sur ses mains, ramenées le long de son corps, paumes tournées vers le ciel. Elles étaient toutes rouges, comme lorsqu'elle préparait du boudin en filtrant le sang de mouton à travers un linge. Seul son visage était resté blanc, d'un blanc presque aveuglant dans l'obscurité. De longues mèches de cheveux échappées de sa coiffe avaient durci sur son front.

Prise de nausée, je respirais avec peine. L'odeur de son sang mêlée à celle de la neige fondue emplissait la chambre. Elle est restée gravée dans ma mémoire.

La longue chemise d'Inga s'était enroulée autour de sa taille. Je l'ai tirée tant bien que mal sur ses jambes pour rendre mamma plus décente, puis j'ai posé un baiser sur ses lèvres molles. Ensuite, j'ai ôté sa coiffe et plongé mon visage dans sa chevelure. C'était la seule partie de son corps qui avait gardé son odeur familière. Le parfum de ma mère, et non l'odeur du sang. Je me suis allongée et j'ai couvert mes joues de ses longs cheveux, la respirant pendant de longues minutes, jusqu'à ce que Jón pousse le rideau, me prenne dans ses bras et me ramène dans le badstofa. Je ne me souviens pas de m'être endormie.

Quand je me suis réveillée, le blizzard avait cessé.

Voilà ce que je raconte au révérend. Je fais de mon mieux pour que l'histoire soit agréable à écouter. Penchée sur mon tricot, je laisse les mots franchir mes lèvres en guettant ses réactions du coin de l'œil.

Je devine que Steina, Margrét, Kristín et Lauga tendent l'oreille vers nous. Elles ne veulent pas perdre une miette du festin que je leur offre. Margrét et Lauga estiment peut-être que j'ai ce que je mérite. Peut-être ont-elles pitié de l'enfant que j'étais, qui sait ? Et Steina… Steina pense que je suis comme elle : triste et délaissée. Toujours à contre-courant.

Parce qu'elles m'écoutent, je ne peux pas poser au révérend les questions qui me hantent. Pourtant, j'aimerais tant lui demander si je suis ici aujourd'hui parce que j'ai souhaité mourir autrefois… Quand je l'ai dit cette nuit-là, je le pensais vraiment. Je l'ai formulé comme une prière : *j'espère que je vais mourir*. Ai-je infléchi mon destin, alors ? Suis-je responsable des événements qui ont suivi ?

J'aimerais aussi demander à Tóti s'il pense que j'ai tué la fille d'Inga. L'ai-je serrée trop fort contre moi ? Mais je peine à trouver la bonne formulation, et je ne veux pas que ces femmes se fassent des idées. Elles ne doivent pas tout entendre, loin de là.

Il me semble que tous ceux que j'ai aimés m'ont été arrachés, me laissant arpenter seule la terre dans laquelle ils sont enfouis.

Peut-être est-ce mieux ainsi. Aujourd'hui, je n'ai plus personne à aimer. Plus personne à enterrer.

— Et ensuite, que s'est-il passé ? demanda Tóti.

Captivé par le récit d'Agnes, il avait presque oublié de respirer.

— C'est étrange, dit-elle en s'aidant de son petit doigt pour enrouler le brin de laine au bout de l'aiguille à tricoter. La plupart de mes souvenirs d'enfance sont flous. Comme si je les regardais à travers un panneau de verre fumé. Alors que la mort d'Inga, et tout ce qui s'est passé ensuite… J'ai l'impression que c'est arrivé hier.

A l'autre extrémité de la pièce, une chaise racla le sol. Margrét toussa, la main plaquée sur sa bouche pour étouffer le bruit.

— Je me souviens qu'après la mort d'Inga Jón est parti chercher le frère et la belle-sœur de Björn, poursuivit Agnes. Je me souviens aussi que je suis restée couchée toute la matinée, tandis que Björn les attendait, assis sur le tabouret que sa femme utilisait quand elle filait, le fuseau à la main, sa quenouille sous le bras. Je me souviens que le siège était trop petit pour lui. Kjartan dormait contre mon épaule. Son corps chaud pesait sur le mien. Le vent était tombé. Tout semblait soudain très calme.

« Au bout d'un long moment, nous avons entendu le tintement d'un harnais dans la cour. Björn s'est lentement hissé sur ses jambes. Il a soulevé Kjartan pour que je puisse me dégager. Puis il m'a ordonné de prendre le corps du bébé, d'envelopper son visage dans un linge et d'aller le poser dans la remise.

« Le bébé m'a semblé plus léger mort que vivant. Je l'ai tenu à bout de bras dans le couloir. Je n'avais que mes bas aux pieds.

« Il faisait très froid dans la remise. Mon souffle flottait dans l'air glacé. J'avais mal au front comme si j'avais reçu un coup. J'ai caché le visage du bébé dans ses langes et je l'ai posé sur un sac rempli de têtes de morue séchées.

Quand je suis sortie, une rafale de vent s'est engouffrée dans mon cou. Je me suis retournée. La porte de la ferme était ouverte. Ragnar, le frère de Björn, sa femme et leur servante entraient un à un dans le couloir, les joues brillantes de neige fondue.

« Je me souviens que Ragnar et Jón ont descendu le corps d'Inga dans le badstofa pendant que Björn s'occupait des moutons. Ils ont fait très attention en descendant l'échelle. J'étais chargée de veiller à ce que sa tête ne heurte pas les montants. Puis ils m'ont demandé d'ôter les draps de son lit et ils l'ont allongée sur le matelas. Tante Rósa faisait bouillir de l'eau dans la cuisine. Quand j'ai voulu savoir pourquoi, elle m'a répondu qu'elle allait laver le corps de ma pauvre mamma. Elle n'a pas voulu que je regarde et m'a envoyée au grenier rejoindre Gudbjörg, leur servante, qui avait besoin d'aide. Kjartan, lui, est resté jouer à ses pieds.

« Quand je suis arrivée en haut de l'échelle, Gudbjörg était déjà au travail : elle frottait le plancher maculé de sang. L'odeur m'a retourné l'estomac et je me suis mise à pleurer. Gudbjörg m'a prise dans ses bras. Elle m'a dit qu'Inga était montée au ciel. Qu'elle était heureuse, à présent.

« Je me suis assise par terre, emmitouflée dans le châle de Gudbjörg, et je l'ai regardée travailler. Elle s'est de nouveau agenouillée sur le plancher, la brosse à la main. Je voyais trembler la chair de ses bras quand elle s'acharnait sur une tache rebelle. Elle plongeait le torchon dans le seau d'eau, l'essorait et recommençait. L'eau virait peu à peu du rose foncé au rose clair. Gudbjörg secouait la tête. Elle pleurait, elle aussi, et devait souvent s'interrompre pour s'essuyer les yeux.

« Je lui ai répété ce que Björn m'avait dit quand j'avais crié que je voulais mourir : comment il avait répliqué que je serais peut-être la prochaine. “N'y pense plus, m'a dit Gudbjörg. Björn n'était pas lui-même. Il ne voulait pas te faire peur… Ça n'a pas d'importance.”

« Ensuite, je lui ai raconté que Björn m'avait confié le bébé, que je l'avais serré fort contre moi et qu'il était mort dans mes bras sans que je m'en aperçoive.

« Alors, Gudbjörg m'a bercée comme si j'étais encore un bébé. Elle m'a expliqué que la fille d'Inga n'était pas faite pour vivre parmi nous, que ce n'était pas de ma faute si elle était morte. "Tu es très courageuse, a-t-elle ajouté. Dieu veillera sur toi."

— Savez-vous ce qu'est devenue Gudbjörg ? s'enquit Tóti.

Agnes leva les yeux vers lui.

— Elle est morte, répondit-elle sans émotion apparente.

Elle tira sur la pelote de laine, puis se pencha de nouveau sur son ouvrage.

— Quand Ragnar, Kjartan et Björn ont regagné la maison après avoir nourri les bêtes, Rósa nous a appelées, Gudbjörg et moi, et nous nous sommes tous assis autour d'Inga dans le badstofa. Mamma était propre, mais terriblement immobile. J'avais l'impression, à la regarder allongée sur cette table, d'avoir été distancée par une force plus grande que moi. Comme lorsque le vent s'arrête d'un seul coup, que les herbes cessent de bouger et que le monde semble vous abandonner.

« Oncle Ragnar a sorti une flasque d'eau-de-vie et nous l'a tendue en silence. C'était la première fois que je buvais de l'alcool. Ça ne m'a pas beaucoup plu, mais Jón était parti à cheval chercher le révérend et nous n'avions rien d'autre à faire qu'attendre et boire. Quelques heures se sont écoulées ainsi. L'eau-de-vie me donnait la nausée et j'avais mal partout, à force de rester assise sans bouger.

« Jón et le révérend sont arrivés tard dans la nuit. Je leur ai ouvert la porte. Je me souviens que le pasteur a oublié d'ôter la neige de ses bottes avant de franchir le seuil.

« Gudbjörg, Rósa et moi avons préparé le repas, que les hommes ont mangé sur leurs genoux, en face d'Inga. Tante

Rósa avait allumé une bougie près de sa tête. Je veillais à ce qu'elle ne tombe pas. J'avais peur que les cheveux de mamma s'enflamment.

« Après le repas, les femmes nous ont emmenés dans la cuisine, Kjartan et moi. Le révérend est resté dans le badstofa pour s'entretenir avec Björn et Ragnar. J'ai voulu m'approcher de la porte pour les écouter, mais tante Rósa m'a prise par le bras ; elle a juché Kjartan sur ses genoux et nous a raconté une histoire. Elle cherchait à nous distraire. Elle ne s'est arrêtée que bien plus tard, quand nous avons vu passer Ragnar et Jón dans le couloir. Ils portaient le corps d'Inga. Son visage était couvert d'un linge. Je me suis levée pour les suivre, alors Rósa m'a rattrapée par le poignet et m'a tirée vers elle. Ensuite, Gudbjörg s'est penchée vers moi et m'a tout expliqué. Le révérend avait annoncé aux hommes qu'on ne pourrait pas enterrer Inga avant le printemps : le sol du cimetière était trop dur. Nous devions donc garder ma pauvre mamma dans la remise jusqu'au dégel. Nous nous sommes levées pour aller jeter un œil dans le couloir.

« Le révérend est passé, suivi de Björn. “Ça vous laisse largement le temps de fabriquer les cercueils !” a lancé le pasteur sans se retourner. Puis il a suggéré de la mettre dans la grange. “Trop chaud”, a répliqué Björn.

« Oncle Ragnar et Jón sont entrés dans la remise. Ils ont d'abord couché Inga près de son bébé. Puis ils l'ont étendue sur un gros sac de sel, mais oncle Ragnar a fait valoir que nous aurions sans doute besoin de sel avant de pouvoir enterrer Inga. Alors ils l'ont encore déplacée et posée sur un sac de poisson séché. J'ai entendu les fines arêtes de morue craquer sous le poids du corps.

— Quand l'ont-ils enterrée, finalement ? demanda Tóti.

Il avait l'impression de manquer d'air. Le cliquetis des aiguilles à tricoter et le crissement de la laine vierge lui donnaient le tournis.

— Oh, pas avant plusieurs mois ! répondit Agnes. Inga et sa fille sont restées dans la remise jusqu'à la fin de l'hiver. Chaque fois que j'allais chercher de l'huile pour les lampes ou que j'aidais Jón à rouler un baril dans le couloir, j'apercevais leurs corps dans le coin de la pièce, couchés sur les sacs de poisson séché.

« Kjartan ne comprenait pas pourquoi sa mère n'était plus là. Le bébé lui était sorti de l'esprit, mais il continuait d'appeler Inga en pleurant sans discontinuer, assis sur le plancher du badstofa, comme un chien qui appelle son maître disparu. Björn le laissait faire, mais à chacune de ses visites, oncle Ragnar le frappait derrière les oreilles. Kjartan, qui redoutait les coups, a vite cessé de geindre.

« Ragnar passait de plus en plus de temps à Kornsá. Il discutait avec Björn et lui apportait du schnaps. Avec moi, Björn était beaucoup moins bavard. Quand je lui servais son dîner, il ne me remerciait plus. Il prenait sa cuillère et mangeait en silence.

« Nous avons vécu ainsi jusqu'au jour où Ragnar m'a informée que Björn ne voulait plus de moi. C'était au début du printemps. J'étais de mauvaise humeur et j'avais refusé de manger. Björn n'avait rien dit. Pas même une réprimande alors que j'avais laissé de côté une pleine assiette de nourriture ! Il passait son temps avec les bêtes, à l'époque. Elles avaient commencé à mourir de froid, et il tentait de les soigner. Je lui en voulais, persuadée qu'il les aimait plus que Kjartan et moi.

« L'hiver avait commencé à décliner. Ce jour-là, il y avait un peu de lumière dans la cour. Je me suis ruée dehors. Personne ne m'en a empêchée. J'ai pris la pelle posée dans l'entrée et j'ai commencé à déblayer le chemin. Le contact de la neige fraîche sur mes joues brûlantes m'a fait du bien. Après avoir formé une tranchée, j'ai jeté la pelle et continué à creuser à pleines mains. J'ai travaillé sans relâche, jusqu'à former un trou de taille respectable. Quand j'ai repris mon souffle, j'ai aperçu une silhouette au bout de la cour. C'était l'oncle Ragnar. Il m'a saluée et m'a demandé ce que je faisais là, couverte de neige. "Je creuse une tombe pour mamma", ai-je répondu. Ragnar a froncé les sourcils. "Tu ne dois pas l'appeler mamma ! Et n'as-tu pas honte de vouloir l'enterrer ici, au beau milieu du passage ? Sa place sera au cimetière, en terre chrétienne ! En attendant de pouvoir dormir en paix près du Seigneur, ne crois-tu qu'elle est mieux bien au chaud dans la remise ?"

« J'ai secoué la tête. "La remise est aussi glacée qu'un téton de sorcière." Oncle Ragnar m'a fusillée du regard. "Prends garde à ce que tu dis, Agnes. Qui parle mal pense à mal."

Cette nuit-là, il m'a annoncé que Björn avait décidé de résilier le bail de Kornsá pour aller travailler dans une pêcherie à Reykjavík. L'hiver avait tué sa femme, leur bébé et une grande partie de son troupeau. Privé d'épouse et des moyens nécessaires pour embaucher une fille de ferme, Björn ne pouvait pas me garder. Il a confié Kjartan à Ragnar et Rósa, et m'a laissée aux bons soins de la paroisse dès que le temps s'est réchauffé.

— C'est ainsi que vous avez été abandonnée, conclut Tóti.

Agnes acquiesça. Elle étira ses longs doigts, crispés sur les aiguilles, et posa la chaussette sur ses genoux.

— Oui. C'est ainsi que je suis devenue une pauvresse, dit-elle en cherchant le regard du révérend dans l'obscurité. Livrée à la pitié des paroissiens, qu'ils en aient ou non.

Je viens de me réveiller. Le badstofa est encore plongé dans les ténèbres. J'ai cru entendre quelqu'un murmurer à mon oreille – *Agnes, Agnes !* Le murmure s'est immiscé dans mes rêves, brisant mon sommeil. J'ai ouvert les yeux, tourné la tête… Personne. Un frisson glacé m'étreint le cœur.

J'aurais pourtant juré qu'on m'appelait.

Etendue sous les couvertures, je tends l'oreille. Le révérend Tóti dort dans le lit voisin du mien. Il était si tard à l'issue de notre conversation d'hier qu'il a préféré passer la nuit à Kornsá. Est-ce lui qui m'a réveillée ? Non. Aucun pasteur ne réveillerait une prisonnière d'un chuchotement au creux de l'oreille.

Les minutes s'étirent. Pourquoi fait-il si sombre ? Je ne vois même pas mes mains ! Les ténèbres envahissent mon esprit. Mon cœur frémit comme un oisillon pris au piège. Quand je ferme les yeux, l'obscurité demeure sous mes paupières. Quoique… Elle est maintenant parsemée d'éclairs lumineux. Ai-je encore les yeux fermés ou sont-ils grands ouverts dans le noir ? Et si j'étais la proie d'un fantôme ? Comment expliquer, sinon, l'apparition de ces éclats de lumière ? Ne dirait-on pas un mur qui s'enflamme ? Et voici Natan ! Natan qui hurle, Natan qui brûle, penché vers moi, les dents brillantes de sang. Des plaques de chair noircie tombent sur mes couvertures. Ça sent la graisse de baleine à plein nez. J'aperçois le couteau de Fridrik : il est profondément enfoncé dans le ventre de Natan. Un grand cri jaillit de ma poitrine comme si on l'extirpait de mes entrailles au bout d'une corde et…

Les lueurs s'éteignent. N'était-ce qu'un mauvais rêve ? La vision s'est évanouie aussi vite qu'elle est apparue.

— Révérend Tóti ? dis-je dans un chuchotement.

Il se retourne sous les couvertures.

— Mon révérend ? Puis-je allumer une lampe ?

Il dodeline de la tête comme un homme pris de boisson, mais il n'ouvre pas les yeux. Je le secoue – un peu trop vivement, peut-être. Cette fois, il s'éveille. Je comprends, à son air embarrassé, qu'il est gêné de me voir en chemise.

— Qu'y a-t-il ?

— J'ai fait un mauvais rêve.

— Pardon ?

— Puis-je allumer la lampe ?

— La lumière de Jésus suffit à tout bon chrétien, réplique-t-il d'une voix pâteuse.

— S'il vous plaît, mon révérend…

Il ne m'entend plus. Un ronflement s'échappe de sa bouche ouverte.

Je regagne ma couchette. Inconsolée. La tête lourde de fumée.

Ma mère est morte. Inga est morte.

Elle est couchée dans la remise, enveloppée dans de vieux chiffons, parce que la glace a refermé ses mâchoires sur la terre, nous empêchant de creuser des trous. De creuser sa tombe.

Si froid qu'elle ne sera pas enterrée avant de longs mois.

Si seule que je me lie d'amitié avec les corbeaux qui harcèlent nos agneaux.

Je ferme les yeux. Je suis dans le couloir. Je tiens la lampe à bout de bras et je me glisse contre les parois, tremblante d'effroi. Il fait nuit noire. J'entends le vent mugir au-dehors. J'entends aussi, ou je crois entendre, mamma gratter à la porte de la remise où nous l'avons couchée en attendant de la clouer dans une boîte pour l'enterrer quand viendra le printemps. Je me fige et je tends l'oreille. Le vent continue de mugir. Sous le mugissement du vent, je perçois un grattement, puis – *Agnes, Agnes !* – une voix qui m'appelle. C'est elle. C'est Inga qui m'appelle ! *Laisse-moi sortir*, dit-elle. *Je ne suis pas morte, je suis revenue, je suis vivante et je veux sortir de la remise. Sortir au grand air au lieu de sécher comme un morceau de viande dans cette pièce confinée. Couchée parmi les sacs de sel, d'orge et de farine danoise pleine de charançons.*

Je n'ai pas bougé. Je tremble de la tête aux pieds. Puis *Mamma, mamma !* Je pousse la porte de la remise. Je tends la lampe vers le fond de la pièce. Je plisse les yeux. Elle est là, à sa place habituelle. Couchée sur les sacs de poisson séché.

Les larmes me montent aux yeux. Rien n'a changé. Elle ne reviendra pas. Elle est morte pour de bon – et cette certitude m'emplit d'une terreur plus grande encore que les murmures de son fantôme. Je n'ai plus de maman. Plus du tout. La première est partie, la seconde est morte. Mes jambes ploient sous le chagrin insondable des orphelins, et je m'effondre sur le sol de terre battue. Le vent crie pour moi parce que ma langue n'y parvient pas. Il hurle à fendre l'âme tandis que je reste là, assise sur le sol gelé, à respirer l'odeur des têtes de poisson, une odeur nauséeuse qui mêle sa puanteur de sel et d'os séchés au parfum fade de l'hiver.

7

Le meurtrier Fridrik Sigurdsson est né le 6 mai 1810 ici même, dans la paroisse de Tjörn, qui dépend du canton de Katadalur. Il a été confirmé dans cette même paroisse par mon prédécesseur, le révérend Sæmundur Oddson, en 1823. Le registre stipule qu'il possédait alors « un bon intellect », doublé d'une connaissance et d'une compréhension satisfaisantes du christianisme. A la même époque, il a cependant trahi par sa conduite les connaissances et l'éducation reçues : il désobéissait à ses parents de manière si criante et si répétée qu'ils s'en sont plaints à moi au cours de l'automne 1825. J'ai alors pu mesurer à quel point son caractère s'était rigidifié, le rendant têtu et intransigeant.

Je ne saurais décrire les diverses étapes de ce changement ni attester de l'éducation dont il a bénéficié – je n'ai passé que quatre ans dans cette paroisse – mais j'ai le sentiment qu'il a joui d'une trop grande liberté dans son enfance.

Témoignage du révérend Jóhann Tómasson

Le 5 septembre 1829

A l'attention du (sous-) révérend Thorvardur Jónsson, Breidabólstadur, canton de Vesturhóp

Mon révérend,

Je vous écris pour m'enquérir de la prisonnière Agnes Magnúsdóttir. Je me suis récemment entretenu avec le révérend Jóhann Tómasson, en charge de la paroisse de Tjörn, qui a eu l'extrême amabilité de me rendre compte des progrès réalisés, tant en termes de développement spirituel que de comportement, par le criminel Fridrik Sigurdsson, auquel il rend régulièrement visite. J'estime nécessaire d'avoir avec vous un entretien similaire. Lorsque vous m'aurez détaillé, à votre tour, la nature des conversations que vous avez eues, et continuez d'avoir, avec la criminelle, je comprendrai mieux dans quelle mesure l'instruction religieuse améliore l'état d'esprit de nos condamnés.

Je vous saurai gré de vous présenter à Hvammur la semaine prochaine afin de me rendre compte de vos relations avec la criminelle et des conseils que vous lui avez prodigués.

Le commissaire de police du canton
Björn Blöndal

— Je vous remercie d'être venu, sous-révérend Thorvardur, déclara Björn Blöndal en s'avançant dans la cour de Hvammur.

Il avait revêtu ses plus beaux atours : longue veste rouge ouverte sur une chemise couleur crème. Tóti, qui ne l'avait rencontré que deux ou trois fois, principalement lorsqu'il accompagnait autrefois son père dans ses voyages, se sentit quelque peu intimidé par le bel uniforme et la silhouette imposante.

— Bonjour, monsieur le commissaire.

Il descendit de cheval et tendit les rênes au domestique chargé de sa monture. Puis il promena un regard autour de lui. La grande cour de Hvammur abritait une foule de serviteurs qui vaquaient à leurs occupations. Sur sa gauche, penché sur une grosse pierre plate, un homme vidait des truites pêchées le matin même dans la rivière. Plus loin, deux femmes étendaient des vêtements sous le pâle soleil que leur réservait la journée. Près de la porte, une jeune fille, coiffée du bonnet à pompons traditionnel, poussait quatre ou cinq bambins à l'intérieur.

— Bonjour ! crièrent-ils gaiement en inclinant la tête vers lui.

Tóti sourit et se tourna vers Blöndal.

— Vous avez une maison fort agréable !

— Effectivement. Bienvenue, révérend. J'ose espérer que le voyage ne vous a pas trop fatigué. Entrez, je vous prie. Faites attention à la marche.

Une vieille servante guida Tóti le long des couloirs vers une petite pièce destinée à l'accueil des visiteurs. Blöndal, qui les suivait de près, demeura sur le seuil, tandis qu'elle faisait asseoir le révérend sur une chaise capitonnée. Elle le débarrassa alors de son manteau et de son chapeau, puis se baissa pour lui ôter ses souliers.

— Etes-vous déjà venu ? demanda Blöndal depuis le pas de la porte.

Tóti s'empourpra. Il admirait le décor avec des yeux écarquillés qui n'avaient sans doute pas échappé au commissaire.

— Oui, quand j'étais petit, avoua-t-il. Tout est splendide, ici. Et vous avez plusieurs gravures, à ce que je vois.

Blöndal ôta son chapeau, dont il caressa distraitement la plume.

— En effet. Nous avons de la chance. Nous jouissons à Hvammur de certaines commodités habituellement réservées à ceux qui vivent sur le continent. J'ose cependant espérer que davantage d'Islandais viendront à connaître, avant la fin de ce siècle, les avantages indéniables du confort moderne : carreaux vitrés, murs lambrissés, poêles en fonte, et ainsi de suite. Je suis convaincu que l'air circule mieux dans une maison plus sèche. C'est une promesse de bonne santé, croyez-moi !

— Vous avez certainement raison, convint Tóti.

Il observait la servante, qui s'était baissée pour délacer ses bottes. Elle lui rendit son regard sans sourire.

— Allons, Karitas. Laisse-nous, maintenant. Révérend Thorvardur, nous allons passer dans mon bureau.

La vieille femme se leva, ses bottes à la main. Elle semblait sur le point de dire quelque chose.

— Laisse-nous, répéta Blöndal.

Il attendit qu'elle ait quitté la pièce, puis il invita Tóti à le suivre.

— Par ici, je vous prie. J'ai fait installer mes appartements dans une aile excentrée du bâtiment afin de ne pas être gêné par le va-et-vient de mes gens.

Ils s'engagèrent dans un long couloir où ils croisèrent d'autres domestiques et d'autres enfants, entrant et sortant de différentes pièces. Tóti suivait Blöndal, stupéfait. Cette maison n'en finissait pas ! Il n'avait jamais rien vu de tel.

— Par ici, révérend.

Le commissaire poussa la porte d'un bureau éclaboussé de lumière. Les murs bleu pâle accueillaient deux bibliothèques en bois massif, remplies d'ouvrages reliés de cuir. Une grande table se dressait au milieu de la pièce. Sa surface polie brillait sous le soleil qui entrait par une fenêtre aménagée au sommet du pignon.

— C'est magnifique ! murmura Tóti.

— Asseyez-vous, révérend, dit Blöndal en désignant une chaise bien rembourrée.

Tóti obtempéra. Son hôte prit place derrière la table et fit courir ses larges mains sur sa surface lisse.

— Bien… Pouvons-nous commencer ?

— Volontiers, monsieur le commissaire ! répondit Tóti avec nervosité.

La magnificence des lieux le mettait mal à l'aise. Il ignorait qu'on pouvait vivre ainsi dans le nord du pays.

— Mes hommes m'ont assuré que le transfert de la condamnée à Kornsá s'est déroulé sans incident.

— J'en conviens également. Et je suis heureux de vous informer qu'Agnes est maintenant bien installée dans ses nouveaux quartiers auprès des fermiers de Kornsá.

— Je vois. Vous l'appelez donc par son nom de baptême ?

— C'est ainsi qu'elle souhaite être appelée, monsieur le commissaire.

Blöndal se carra contre le dossier de sa chaise.

— Continuez.

— La prisonnière a participé au fauchage et au séchage des foins. A cette occasion, Jón Jónsson m'a confié qu'elle travaille humblement, comme il sied à sa condition.

— Ils ne l'ont pas mise aux fers ?

— Ce n'est pas dans leurs habitudes.

— Je vois. Et pour ce qui est des tâches domestiques ?

— La prisonnière s'en acquitte avec la plus grande diligence. Elle semble heureuse de passer la journée à tricoter lorsqu'il fait mauvais temps.

— Dites-leur d'être prudents avec les outils ou les objets qu'ils lui prêtent.

— Ils sont vigilants, monsieur le commissaire.

— Bien.

Blöndal ouvrit un tiroir de son bureau, d'où il sortit une feuille de papier vert pâle et un canif. Puis il tendit la main vers un bocal rempli de longues plumes de cygne, posé sur une des étagères de la bibliothèque.

— Je ne manque jamais d'envoyer mes domestiques en chercher à la fin de l'été, confia-t-il, oubliant un instant leur principal sujet de conversation. Elles sont d'excellente qualité quand les cygnes font leur mue. Inutile de les plumer : il n'y a qu'à les ramasser !

Il saisit le bocal et l'inclina vers Tóti.

— Oh, non. Je ne voudrais pas...

— J'insiste, coupa Blöndal. Un honnête homme se reconnaît à la plume et au papier qu'il utilise.

— Merci, murmura Tóti.

Il prit une plume avec précaution.

— Le cygne est un ami de l'homme, décréta Blöndal. On fait de belles bourses avec la peau de ses pieds.

Tóti acquiesça distraitement en frôlant la plume du bout des doigts.

— Et ses œufs sont tout à fait convenables, poursuivit le commissaire. Une fois bouillis.

Après avoir taillé la plume, il balaya les copeaux d'un grand geste de la main, avant de dévisser un petit flacon d'encre.

— Maintenant, si vous voulez bien, passons à l'aspect religieux de vos entretiens avec la criminelle. Pouvez-vous m'en faire un bref résumé ?

— Bien sûr, dit Tóti.

Il avait les mains moites, à présent.

— Après notre première rencontre, j'ai peu vu la prisonnière. Elle travaillait aux champs avec les fermiers de Kornsá et j'étais moi-même retenu par les foins à Breidabólstadur.

— Je vois. Et de quelle manière vous étiez-vous préparé à vos entretiens avec la condamnée ?

— Eh bien, je... je mentirais en disant que le poids de mes responsabilités envers son âme ne pesait nullement sur la mienne.

— Je savais que ce serait un poids pour vous, renchérit Blöndal. Et je m'en inquiétais.

Il griffonna quelques mots sur la feuille posée devant lui.

— Je pensais que seuls le sermon et la prière lui ouvriraient la voie de l'absolution, reprit Tóti. J'ai passé plusieurs jours à chercher dans les Saintes Ecritures les psaumes ou les versets susceptibles de la mettre à genoux devant Dieu.

— Et qu'avez-vous choisi ?

— Des passages du Nouveau Testament.

— Quel Evangile ?

— Euh... saint Jean. Aux Corinthiens.

Blöndal lui lança un regard désapprobateur et continua d'écrire.

— J'ai tenté de faire valoir l'importance de la prière, poursuivit Tóti. Elle m'a demandé de partir.

Le commissaire sourit.

— Sa réaction ne me surprend pas. J'ai été frappé par son impiété lors du procès.

— Oh, non. Elle connaît très bien les Ecritures, au contraire.

— Le Diable les connaît parfaitement, lui aussi, répliqua posément Blöndal. Le révérend Jóhann a choisi les *Cantiques de la Passion* de Hallgrímur Pétursson pour Fridrik Sigurdsson. Le *Livre de la Révélation*, aussi. Ce sont des textes qui incitent au repentir.

— Peut-être. Cependant…

Tóti se redressa contre le dossier de sa chaise, avant de poursuivre :

— J'ai rapidement compris que l'admonestation religieuse ne me serait d'aucune utilité avec la condamnée. Il me fallait employer d'autres moyens pour la familiariser avec sa mort prochaine et la préparer à sa rencontre avec Dieu.

Blöndal fronça les sourcils.

— Et quels moyens avez-vous employés pour *familiariser* la condamnée avec Dieu, révérend ?

Tóti s'éclaircit la gorge et posa doucement la plume devant lui, sur le bureau.

— Ma méthode vous paraîtra sans doute peu orthodoxe.

— Expliquez-moi de quoi il s'agit et nous en jugerons.

— J'ai acquis la certitude que ce n'est pas la voix austère d'un pasteur agitant la peur du soufre, mais les inflexions douces et interrogatrices d'un ami qui l'inciteront à dévoiler son âme, monsieur le commissaire.

Blöndal le toisa du regard.

— Les inflexions douces d'un *ami*, répéta-t-il. J'ose espérer que vous n'êtes pas sérieux, révérend !

Tóti rougit.

— Je crains que votre espoir ne soit déçu, monsieur. Chaque fois que j'ai tenté de sermonner la condamnée, je me suis heurté à un échec. Aussi ai-je résolu de… l'inciter à évoquer son passé. Au lieu de m'adresser à elle, je lui permets de s'adresser à moi. J'offre un dernier auditoire au récit de sa vie.

— Priez-vous avec elle ?

— Je prie *pour* elle.

— Prie-t-elle pour elle-même ?

— Je ne peux croire qu'elle n'ait pas recours à la prière lorsqu'elle est seule. La mort l'attend, monsieur.

— En effet, révérend. La mort l'attend.

Blöndal posa sa plume.

— La mort l'attend, et pour de bonnes raisons, asséna-t-il.

On frappa à la porte.

— Ah ! fit le commissaire en levant les yeux. Voici Sæunn. Entre, ma fille.

Une jeune servante fit irruption dans la pièce, un plateau dans les mains. Il y avait du café, du fromage, du beurre, de la viande fumée et des galettes de pain – un vrai festin.

— Pose-le sur le bureau, ordonna Blöndal.

Elle obtempéra, visiblement nerveuse.

— Servez-vous, je vous en prie ! dit le commissaire à Tóti en désignant les victuailles.

— Non, merci, déclina le révérend. Je n'ai pas faim.

Il regarda le commissaire empiler plusieurs tranches de viande fumée dans son assiette, puis enfoncer un gros morceau de pain garni de fromage dans sa bouche. Il mâcha lentement, avala, et sortit un mouchoir de sa poche pour s'essuyer les doigts.

— Sous-révérend Thorvardur, énonça-t-il ensuite. Vous serez sans doute pardonné d'avoir cru que l'amitié vous aiderait à guider cette meurtrière sur la voie de la vérité et du repentir. Vous êtes jeune et dénué d'expérience. J'aurais dû me montrer plus circonspect avant de vous confier cette mission. Je partage donc avec vous la responsabilité de cette situation.

Il se pencha lentement vers Tóti en appuyant ses coudes sur la table.

— Permettez-moi d'être franc avec vous. En mars de l'année dernière, Agnes Magnúsdóttir a caché Fridrik Sigurdsson dans l'étable d'Illugastadir. Natan Ketilsson était rentré de Geitaskard avec un des garçons de la ferme, un dénommé Pétur Jónsson…

— Pardonnez-moi de vous interrompre, monsieur le commissaire, mais je crois savoir ce qui s'est…

— Je crois que vous n'en savez pas assez, au contraire. Natan s'était rendu à la ferme de Geitaskard pour soigner Worm Beck, le policier de la commune. Worm était très malade. Natan avait alors pris la décision de revenir à Illugastadir pour consulter ses livres et – c'est ainsi que je le comprends – se munir de remèdes supplémentaires. Pétur l'accompagnait. Il était tard, révérend. En arrivant, ils ont décidé de passer la nuit chez Natan et de retourner à Geitaskard au petit matin.

« Ce même soir, Fridrik est venu secrètement de Katadalur. Agnes l'a caché dans l'étable. Ils avaient passé l'hiver à projeter de tuer Natan pour dérober sa fortune, et c'est ce qu'ils ont fait. Agnes a attendu que son maître et Pétur soient endormis, puis elle a appelé Fridrik. Ils n'agissaient pas sur une impulsion : ils ont attaqué délibérément deux hommes sans défense.

Le commissaire marqua une pause, jaugeant du coin de l'œil l'effet de ses propos sur Tóti.

— Fridrik a reconnu le double meurtre, mon révérend. Il nous a avoué qu'il est entré dans le badstofa muni d'un marteau et d'un couteau bien aiguisé. Il a d'abord tué Pétur en lui fracassant le crâne d'un seul coup de marteau. Soit il l'a pris pour Natan, soit il préférait se débarrasser d'un témoin – ses motivations demeurent obscures. Puis il a tenté de tuer Natan. De son propre aveu, il a levé le marteau en visant Natan à la tête, mais il a manqué sa cible. Il dit avoir entendu un os craquer – et là-dessus, mon révérend, je pense que nous pouvons le croire, puisque l'examen du corps nous a révélé que le bras de Natan était fracturé.

« D'après Fridrik, Natan se serait alors réveillé. Horrifié et tétanisé de douleur, il a d'abord cru qu'il se trouvait à Geitaskard et que l'homme qui se dressait devant lui était son ami Worm. Puis, toujours d'après la déposition de Fridrik, Natan les a vus, Agnes et lui, dans la pièce. Il les a suppliés d'arrêter, mais ils ont continué à le frapper jusqu'à ce que mort s'ensuive. J'ai procédé moi-même à l'interrogatoire, mon révérend, et je vous assure que Fridrik a bien prononcé les mots "Agnes et moi". Il m'a également assuré que Natan avait été tué de plusieurs coups de couteau.

— Pour ce que nous en savons, Agnes n'a tué aucun des deux hommes ?

— Sa présence sur les lieux du crime ne peut être mise en doute, révérend Thorvardur.

— Certes, mais elle n'a pas porté les coups.

Blöndal se renversa contre le dossier de sa chaise, un sourire aux lèvres.

— Fridrik nous a avoué son crime sans aucun remords. Il était convaincu d'avoir exécuté la volonté divine et rétabli la justice en infligeant à Natan un châtiment mérité. Il a reconnu et endossé la responsabilité des deux meurtres. Nous pouvons le croire, révérend. Nous pouvons aussi, et c'est mon opinion, estimer que les faits ne se sont pas déroulés exactement comme il le prétend.

— Vous pensez qu'Agnes a tué Natan.

— Elle avait de bonnes raisons de le faire. Plus encore que Fridrik.

Le commissaire ramassa du bout de l'index les miettes restées dans son assiette.

— Je veux bien croire que Fridrik a tué Pétur, reprit-il. Il faut de la force pour tuer un homme d'un seul coup de marteau. Ce n'est pas une arme facile à manier, vous en conviendrez. Fridrik a ensuite levé son marteau sur Natan, qui s'est réveillé et les a suppliés de l'épargner. Que s'est-il passé, alors ? Personnellement, je pense que Fridrik a perdu son sang-froid. Nous avons tendance à l'oublier, mais il n'avait que dix-sept ans le soir du meurtre. C'était un gamin ! Un sale gamin, assurément. Et de nombreux témoignages l'attestent : Natan et lui ne pouvaient pas se souffrir. Mais imaginez un peu, mon révérend…

Blöndal reprit son souffle et se pencha vers Tóti.

— Imaginez ce que c'est de tuer un homme pour son argent. Que feriez-vous s'il vous suppliait de lui laisser la vie sauve ? S'il promettait de vous payer une somme faramineuse et de ne jamais vous dénoncer à quiconque ?

Tóti sentit sa gorge s'assécher.

— J'ai peine à imaginer une telle situation.

— Moi, je suis contraint de le faire, répliqua Blöndal. Et je l'ai fait. Je me suis représenté la scène le plus clairement possible. Je suis maintenant convaincu que Fridrik a flanché en entendant les supplications de Natan. Ce gamin voulait de l'argent, et nous pouvons raisonnablement penser qu'une somme importante lui a été proposée au moment crucial. Il a flanché, donc. Alors, Agnes… Agnes s'est emparée du couteau pour tuer Natan.

Il avait prononcé les derniers mots à voix basse, sur le ton de la confidence.

— Ce n'est pas ce que Fridrik a dit, protesta Tóti.

— Natan a été poignardé à plusieurs reprises. Or Fridrik est fils de fermier : il sait comment égorger une bête. On tranche la gorge de l'animal. De là…

Il tendit la main et fit glisser son ongle sur le cou du révérend.

— … jusque-là. Pourtant, Natan n'a pas été égorgé : on l'a frappé au ventre. D'après moi, celui ou celle qui a porté ce type de coups ne tuait pas seulement pour de l'argent : il répondait à un appel plus sordide. Agnes…

— Pourquoi pas Sigga ? interrompit Tóti d'une petite voix.

Blöndal secoua la tête.

— Une fille de seize ans qui éclate en sanglots dès qu'on l'interroge ? Elle n'a même pas essayé de mentir : elle est trop jeune et trop simplette pour y penser. Elle m'a tout raconté sans chercher à dissimuler ou à déformer quoi que ce soit : la haine d'Agnes envers Natan, sa jalousie lorsqu'il réservait à Sigga des attentions dont il la privait, elle… Sigga n'est pas bien maligne, mais elle avait compris ce qui se tramait.

— Les femmes peuvent être jalouses sans se muer en meurtrières, monsieur le commissaire.

— Les crimes passionnels sont rares, je vous l'accorde. Mais Agnes est deux fois plus âgée que Sigga. Un an avant le meurtre, elle a quitté cette vallée, où elle avait passé toute sa vie, pour se rendre à Illugastadir – la distance, sans être considérable, est tout de même conséquente. Pourquoi avoir effectué un tel voyage, d'après vous ? Sûrement pas pour travailler : elle n'avait aucune peine à se placer dans les fermes de sa vallée natale. Les raisons qui l'ont poussée à accepter l'offre de Natan Ketilsson sont d'un autre ordre, croyez-moi !

— Je ne suis pas sûr de vous comprendre, monsieur le commissaire.

Blöndal se pencha de nouveau vers lui.

— Je vais donc être direct avec vous, révérend Thorvardur : Agnes estimait qu'elle méritait mieux. Une demande en mariage, sans doute. Natan était un homme à femmes : ses bâtards peuplent la vallée.

— Avait-il rompu une promesse qu'il lui aurait faite ?

Son hôte haussa les épaules.

— Qui parle de promesse ? Natan n'avait pas été aussi loin. Agnes, en revanche, était convaincue de l'avoir séduit. Elle n'a sans doute pas apprécié de voir que Natan préférait les… attentions que lui prodiguait Sigga.

— Avez-vous évoqué cet aspect des faits au cours du procès ?

— Hélas, oui. Tout est consigné dans la déposition de Sigga. C'est assez vulgaire, je vous l'accorde… mais les procès pour homicides sont tissés de vulgarité.

— Agnes aurait donc décidé de tuer Natan pour se venger d'avoir été éconduite ?

— Révérend Thorvardur, permettez-moi de vous résumer la situation : nous avons un délinquant de dix-sept ans armé d'un marteau, une servante de seize ans blême de peur, et une vieille fille délaissée, consumée par la haine. L'un de ces trois individus a poignardé Natan Ketilsson. Lequel d'après vous ?

Pris de vertige, Tóti fixa son regard sur la plume blanche posée au bord de la table.

— Je n'arrive pas à y croire, dit-il finalement.

Blöndal soupira.

— Vous ne trouverez pas la preuve de l'innocence d'Agnes dans le récit de sa vie, révérend Thorvardur. C'est une femme aux émotions douteuses et aux mœurs dissolues. Comme la plupart des servantes de son âge, elle est passée maîtresse dans l'art de la tromperie. Je suis certain qu'elle a enjolivé l'histoire de sa vie de manière à éveiller votre sympathie. Si j'étais vous, je ne croirais pas un mot de ce qu'elle raconte. Elle m'a menti ici même sans la moindre honte.

— Elle semble sincère, murmura Tóti.

— Je vous assure qu'elle ne l'est pas. Vous devez lui inculquer la parole de Dieu comme on donne le fouet à un cheval récalcitrant. Vous n'arriverez à rien autrement.

Le révérend sentit sa gorge se nouer. Il revit Agnes, assise dans la pénombre de Kornsá, ses longs bras blancs étendus sur les couvertures, sa voix se muant en chuchotement pour décrire la mort de sa mère adoptive.

— Je mettrai tout en œuvre pour la guider sur la voie de la rédemption, monsieur le commissaire.

— Permettez-moi de vous guider, moi aussi. J'aimerais vous parler du travail accompli par le révérend Jóhann Tómasson auprès de Fridrik Sigurdsson.

— Le pasteur de Tjörn ?

— Exactement. J'ai rencontré Fridrik pour la première fois le jour de son arrestation. C'était en mars de l'année dernière, quelques jours après l'incendie d'Illugastadir et la découverte des corps de Natan et de Pétur. J'avais été informé du drame et je m'étais rendu sur place pour en juger par moi-même.

« Je suis allé chez Fridrik à cheval, avec plusieurs hommes. Il vivait à Katadalur, dans la ferme de ses parents. Nous avons contourné le bâtiment pour le surprendre. Quand j'ai frappé à la porte, Fridrik est venu ouvrir. J'ai ordonné à mes hommes de se jeter sur lui. Ils l'ont menotté. A cette occasion, le jeune homme a fait montre d'un comportement odieux et d'un langage d'une verdeur absolue. Il s'est battu avec mes hommes. Quand je lui ai déconseillé de s'enfuir, il a hurlé qu'il regrettait de ne pas avoir son pistolet sur lui, car il m'aurait volontiers logé une balle dans le crâne.

« Il a été conduit ici, à Hvammur, où j'ai entrepris de le questionner, comme je l'avais fait précédemment avec Agnes et Sigrídur, qui avaient orienté mes soupçons sur lui. Il est resté silencieux, l'air buté, jusqu'à ce que je demande au révérend Jóhann Tómasson de venir lui parler. A lui, puis à moi, il a alors avoué avoir tué Pétur et Natan avec l'aide des deux femmes. Il ne semblait éprouver ni remords ni repentir : contrairement à ceux qui agissent sous le coup de la colère, Fridrik assumait son crime, qu'il trouvait juste et nécessaire. Le révérend Jóhann m'a confié qu'il rendait l'éducation de Fridrik responsable de son crime. Je dois avouer qu'après avoir vu la mère du jeune homme s'opposer à cor et à cri à son arrestation je me suis rangé à l'avis du révérend. Quel autre élément pourrait inciter un gamin de dix-sept hivers à fracasser le crâne d'un homme à coups de marteau ?

« Fridrik Sigurdsson a grandi dans un foyer dénué de moralité, sourd aux enseignements du christianisme. La paresse et la cupidité qui régnaient chez lui, associées à une nature grossière et à des inclinations encore juvéniles, n'ont fait qu'affaiblir son esprit et accroître son goût des biens matériels. Pour avoir recueilli ses aveux, je peux attester de son caractère borné et intransigeant. Son apparence physique résume à elle seule son tempérament : il est couvert de taches de rousseur et – pardonnez-moi, mon révérend – doté d'épais cheveux roux, signes d'une nature traîtresse. Quand je l'ai placé en détention chez Birni Olsen à Thingeyrar, j'avais peu d'espoir pour le salut de son âme. Par chance, Olsen et le révérend Jóhann étaient plus optimistes que moi. Ils se sont attelés à la tâche avec la ferveur religieuse qui les rend si nécessaires à notre communauté. Et ils sont parvenus à un excellent résultat : le révérend Jóhann m'a récemment assuré que, sous l'effet conjugué de la prière, des sermons religieux qu'il lui administre journellement, et de la moralité sans faille qu'Olsen et sa famille lui offrent en exemple, Fridrik est parvenu à se repentir de son crime et à admettre ses erreurs. Il évoque ouvertement ses méfaits et reconnaît que son exécution prochaine sera justifiée, compte tenu de la nature atroce du crime qu'il a commis de ses propres mains. Il s'agira, d'après lui, de la “justice de Dieu”… Qu'en dites-vous, révérend Thorvardur ?

Tóti prit une profonde inspiration.

— Je ne peux que louer le révérend Jóhann et Birni Olsen pour la réussite totale de leur mission.

— Moi aussi. Avez-vous déjà entendu Agnes Magnúsdóttir se repentir de son crime ?

Le révérend hésita.

— Elle n'en parle pas, admit-il.

— Parce qu'elle est taciturne, dissimulatrice et coupable !

Tóti garda le silence. Il n'avait qu'une envie : quitter la pièce en courant et se mêler au reste de la maisonnée, dont les bavardages résonnaient gaiement dans le couloir.

— Je ne suis pas cruel, révérend Thorvardur, mais je suis croyant. Il est évident que ce canton est infesté de criminels de la pire espèce. Des voleurs, des vauriens, et maintenant des meurtriers ! Au fil des années qui ont succédé à ma nomination au poste de commissaire de police du canton, j'ai vu les frontières morales du pays se désintégrer, exposant notre communauté au vice et à la débauche. C'est pour moi une source d'embarras constant, tant sur le plan spirituel que politique. En ces temps troublés, il m'appartient de veiller expressément à ce que les criminels de ce canton, qui ont si longtemps agi en toute impunité, soient justement châtiés sous le regard de leurs concitoyens.

Tóti hocha la tête. Le duvet de la plume d'oie, qu'il venait de récupérer sur le bureau, collait à ses doigts moites.

— Vous souhaitez faire de son exécution un exemple, déclara-t-il posément.

— Je souhaite rendre la justice de Dieu ici-bas, répliqua Blöndal dans un froncement de sourcils. Et honorer les autorités qui m'ont nommé en m'acquittant de mes fonctions du mieux possible. Or ces fonctions consistent à faire respecter la loi.

Tóti laissa passer un silence, avant de reprendre :

— Il paraît que vous avez chargé Gudmundur Ketilsson de l'exécution.

Blöndal soupira.

— Je n'ai jamais vu les nouvelles aller aussi vite que dans cette vallée.

— Il est donc vrai que vous avez demandé au frère de la victime d'exécuter les condamnés ?

— Je n'ai pas à me justifier auprès de vous, révérend. Je ne réponds pas de mes actes devant les pasteurs de ce canton. J'en réponds au Danemark. Et au roi.

— Je n'ai pas dit que je désapprouvais votre décision.

— Votre opinion se lit sur votre visage, révérend Thorvardur. Mais nous ne sommes pas ici pour évaluer mes actes, ajouta-t-il en reprenant sa plume. Je vous ai convoqué pour discuter des vôtres, et je dois avouer que je suis déçu.

— Quelles sont vos recommandations ?

— Revenez à la parole de Dieu. Oubliez celle d'Agnes. Elle ne vous concerne en rien – sauf s'il s'agit d'une confession.

Le révérend Tóti quitta le bureau de Björn Blöndal avec un terrible mal de crâne. Il ne pouvait s'empêcher de penser à Agnes – son visage blême, sa voix ténue dans la pénombre – et à Fridrik, qu'il se représentait sous les traits d'un grand rouquin levant un marteau au-dessus d'un homme assoupi. Agnes lui avait-elle menti ? Il se retint de faire le signe de la croix dans le couloir, devant un groupe de femmes qui transportaient des seaux remplis de lait et des pots de chambre. Il s'adossa au mur pour remettre ses bottes et sortit.

Ce fut un soulagement. Le ciel s'était couvert, mais l'air frais, mêlé à l'odeur puissante des poissons mis à sécher près de l'étable, l'accueillit avec sympathie, comme un ami compatissant. Il repensa aux doigts graisseux de Blöndal plaqués sur son cou. Au craquement des os brisés. Aux cris de Natan Ketilsson suppliant son assassin de lui laisser la vie sauve. Il faillit vomir.

— Révérend !

Il se retourna. Karitas, la vieille servante de Blöndal, se dirigeait vers lui en courant.

— Vous avez oublié votre manteau, monsieur.

— Merci !

Il tendit la main pour prendre le vêtement, mais Karitas ne le lâcha pas.

— Il faut que je vous parle, chuchota-t-elle en se penchant vers lui.

— Pardon ?

— Chut !

Elle lança un regard aux hommes qui vidaient des poissons sur une grande pierre plate, à quelques mètres de là.

— Venez avec moi, reprit-elle. Dans l'étable.

Tóti acquiesça. Il prit son manteau et traversa la cour. Une forte odeur de fumier lui emplit les narines lorsqu'il pénétra dans le grand bâtiment. Les stalles avaient été nettoyées, et les bêtes conduites au pré.

Karitas apparut dans l'embrasure de la porte.

— Je n'ai rien à cacher, mais…

Elle fit un pas vers lui. L'inquiétude se lisait sur son visage.

— Je suis désolée de vous avoir agrippé comme ça, mais je tenais à vous parler et je savais que l'occasion ne se représenterait pas.

Elle désigna un tabouret, sur lequel il s'assit.

— Vous êtes le pasteur d'Agnes Magnúsdóttir ?

Il hocha la tête, intrigué.

— J'ai travaillé à Illugastadir, reprit Karitas. Chez Natan Ketilsson. Je suis partie en 1827, juste avant l'arrivée d'Agnes. Elle devait me succéder à mon poste d'intendante. C'est ce que Natan m'avait raconté, en tout cas.

— Je vois. Et que vouliez-vous me dire ?

Elle hésita, comme si elle cherchait le mot juste.

— « La trahison d'un ami est pire que celle d'un ennemi », énonça-t-elle finalement.

— Je ne saisis pas.

— C'est tiré de la saga de Gisli Sursson.

Elle lança un regard anxieux vers la porte, avant de murmurer :

— Il a rompu sa promesse envers elle.

— Quelle promesse ?

— Natan avait promis ma place à Agnes, révérend. C'est pour ça qu'elle est venue à Illugastadir. Mais avant qu'elle arrive, il a décidé de l'offrir à Sigga.

Tóti ne comprenait toujours pas où la servante voulait en venir. Il caressa distraitement la plume que Blöndal lui avait donnée. Il l'avait gardée à la main en sortant.

— Sigga était jeune – quinze ou seize ans, guère plus. Natan savait qu'Agnes serait gênée de travailler sous ses ordres.

— Je ne vous suis pas… Pourquoi Natan aurait-il proposé à une jeune servante dénuée d'expérience la place qu'il avait promise à Agnes ?

La vieille femme haussa les épaules.

— Connaissiez-vous Natan, mon révérend ?

— Non. Je suis sans doute une des rares personnes de la vallée à ne l'avoir jamais rencontré. J'ai tout entendu à son sujet, ajouta-t-il en souriant. On le décrit tantôt comme un sorcier, tantôt comme un excellent médecin.

Karitas ne lui rendit pas son sourire.

— Si je comprends bien, poursuivit-il, vous pensez qu'il a floué Agnes ?

Karitas fit racler sa sandale contre la paille répandue au sol.

— C'est juste que… On a dit tellement de saletés sur cette femme dans la vallée ! C'est injuste, vous comprenez ?

Tóti hocha lentement la tête.

— Pourquoi vous confiez-vous à moi, Karitas ?

Elle se pencha vers lui.

— J'ai quitté Illugastadir parce que je ne pouvais plus supporter Natan. Il… Il exploitait les gens.

Ses lèvres se mirent à trembler. Elle s'approcha plus près encore.

— J'avais parfois l'impression qu'il le faisait pour s'amuser. Je ne savais jamais à quoi m'en tenir avec lui. Il me disait une chose et en faisait une autre. Constamment. Et si je m'avisais de lui demander un congé pour aller à l'église, alors là…

Elle secoua la tête d'un air réprobateur.

— Je suis une bonne paroissienne, mon révérend, et je peux vous assurer que je n'ai jamais entendu personne proférer autant d'impiétés !

Elle lança de nouveau un regard vers la porte.

— Vous ne direz pas à Blöndal que je vous ai parlé ?

— Bien sûr que non. Mais je ne vois pas bien pourquoi vous me dressez ce portrait de Natan... Je sais qu'il divisait l'opinion, mais un semeur de trouble, même impie, ne mérite pas d'être poignardé dans son sommeil !

— Un semeur de trouble ? répéta Karitas, visiblement décontenancée. Agnes vous a-t-elle parlé de Natan ?

— Non.

— Et Blöndal ?

— Je n'accorde qu'une confiance limitée à l'opinion des uns et des autres sur cet homme. On m'a même dit qu'il avait été prénommé Natan en hommage au Diable !

La servante esquissa un sourire.

— Je l'ai entendu dire, moi aussi. On raconte ça dans la vallée. Blöndal préfère tresser ses louanges, non ? Natan a guéri sa femme, après tout.

— J'ignorais qu'elle avait été malade.

— Elle a failli trépasser. Blöndal a payé Natan au prix fort, et il a bien fait. L'herboriste a arraché sa femme aux griffes de la mort.

Tóti se sentit brusquement en colère. Il se leva et épousseta son pantalon plein de paille et de poussière.

— Je dois partir, annonça-t-il en se dirigeant vers la porte.

— Vous ne direz rien à Blöndal ?

— Non.

Il força un sourire.

— Bonne fin de journée, Karitas. Que Dieu vous protège !

— Faites parler Agnes, mon révérend. A propos de Natan. Ils se connaissaient mieux que personne, ces deux-là !

Tóti se figea, troublé.

— Accepteriez-vous de lui rendre visite ?

La vieille femme laissa échapper un rire saccadé.

— Blöndal me ferait éviscérer en public s'il l'apprenait ! Je ne l'ai jamais rencontrée, de toute façon. J'avais déjà quitté Illugastadir quand elle est arrivée. J'en avais eu assez.

— Je comprends.

Il la dévisagea avec attention, puis il porta la main à son chapeau.

— Que Dieu vous bénisse.

Il regagna la cour, récupéra son cheval et se mit en selle. Il se tourna pour saluer une dernière fois Karitas, qui se tenait sur le seuil de l'étable. Elle ne lui rendit pas son salut.

Les foins sont terminés. A présent, toute la vallée désire s'attabler pour manger, parler et boire après des semaines passées à serrer les dents. J'aide Margrét en cuisine : elle prépare du ragoût de mouton pour les invités qui ont commencé à arriver. Le temps presse. Je n'ai guère le loisir de ressasser mes pensées, d'autant que les filles ne sont pas là : leurs parents les ont envoyées ramasser des baies et du lichen sur la lande avec Kristín. Il nous incombe donc, à Margrét et moi, de mélanger l'eau et le petit-lait, de baratter le beurre, de servir les hommes et de veiller à ce qu'il ne reste pas de linge sur le fil quand les invités arriveront – pas question que les voisins voient nos sous-vêtements sécher au soleil. En me levant ce matin, j'étais surprise de constater que les filles étaient vraiment parties. Je me suis habituée aux moues renfrognées de Lauga – quand elle lève les yeux au ciel, on dirait un veau récalcitrant – et à la persistance de Steina, qui me suit comme mon ombre. « Je vous connais bien, m'a-t-elle dit avant de partir. On est pareilles, vous et moi. »

Elle se trompe. Je ne lui ressemble en rien. Elle est malheureuse, elle aussi, mais nos points communs s'arrêtent là.

Quand j'avais son âge, je travaillais pour gagner ma pitance à Gudrúnarstadir : j'aidais la fermière à tenir la maison et à garder ses cinq enfants, aussi maigres les uns que les autres. Je lessivais, je cuisinais et je servais du matin au soir. J'avais constamment les mains plongées jusqu'aux coudes dans un seau ou une bassine – d'eau de mer, de lait, de fumée, de bouse, de sang. J'ai même aidé ma pauvre maîtresse à mettre au monde Indridi, son petit dernier. Je lui ai tenu la main et j'ai coupé le cordon. Steina n'a jamais rien vu de tel. A son âge, j'étais déjà seule au monde. Je ne dormais que d'un œil pour éviter que le garçon de ferme ne soulève ma chemise sitôt les lampes éteintes. Et encore ! Il n'était pas toujours aussi discret… Un matin, il m'a attrapée près de la rivière et m'a plaquée au sol. Le visage plongé dans l'eau glacée, j'ai failli mourir noyée tandis qu'il se débattait avec les boutons de son pantalon. Steina a-t-elle jamais lutté, comme je l'ai fait ce jour-là, sous le poids d'un gros garçon mal embouché ? A-t-elle eu à choisir entre se laisser trousser par le fermier (et subir les foudres de son épouse, prête à lui imposer les pires tâches domestiques pour se venger) ou repousser ses avances (et se retrouver seule dans la neige et le brouillard, face à des portes fermées) ?

Indridi, le nourrisson à tête de chardon dont j'ai coupé le cordon, est mort quelques années après. Il était assez grand pour parler. Assez grand pour savoir qu'il avait faim. Steina a-t-elle vu des enfants mourir ? Cette fille n'a rien de commun avec moi. De la vie, elle n'a vu que les arbres. Moi, j'ai vu leurs racines tordues enlacer les pierres et les cercueils.

J'ai quitté Gudrúnarstadir après la mort d'Indridi, laissant derrière moi le fermier, sa femme et leur essaim d'enfants brisés par la misère. Je me rendais à Gilsstadir. Ils m'ont donné des baisers, une lettre de recommandation et deux œufs pour le voyage. Je les ai offerts à une paire de blondinettes rencontrées sur la route.

Quelle ironie de penser que ces gamines aux joues rondes qui jouaient à lancer des boulettes de glaise à leur chien sont maintenant mes geôlières à Kornsá !

Lauga a fait une scène terrible quand Jón leur a annoncé qu'elles iraient ramasser des baies dans la montagne au lieu de participer à la fête. Elle est capable de bouder pendant des heures, ce qui me rappelle Sigga. Lauga lui ressemble, l'intelligence en plus. Steina et elle ont écouté Jón hier soir, quand ils m'ont crue endormie. « Elle doit quitter ce monde, et de la manière la plus horrible qui soit, disait-il. En attendant, nous devons continuer à vivre en famille, comme nous l'avons toujours fait. Votre mère et moi tenons à ce que vous la côtoyiez le moins possible. » Il ne veut pas qu'elles me prennent en pitié. Ni qu'elles nouent des liens avec moi. Voilà pourquoi il les a envoyées passer quelques jours sur la lande. Tant que le temps le permet, il préfère les tenir à distance. Leur accorder un répit avant de les soumettre de nouveau à ma présence.

Margrét a décidé d'installer les tables du banquet dans le pré. « C'est une belle matinée, et nous aurons tous plaisir à profiter du soleil avant l'arrivée de l'hiver ! » a-t-elle décrété. Septembre a commencé depuis peu. Sur les flancs de la colline, l'herbe prend déjà une couleur de viande fumée, et nos soirées empestent l'huile de poisson qu'on fait brûler dans les lampes pour disperser les ténèbres. A Illugastadir, les algues rejetées sur le rivage se couvriront bientôt d'une fine couche de givre. Les phoques s'entasseront sur les langues rocheuses en attendant que l'hiver descende de la montagne. Les cris et les cavalcades des hommes rassemblant leurs moutons résonneront dans la vallée, puis viendra l'heure de l'abattage.

— Bonjour à tous ! s'écrie quelqu'un dans la cour. Comment vont nos amis de Kornsá ?

Margrét lève les yeux, alarmée.

— Restez ici, m'ordonne-t-elle.

Elle se précipite dans le couloir. J'entends des voix, puis une femme très enceinte surgit dans la pièce, entourée d'une nuée d'enfants aux cheveux pâles et aux nez qui coulent. Une dame aux cheveux gris, fine et élancée, les suit de près. Je quitte le ragoût des yeux pour observer les visiteurs. La femme enceinte me fixe d'un air horrifié, une main sur la bouche. Ses enfants me dévisagent avec stupeur.

— Róslín, Ingibjörg, voici Agnes Magnúsdóttir, explique Margrét d'un air résigné.

Je m'incline, consciente d'avoir l'air épouvantable, avec mes cheveux mouillés par la vapeur qui monte de la marmite et mon tablier taché de sang de mouton.

— Dehors, les enfants ! Tout de suite !

Les enfants sortent en éternuant les uns après les autres. Ils semblent déçus.

Ce n'est pas le cas de leur mère, qui se retourne et attrape Margrét par l'épaule.

— Vous nous faites venir alors qu'elle est ici !

— Et où voulez-vous qu'elle soit ? réplique Margrét en échangeant un regard de connivence avec l'autre femme.

— A Hvammur pour la journée ! Enfermée dans la remise ! crie Róslín.

Elle est rouge d'émotion. Elle prend plaisir à son petit numéro, c'est évident.

— Ne vous mettez pas dans cet état, Róslín. Vous allez faire venir le petit en avance.

Je baisse les yeux vers le ventre de la femme enceinte. Elle semble à terme.

— C'est une fille, dis-je sans réfléchir.

Les trois femmes me dévisagent avec stupeur.

— Qu'a-t-elle dit ? murmure Róslín.

Margrét toussote, visiblement gênée.

— Qu'avez-vous dit, Agnes ?

A mon tour d'être embarrassée.

— Vous attendez une fille, dis-je à Róslín. Ça se voit à la forme de votre ventre.

Ingibjörg m'observe avec intérêt.

— Sorcière ! s'écrie Róslín. Dites-lui de cesser de me regarder comme ça !

Elle quitte la pièce à grands pas, l'air furieuse.

— Comment le savez-vous ? demande Ingibjörg.

Elle s'exprime d'une voix douce et posée.

— C'est Rósa Gudmundsdóttir qui me l'a appris. Elle est sage-femme dans l'Ouest.

Margrét hoche lentement la tête.

— La poète Rósa. J'ignorais que vous étiez amies.

La viande est cuite. Je pose la cuillère sur un tonneau et je soulève la marmite à deux mains pour la décrocher.

— Nous ne sommes pas amies.

Ingibjörg prend un ramequin plein de beurre su la table et fait un signe de tête à Margrét.

— J'espère que votre maîtresse vous laissera sortir de la cuisine, dit-elle en souriant. Vous devriez prendre le soleil.

Elles quittent la pièce, mais les propos d'Ingibjörg résonnent longtemps à mes oreilles.

« Vous devriez prendre le soleil. »

— Avant de mourir, ne puis-je m'empêcher d'ajouter à voix haute.

Les invités arrivent à pied ou à cheval. Les femmes apportent à manger, les hommes sortent discrètement de petits flacons de schnaps de leur veste ou de leur manteau. Je les aperçois en dressant le couvert, puis Margrét s'arrange pour me retenir à la cuisine pendant la durée du repas. A l'abri des regards. Les rares fois où je m'approche pour poser des cruches de lait ou des ramequins de beurre sur les tables, ils m'observent par en dessous et cessent brusquement de parler.

Je préfère rester à l'intérieur, de toute façon. Dehors, je risque de rencontrer des gens que je connais, des fermiers pour lesquels j'ai travaillé, des servantes avec lesquelles j'ai partagé un dortoir. Ce matin, j'ai natté mes cheveux si serrés que j'en ai mal au crâne. J'aimerais tant les lâcher sur mes épaules et aller m'étendre au soleil.

Tóti trouva Agnes dans la laiterie, occupée à baratter la crème.

— Vous ne vous joignez pas à la fête ? demanda-t-il.

— Je suis plus utile ici, assura-t-elle sans se retourner.

Il ne répondit pas, laissant le bruit régulier de la batte qu'elle soulevait puis plongeait dans la crème rythmer le silence.

— J'espère que je ne vous dérange pas, reprit-il au bout d'un moment.

— Non, mais je préfère continuer jusqu'à ce que le beurre ait pris.

Tóti s'appuya contre l'encadrement de la porte. Le souffle d'Agnes s'était peu à peu accéléré, créant dans cette petite pièce une sensation d'intimité – le rythme de la batte, la respiration saccadée de la prisonnière – dont Tóti prit brusquement conscience. Il sentit ses joues s'empourprer. Enfin, un choc sourd se fit entendre au fond de la baratte. Agnes se pencha et sortit habilement les grains de beurre de la jarre. Elle les lava, puis forma une motte qu'elle frappa rudement pour en extraire le babeurre restant. Tóti cligna des yeux, soudain traversé par les propos de Blöndal.

Quelqu'un a plongé le couteau dans le ventre de Natan.

Quand la motte fut prête et couverte d'un torchon, Tóti proposa à Agnes d'aller discuter en plein air. Visiblement nerveuse, elle acquiesça à contrecœur et se munit de son tricot avant de le rejoindre dans la cour. Ils s'assirent sur le tas de tourbe, à bonne distance du petit groupe d'adultes et d'enfants attablés dans le pré. Déjà saouls, les fermiers continuaient de s'enivrer avec leur schnaps tandis que leurs femmes, massées en grappes de couleurs sombres sur les bancs, échangeaient les derniers ragots. Un bébé passait de bras en bras. Apeuré par leurs gloussements, il se mit à pleurer.

— Je suis allé chez Blöndal, annonça Tóti en reportant son regard sur Agnes. Il avait demandé à me voir.

Elle blêmit.

— Que voulait-il ?

— Il estime que je passe trop de temps à vous écouter, et pas assez à vous inciter à la prière et au repentir.

— Blöndal n'a que deux passions : les sermons religieux et le son de sa propre voix, rétorqua-t-elle d'un air revêche.

— Est-il vrai que Natan Ketilsson a soigné son épouse ?

Agnes lui jeta un regard méfiant.

— C'est vrai. Natan s'était rendu à Hvammur il y a plusieurs années pour lui administrer des cataplasmes et lui faire une saignée.

— Blöndal m'a aussi donné des nouvelles de Fridrik. Sa détention se passe bien, apparemment. Il est chez Birni Olsen. Le révérend Jóhann lui rend de fréquentes visites.

Il observa Agnes, guettant sa réaction. Elle plissa les yeux.

— Vont-ils demander au roi de le gracier, lui aussi ?

— Blöndal n'a pas évoqué la question.

Il s'éclaircit la gorge.

— Une servante nommée Karitas m'a chargé de vous saluer, reprit-il. Elle m'a demandé s'il nous arrivait d'évoquer Natan lors de nos discussions.

Agnes cessa de tricoter.

— Karitas ? répéta-t-elle d'une voix rauque.

— Elle est venue me trouver après mon entretien avec Blöndal. Elle voulait me parler de Natan.

— Et que vous a-t-elle dit ?

Tóti prisa une pincée de tabac avant de répondre.

— Elle m'a dit qu'elle ne supportait plus de travailler pour lui. Quand j'ai cherché à savoir pourquoi, elle m'a répondu qu'il exploitait les gens.

Agnes garda le silence.

— Certains habitants de la vallée me l'ont décrit comme un sorcier. Ils prétendent qu'il tenait son prénom de Satan, ajouta Tóti.

— C'est ce qu'on raconte, en effet. Beaucoup en sont convaincus.

— Et vous, Agnes ?

Elle posa le tricot sur ses genoux et le lissa distraitement du plat de la main.

— Difficile à dire. Natan croyait aux rêves, expliqua-t-elle. Sa mère pouvait prédire l'avenir. Certains de ses songes se sont réalisés – elle était connue pour ça. Natan me demandait souvent de raconter les miens. Il y attachait beaucoup d'importance.

Elle leva brusquement les yeux vers lui.

— Révérend… Me croirez-vous si je vous raconte quelque chose ?

Tóti sentit son cœur s'accélérer.

— De quoi s'agit-il, Agnes ?

— Vous vous rappelez sans doute notre première conversation ? Vous m'avez demandé pourquoi je vous ai choisi. J'ai évoqué notre rencontre au bord de la rivière, et la gentillesse dont vous avez fait preuve en m'aidant à la traverser… Je n'ai pas menti : nous nous sommes effectivement croisés ce jour-là. Ce que je ne vous ai pas dit, c'est que nous nous étions déjà rencontrés avant cela.

Tóti haussa les sourcils.

— Je suis navré, Agnes. Je ne m'en souviens pas.

— C'est bien normal. Nous nous sommes rencontrés dans un de mes rêves.

Elle le scruta avec attention, comme si elle craignait de le voir éclater de rire.

— Dans un rêve ? répéta-t-il.

Le contraste entre la ligne sombre des cils d'Agnes et la pâleur de ses iris continuait de le surprendre.

Elle ne ressemble à personne d'autre, songea-t-il.

Lorsqu'elle fut certaine qu'il ne se moquerait pas d'elle, Agnes se remit à tricoter.

— Quand j'avais seize ans, j'ai rêvé que je marchais pieds nus dans un champ de lave couvert de neige. J'étais perdue et j'avais peur – j'étais totalement seule dans un endroit inconnu. Partout, de la neige, des crevasses et des rochers. Enfin, alors que j'étais sur le point de mourir d'effroi, un jeune homme a surgi devant moi. Il ne portait pas de chapeau, mais j'ai compris à son col blanc qu'il était pasteur. J'ai pris la main qu'il me tendait et nous avons continué à marcher – nous n'avions pas d'autre solution. La peur me nouait encore l'estomac, mais sa main dans la mienne me réconfortait.

« Puis, toujours dans mon rêve, j'ai senti le sol se dérober sous mes pieds. J'ai basculé vers l'avant, nos mains se sont disjointes et je suis tombée dans une crevasse. J'ai levé les yeux et vu la terre se refermer sur moi. Le visage du jeune homme a disparu et j'ai été happée dans l'obscurité. Enterrée sous une chape de silence et de ténèbres… C'était tellement affreux que je me suis réveillée en sursaut.

Tóti sentit sa gorge s'assécher.

— Je suis donc l'homme de votre rêve ?

Agnes hocha la tête. Ses yeux brillaient de larmes.

— Quand je vous ai croisé à Gönguskörd, je vous ai reconnu aussitôt. J'ai pensé que cette rencontre n'était pas due au hasard. Nous étions liés, d'une manière ou d'une autre. Cette certitude m'a terrifiée, vous comprenez ?

Elle essuya son nez sur sa manche.

— Quand nous nous sommes quittés, ce jour-là, j'ai cherché à en savoir plus. En posant quelques questions autour de moi, j'ai découvert votre nom et appris que vous souhaitiez devenir pasteur comme votre père, et que vous aviez l'intention d'aller étudier dans le Sud. Tout cela m'a confortée dans l'idée que j'avais fait un rêve prémonitoire, et que nous allions nous rencontrer une troisième fois. Jamais deux sans trois, comme on dit – même Natan y croyait…

— Sauf que vous n'êtes pas tombée dans une affreuse crevasse obscure !

— Pas encore, rectifia-t-elle. Enfin… Ce n'était pas l'obscurité qui m'effrayait le plus dans ce rêve. C'était le silence.

Sa remarque laissa Tóti songeur.

— Il y a tant de choses dans ce monde et dans le prochain que nous ne comprenons pas ! Devons-nous avoir peur pour autant ? Je ne le crois pas, assura-t-il. Nous avons peu de certitudes, c'est vrai. Et c'est parfois effrayant. Moi-même, je mentirais en prétendant que je ne crains pas ce que je ne comprends pas. Mais Dieu est avec nous, Agnes. Il nous offre Son amour. Et cet amour nous aide à surmonter nos peurs.

— J'aimerais vous croire, mais je ne suis pas sûre d'y parvenir.

Tóti prit timidement sa main dans la sienne.

— Faites-moi confiance. Je suis là, près de vous, comme je l'étais dans votre rêve. Je vous tiens la main, ajouta-t-il.

Joignant le geste à la parole, il la serra doucement dans sa paume. Il émanait de son corps une odeur douce et fraîche – le babeurre – et une autre, plus aigre. Etait-ce le parfum de sa peau ? Celui de la laiterie ? Il résista à l'envie de porter ses doigts à sa bouche.

Agnes lui sourit et tapota son genou de sa main libre.

— Je suis sûre que vous serez un excellent pasteur.

Touché, il se pencha vers elle.

— Pourtant, Blöndal m'a presque interdit de revenir vous voir.

— Le contraire m'aurait étonnée !

— Ce matin, j'ai vraiment cru qu'il souhaitait mettre un terme à mes visites, insista-t-il, en veine de confidence.

— Et qu'a-t-il décidé, finalement ?

— Il a insisté sur la nécessité du prêche et de la prière.

Agnes retira doucement sa main. Il la lâcha à contrecœur et la regarda reprendre son ouvrage.

— Si vous me parliez de Natan ?

Elle lança un regard aux fermiers et à leurs invités.

— Croyez-vous qu'ils aient encore faim ?

— Margrét vous aurait appelée, si c'était le cas. Allons, Agnes. Vous pouvez parler… Blöndal n'est pas là !

— Dieu merci !

Elle prit une profonde inspiration, comme si elle hésitait encore à se lancer. Troublé, il essuya ses mains moites sur son pantalon.

— Que voulez-vous que je vous dise, au juste ? reprit-elle. Vous savez déjà que Natan m'avait embauchée à Illugastadir. Et vous avez manifestement entendu parler de lui dans la vallée. On vous a décrit son tempérament, ses manières… Que puis-je vous apprendre de plus ?

— Quand l'avez-vous rencontré ?

— Lorsque je travaillais à Geitaskard.

— Où est-ce ?

— Dans le canton de Langidalur. Chez Worm Beck. C'est la sixième ferme où j'ai trouvé de l'ouvrage. Avant cela, j'étais à Fannlaugarstadir, dans l'Est, puis à Búrfell. C'est à ce moment-là que vous m'avez aidée à traverser la rivière. Je me rendais à Búrfell. J'avais entendu dire que Magnús Magnússon, l'homme que ma mère avait désigné comme mon père, s'était fait embaucher comme garçon de ferme là-bas. Alors, j'étais partie à sa rencontre. Je ne suis pas restée longtemps. Magnús était gentil, mais quand je lui ai rappelé qu'il m'avait involontairement légué son patronyme, il s'est mis dans une colère noire, criant que ma mère avait sali sa réputation et que les femmes ne lui avaient causé que du tort tout au long de sa vie. Après ça, je n'ai pas voulu m'attarder. Magnús m'avait trouvé une place dans le badstofa et m'avait proposé de rester, mais je surprenais parfois son regard sur moi – un regard étrange, comme s'il voyait ma mère à travers moi. Avant mon départ, il m'a donné un peu d'argent. Je n'en avais jamais eu auparavant.

« J'ai décidé d'aller à Geitaskard. Je suis partie de bon matin avec d'autres employés de la ferme. Je suivais le cours de la rivière Blanda quand j'ai aperçu un groupe d'hommes à l'horizon. Ils franchissaient le col d'une montagne et descendaient vers nous. Lorsqu'ils se sont approchés et que nous nous sommes présentés, j'ai découvert que l'un d'eux se prénommait Jóas. C'était mon petit frère ! Nous ne nous étions pas reconnus, mais nous étions ravis de nous retrouver. Jóas, surtout, était très ému. "Ma sœur ! Ma sœur !" répétait-il en serrant mes mains dans les siennes. Il avait les larmes aux yeux et ses amis se sont moqués de lui. De mon côté, j'étais contente, bien sûr. Un peu inquiète, aussi, parce qu'il sentait l'eau-de-vie et qu'il avait tout l'air d'un vagabond. Il m'a assuré qu'il était garçon de ferme, mais il n'avait pas de lettre de recommandation. Il était sale et négligé, et il avait l'air nerveux de ceux qui ne savent pas où aller – il y en a quelques-uns comme ça dans cette partie de la vallée, vous savez ! Plus je le regardais, plus j'avais l'impression qu'il traversait une mauvaise passe. Ça me fendait le cœur. Nous avons discuté en chemin et j'ai vite compris que son enfance n'avait pas été plus prometteuse que la mienne. Mamma l'avait abandonné peu après m'avoir laissée à Kornsá. Il avait alors été trimballé d'un hameau à l'autre au gré des saisons et du bon vouloir des fermiers. Il n'avait pas de nouvelles de notre mère et ne souhaitait pas en avoir – "Elle pourrait être en enfer, pour ce que j'en sais !" m'a-t-il rétorqué quand je lui ai posé la question. Il ne restait donc rien de notre pauvre famille – seulement lui et moi, aussi pauvres l'un que l'autre. Je m'en sortais mieux que lui, tout de même. Jóas ne savait ni lire ni écrire. Quand j'ai proposé de lui apprendre, il s'est fâché et m'a traitée de prétentieuse.

« Jóas et ses amis – un ramassis de vauriens, tous plus crasseux les uns que les autres – se rendaient à Geitaskard, eux aussi, dans l'espoir d'être embauchés comme journaliers. C'est une grande ferme, et Worm Beck a toujours besoin de bras. Mon frère n'était donc pas attendu là-bas comme je l'étais, mais je l'ai recommandé à Worm, qui l'a recruté sur-le-champ. Les semaines qui ont suivi ont été fort agréables : j'étais heureuse d'être en famille, même si nous nous connaissions à peine, et j'avais plaisir à travailler dans cette ferme. Nous ne manquions de rien, contrairement à Gudrúnarstadir, à Gafl ou à Gilsstadir, où j'avais souffert de la faim. Là-bas, il m'était même arrivé de devoir nourrir les gamins avec des bouts de chandelle et de mâchonner un peu de cuir bouilli pour tromper mon estomac ! Rien de tel à Geitaskard. Nous étions bien nourris et bien logés. Les domestiques étaient gentils et propres sur eux. Il faut dire qu'avec tout ce bétail, cette herbe bien grasse, ce bon beurre et ces assiettes pleines de viande, ce n'était pas difficile d'être de bonne humeur ! Je me suis liée d'amitié avec María Jónsdóttir, une des servantes. Je n'avais jamais eu beaucoup d'amies, mais avec elle, c'était différent. On se comprenait bien, peut-être parce que nous avions toutes deux été abandonnées dans notre enfance.

« Jóas semblait aussi se plaire à Geitaskard. J'étais contente pour lui. En revanche, je n'aimais pas ses amis. Ils formaient une vilaine bande de gars malingres et avachis, aux pantalons tachés, aux cheveux pleins de lentes… A son arrivée, mon frère se grattait le crâne jusqu'au sang ! Worm s'est débarrassé d'une partie de la bande en moins d'une semaine, après les avoir trouvés endormis derrière l'étable. Les autres sont partis peu après. Jóas est resté.

Parce qu'il valait mieux que ses camarades ou parce que j'exerçais une bonne influence sur lui ? Je n'en sais rien. Toujours est-il qu'il s'est laissé faire quand je l'ai frotté de la tête aux pieds. Il n'a pas protesté non plus quand je l'ai débarrassé de ses poux. Et il travaillait dur pour garder sa place. Certains soirs, quand nous avions du temps, nous discutions tous les deux. Il me racontait ce qu'on disait de moi dans la vallée. Il m'a même expliqué qu'il avait tenté de me retrouver, quelques années auparavant : ayant appris que je travaillais à Gudrúnarstadir, il s'y était rendu, mais j'étais déjà partie quand il était arrivé. Les fermiers s'étaient montrés incapables de l'aider. Ils ne se souvenaient plus de rien ! Sur le moment, je n'ai pas fait de commentaire, mais une fois seule, j'en ai pleuré d'émotion. Penser que mon frère s'était lancé à ma recherche... J'étais bouleversée ! Un soir, il m'a confié qu'il avait eu un enfant. Une petite fille, dont la mère était servante. Mais le bébé était mort-né et la femme ne tenait pas à garder Jóas auprès d'elle. Je lui ai parlé de Helga, notre sœur cadette. Il m'a dit qu'il était allé à son enterrement et que le fermier Jonas, le père de Helga, lui avait donné un peu d'argent en apprenant que mamma l'avait abandonné, lui aussi. Jóas ne cessait de répéter que mamma était une mauvaise femme, qu'elle méritait de finir en enfer pour avoir confié ses deux enfants aux bons soins de la paroisse – qui ne s'en souciait guère –, que mamma n'avait aucune vertu, et ainsi de suite. Une nuit, il s'est mis à la traiter de tous les noms. Il parlait d'elle sur le même ton que Magnús, et j'ai fini par me fâcher. Nous nous sommes disputés. Quand je me suis réveillée, le lendemain matin, Jóas avait disparu. Avec l'argent que Magnús m'avait donné. Je ne l'ai pas revu depuis.

Un grand éclat de rire parvint aux oreilles du pasteur. Il se tourna vers les invités de Jón et Margrét. Deux hommes avaient laissé sortir la vache, que d'autres essayaient en vain de faire rentrer dans le pré.

— Je gardais cet argent sur moi, continua Agnes. Je comptais m'en servir pour me marier. Et pour aider mon mari à acheter un peu de terre qui nous aurait permis de vivre décemment, en toute indépendance.

— Vous étiez fiancée ?

Elle sourit.

— J'avais rencontré un garçon de ferme à Geitaskard. Daníel Gudmundsson. Il m'aimait bien et il racontait à tout le monde que nous allions nous marier. Il a dit la même chose au procès, mais je n'arrivais pas à le prendre au sérieux. Nous n'avions pas un sou en poche, ni l'un ni l'autre. Simplement, comme il était gentil avec moi, je ne voulais pas le détromper, vous comprenez ? Alors je lui laissais croire ce qu'il voulait. Daníel a travaillé à Illugastadir, lui aussi. A la même époque que moi. Il a comparu au procès, d'abord comme témoin, puis Blöndal a décrété qu'il savait forcément ce qui allait se passer. Il l'a condamné à une peine de travaux forcés au Rasphus de Copenhague.

— Daníel savait-il vraiment ce qui allait se passer ? demanda Tóti.

Agnes le dévisagea froidement.

— Si quelqu'un l'avait su, croyez-vous que je serais là pour en parler ? Croyez-vous que les autres – Daníel, la famille de Fridrik – auraient été ligotés à un tonneau et fouettés au point de frôler la mort ?

Il y eut un silence, puis Agnes reprit son récit :

— Après le départ de Jóas, je me suis encore rapprochée de María. C'est elle qui me rendait Geitaskard si agréable. J'avais eu si peu d'amis au cours de ma vie ! J'avais grandi seule, ballottée de ferme en ferme. Confiée aux paroissiens qui souhaitaient se montrer charitables. Ou aux fermiers qui avaient besoin d'une gamine pour surveiller leurs prés, leurs moutons, leurs marmites. Je me tenais toujours un peu à l'écart. Je préférais lire plutôt que discuter… Et vous, révérend, aimez-vous lire ?

— Beaucoup.

Elle sourit – d'un sourire si franc, si généreux, qu'il crut voir apparaître la jeune femme qu'il avait aidée à traverser le gué de Göngusskörd. Ses yeux brillaient de joie et ses lèvres entrouvertes dévoilaient ses dents régulières. Elle semblait différente. Plus jeune, plus insouciante. Il sentit son souffle s'accélérer. Pour la première fois depuis leur rencontre, il prenait conscience de son charme. *Elle est vraiment belle*, pensa-t-il.

— Moi aussi, renchérit-elle dans un murmure. Et j'adore les sagas. *Blíndur et bóklaus maður*, comme on dit : qui ne lit pas est aveugle.

Tóti retint un cri. Ou un rire, peut-être ? Il ne savait plus que penser, que ressentir. Il fixait le visage d'Agnes baigné par le soleil. Ses longs cils noirs brillaient dans la lumière déclinante de l'après-midi. Les propos de Blöndal lui revinrent à l'esprit. « Une vieille fille délaissée, rongée par la haine. » Les mots semblaient gravés dans son esprit.

— Quand j'étais petite, j'étais souvent chargée d'aller surveiller les champs. Je commençais toujours par aller chercher un livre dans le badstofa de la ferme. S'il y en avait un, je l'emportais en cachette et j'allais le lire là-haut, sur la colline qui domine Kornsá. Je finissais souvent par m'endormir. J'étais si tranquille, loin de la ferme et de ses corvées ! Je me faisais prendre, parfois. Et sacrément punir.

— J'ai lu la notice qui accompagne votre certificat de confirmation dans le registre de la paroisse. Vous êtes décrite comme une enfant très instruite.

Elle se redressa, rejetant les épaules en arrière.

— J'ai bien aimé la confirmation. La messe, la communion, m'avancer dans la travée et aller m'agenouiller devant le pasteur… Les fermiers et leurs femmes ne pouvaient plus m'interdire de lire, puisque je préparais ma confirmation ! Je pouvais aller à l'église et travailler avec le révérend chaque fois que j'avais un peu de temps. On m'a donné une robe blanche et offert des crêpes à la sortie de la messe.

— Et la poésie ?

Agnes lui lança un regard perplexe.

— Pardon ?

— Aimez-vous la poésie ? En écrivez-vous ?

— Je ne m'en vante pas. Pas comme Rósa. Tout le monde connaît ses poèmes.

— Parce qu'ils sont superbes.

Elle parut songeuse.

— C'est pour ça qu'elle plaisait à Natan, murmura-t-elle. Il adorait la manière dont elle reconstruisait le monde avec des mots. Elle inventait un langage pour décrire ce que nous ne pouvons que ressentir.

— Il paraît que Natan était poète, lui aussi. Echangiez-vous des vers avec lui, comme il le faisait avec Rósa ? s'enquit Tóti d'un air détaché.

— Pas comme Rósa, non. Mais la langue que nous parlions était tissée de poésie.

Elle tourna les yeux vers le pré.

— Nous nous sommes rencontrés un jour comme celui-ci, confia-t-elle.

— C'était à la fin de l'été ?

— Oui. A Geitaskard. On fêtait les foins. Je servais les invités avec María : nous leur apportions à boire et à manger sans trop nous presser, car elle avait toujours une anecdote à me raconter. Ce jour-là, elle m'avait montré le gros ventre d'une des servantes du fermier en me racontant je ne sais quelle horreur qui m'avait fait rire aux larmes. Quand j'ai repris mon souffle, elle m'a tirée par le coude jusqu'à l'étable pour m'annoncer qu'elle venait de voir Natan Ketilsson arriver à cheval.

« J'avais déjà entendu parler de Natan, bien sûr. Il était connu pour un tas de raisons – plus ou moins élogieuses, selon la personne à laquelle on s'adressait. Toute la vallée savait qu'il avait entretenu une longue liaison avec Rósa, et que l'enfant de la poète était de lui, et non d'Olaf. Natan avait beaucoup voyagé, principalement dans le nord du pays. Lorsqu'il était jeune, il allait de ferme en ferme pour pratiquer des saignées, puis il s'était rendu à Copenhague. A son retour, les gens l'avaient trouvé changé. On commençait à parler de lui comme d'un sorcier. On disait aussi qu'il s'était lié d'amitié avec Blöndal, qui faisait ses études à Copenhague à la même période – une amitié fort utile, qui aurait évité à Natan d'être inquiété par la suite.

Tóti fronça les sourcils.

— Natan a eu des démêlés avec la justice ?

— Toute la vallée le décrivait comme un voleur. Il avait commis quelques larcins dans sa jeunesse, pour lesquels il avait été fouetté. Par la suite, rien n'a jamais été prouvé contre lui, mais sa fortune faisait jaser. Personne ne comprenait d'où il tenait son argent, puisqu'il demandait peu pour ses services. On racontait qu'il s'était enrichi grâce au bétail que ses complices volaient pour lui dans tout le canton. Il avait tant d'ennemis ! Les gens se trompaient-ils sur son compte ou étaient-ils jaloux ? Je n'en sais rien. Les ragots vont vite par ici, et Natan n'était pas homme à les contredire. Il aimait s'entourer de mystère.

— Que pensiez-vous de lui, à l'époque ?

— Pas grand-chose. Je ne l'avais pas encore rencontré. Son frère Ketil avait tenté de me séduire quelques années auparavant, mais j'avais coupé court. Le jour de la fête des foins, María m'a raconté que Natan avait enfin quitté Rósa et qu'il s'était acheté une ferme. On ne parlait que de ça dans la vallée. Rósa était très appréciée et les gens avaient de la peine pour elle, bien qu'elle soit mariée. María m'a dit aussi que Worm Beck était un grand ami de Natan, et qu'il l'avait aidé à acquérir Illugastadir, une ferme située en bord de mer où on pouvait chasser le phoque, l'eider, et ramasser du bois flotté. D'après María,

Natan commençait à se donner de grands airs. Il ne se faisait plus appeler Ketilsson, mais Lyngdal, ce qui nous surprenait toutes les deux. Rien de moins islandais que ce nom-là ! María pensait que Natan cherchait peut-être à se faire passer pour un Danois. Moi, je m'étonnais qu'il ait été autorisé à changer de nom de famille. María trouvait ça normal : selon elle, les hommes peuvent faire ce qu'ils veulent. Descendants d'Adam, ils nomment tout ce qui existe en ce bas monde.

« Nous avons brossé nos vêtements et María s'est mordu les lèvres pour avoir la bouche bien rouge. Puis nous sommes sorties de l'étable et nous sommes approchées du banquet sous prétexte d'emporter les assiettes vides.

« C'est là que j'ai vu Natan pour la première fois. Il discutait avec Worm. Je m'attendais à ce qu'il soit grand et costaud, un de ces beaux gars aux cheveux longs qui font chavirer les filles de ferme. Je me trompais : Natan n'était pas beau. Il n'était pas très grand et n'avait pas l'air costaud – même si j'ai découvert par la suite qu'il l'était. Ses cheveux bruns tiraient sur le roux, ses joues trop maigres et son nez trop long creusaient son visage. Il me faisait penser à un renard avec sa tignasse châtain et ses petits yeux rusés. Je l'ai confié à María, qui s'est tordue de rire. “Pas étonnant que les gens du Nord l'accusent de changer d'apparence !” s'est-elle écriée.

« Natan s'est tourné vers nous. Il a compris que nous nous moquions de lui, mais il ne semblait pas vexé. Il a échangé quelques mots avec Worm et s'est dirigé vers nous, un grand sourire aux lèvres, comme s'il nous connaissait déjà. Il était ravi d'être un sujet de conversation, j'imagine. Il nous a saluées poliment. Il n'était guère plus grand que moi, mais il avait une belle voix profonde. “Puis-je savoir à qui j'ai l'honneur ?” a-t-il ajouté.

« J'ai fait les présentations. Natan s'est incliné vers nous en souriant, et c'est alors que j'ai remarqué ses mains. Des mains de femme, très pâles, avec de longs doigts si blancs, si fins, qu'on aurait dit des brindilles de bouleaux. On le surnommait "Longs Doigts" dans la vallée, et j'ai compris pourquoi.

« "Ravi de vous rencontrer, a-t-il dit. Quelle belle journée ! Prenez-vous plaisir à la fête ? – Et vous ? ai-je lancé. Qui êtes-vous ? Vous ne vous êtes pas présenté !"

« María s'est mise à glousser, mais Natan a gardé son sérieux. Il m'a confié par la suite qu'il appréciait les gens comme moi – ceux qui n'ont pas leur langue dans leur poche. "Je suis Natan Lyngdal", a-t-il répondu. Ses yeux brillaient de malice. "Je croyais que vous vous appeliez Ketilsson ? a rétorqué María en faisant mine de s'étonner. – C'est exact. Je porte aussi le nom de Ketilsson, et bien d'autres encore, mais je crains que certains ne paraissent inconvenants à vos oreilles délicates."

« Il s'exprimait avec aisance, mon révérend. Toujours le bon mot au bon moment. Il savait choisir ceux qui font plaisir. Et ceux qui font du mal. Nous n'avons pas parlé longtemps : Worm a rappelé Natan, qui a pris congé, non sans avoir murmuré qu'il espérait nous revoir un peu plus tard, lorsqu'il serait moins sollicité.

Le révérend Tóti délogea du bout de l'index un brin de tabac resté coincé dans ses gencives. En s'essuyant les doigts sur son pantalon, il fut frappé par la banalité de ses propres mains. Ni blanches ni fines, mais petites et roses. Un pincement de jalousie lui serra le cœur.

— Quand avez-vous revu Natan ?

Agnes s'interrompit pour compter les mailles du tricot avant de les rabattre.

— Oh, le même jour ! répondit-elle. Entre la femme de Worm, qui nous envoyait d'un bout à l'autre de la ferme, et les enfants des invités à surveiller, nous avons couru tout l'après-midi, María et moi. Mais, le soir venu, Worm a donné congé à tous les domestiques. La lumière du crépuscule était magnifique. Nous nous sommes assis dans le pré pour admirer le coucher du soleil. L'un des garçons de ferme s'est lancé dans une histoire de trolls. Nous l'écoutions avec attention lorsqu'un homme s'est mis à tousser derrière nous. C'était Natan. “Pardonnez-moi de vous importuner, mais j'adore les histoires… Permettez-vous à un étranger de se joindre à votre cercle pour écouter la suite ?”

« L'un des employés a répliqué que Natan Ketilsson n'avait rien d'un étranger, surtout auprès des femmes. La plupart des personnes présentes ont éclaté de rire, sauf quelques servantes et un ou deux hommes, qui ont détourné les yeux. María a fait de la place auprès d'elle pour que Natan puisse s'asseoir. J'étais un peu à l'écart – ma manière d'être ne plaisait pas à tout le monde –, mais Natan a longé toute la rangée pour venir s'installer à mon côté. “Nous sommes prêts, maintenant. Vous pouvez continuer !” a-t-il lancé à l'homme qu'il avait interrompu. Nous avons passé une grande partie de la nuit à nous raconter des histoires et à regarder les étoiles, puis tout le monde est allé se coucher.

— A votre avis, pourquoi Natan s'était-il assis près de vous ?

Agnes haussa les épaules.

— Je lui ai posé la question, moi aussi. Il m'a répondu qu'il m'avait observée toute la journée sans parvenir à me lire. Je n'ai pas compris, au début. J'ai répliqué que ça n'avait rien d'étonnant, puisque j'étais une femme, pas un livre. Il a ri et m'a assuré qu'il savait lire les gens aussi bien que les livres. « Sauf s'ils sont écrits dans une langue que je ne parviens pas à déchiffrer », a-t-il ajouté.

Agnes esquissa un sourire.

— Pensez-en ce que vous voulez, mon révérend. Mais c'est ce qu'il a dit.

Le révérend s'interroge certainement sur la nature exacte de mes relations avec Natan. Je devine en le regardant qu'il s'interroge, qu'il laisse cette pensée tourner dans son esprit, qu'il la savoure avec délectation, comme un gamin suçant un os à moelle. Il risque d'être déçu. En fait d'os à moelle, il est tombé sur une pierre.

Natan.

Saurais-je évoquer le moment de notre rencontre, quand la main qui a serré la mienne n'était encore qu'une main ? Non. J'en serais incapable. Incapable de penser à Natan comme à l'étranger qu'il fut autrefois pour moi. Je me souviens de son apparence, du temps qu'il faisait ce jour-là, de la lumière sur son menton hérissé de barbe, mais l'instant lui-même, cet instant pur, encore vierge, de la rencontre, échappe à mon emprise. Je ne sais plus ce que c'était de *ne pas* connaître Natan. De *ne pas* l'aimer. Dès lors, comment pourrais-je décrire l'instant où j'ai compris que je venais de trouver ce que je désirais ardemment sans le savoir ? Mon esprit en a perdu la trace. Seul demeure le souvenir de ce désir. Un désir si vif, si apte à me pousser vers les ténèbres, qu'il m'a terrifiée.

Je n'ai pas menti au révérend. La lumière du crépuscule, les contes, les étoiles, la pression de sa main dans la mienne – tout cela s'est produit comme je l'ai décrit. Mais je n'ai pas tout dit. J'ai caché à Tóti ce qui s'est passé ensuite, après le départ des garçons et des filles de ferme. Je ne lui ai pas dit que María est partie se coucher en me gratifiant d'un regard réprobateur. Ni que Natan m'a suppliée de rester près de lui. Pour parler, assurait-il. Juste pour parler.

— Parle-moi de toi, Agnes. Attends… Laisse-moi prendre ta main. Elle m'aidera peut-être à en savoir davantage.

La chaleur de ses doigts effleurant les contours de ma paume ouverte.

— Ta main est pleine de cals, à ce que je vois. Tu travailles dur. Et tes doigts… Tes doigts sont vigoureux. Non seulement tu travailles dur, mais tu travailles bien. Je comprends pourquoi Worm t'a embauchée. Quoi d'autre ? Ah ! Ta paume forme un creux. J'en ai un, moi aussi – ici, tu sens ce petit vide ?

Une légère dépression. Fantôme sous la peau, ébauche des os.

— Sais-tu ce que cela signifie, d'avoir un creux dans la paume ? C'est signe de mystère. Il y a en nous quelque chose de secret, d'impénétrable... mais ce petit espace vide peut se remplir de malchance si nous n'y prenons pas garde. Si nous exposons le creux de notre paume au monde, à sa noirceur, à son infortune.

Je me mis à rire.

— Seigneur ! m'écriai-je en feignant la panique. Comment faire pour éviter ce fléau ?

— En apposant une autre paume sur la nôtre ?

Le poids de ses doigts sur les miens, comme un oiseau se posant sur une branche. Ce fut le craquement de l'allumette. Je n'avais pas remarqué que nous étions entourés d'amadou jusqu'à l'instant où il prit feu, embrasant tout sur son passage.

8

Poème de Rósa à Natan Ketilsson, vers 1827

O, hve sæla eg áleit mig, –
engin mun því trúande, –
þá fjekk eg líða fyrir þig
forsmán vina, en hinna spje.

Sá minn þanki sannur er, –
þó svik þín banni nýting arðs –
O, hve hefir orðið þjer
eitruð rosin Kiðjaskarðs !

Oh, comme je me croyais heureuse,
Tellement plus libre qu'on ne pouvait le penser !
Même quand je souffrais pour toi,
Même quand tous se moquaient de moi.

Traître, vois ton infortune,
Telles sont mes pensées, miroir de vérité.
Oh, comme cette rose de Kidjaskard
Est venue t'empoisonner !

L'automne s'abattit sur la vallée comme un cri. Réveillée avant l'aube, les poumons encombrés de mucus, Margrét n'avait pu retrouver le sommeil. Etendue sur sa couchette, elle avait patienté dans la pénombre persistante de ce matin d'octobre, attendant que le jour se lève. Le soleil semblait avoir ralenti sa course, ces derniers temps. Il dispensait sa pâle lueur avec parcimonie. Lorsqu'il surgissait enfin, c'était en chancelant, comme un voyageur fatigué par une trop longue route. Elle-même n'avait aucune envie de se lever. Tirée du sommeil au milieu de la nuit par Jón qui pressait ses orteils glacés contre ses jambes pour les réchauffer, elle avait vu les garçons de ferme regagner le badstofa après avoir nourri les bêtes. Ils s'étaient vite glissés sous les couvertures, le visage rougi par le froid. Steina et Lauga, qui avaient passé quelques jours à cueillir des baies dans la montagne, lui avaient assuré qu'au petit matin les plateaux étaient couverts de givre. Il avait même neigé pendant le rassemblement des moutons, c'est dire ! Margrét n'y était pas allée – ses bronches n'auraient sans doute pas supporté la longue marche jusqu'aux pâturages, puis la quête et le regroupement des bêtes éparpillées sur ce vaste territoire montagneux – mais elle avait accepté de laisser partir toute la maisonnée. Sauf Agnes. Elle n'avait pu s'y résoudre – sans bien savoir pourquoi, puisque la prisonnière n'aurait sans doute pas tenté de fuir. Agnes n'était pas stupide : elle connaissait assez la vallée pour savoir qu'elle offrait peu d'échappatoires. En outre, les habitants des hameaux environnants l'avaient vue à Kornsá pendant l'été. Ils savaient qui elle était. Ils la reconnaîtraient sans peine.

Le jour du rassemblement des troupeaux avait été mouvementé. Les garçons de ferme étaient partis les premiers, avant l'aube. Ils avaient chevauché au-delà des monts Vididals avec d'autres hommes de la vallée. Les femmes les avaient rejoints à pied peu après. Margrét était restée à Kornsá avec Agnes pour préparer leur repas de retour. Au lever du jour, elle avait eu un mauvais pressentiment. La matinée s'était déroulée sous un ciel gris et menaçant. Au vu des nuages massés sur les sommets, Margrét avait compris qu'il allait arriver malheur. Des nuages bas. Une odeur de fer dans l'air… Inquiète, elle avait commencé à songer à tous ceux qui s'étaient perdus en montagne. A peine un an plus tôt, une servante avait disparu dans une tempête de neige pendant le rassemblement. Un berger avait retrouvé ses os au printemps suivant, à des kilomètres de l'endroit où on l'avait vue pour la dernière fois. Gagnée par une anxiété croissante, Margrét s'était surprise à évoquer cette histoire avec Agnes. Pour ne plus être seule avec son angoisse, sans doute. Elles avaient alors entrepris de dresser la liste des personnes de leur connaissance qui avaient péri dans les montagnes. C'était assez macabre, à vrai dire, mais Margrét avait éprouvé un certain soulagement à évoquer la mort à voix haute, comme si le simple fait de la nommer suffisait à la tenir à distance. Etait-ce pour cette raison qu'Agnes passait plus de temps à parler au révérend qu'à l'écouter ? Peut-être, songea Margrét.

Son pressentiment s'était révélé exact : un malheur était arrivé. Peu après midi, alors que personne n'était encore revenu de la montagne, on avait frappé à la porte de la ferme. C'était Ingibjörg.

— Venez vite ! s'était-elle écriée. Róslín a besoin d'aide !

A la ferme de Gilsstadir, les enfants couraient en tous sens. Margrét avait remarqué qu'en dépit du chaos, de la cuisine enfumée remplie de casseroles brûlées et de bouilloires oubliées sur les flammes, la marmaille de Róslín n'accordait guère d'attention à l'accouchement imminent : l'événement semblait les ennuyer, plus que les émouvoir. En voyant entrer les trois femmes, Róslín s'était dirigée en chancelant vers le badstofa. Les traits tirés, elle était couverte de sueur. « Ce n'est pas normal », répétait-elle d'une voix entrecoupée. Naturellement, elle avait été horrifiée d'apercevoir Agnes sur le seuil de la porte, mais comme Ingibjörg l'avait posément fait remarquer, où Margrét aurait-elle pu la laisser ?

Le bébé se présentait mal. C'est Agnes qui le leur avait annoncé, après avoir brusquement posé ses mains sur le ventre de Róslín. Celle-ci avait hurlé, ordonnant aux deux autres de l'éloigner, mais ni Margrét ni Ingibjörg n'avaient obtempéré. Même quand Róslín avait battu l'air de ses mains pour la repousser, la griffant aux bras, Agnes avait continué à appuyer doucement sur le ventre gonflé de la fermière.

« Il se présente par le siège », avait-elle déclaré. Róslín avait gémi et cessé de résister. Agnes lui avait alors ordonné de s'étendre au sol. Elle était restée près d'elle pendant toute l'épreuve, sans jamais cesser de lui masser le ventre. Margrét la revit, penchée sur Róslín, ses paumes fines posées sur sa peau tendue. Elle se remémora sa voix douce, lorsqu'elle guidait ses efforts ; la fermeté avec laquelle elle éloignait les bambins ou envoyait les grands chercher des linges et de l'eau chaude. Au bout d'un moment, Agnes avait chargé l'un des aînés de courir jusqu'à Kornsá et d'en rapporter un peu d'angélique sauvage – celle que Steina et Lauga avaient cueillie sur les plateaux. « Le bouquet est posé dans une des corbeilles du garde-manger », avait-elle précisé, et Margrét s'était étonnée de l'entendre décrire la maison comme si elle faisait partie de la famille. « N'abîme pas les racines et reviens en courant. Une petite poignée suffira. » Lorsque l'enfant était revenu, Agnes avait demandé à Ingibjörg de préparer une décoction avec les racines d'angélique – « Le bébé viendra plus facilement », avait-elle assuré. Róslín avait serré les dents, refusant de la boire.

— Allons… Tu vois bien que ce n'est pas du poison, avait protesté Margrét. Epargne-nous tes simagrées.

Un ange était passé. Margrét avait échangé un regard avec Agnes. Puis un sourire bref, un peu crispé.

Le bébé s'était présenté par le siège, comme l'avait prévu Agnes. Elles avaient d'abord vu apparaître ses orteils couverts de sang, puis ses jambes, son corps et enfin sa tête. Le cordon s'était enroulé autour de son bras et du cou, mais il respirait – c'était l'essentiel.

Agnes n'avait pas voulu le mettre au monde. Elle avait demandé à Ingibjörg de s'en charger. Après la naissance, elle avait refusé de le toucher, même quand Róslín s'était endormie et que les premiers bêlements annonçant l'arrivée des troupeaux avaient résonné dans la vallée. Margrét s'était étonnée de ce refus. Pourquoi Agnes ne voulait-elle pas bercer le nouveau-né ? « Il doit vivre », avait-elle murmuré. Comme s'il risquait de mourir en se blottissant dans ses bras.

Ils avaient deux raisons de faire la fête, ce soir-là : pour le retour des moutons et pour la naissance du bébé. Le père avait copieusement arrosé la nouvelle avec les fermiers des environs. Lorsqu'il avait escaladé la barrière de l'enclos de triage pour aller chercher ses brebis, il avait titubé et glissé dans la boue. Il tentait de se relever quand un bélier lui avait administré un vilain coup de corne à la tête. A demi assommé, Snæbjörn avait été traîné dans l'herbe par deux solides gaillards, tandis que d'autres fermiers achevaient de trier le bétail. Margrét avait entendu Páll raconter en riant l'incident à sa mère, qui venait de s'éveiller.

Les hommes avaient dîné tard. Steina et Lauga avaient sauvé du mieux possible le ragoût à moitié cuit que Margrét et Agnes avaient abandonné pour courir à Gilsstadir. Elles l'avaient servi à Jón et à ses compagnons affamés par leur longue journée de labeur.

— Il neigeait un peu, avait précisé Steina après avoir appris la naissance du bébé. Pour saluer la bonne nouvelle, sans doute.

Elle avait quêté l'assentiment d'Agnes d'un regard admiratif. La prisonnière avait secoué la tête.

— Je n'y suis pour rien. C'est Ingibjörg qui l'a mis au monde.

— Vous y êtes pour beaucoup, avait rectifié Margrét. Cette décoction de racines d'angélique... Comment saviez-vous qu'elle faciliterait la naissance ?

— Beaucoup de femmes le savent, avait murmuré Agnes.

— Elle le tient sûrement de Natan, avait suggéré Lauga d'un ton sec.

Margrét s'étonnait encore de l'aisance avec laquelle Agnes s'était mêlée à leur vie, ce jour-là. L'espace d'une heure ou deux, elle avait fait partie de la famille. Le lendemain, Margrét avait spontanément engagé la conversation, l'interrogeant sur les teintures qu'elle avait coutume d'élaborer. Elles avaient conversé ainsi, comme une maîtresse l'aurait fait avec sa servante, jusqu'à ce que Lauga fasse irruption dans la pièce pour se plaindre des regards prétendument envieux qu'Agnes jetait à ses affaires. Lauga savait qu'Agnes n'était pas une voleuse. Rien n'avait disparu depuis son arrivée. La broche en argent n'avait pas quitté son nid de poussière sous la couchette – elle n'avait même pas été déplacée. Comment expliquer la colère de Lauga, alors ? Etait-elle jalouse d'Agnes ? Margrét examina brièvement cette hypothèse, avant de la chasser de son esprit. Pourquoi Lauga aurait-elle envié une femme qui serait exécutée avant le retour du printemps ? C'était absurde ! Pourtant la méfiance ne suffisait pas à expliquer l'animosité virulente que sa fille vouait à Agnes depuis le premier jour.

Margrét repoussa doucement les jambes de son mari et se glissa hors du lit. Elle s'approcha de la fenêtre et jeta un regard dans la cour. Le sol était couvert de neige fondue. Elle se rembrunit. Le mauvais temps risquait de compliquer l'abattage des bêtes, qui devait commencer tôt dans la matinée. Les hommes avaient parqué béliers et brebis dans l'herbe drue du pré, et laissé les agneaux dans l'enclos. Ceux d'un an seraient abattus en premier.

Margrét repensa aux premiers temps du séjour d'Agnes à Kornsá. L'atmosphère était si tendue, alors. Etrangement, une part d'elle-même appréciait cette tension – la guettait, même, avec avidité. Elle avait resserré les liens familiaux. Soudés contre Agnes, ils s'étaient sentis plus proches les uns des autres. Puis, au fil des semaines, le silence qu'ils observaient en présence d'Agnes s'était modifié : de pesant, il était presque devenu… confortable. Oui, confortable, songea-t-elle, brusquement inquiète. La présence permanente d'Agnes ne la dérangeait plus. Pire, elle s'y était habituée. Parce que son aide était bienvenue ? Sans doute. Déchargée par Agnes de certaines tâches domestiques, elle avait déjà moins mal au dos, et sa toux ne l'interrompait plus si fréquemment. Comment, dans ces conditions, accueillerait-elle la perspective de l'exécution, quand Blöndal viendrait leur en annoncer la date ? Elle frémit. Mieux valait ne pas y penser du tout. Si la présence de cette femme lui paraissait agréable, c'était qu'elle lui facilitait la vie – rien de plus. Inutile de regarder au loin quand une journée de labeur vous attend.

L'abattage des moutons s'effectue toujours dans l'urgence. Celui-ci n'échappe pas à la règle. Il fait un temps exécrable, la pluie nous glace et le vent nous mordille les talons comme un loup, nous rappelant que l'hiver est proche. Je suis d'humeur aussi sombre que les épais nuages massés dans le ciel.

Personne ne veut travailler tard dans la nuit, alors nous nous sommes toutes levées au petit matin. Emmitouflées sous plusieurs couches de vêtements, nous attendons dans la cour, sous la pâle lueur d'octobre, que Jón et les garçons de ferme attrapent le premier agneau. Ils ont calculé le nombre de bêtes qu'il leur faudra tuer pour tenir tout l'hiver. M'ont-ils comptée parmi les bouches à nourrir ? Je résiste à l'envie d'offrir ma gorge au couteau de Jón. Pourquoi ne pas me tuer ici et maintenant, sans plus de cérémonie ? L'attente met mes nerfs à vif. Les agneaux traquent les quelques brins d'herbe qui ont échappé aux premiers frimas. Ces animaux stupides pressentent-ils ce qui les attend ? Descendus des pâturages, puis séparés du troupeau, ils n'ont à endurer qu'une seule nuit de terreur. Moi, je patiente dans l'enclos de la mort depuis des mois.

C'est Gudmundur qui attrape le premier agneau. Il s'agenouille sur lui pour maintenir sa tête bien droite. Je ne l'aime guère, mais il est efficace : il tranche la gorge de l'animal jusqu'à la moelle épinière et tend si vite le seau sous le flot de sang qu'il n'en perd quasiment pas une goutte. La bête est vidée de son sang en quelques minutes à peine. Je fais un pas vers lui pour prendre son seau, mais il m'ignore et le donne à Lauga. Tant pis. Ignore-le, toi aussi. Je m'approche de Jón, qui a hissé sa brebis sur la barrière de l'enclos pour être sûr de pouvoir glisser aisément le seau sous la gorge de l'animal. Il y a toujours plus de sang qu'on ne le pense et il coule toujours dans une direction imprévue. Jón en laisse échapper un peu sur le sol boueux et dans la laine grisâtre de la bête. Son seau est vite plein, malgré tout. Il me le remet sans un mot.

Je gagne la cuisine où Margrét a nourri le feu avec des briquettes de bouse et de tourbe. La fumée me pique les yeux et Margrét se met à tousser. Un inconvénient mineur, assure-t-elle. Et de me rappeler que nous n'aurons pas de raison de nous plaindre quand nous dégusterons la viande fumée que nous allons suspendre aux chevrons. Je pose le seau et je ressors aussitôt.

Nous attendons que les hommes aient dépouillé toutes les carcasses. La brebis de Bjarni perd encore du sang – il est moins efficace que les deux autres. Gudmundur, lui, sait manier le couteau. Il me rappelle Fridrik, qui avait aidé Natan à abattre les brebis d'Illugastadir à l'époque où ils faisaient encore mine d'être amis. J'avais été frappée par l'empressement de Fridrik à taillader les carcasses. Il avait le geste vif et la lame facile. Jón est plus lent. Plus prudent, aussi. Il commence par enlever la peau des jarrets, puis il brise la jointure des pattes arrière si proprement qu'il n'y a plus aucun tendon à couper. Gudmundur poursuit le travail, arrachant la peau jusqu'aux épaules, mais il peine à dépouiller la poitrine de l'animal. Jón demande à Bjarni de venir l'aider. Ensemble, ils hissent la brebis sur le mur et la maintiennent en place tandis que Gudmundur tire sur la peau d'un coup sec. Cette fois, la bête est prête à être dépecée. Bjarni a salement amoché la sienne. Dommage que je ne puisse pas lui montrer comment s'y prendre – j'ose à peine imaginer la tête qu'il ferait si je lui demandais son couteau !

Pendant l'abattage des brebis à Illugastadir, Natan avait transpercé la vésicule biliaire de la bête qu'il venait de tuer. Le liquide amer s'était répandu sur la viande, la rendant immangeable. Fridrik avait éclaté de rire. « Et ça se prétend docteur ! » s'était-il écrié. Etrange… J'avais oublié cet épisode. Il me revient brusquement en mémoire, comme beaucoup d'autres.

Groupées autour des hommes, nous récupérons les abats à mesure qu'ils vident les carcasses, puis nous regagnons la cuisine, nos seaux à la main. Jón, Bjarni et Gudmundur restent dehors pour couper la viande en morceaux et la mettre à sécher, tandis que nous fabriquons le boudin noir. A l'intérieur, la fumée s'est un peu dissipée et les flammes ont pris de la vigueur. Margrét a accroché une grosse marmite d'eau dans l'âtre. Nous nous mettons au travail. Toutes – même Lauga, chargée de filtrer le sang à l'aide d'un grand torchon qu'elle tient au-dessus d'une bassine. Le flot trop épais lui éclabousse le visage, la faisant grimacer de dégoût. Je retourne dehors pour aller chercher les boyaux des bêtes, dans lesquels nous verserons la préparation. A mon retour, une puissante odeur de rognons et de saindoux m'emplit les narines : le petit déjeuner des hommes est en train de frire. Margrét a prélevé un peu de graisse sur les rognons et l'a mise à bouillir avec de l'eau dans une autre marmite. Kristín, Margrét, Steina et moi divisons les boyaux en petits sachets, que nous fermons de quelques coups d'aiguille en veillant à laisser un trou pour le remplissage. Quand Lauga a terminé, j'ajoute le reste du saindoux et la farine de seigle au sang filtré dans la bassine. Je suggère d'y mettre aussi un peu de lichen, comme j'ai appris à le faire à Geitaskard. Margrét accepte. Lorsqu'elle envoie Lauga en chercher dans le garde-manger, je sens mon cœur se gonfler de joie. La voici, ma vraie vie ! Plongée jusqu'aux coudes dans la fabrique des choses, comme autrefois. Affairée à préparer la survie de la maisonnée, souriant aux plaisanteries que s'échangent les filles en remplissant les boudins, j'oublie qui je suis. Et pourquoi je suis là.

Le saindoux a vite fait de fondre. La marmite est si lourde que nous devons nous y mettre à trois pour la sortir de l'âtre et la traîner dans un coin. Lorsqu'elle aura refroidi, nous briserons la pellicule de graisse formée à la surface pour récupérer le bouillon.

Les hommes entrent pour déjeuner. Ils sentent la merde et la laine mouillée. Les deux garçons de ferme s'attablent en silence, mais j'ai l'impression qu'ils nous envient, nous les femmes, qui travaillons bien au chaud dans la cuisine enfumée, environnées d'eau frémissante et de chapelets de boudin noir. Quand je pose une pleine assiette de rognons devant Jón, il se redresse, me regarde droit dans les yeux pour la première fois et me remercie en m'appelant par mon prénom. Est-ce parce que j'ai aidé Róslín à accoucher ? Certainement. Il me voit d'un autre œil, à présent.

Après avoir mangé, les hommes vont chercher les pièces de viande qu'ils ont mises à sécher. Je me charge de mesurer le salpêtre et de le mélanger au sel. Je retrouve les gestes que j'avais avec Natan, quand je l'aidais à fabriquer ses onguents et ses potions dans son atelier : je mesurais le soufre, les feuilles séchées, les graines écrasées. J'ai beaucoup pensé à Illugastadir aujourd'hui. A l'unique automne que j'ai passé là-bas. Nous avions abattu les bêtes au début du mois d'octobre, nous aussi. J'avais travaillé avec plaisir, heureuse de faire provision de viande pour l'hiver. Heureuse de préparer le boudin que nous mangerions plus tard et la viande fumée que Natan emporterait dans ses longs voyages. Il m'a tenu compagnie ce jour-là, pendant que je préparais le boudin noir. Appuyé contre l'encadrement de la porte, il m'a lu un long extrait d'une saga, puis il m'a parlé de son séjour à Copenhague, où les femmes ajoutent des épices et des fruits secs au blodpølse. Nous avons été interrompus par Fridrik et Sigga : ils ont fait irruption dans la cuisine pour m'apporter les seaux remplis d'abats. Ils riaient aux éclats, des flocons de neige plein les cheveux. Natan s'est retiré dans son atelier, me laissant seule avec eux.

Penchée au-dessus du tonneau, j'empile les morceaux de viande en les tassant du mieux possible. Le sel me brûle les mains et mon dos me fait souffrir, mais je ne proteste pas. Steina m'observe avec attention. Elle me demande combien d'eau il faut ajouter sur chaque couche de viande, puis elle me montre ses doigts rougis par les cristaux de sel. Elle suce le bout de son index et plisse le nez.

— Je ne vois pas pourquoi nous ne conservons pas tout dans du petit-lait. Le sel coûte une fortune !

— Les étrangers en raffolent, dis-je.

Ce tonneau de viande sera échangé en ville contre des marchandises. Quand je l'aurai scellé, je préparerai les barils destinés à la famille avec les morceaux plus gras et du petit-lait.

— Le sel provient-il de la mer ?

— Pourquoi me posez-vous tant de questions, Steina ?

La jeune fille s'interrompt, les joues rouges d'embarras.

— Parce que vous me donnez des réponses, murmure-t-elle.

Puis vient le tour des os et des têtes. Je demande à Lauga d'aller vider la marmite d'eau et de saindoux, mais elle fait mine de ne pas m'entendre, les yeux fixés devant elle. Kristín la vide à sa place. Steina se glisse de nouveau près de moi, un sourire timide aux lèvres.

— Y a-t-il autre chose à faire ? demande-t-elle.

Je lui propose de remplir une marmite avec les os pris sur les carcasses. J'ajoute le sel, l'orge et l'eau. Puis nous hissons la marmite dans l'âtre, près des boudins en train de cuire. La moelle va se répandre dans l'eau bouillante, tandis que le sel et la chaleur se chargeront de détacher les derniers morceaux de viande restés sur les os. Je l'explique à Steina, qui tape dans ses mains après m'avoir aidée à accrocher la marmite au-dessus des flammes.

— Je vais remettre des briquettes, annonce-t-elle en se penchant vers le panier.

— Pas trop, dis-je. Ne couvrez pas les braises.

Les têtes, à présent. Je les tends vers les braises pour faire roussir les poils. La laine ne s'embrase pas : elle se tortille et noircit à l'approche des flammes. Il s'en dégage bientôt une forte odeur de brûlé qui me monte à la tête.

Seigneur. Cette odeur.

Le badstofa d'Illugastadir. La graisse de baleine renversée sur les lits et le plancher. La flamme de la lampe qui rampe sur les couvertures en laine. Les cheveux qui brûlent.

Je ne peux pas – j'ai besoin d'air. Oh, Seigneur !

Calme-toi. Ne leur montre pas combien ça te fait souffrir.

Je confie les têtes de brebis à Steina. Qu'elle le fasse, après tout ! J'ai besoin d'air. A cause de la fumée, dis-je en me dirigeant vers la porte.

Dans la cour, la bruine se pose sur mes joues comme une caresse. Quelle bénédiction ! Mais l'odeur de la laine roussie m'a suivie. Je la sens encore dans mes narines, cette puanteur âcre et sordide qui me déchire le cœur.

Margrét me découvre un moment plus tard, accroupie dans le noir, la tête sur les genoux. Je m'attends à des réprimandes. Que faites-vous là, Agnes ? Revenez dans la cuisine. Faites ce qu'on vous dit. Comment avez-vous osé laisser Steina toute seule ? Elle a carbonisé la viande !

Rien. Margrét ne dit rien. Elle s'accroupit près de moi. J'entends craquer ses genoux dans le silence.

— La nuit tombe si vite, à présent !

Est-ce là tout ce qu'elle est venue me dire ?

Je lève les yeux. Elle a raison : un crépuscule bleuté s'est infiltré dans l'air, comme tiré des boyaux sombres de la rivière qui sinue en contrebas.

Les odeurs semblent toujours plus puissantes à la faveur de l'obscurité. Je perçois celles qui se dégagent des vêtements et des cheveux de Margrét. Boudin noir. Fumée. Eau salée. Elle respire bruyamment, comme toujours. Ce soir, j'entends aussi un léger grésillement dans ses poumons. Son souffle se bloque un instant, avant de reprendre son cours.

— J'avais besoin d'air, dis-je.

Elle laisse échapper un soupir.

— L'air frais n'a jamais fait de mal à personne.

Nous restons un moment assises l'une près de l'autre. Seul le chuintement de la rivière trouble le silence. La bruine s'interrompt. La neige commence à tomber.

— Allons voir où en sont les filles, déclare Margrét au bout d'un moment. Steina est capable de s'être suspendue aux chevrons au lieu d'y avoir mis la viande… Nous allons la retrouver fumée de la tête aux pieds !

Un choc sourd monte de la forge. Les hommes sont sans doute en train d'étendre les peaux de mouton pour les faire sécher.

— Venez, Agnes. Vous allez attraper la mort.

En baissant les yeux, je m'aperçois qu'elle a tendu la main vers moi. Je la prends – une main fine comme du papier. Nous regagnons la cuisine.

Dans la cuisine, les flammes avaient cédé la place au chuchotement des braises. Dehors, la nuit avait recouvert le sang répandu sur les barrières de l'enclos. Lauga venait de nouer le dernier chapelet de boudin noir à la corde tendue en travers de la pièce pour les faire sécher. Ses doigts étaient gourds et enflés. Steina s'appuya contre le chambranle. Elle n'avait pas encore ôté son tablier couvert de sang.

— Il neige, annonça-t-elle.

Lauga haussa les épaules.

— Ils sont tous partis se coucher, reprit Steina. Ça sent bon ici, tu ne trouves pas ?

— Non, rétorqua sa sœur. Les massacres ne sentent jamais bon.

Elle se pencha pour ramasser les seaux qui avaient accueilli les entrailles de moutons.

— Oh, laisse-les sécher ! On les lavera demain matin.

Steina tira un tabouret pour s'asseoir devant l'âtre.

— As-tu vu comme Agnes a mis la viande en tonneaux ? reprit-elle. Personne ne travaille plus vite qu'elle !

Lauga empila les seaux contre le mur et prit place à côté d'elle.

— Elle a sûrement tout empoisonné ! décréta-t-elle en tendant ses mains vers les braises.

Steina se rembrunit.

— Elle ne ferait jamais ça ! Pas à nous.

Elle porta le coin de son tablier à sa bouche pour l'humidifier, puis entreprit de nettoyer ses mains tachées de sang et de suie.

— Je me demande ce qui lui a pris, tout à l'heure, ajouta-t-elle.

— Quand ça ?

— Quand on a commencé à faire roussir les têtes des brebis. Nous étions ici, près du feu. Tout à coup, Agnes les a jetées sur mes genoux et elle est sortie en courant. Mamma l'a suivie. Elles sont restées assises dans le noir un bon moment, à discuter. Puis elles sont revenues.

Lauga fronça les sourcils.

— C'est drôle, continua Steina. Mamma a beau dire, j'ai l'impression qu'elle a de l'affection pour elle, maintenant.

— Arrête, l'avertit Lauga en se levant. Si tu...

— Elle ne l'avouera pas, mais...

— Arrête, te dis-je ! Pourquoi faut-il que tu parles toujours d'Agnes ? Trouve autre chose, pour l'amour du ciel !

Steina lui lança un regard surpris.

— Quel mal y a-t-il à parler d'elle ?

Lauga se raidit.

— Tu ne vois pas le mal ? Je le vois, moi ! Je n'oublie pas *qui* elle est. Suis-je la seule ici à m'en souvenir ? Tu parles d'Agnes comme si elle n'avait rien fait de spécial, ajouta-t-elle en baissant la voix. Comme si c'était une de nos servantes.

— Oh, Lauga. J'aimerais tant que tu...

— Que je fasse quoi ? Que je me lie d'amitié avec elle, comme vous autres ?

Steina ne répondit pas : la stupeur la rendait muette. Lauga se leva d'un bond et traversa la cuisine à grands pas. Elle se figea près du mur et appuya ses poings fermés sur son front.

— Lauga ?

Sa sœur ne se retourna pas. Elle se pencha et prit lentement les seaux maculés de sang.

— Je vais les laver, annonça-t-elle d'une voix tremblante. Tu devrais aller te coucher.

— Lauga ?

Steina se leva à son tour et fit quelques pas dans sa direction.

— Qu'est-ce qui ne va pas ?

— Rien. Va te coucher, Steina. Laisse-moi tranquille.

— Pas avant que tu m'aies expliqué ce que j'ai fait de mal à tes yeux.

Lauga secoua la tête. La colère déformait ses traits délicats.

— Je ne pensais pas que ça se passerait comme ça, avoua-t-elle enfin. Quand Blöndal est venu nous annoncer la nouvelle, j'ai cru qu'Agnes serait prise en charge par des officiers et que nous n'aurions pas à nous occuper d'elle. Je pensais qu'on l'enfermerait quelque part. Je ne savais pas qu'elle passerait ses journées avec nous et ses soirées à bavarder avec le révérend dans le badstofa. Maintenant, même mamma lui parle gentiment ! Et tout le monde ici se fiche des regards obliques des gens de la vallée.

— Ils ne nous regardent pas. Et personne ne se préoccupe de nous.

Lauga posa les seaux à ses pieds.

— Oh, que si ! Tu ne le vois pas, toi, mais nous sommes tous marqués au fer rouge, maintenant. Et ça ne nous rend pas service, crois-moi ! Toute la vallée sait que nous lui parlons et que nous la nourrissons bien. Plus aucun homme ne voudra nous épouser.

— Qu'est-ce que tu racontes ?

Steina reprit place sur le tabouret devant l'âtre.

— Elle ne sera pas toujours avec nous, reprit-elle dans un murmure.

— Je voudrais qu'elle soit déjà partie !

— Comment peux-tu dire une chose pareille ?

Lauga exhala lentement.

— Je sais que j'ai raison. Le révérend lui fait les yeux doux – toute la vallée le dit ! Même pabbi la salue, maintenant. C'est encore pire depuis qu'elle a sauvé le bébé de Róslín avec ses potions de malheur. Et toi, Steina…

Lauga tourna vers elle un regard incrédule.

— Tu la traites comme une sœur ! accusa-t-elle.

— Ce n'est pas vrai.

— Si. Tu la suis partout. Tu l'aides. Tu veux qu'elle t'aime.

Steina prit une profonde inspiration.

— Je… C'est juste que… Je me souviens de notre rencontre, il y a des années. Et je ne peux pas m'empêcher de penser qu'elle n'a pas toujours été prisonnière. Elle a eu notre âge, autrefois. Elle a eu un père et une mère, comme nous.

— Non, grinça Lauga. Pas comme nous. Elle n'a rien à voir avec nous, mais personne ne veut admettre que tout a changé depuis son arrivée. Et pas pour le mieux !

Elle se pencha, reprit les seaux et quitta la pièce.

Dans le nord de l'île, il neigeait quasiment tous les jours, à présent. Breidabólstadur disparaissait sous un épais brouillard givrant que le pâle soleil d'octobre ne parvenait pas à dissiper. Malgré ce temps exécrable, Tóti n'avait aucune envie de rester chez lui. Il lui semblait qu'un voile invisible s'était déchiré, le rapprochant brusquement d'Agnes. Elle avait enfin accepté de parler de Natan. Son cœur s'accélérait à l'idée qu'elle puisse se livrer plus avant, se fier suffisamment à lui pour évoquer les événements d'Illugastadir.

Tout en s'enveloppant avec soin sous plusieurs couches de vêtements en laine, Tóti repensa une fois de plus à leur première rencontre. Il se souvenait vaguement du rugissement du torrent de Gönguskörd gonflé par la fonte des neiges, de la vigueur avec laquelle il inondait le gué ; il revoyait les galets mouillés étincelant au soleil ; et plus loin sur la berge, une jeune femme aux cheveux noirs qui enroulait ses bas sur ses chevilles avant de traverser la rivière.

Et son visage ? A quoi ressemblait-il lorsqu'il l'avait vu pour la première fois ? Il prit ses gants dans son coffre à vêtements et les enfila en laissant ressurgir la scène à son esprit. La femme s'était redressée à son approche. Elle l'avait observé sans sourire, les yeux plissés pour se protéger du soleil. Ses cheveux collaient à son front et à sa nuque trempés de sueur. Un baluchon en tissu blanc était posé près d'elle, sur une grande pierre plate.

Il se souvenait aussi de la chaleur de son corps pressé contre le sien lorsqu'ils avaient traversé le torrent sur sa jument ; de l'odeur d'herbe et de sueur qui montait de sa nuque… Une odeur entêtante qui le grisait maintenant comme une fièvre.

— Te voilà bien pressé, ce matin ! Où cours-tu donc ?

Tóti leva les yeux vers son père, assis à l'autre bout de la pièce.

— On m'attend à Kornsá.

— Tu y passes beaucoup de temps, commenta Jón d'un air pensif.

— Parce qu'il y a beaucoup à faire.

— Jón Jónsson a deux filles, à ce qu'il paraît.

— Oui. Sigurlaug et Steinvör.

Le révérend le scruta avec attention.

— De vraies beautés, non ?

Tóti fronça les sourcils, perplexe.

— Elles ont sûrement l'heur de plaire à certaines personnes.

Il se dirigea vers la porte.

— Je passerai peut-être la nuit là-bas, ajouta-t-il. Ne m'attendez pas.

— Attends !

Le révérend lui tendait son Nouveau Testament.

— Tu allais l'oublier.

Tóti prit l'ouvrage en rougissant et le glissa dans son manteau.

Le froid lui mordit les joues et les oreilles dès qu'il franchit le seuil de la ferme. Le souffle court, il se hissa sur la jument et prit la direction de Kornsá. Bientôt, la neige remplaça le brouillard, mouchetant de blanc la crinière de sa monture. Tóti sentit ses membres s'engourdir dans l'air glacé, mais le souvenir de la femme qu'il avait rencontrée au bord d'un torrent ne le quittait pas. Evoqué encore et encore, il le réchauffait jusqu'au cœur de son être.

— Natan est parti après la fête des foins. Je ne l'ai pas vu pendant plusieurs semaines. Je me trouvais dans l'appentis quand il est revenu. C'est là que nous avions mis à sécher la viande pour l'hiver : elle était suspendue aux chevrons. J'étais en haut de l'échelle, mon couteau à la main, et j'admirais la lumière bleutée de novembre quand Natan a surgi dans l'encadrement de la porte.

Agnes changea de position sur sa couchette pour bénéficier de la faible lueur que dispensait la lampe à huile. Tóti jeta un regard à la famille et aux employés de Jón, regroupés au fond du badstofa. Ils ne perdaient pas une miette de son récit, mais elle ne s'en formalisait pas. Elle continuait à parler, comme mue par une force irrépressible.

— J'étais si surprise que j'ai failli tomber de l'échelle. La viande aurait roulé dans la poussière si Natan ne l'avait rattrapée au vol ! Il m'a expliqué qu'il arrivait de Hvammur, où il avait soigné la femme de Blöndal. Il aurait pu revenir directement à Illugastadir, mais il avait préféré s'arrêter à Geitaskard pour voir son ami Worm. Et puis, il n'était pas pressé de rentrer chez lui, où ne l'attendaient que des veaux marins et une montagne de travail. C'est ce qu'il m'a dit, en tout cas :

« Je lui ai demandé s'il se plaisait à Illugastadir. Il m'a répondu qu'il était à la recherche de bons employés susceptibles de l'aider. Il avait une servante, mais il la trouvait trop jeune et un peu simplette. Quant à Karitas, son intendante, elle lui avait annoncé qu'elle rejoindrait la vallée de Vatnsdalur dès les beaux jours, quand tout le monde va d'une ferme à l'autre pour se louer.

« Nous avons discuté un moment. Je crois que je lui ai parlé de ses paumes creuses, que nous avions évoquées lors de notre première rencontre. Il a ri et m'a assuré qu'elles seraient bientôt remplies d'argent si Blöndal souhaitait que sa femme passe l'hiver.

« Après ça, nous nous sommes dirigés vers la maison. En traversant la cour, nous avons croisé plusieurs domestiques, dont María, qui sortait les cendres. Elle s'est figée et nous a fixés du regard. "Tenez, voici mon amie", ai-je dit à Natan, mais il a fait mine de ne pas m'entendre. Il m'a annoncé l'arrivée de la neige – il le sentait dans ses os –, puis il m'a montré quelqu'un du doigt en me demandant son nom. J'ai tourné la tête. C'était Pétur, le tueur de moutons.

— Celui qui est mort à Illugastadir ?

Agnes hocha la tête.

— Il s'appelait Pétur Jónsson. Il avait été placé en détention à Geitaskard après avoir été reconnu coupable du massacre de dizaines d'animaux quelques années auparavant. C'était un homme étrange… Je ne l'aimais guère, à vrai dire. Il éclatait de rire à tout bout de champ, surtout quand il n'y avait rien de drôle, et il se faisait une joie de nous raconter ses cauchemars, ce qui nous mettait mal à l'aise.

— Faisait-il des rêves prémonitoires, lui aussi ?

Agnes hésita. Elle promena un regard prudent sur la petite assemblée du badstofa, avant de répondre à mi-voix.

— L'un des cauchemars récurrents de Pétur a fait beaucoup jaser dans la vallée. Il nous l'a raconté à Geitaskard et son récit a circulé dans les fermes des environs. J'avais la chair de poule chaque fois que je l'entendais. Il rêvait qu'il traversait une vallée quand trois brebis s'approchaient en courant. C'était celles qu'il avait tuées avec Jón Arnason. En arrivant à ses pieds, la bête qui menait le groupe s'est mise à vomir du sang, et Pétur en était couvert. Il riait en nous racontant ça, mais après coup les gens y ont vu un signe du destin.

— Une prémonition ? Avez-vous parlé du rêve de Pétur avec Natan ?

— Oui. Et Natan m'a confié certains de ses rêves… Des rêves très étranges – mais ça n'a pas plus d'importance, à présent.

— Je sais de quels rêves il s'agit ! lança une voix fébrile à l'autre bout de la pièce.

Agnes et Tóti se penchèrent. Lauga les toisait, un demi-sourire aux lèvres.

— Lauga, voyons… bougonna Margrét.

— Je les tiens de Róslín, mamma. Je suis certaine que vous les trouverez dignes d'intérêt.

— Nous n'avons aucune envie d'entendre ce genre de choses, décréta Jón en se redressant lentement.

— Laissez-la parler, pabbi, protesta Steina. Si Lauga connaît les rêves de Natan Ketilsson, qu'elle nous les raconte ! Nous serons tous heureux de l'entendre, y compris Agnes.

Jón réfléchit un instant.

— Je préférerais que le révérend Thorvardur s'entretienne avec la prisonnière sans être interrompu.

— Sans être interrompu ? répéta Lauga d'un air outré. C'est *moi* qui la dérange, à présent ? Alors qu'elle habite *notre* maison ? Toujours à regarder par-dessus mon épaule dans la cuisine ! A débiter des mensonges dans notre badstofa !

Lauga jeta son tricot sur son lit et se tourna vers ses parents.

— Mamma, pabbi, pardonnez-moi, mais vous nous avez d'abord priés de garder nos distances avec cette femme. De fermer nos yeux et nos oreilles. Et maintenant, vous la laissez raconter ses histoires à toute la famille ? « Ayez pitié de moi, ma mère m'a abandonnée ! »

— Nous ne pouvons tout de même pas envoyer Agnes et le révérend discuter sous la neige, tempéra Steina.

— Pabbi, si Agnes a le droit de nous raconter ses fables à la nuit tombée, pourquoi ne pourrais-je pas dire les miennes, moi aussi ?

Margrét leva vers elle un regard courroucé.

— Remets-toi au tricot, Lauga.

— Exactement. Remets-toi au tricot, Lauga ! répéta Steina d'un ton moqueur.

— Ça suffit, vous deux ! s'écria Margrét. Révérend Tóti, vous pensez bien qu'il nous est impossible de ne pas entendre…

— Lauga, puis-je savoir ce que vous a dit Róslín à propos des rêves de Natan ? interrompit Agnes.

Elle avait cessé de tricoter et fixait les deux jeunes filles avec attention.

Le silence se fit dans la pièce. Lauga jeta un regard hésitant à Agnes, puis à son père, qui baissa les yeux en signe d'assentiment.

— Eh bien… D'après Róslín, Natan a rêvé qu'un esprit malin lui poignardait le ventre. Peu après, il a rêvé qu'il se trouvait dans un cimetière. Il s'approchait d'une tombe ouverte, et voyait un corps, ou un cadavre, mangé par trois lézards. Voyant un homme s'approcher, Natan lui a demandé qui était le mort dans la tombe. L'homme a répondu : « Tu ne reconnais pas ton propre corps ? »

— Doux Jésus ! murmura Kristín.

— Qu'est-ce qui s'est passé ensuite ? s'enquit Bjarni depuis sa couchette.

Lauga haussa les épaules.

— Natan s'est réveillé, j'imagine. Róslín m'a assuré que Natan avait raconté ce rêve à de nombreuses personnes, et que toutes ont été frappées par ce qui lui est arrivé ensuite. Elle le tenait de son amie Osk, qui le tenait de son frère, qui le tenait de Natan lui-même.

Les regards se tournèrent vers Agnes. Elle demeura songeuse, puis elle fit basculer ses jambes sur le montant du lit pour leur faire face.

— Natan m'a confié qu'il avait rêvé d'un cimetière et d'une tombe ouverte dans laquelle reposait son corps. Son âme se dressait à l'autre extrémité, refusant d'entrer. Puis son corps s'est mis à l'appeler et à chanter les psaumes de l'évêque Stein.

Sa voix se brisa dans le silence. Personne n'osa reprendre la parole avant un long moment.

— Agnes, murmura finalement Tóti. Voulez-vous poursuivre votre récit ? Vous parliez de Pétur.

— Puis-je venir sous la lampe ?

Jón échangea un long regard avec Margrét, puis il secoua la tête. Elle se rembrunit.

— Quel mal y a-t-il à l'écouter ? chuchota-t-elle.

Tóti le vit désigner les jeunes filles d'un regard éloquent. Margrét lâcha un soupir.

— Il vaut mieux que chacun reste à sa place, dit-elle à Agnes. Vous avez assez de lumière pour raconter votre histoire.

Un éclair de colère brilla dans les yeux d'Agnes. Mais lorsqu'elle reprit son récit, ce fut d'une voix douce.

— Pétur était tristement célèbre dans tout le Langidalur et dans la vallée de Vatnsdalur, comme vous le savez. Personne ne se fie à un homme qui a massacré autant d'animaux. Ce jour-là à Geitaskard, j'étais surprise que Natan ne le reconnaisse pas parce qu'il fréquentait toutes sortes d'individus. Je lui ai expliqué que Pétur était un condamné en détention chez Worm Beck, qu'il avait tranché la gorge d'une bonne trentaine de brebis pour s'amuser, et qu'il risquait d'être envoyé au Rasphus de Copenhague. Natan l'a observé longuement, mais il n'a pas fait de commentaire.

— Il souhaitait peut-être le recruter pour qu'il aille voler quelques brebis, intervint sèchement Lauga.

— Peut-être, acquiesça Agnes. Ensuite, j'ai accompagné Natan jusqu'à la ferme, où il a retrouvé Worm. J'ai rejoint María dans le pré. Quand je lui ai dit que Natan m'avait trouvée sous l'appentis, elle m'a demandé ce qu'il voulait. J'ai répondu qu'il était venu voir Worm. Alors, elle m'a pris la main et m'a conseillé d'être prudente.

— Pourquoi ? demanda Kristín, déclenchant l'hilarité de Gudmundur.

Agnes ne leur accorda aucune attention.

— Je lui ai rappelé que j'étais une grande fille, avec la tête sur les épaules. « C'est ça qui m'inquiète », a-t-elle répliqué.

— Révérend, lança brusquement Jón. Il serait peut-être préférable que vous meniez cette discussion à l'écart de la famille.

— Pourquoi, pabbi ? J'aimerais savoir ce qui s'est passé ! protesta sa fille aînée.

— Mets-toi au lit, Steina.

— Pardonnez-moi, Jón, interrompit Tóti. Avec tout le respect que je vous dois, je suis ici pour écouter la parole d'Agnes, quelle qu'elle soit. Comme votre épouse et votre fille nous l'ont rappelé, la promiscuité nous contraint à échanger des propos auxquels votre famille et vos employés sont nécessairement soumis.

— Echanger des propos ? répéta Gudmundur. Vous ne discutez pas, révérend : vous l'écoutez comme si elle vous récitait une saga !

— Taisez-vous, Gudmundur, intervint Margrét. Laissez Agnes parler au révérend.

Elle se tourna vers son époux.

— Pourquoi l'en empêcher, mon Jón ? Nos filles savent ce qui s'est passé à Illugastadir. Et Róslín s'est manifestement chargée de leur apprendre ce qu'elles ignoraient encore.

— Vous n'avez rien à craindre, renchérit Tóti.

— Je l'espère, répondit le chef de famille.

Il pinça les lèvres et se remit à l'ouvrage : il foulait une paire de chaussettes neuves pour resserrer les fibres.

Tóti se tourna vers Agnes.

— Revenons à votre amie... Pourquoi vous a-t-elle mise en garde contre Natan ?

— Par jalousie. C'est ce que j'ai pensé sur le moment, en tout cas. Elle rêvait de rencontrer Natan depuis des mois... Nous savions pertinemment qu'il cherchait une intendante. María ne voulait pas laisser passer l'occasion.

— Parce que c'était une position enviable ?

— Evidemment ! Un patron jamais à court d'argent, un travail intéressant, la perspective d'être plus qu'une simple servante et de diriger la ferme comme ça vous chante, sans devoir répondre aux ordres d'une maîtresse...

Agnes s'interrompit, guettant la réaction de Margrét.

— Continuez, murmura cette dernière.

— Quand une position pareille se libère, la nouvelle circule vite, croyez-moi ! reprit Agnes. Toutes les filles de Geitaskard savaient que Natan Ketilsson n'était pas marié, qu'il recherchait une intendante, et peut-être davantage... María rêvait d'une vie meilleure, mon révérend. J'en rêvais aussi.

Elle dirigea son regard vers la petite assemblée, avant d'ajouter :

— Je voulais la place de Karitas plus que tout au monde. Et je ne me suis pas déshonorée pour l'obtenir.

Gudmundur laissa échapper un petit rire. Les yeux d'Agnes étincelèrent dans la pénombre.

— Natan et moi sommes devenus amis parce que nous aimions discuter, voilà tout. Pendant l'hiver, il a rendu plusieurs visites à Worm. Il venait toujours bavarder avec moi à cette occasion. Il m'a offert son amitié et je l'ai acceptée avec plaisir, car j'avais peu d'amis. María ne m'adressait quasiment plus la parole. En fait, plus Natan recherchait ma compagnie, plus les employés se montraient déplaisants à mon égard. Ça ne m'affectait pas. Ce n'étaient que des domestiques, après tout !

Elle avait craché ces propos d'un ton cinglant, les yeux tournés vers les garçons de ferme avachis dans l'angle du badstofa.

— Natan était intelligent, lui ! Il avait étudié la médecine et l'arithmétique, et il n'était pas avare de son argent. Il a soigné plus d'une toux à Geitaskard, cet hiver-là. Pensez-vous que les employés lui en ont été reconnaissants ? Pas du tout. Ils savaient qu'il venait aussi pour moi, et me le faisaient payer. Quelle faute avais-je donc commise ? Quand je leur ai annoncé que Natan m'avait proposé de travailler à Illugastadir, je pensais qu'ils seraient contents pour moi. Je me trompais : ils m'ont accusée de vantardise. J'aurais dû rester à ma place, disaient-ils. Ne pas chercher à échapper à ma condition. Après cela, ils m'ont mise à l'écart. J'appréciais d'autant plus les visites de Natan que je me sentais très seule. J'ai quitté Geitaskard avec soulagement. Mon frère était parti. María m'avait rejetée. Rien ne me retenait.

Agnes se tut. Penchée sur son ouvrage, elle se mit à tricoter avec une sorte de fureur. Tóti vit Lauga et Gudmundur échanger un regard entendu. Le silence s'étira, devenant presque inconfortable. On n'entendait plus que le cliquètement des aiguilles et les rires étouffés de Kristín. Finalement, tandis que le vent forcissait au-dehors, Jón suggéra d'éteindre la lampe. Soudain exténué, Tóti accepta volontiers de rester à Kornsá pour la nuit. Un malaise diffus l'avait envahi quand Agnes avait commencé à évoquer Natan. Sa gorge s'était nouée, devenant presque douloureuse. En se glissant sur sa couchette dans la pénombre, il se demanda s'il avait raison de la laisser parler.

Parfois, après avoir parlé au révérend, j'ai la mâchoire engourdie. Ma langue épuisée gît dans ma bouche comme un oisillon mort, son duvet tout humide entre les cailloux de mes dents.

Que lui ai-je raconté ? Et qu'ont pensé les autres de mon récit ? Peu importe. Aucun d'eux ne pourrait comprendre ce qui se passait entre Natan et moi. La joie que j'éprouvais à le connaître, tout simplement. Dans les premiers temps, j'avais le sentiment que nous bâtissions quelque chose de sacré. Nous choisissions nos mots avec soin et les empilions en veillant à combler les espaces vides. Deux tours se sont élevées, deux phares semblables à ceux qui se dressent le long des routes pour guider le voyageur dans le mauvais temps. Nous n'avions qu'à y monter pour nous entrevoir sous la répétition étouffante du quotidien.

Le soir à Geitaskard, nous sortions marcher dans la neige. Ellc crissait sous nos pas. Une fois, j'ai brusquement agrippé son bras pour ne pas glisser sur une plaque de verglas. Il a perdu l'équilibre et nous sommes tombés à la renverse. Nous avons ri dc bon cœur, puis il m'a fait rouler sur le dos pour me montrer les étoiles. Il a nommé les constellations pour moi.

— Crois-tu que nous les rejoindrons après notre mort ? ai-je demandé.

— Je ne crois pas au paradis.

Sa réponse m'a choquée.

— Comment peux-tu ne pas y croire ?

— C'est un mensonge. L'homme a créé Dieu par crainte de la mort.

— Comment oses-tu dire une chose pareille ?

Il a tourné la tête vers moi. Des cristaux de givre brillaient dans ses cheveux.

— Agnes... Je sais que tu es d'accord avec moi. Ne prétends pas le contraire. Le monde se limite à ce qu'il est. A la vie qui coule dans nos veines. La neige, le ciel, les étoiles et ce qu'ils ont à nous raconter – rien de plus. Les gens qui nous entourent n'y comprennent rien. Ils ignorent s'ils sont morts ou vivants.

— Tu exagères !

— C'est toi qui exagères. Tu fais encore mine de ne pas me comprendre... Nous sommes pareils, toi et moi.

Natan s'est redressé sur ses coudes, offrant son visage à la pâle clarté de la lune.

— Nous valons mieux que ça, a-t-il repris en désignant la ferme. Cette boue, cette vie faite de luttes incessantes... Et cette manière de se résigner, d'accepter les choses comme elles sont !

Il s'est penché vers moi et m'a embrassée avec douceur.

— Tu ne ressembles pas aux habitants de cette vallée, Agnes. Tu n'as pas peur de tout.

J'ai ri.

— Je n'ai pas peur de toi, en tout cas !

Il a souri.

— J'ai une question à te poser.

Mon cœur s'est accéléré.

— Ah oui ? Laquelle ?

— Comment s'appelle l'espace qui sépare les étoiles ?

— Il n'y a pas de mot pour ça.

— Invente-le.

J'ai réfléchi un moment.

— Le refuge de l'âme.

Il a froncé les sourcils.

— Voyons, Agnes... Tu penses encore au paradis !

— Non. Ça n'a rien à voir.

A l'époque, j'étais encore loin de suffoquer sous le poids de ses arguments. L'obscurité n'avait pas envahi ses pensées, comme elle le ferait par la suite. Entre nous, le maniement des mots ne produisait pas encore de glissements de terrain. Et nous n'étions pas encore prisonniers du gouffre qui séparait ce que nous disions de ce que nous voulions dire. Cela viendrait plus tard. Au point de ne plus pouvoir nous trouver l'un l'autre. Au point de ne plus pouvoir nous fier aux mots qui jaillissaient de nos propres bouches.

Cette nuit-là, nous nous sommes abrités dans l'étable. J'ai comblé le creux de ses paumes en y glissant ma bouche, mes seins. J'ai pressé mon corps contre le sien. Il a rassemblé mes jupes dans ses mains pour les soulever. Oh, l'accolade de l'air glacé sur ma peau nue ! La crainte, aussi, d'être surprise avec lui. D'être traitée de catin. Puis sa peau sur la mienne. Premier miracle. Mes craintes envolées, j'entame une chute libre. Mes bas glissent sur mes genoux. Ses cheveux s'immiscent dans mon cou.

Comme j'ai soif de lui alors, de son poids, de son souffle ! Sa respiration s'accélère, sa bouche s'appuie sur la mienne. Son odeur d'homme, sa peau luisante de sueur – il ne ressemble à aucun autre. Et moi, tendue vers lui. Ployée à l'extrême, les joues moites. Sa chaleur, sa vigueur. Nous ne faisons plus qu'un. Je perçois chacun de ses mouvements. Son cri se grave dans ma mémoire. Il flotte longuement dans l'air comme un nuage de cendres au-dessus d'un volcan.

J'étais au bord des larmes. C'était trop vif, trop réel. J'avais trop éprouvé, trop ressenti. Mes émotions m'empêchaient de voir cet instant pour ce qu'il était.

Natan s'est rhabillé en souriant. De fines gouttes de sueur scintillaient dans ses cheveux ébouriffés. Il m'a caressé la joue et m'a demandé s'il m'avait fait mal, si j'avais saigné. Il a ri quand j'ai secoué la tête. De soulagement ? Ou de dépit ?

— Ne pars pas si vite !

— Lève-toi, Agnes. Tu as de la paille plein les épaules. Va te coucher.

— Quand reviendras-tu ?

Il n'a pas tardé à me revenir. Encore et encore, tout au long de l'hiver. Je me souviens d'étreintes nocturnes dans la poudreuse, de longues soirées dans l'étable sitôt les autres endormis. Un manteau de neige recouvrait la vallée et le lait gelait dans les seaux, mais mon âme se consumait. Ses lèvres laissaient un brasier sous ma peau quand le vent hurlait au-dehors. Les nuits de grand gel, nous nous retrouvions dans la remise sous une constellation de viande fumée. L'odeur qui montait de la paille nous transportait au cœur de l'été. Par moments, j'avais l'impression d'avoir trop de sang dans les veines. Le fameux Natan Ketilsson, qui parvenait à purger les pires souffrances du corps de ses malades, qui avait partagé la vie de la célèbre poète Rósa, qui avait entendu sonner les cloches de Copenhague, qui avait appris le latin sans l'aide de personne – un homme extraordinaire, un héros de saga –, m'avait choisie, moi ! J'étais *regardée* pour la première fois de ma vie. Je l'aimais parce qu'il me donnait la sensation d'être complète. Et de suffire à son bonheur.

En son absence, je cherchais du bout des doigts les marques qu'il avait laissées sur mes cuisses. Les ayant trouvées, j'appuyais doucement sur ma chair meurtrie pour en éprouver la douleur et faire résonner en moi l'écho de ses caresses. Une suite d'hématomes comme preuve de nos étreintes. Souvenirs tangibles de nos souffles mêlés, de nos membres enchevêtrés dans la pénombre. Prisonnière du cycle routinier d'un labeur sans cesse renouvelé – succession de nuits solitaires et de journées harassantes –, je voyais dans ces bleus secrets la perspective d'un autre horizon. La fin de l'étouffante banalité de mon existence.

Je détestais voir les bleus s'estomper. Ils étaient tout ce qui me restait de lui jusqu'à son retour. Tant de semaines, tant de nuits passées à croupir de désir ! Dans l'étable, Natan avait rompu le sceau de mon âme. Je dissimulais mes sentiments au reste de la maisonnée, recroquevillée sur moi-même pour contenir tout ce que j'aurais voulu jeter au vent, enfouir sous la terre des chemins, brûler dans l'herbe rase.

J'avais accepté d'aller m'installer chez lui. Bientôt, je le savais, je quitterais la vallée, libérée d'une vie misérable et sans amour. Bientôt, tout serait différent. Neuf et brillant comme le printemps.

Ce que je ne savais pas, c'est que Sigga était là, tapie dans l'ombre.

9

Handar-vagna-Freyjum fljóð
Flytur sagnir ljóða.
Kennd við Magnús, blessað blóð
Búrfells-Agnes góda.

Une poète, fille de Magnús,
Ouvre la voie aux femmes.
Le sang béni de cet homme coule dans ses veines :
L'aimable Búrfell-Agnes.

Anonyme, vers 1825

— Etes-vous déjà allé à Illugastadir, mon révérend ?

Tóti secoua la tête.

— J'ai rarement besoin de me rendre au nord de Breidabólstadur.

Le jour s'était levé sous une pluie verglaçante. Margrét avait persuadé Tóti de différer son départ jusqu'à ce que le temps s'améliore. Il avait accepté de bonne grâce. Après une nuit peuplée de rêves étranges, il s'était réveillé avec la migraine.

Depuis que les moutons avaient été rassemblés et abattus, le foin séché et rentré pour l'hiver, les occupants de Kornsá passaient leurs journées à filer, tricoter ou tresser des cordes dans le badstofa.

Assise sur son lit, Agnes reformait patiemment les mailles que Steina avait oublié de bloquer sur une moufle à demi tricotée.

— Illugastadir est presque au bout du monde, reprit-elle en inclinant la tête vers le nord. Je ne savais pas comment m'y rendre et tout le monde m'avait mise en garde, me répétant que je souffrirais de la solitude, que ce n'était pas comme dans la vallée, où on rencontre des connaissances à chaque pas. Je ne les ai pas écoutés. Je tenais tant à travailler pour Natan !

— Quand êtes-vous partie ?

— Dès que j'en ai eu la possibilité. Au moment des grandes migrations, à la fin du mois de mai.

— En quelle année ?

— En 1827. J'ai passé Noël et le Nouvel An à Geitaskard, puis j'ai attendu l'arrivée des pluviers dorés qui marque le début de la fonte des neiges. Quand je les ai entendus chanter, j'ai rassemblé mes affaires et je suis partie à pied. La vallée était remplie de garçons et de filles de ferme qui quittaient une place pour une autre, mais aucun d'eux ne se rendait sur la péninsule de Vatnsnes. Et personne n'allait à Illugastadir. J'ai continué à marcher vers le nord, laissant mes compagnons de route derrière moi. Le brouillard est tombé. J'avais peur de me perdre, mais le bruit des vagues résonnait au loin, m'indiquant la direction à suivre. Lorsque le ciel s'est éclairci, j'ai aperçu le clocher de Tjörn au détour du chemin. J'ai demandé au pasteur de m'héberger pour la nuit. Le lendemain, il m'a indiqué la route à prendre pour Illugastadir.

« Depuis Tjörn, le trajet n'est pas bien long. C'était la première fois que je voyais la haute mer – si vaste qu'elle s'étendait jusqu'à l'horizon. Le vent du nord balayait les flots et couvrait le rivage d'écume. Des centaines d'oiseaux marins tournoyaient au-dessus de l'océan. On voyait même les fjords de l'Ouest se refléter dans l'eau comme une ombre qui danse.

« C'était un spectacle impressionnant. Le pasteur de Tjörn m'avait décrit la ferme, bâtie à l'abri d'une anse rocheuse. Je l'ai bientôt vue se dresser au loin. Il y avait une barque sur le rivage et des draps propres tendus sur un fil. Ils claquaient au vent. Sur le moment, j'y ai vu un bon signe. J'ai pensé qu'ils me souhaitaient la bienvenue.

« Je commençais à descendre la colline quand une femme est sortie de la ferme pour venir à ma rencontre. Elle s'est élancée sur le sentier en se prenant les pieds dans ses jupes.

A mesure que nous nous approchions l'une de l'autre, j'ai vu que c'était une très jeune fille. Elle me faisait de grands signes et paraissait ravie de me voir. "Bienvenue ! criait-elle en courant vers moi. Bienvenue !" Plus elle approchait, plus elle me semblait jeune, mon révérend. Un nez retroussé, des lèvres très rouges, de longs cheveux blonds emmêlés par le vent... Trop jolie pour être une paysanne. Est-ce la fille de Natan ? me suis-je demandé. Ses vêtements m'incitaient à le croire : ils étaient bien trop raffinés pour une servante.

« Elle a pris mon baluchon et m'a serrée dans ses bras. Puis elle m'a demandé si j'étais Agnes Magnúsdóttir. Quand j'ai répondu par l'affirmative, elle m'a dit qu'elle s'appelait Sigrídur, mais que tout le monde la surnommait Sigga.

— Etait-ce la jeune servante dont Natan vous avait parlé à Geitaskard ?

Agnes acquiesça.

— Sigga s'est écriée qu'elle m'attendait depuis le début de la semaine. Elle voulait savoir si j'avais faim, si je venais de loin et si je n'avais pas eu peur de voyager seule sur les routes de montagnes qui sont, paraît-il, infestées de brigands. Elle parlait si vite que j'avais à peine le temps de répondre à ses questions avant d'écouter les suivantes. Ce faisant, elle m'a entraînée dans la maison et m'a montré mon lit en précisant qu'elle l'avait fait le matin même. Le badstofa était petit : quatre couchettes serrées les unes contre les autres, rien de plus. Un des lits était surmonté d'une petite fenêtre, mais j'ai pensé que Sigga se l'était déjà attribué. En fait, Illugastadir était plus sale et moins spacieux que je ne l'imaginais. J'ai surmonté ma déception en me rappelant qu'il valait mieux régner sur une masure que servir dans un palais. « Installez-vous, m'a dit Sigga. Je vais préparer du café. » J'ai tenté de refuser en affirmant qu'un peu d'eau mêlée de petit-lait me suffirait amplement, mais elle a souri, affirmant que Natan en était fou et qu'ils en buvaient à toute heure de la journée. J'étais très étonnée qu'il puisse se permettre une telle dépense.

« J'ai attendu que Sigga quitte la pièce, puis j'ai regardé autour de moi. Seuls deux lits étaient faits, le sien et le mien. Où dormait Natan ? Y avait-il un grenier aménagé sous le toit ? J'ai cherché une trappe, mais je n'ai rien vu.

« Quand Sigga est revenue, je lui ai demandé où était Natan. J'étais surprise qu'il ne soit pas là pour m'accueillir. Elle a rougi. "Il est sorti", m'a-t-elle répondu d'un air gêné. Comme c'était un dimanche, j'ai voulu savoir s'il s'était rendu à l'église. Elle a secoué la tête en assurant qu'il n'y mettait jamais les pieds. Elle a ajouté que c'était le seul homme de sa connaissance qui ne récitait pas les prières du soir, et que si j'avais un livre de psaumes, le mieux était de le cacher sous mon oreiller – sans quoi Natan risquait de s'en servir pour démarrer le feu. "Il est parti chasser le renard", a-t-elle conclu, avant de me faire visiter la ferme.

« J'aurais du mal à évoquer mes premières impressions pour vous, révérend. J'étais trop fatiguée par le voyage et trop émue par le spectacle de l'océan pour observer les lieux avec attention. En revanche, je peux vous décrire ce que j'ai pensé d'Illugastadir par la suite, après avoir passé près d'une année dans ce coin perdu.

— Je serais heureux de vous entendre sur cette question, assura le révérend.

— La ferme était bâtie au pied de la montagne, à quelques mètres du rivage, sur une longue bande de terre rocailleuse. Natan avait déblayé deux petits lopins pour le fourrage d'hiver. Le reste était livré aux cailloux et aux mauvaises herbes. Les vagues roulaient sur une plage de galets. De longues algues brunes flottaient dans l'eau de la baie. De loin, elles ressemblaient aux cheveux emmêlés des noyées. Au petit matin, la mer venait déposer comme par magie des morceaux de bois flotté sur le rivage ; des eiders à duvet nichaient entre les rochers, près des colonies de phoques.

Par temps clair, c'était splendide. Le reste de l'année, c'était affreux. On se croyait sous la pluie, en train de creuser sa propre tombe… Une épaisse brume marine recouvrait les lieux en permanence et il fallait marcher un bon moment avant d'atteindre Stapar, la ferme la plus proche.

« Plusieurs langues de terre rocailleuse s'avançaient dans la baie. Natan avait construit son atelier sur l'une d'elles. Pour l'atteindre, il fallait emprunter une digue étroite en veillant à ne pas glisser. La première fois que je l'ai vu, j'ai pensé que c'était une drôle d'idée : pourquoi avoir bâti l'atelier si loin de la ferme et au beau milieu de l'eau ? Natan l'avait voulu ainsi, en tout cas. Pour la ferme, c'était l'inverse : toutes les fenêtres regardaient la montagne, et non la mer, parce qu'il voulait voir arriver les voyageurs. Il avait quelques ennemis et se méfiait des visites impromptues.

« Le jour de mon arrivée, Sigga m'a assuré qu'elle ignorait où se trouvait la clé de l'atelier, mais que Natan y avait installé sa forge, ses remèdes et ses potions, et qu'il y avait probablement aussi caché une bonne partie de son argent. Elle a terminé sa phrase dans un grand éclat de rire. J'ai pensé qu'elle était vraiment aussi sotte que Natan me l'avait dit.

« Elle m'a raconté que Natan chassait le phoque, et qu'il me fabriquerait des mocassins en peau si je le souhaitais. Puis elle m'a assuré que les matelas étaient garnis de plumes de canard, comme chez les commissaires de canton. "Tu verras, s'est-elle écriée, c'est si doux qu'on s'endort à peine couchée !" Pour finir, elle m'a confié qu'elle avait grandi à Stóra-Borg, mais que la mort de sa mère l'avait contrainte à chercher du travail. Comme elle débutait dans le métier, elle n'avait jamais été gouvernante, mais Natan lui avait tressé mes louanges. Aussi espérait-elle bénéficier de mes conseils.

« J'étais très surprise qu'elle se désigne comme la gouvernante de la ferme. "Alors, c'est toi, la maîtresse, ici ? ai-je dit. Tu as pris la place de Karitas après son départ ?" Elle a hoché la tête, m'expliquant qu'elle avait été embauchée comme simple servante, mais que Natan l'avait promue intendante depuis la démission de Karitas. Ensuite, elle m'a remerciée d'être venue travailler sous *ses* ordres, puis elle m'a prise par le bras en chuchotant qu'elle voulait être mon amie, car Natan s'absentait souvent, la laissant seule des journées entières.

« Sur le moment, j'ai pensé qu'il y avait un malentendu. Que Natan ne lui avait pas expliqué qu'elle devrait me céder le poste à mon arrivée, ou que Sigga s'était vantée pour m'épater. Je ne pensais pas que le mensonge puisse venir de Natan lui-même.

« Le café était prêt. Nous l'avons bu en continuant à discuter, Sigga et moi. J'ai évoqué les nombreuses fermes où j'avais servi, ce qui l'a beaucoup impressionnée. Elle m'a redit à quel point elle se réjouissait de travailler avec moi. "J'ai tant à apprendre !" affirmait-elle. Elle admirait beaucoup le châle à motifs que je portais et voulait savoir comment je l'avais tissé. A force de l'écouter et de lui parler, je me sentais déjà mieux.

« Puis la conversation est revenue sur Natan. Sigga m'a assuré qu'il serait de retour dans la soirée.

— L'avez-vous interrogé sur le poste d'intendante ? demanda Tóti.

— Non, répondit Agnes. Je dormais quand il est rentré.

Peut-être ai-je compris la situation dès le premier matin à Illugastadir. Peut-être pas.

Les cris plaintifs des mouettes m'ont réveillée tard dans la matinée. En sortant de la ferme, j'ai aperçu Natan : il longeait le cours de la rivière qui descend de la montagne. Près de la mer, ses draps claquaient toujours au vent. J'ai pensé qu'il venait seulement de rentrer.

Plus tard, même lorsque Sigga m'a raconté qu'il était rentré à minuit avec deux peaux de renard sur l'épaule, je n'ai pas pensé à lui demander dans quel lit il avait passé le reste de la nuit.

— Ce matin-là, j'étais si contente de voir Natan que j'ai oublié de lui demander pourquoi Sigga prétendait être la gouvernante d'Illugastadir. Je lui ai posé la question plus tard dans la journée, en le suivant sur la digue qui menait à son atelier. Comme je ne voulais pas avoir l'air de réclamer quoi que ce soit, je lui ai demandé s'il était satisfait d'avoir confié les rênes de la ferme à Sigga. Je m'étais exprimée d'un air détaché, mais Natan m'a percée à jour. Il s'est figé, sourcils froncés. « Ce n'est pas mon intendante », a-t-il déclaré d'un ton sec. J'étais soulagée, bien sûr. Je lui ai raconté que Sigga s'était présentée comme telle, affirmant avoir pris la place de Karitas après son départ. Natan s'est mis à rire. « Je t'avais bien dit qu'elle était un peu simplette ! » s'est-il exclamé. Puis il a ouvert la porte de l'atelier et m'a entraînée à l'intérieur.

« Je n'avais jamais vu un endroit pareil. Il y avait les outils habituels – une enclume, un soufflet –, mais aussi de gros bouquets de fleurs et d'herbes séchées, et des bocaux remplis de liquides, certains troubles, d'autres clairs. Un seau plein de saindoux était posé dans un coin. Il y avait aussi des aiguilles, des scalpels, ainsi qu'un petit animal conservé dans un bocal en verre. Son corps pâle et plissé m'a fait penser à de la panse de brebis bouillie.

— Quelle horreur ! murmura Steina à l'autre bout du badstofa.

Agnes la regarda d'un air surpris, comme si elle avait oublié sa présence. Elle s'apprêtait à poursuivre son récit quand on frappa à la porte de la ferme.

— Lauga, dit Margrét. Va voir qui c'est, je t'en prie.

Sa fille se leva et quitta la pièce. Elle revint un instant plus tard en compagnie d'un vieil homme au manteau couvert de flocons. C'était le révérend Pétur Bjarnason, d'Undirfell.

— Bien le bonjour à tous, marmonna-t-il en essuyant ses lunettes sur sa chemise. Que Dieu vous bénisse !

Il respirait avec peine, visiblement fatigué par sa longue marche sous la neige.

— Je viens pour consigner vos noms et vos qualités dans le registre de la paroisse d'Undirfell, annonça-t-il. Oh, bonjour, sous-révérend Thorvardur ! Vous êtes toujours dans la vallée, à ce que je vois. Mais oui, j'oubliais ! Blöndal vous a...

— Je vous présente Agnes, interrompit Tóti.

L'intéressée fit un pas dans la pièce.

— Je suis ici en détention. Je m'appelle Agnes Jónsdóttir.

Margrét se leva d'un bond et lança un regard effaré à Jón, qui demeura assis sur leur couchette, les yeux écarquillés de stupeur.

— Quoi ? s'exclama Lauga. Ce n'est pas notre...

— Agnes Jónsdóttir est sous ma responsabilité, la coupa Tóti. Je suis son directeur de conscience. Comme je vous l'ai expliqué cet été, mon révérend.

Il sentit les regards converger sur lui. Qu'il ait accepté, et même repris, le nom d'emprunt qu'Agnes s'était attribué les laissait stupéfaits. Un silence gêné s'abattit sur la petite assemblée, nul n'osant reprendre la parole après ce coup d'éclat.

— C'est noté, déclara benoîtement le révérend Pétur.

Il s'assit sur un tabouret et sortit un gros livre de son manteau.

— Alors, comment se porte la famille ? lança-t-il à la cantonade. Vous avez terminé l'abattage des bêtes ?

Margrét jeta à Tóti un regard étrange, puis s'assit de nouveau près de son mari.

— Euh… Nous n'avons plus qu'à couvrir les barils de fumier. Ensuite, nous pourrons filer et tricoter en prévision des marchés de Reykjavík.

Le vieux pasteur hocha la tête d'un air satisfait.

— Je suis ravi de voir une famille si industrieuse, ma chère. Jón, puis-je m'entretenir avec vous en premier ?

Le prêtre passa un moment avec chaque membre de la maisonnée afin d'évaluer leur niveau de lecture et leur connaissance des grands principes de la foi chrétienne. Il leur posa également quelques questions destinées à mieux cerner le tempérament des différents membres de la famille. Après le tour des domestiques vint celui d'Agnes. Tóti tendit l'oreille dans l'espoir de surprendre sa conversation avec le révérend, mais les gloussements de Kristín l'en empêchèrent : soulagée d'avoir réussi à lire la page que lui avait tendue le pasteur, elle riait maintenant à gorge déployée avec Bjarni, couvrant les propos d'Agnes et du révérend.

Ce dernier mit bientôt fin à leur entretien d'un signe du menton. La prisonnière regagna sa couchette, au fond du badstofa.

— Je vous remercie de m'avoir accordé un peu de votre temps, déclara le vieux révérend en se levant. J'espère avoir le plaisir de vous revoir prochainement à l'office du dimanche.

— Prendrez-vous une tasse de café avant de partir ? s'enquit Lauga avec une jolie révérence.

— Je te remercie, mon enfant, mais j'ai d'autres familles à voir, et le temps ne va pas en s'améliorant, hélas !

Il posa son chapeau sur le sommet de son crâne et glissa le registre dans la doublure de son manteau.

— Je vous accompagne à la porte, déclara Tóti avant que Lauga ne s'en charge.

Dans le couloir, il l'interrogea sur la teneur de sa conversation avec Agnes.

— Pourquoi me posez-vous cette question ? répliqua le révérend Pétur, surpris.

— Je suis son directeur de conscience. J'ai besoin de savoir comment elle se comporte. Si elle lit avec aisance. Si elle se plaint ou se résigne à son sort.

— Je vois.

Le pasteur sortit de nouveau le registre de son manteau et tourna les pages jusqu'aux annotations du jour.

— Tenez, dit-il. Je vous laisse en prendre connaissance.

Tóti s'approcha d'une bougie fichée dans le mur du couloir. Il dut plisser les yeux pour parvenir à déchiffrer les quelques mots du compte rendu : « Agnes Jónsdóttir. Condamnée en détention à Kornsá. *Sakapersona.* 34 ans. »

— Elle lit sans difficulté, précisa le pasteur.

— Pardonnez-moi, mais… qu'avez-vous écrit ici, à propos de son tempérament ?

Le révérend Pétur se pencha vers le mot que Tóti lui montrait du doigt.

— Oh ! J'ai écrit *blendin*, révérend Tóti. Personnalité ambivalente.

— Comment êtes-vous parvenu à cette conclusion ?

— J'ai retranscrit l'opinion de l'officier de district. Et de son épouse.

— Et quelle a été *votre* opinion sur Agnes, mon révérend ?

Le vieil homme remit le registre dans son manteau et haussa les épaules.

— Excellente élocution. Bien élevée et fort instruite. Etant donné sa condition et sa bâtardise, c'est assez surprenant… Mais quand j'ai interrogé l'officier de district, il m'a affirmé qu'elle est… imprévisible. Il m'a parlé d'une crise de nerfs.

— Agnes est condamnée à mort, lui rappela Tóti.

— J'en ai conscience, répliqua le pasteur en ouvrant la porte. Bonne journée, révérend Thorvardur. Portez-vous bien !

— Vous de même ! marmonna vivement Tóti.
Trop tard. La porte venait de lui claquer à la figure.

Agnes Jónsdóttir. Je n'aurais jamais cru qu'il soit si simple de se baptiser soi-même. Me voici donc fille de Jón Bjarnason, maître de Brekkukot, et non de Magnús Magnússon, garçon de ferme. Il est grand temps que tout le monde sache de quel homme je suis la bâtarde !

Agnes Jónsdóttir. La femme que j'aurais dû être. Maîtresse d'une ferme bâtie en surplomb de la vallée, avec un mari à son côté et une tripotée d'enfants pour l'aider à rentrer les bêtes à la tombée de la nuit. Des enfants à qui raconter des histoires de fantômes. Des enfants à aimer. Avec ce nom-là, cette femme aurait même pu être la sœur de Sigurlaug et de Steinvör Jónsdóttir. La fille de Margrét. Issue des liens sacrés du mariage dans une famille que la pauvreté n'aurait pas anéantie.

Agnes Jónsdóttir n'aurait pas eu la bêtise de tomber amoureuse d'un homme qui passait sa vie à ouvrir des veines, des bouches, des jambes. Un homme payé pour faire couler le sang. Elle serait devenue grand-mère. Elle serait morte paisiblement, entourée de visages amis. Elle aurait trouvé une place au paradis – elle aurait *cru* au paradis, tout simplement.

J'ai peine à admettre que j'ai été heureuse à Illugastadir, et pourtant, j'ai dû l'être. En tout cas, j'étais heureuse le premier jour, quand Natan et moi avons passé l'après-midi dans l'atelier. Il m'a montré les fourrures de renard. Il les avait mises à sécher à l'intérieur : l'air marin était trop humide pour qu'il les accroche sur les fils à poissons.

Il a pris ma main et l'a posée sur la fourrure blanche.

— Tu sens comme c'est doux ? Elles vaudront une petite fortune à Reykjavík cet été.

Il m'a raconté comment il chassait les renards dans la montagne.

— Je commence par attraper un renardeau, qui me servira d'appât pour attirer ses parents hors du terrier. Seulement, une fois attrapé, il faut aussi le faire pleurer. Sans ça, les renards ne sortiront pas. Ils sont très rusés. Capables de détecter mon odeur à plusieurs mètres de distance.

— Comment fait-on pleurer un renardeau ?

— On brise ses pattes avant. Comme ça, il ne peut plus s'échapper. Les parents l'entendent gémir. Ils s'élancent hors du terrier pour le secourir, et on n'a plus qu'à les attraper. C'est imparable. Les renards n'abandonnent jamais leurs petits.

— Et que fait-on du renardeau après avoir tué ses parents ?

— Certains chasseurs les laissent mourir. Leurs peaux sont trop petites pour valoir quoi que ce soit.

— Et toi ?

— Je leur écrase la tête d'un coup de pierre.

— C'est la seule chose à faire.

— Exactement. Leur agonie serait trop cruelle.

Ensuite, il m'a montré ses livres de médecine et de botanique. Il était convaincu qu'ils me plairaient.

— Sigga ne s'intéresse pas aux mots, a-t-il ajouté. Elle sait à peine lire. Autant essayer de faire parler une vache !

J'ai fait courir mes doigts sur les pages en essayant de déchiffrer les termes étranges qui s'offraient à mon regard.

— Pathologies cutanées.

Il m'a fait répéter, corrigeant ma prononciation.

— *Cochlearia officinalis.*

— Encore une fois.

— *Cochlearia officinalis. Angelica archangelica. Achilla millefolium. Rumex digynus.*

Je n'y comprenais rien, de toute façon. Le voyant rire, j'ai plaqué un baiser sur ses lèvres. Que signifiaient tous ces mots ? Etaient-ce les noms des potions, des onguents et des remèdes qui nous environnaient ? J'allais poser la question à Natan quand il m'a embrassée dans le cou. Un baiser, deux baisers… J'ai perdu le fil de mes pensées. Il m'a assise sur la table et nous avons quitté nos vêtements à la hâte. J'ai crié quand il est entré en moi sans préliminaires. Nouant mes jambes autour de ses hanches, j'ai senti les pages du grimoire se froisser sous mes reins. L'air marin s'enrouler sur ma gorge offerte. J'ai souri en pensant que les mots quittaient le livre pour venir s'imprimer sur ma peau.

Je me revois, plus tard dans l'après-midi, encore nue, penchée sur les livres étalés sur la table. Leurs pages déchirées portaient l'empreinte de notre amour.

— Toutes ces maladies, Natan ! Des livres entiers remplis de souffrance et d'horreur !

— Agnes…

Il avait prononcé mon prénom avec douceur, laissant le « s » se déployer sous son palais comme s'il savourait une gourmandise.

— Natan. S'il y a tant de maladies sur cette terre, si nous pouvons nous blesser à chaque pas que nous faisons, à chaque bouchée que nous avalons, comment expliquer que nous soyons encore là pour en parler ?

Sigga a forcément compris ce qui se passait entre nous. Au cours de mes premières nuits à Illugastadir, nous attendions qu'elle soit endormie. Natan traversait alors le badstofa sur la pointe des pieds et tirait doucement sur mes couvertures. Je l'accueillais sans un murmure. J'avais si peur de la réveiller ! Nous nous unissions comme si rien ne devait nous séparer – mais les premières lueurs de l'aube rompaient nos étreintes comme la lame d'un couteau.

Il regagnait toujours sa couchette avant que Sigga n'ouvre les yeux.

Agnes semblait perdue dans ses pensées. Elle ne remarqua le retour de Tóti dans la pièce que lorsqu'il posa doucement une main sur son épaule.

— Pardonnez-moi, dit-il en la voyant tressaillir. Je vous ai fait peur.

— Ne vous excusez pas, dit-elle d'une voix entrecoupée. Je comptais seulement les mailles de mon tricot.

— Voulez-vous poursuivre notre conversation ?

— Où en étais-je ?

— Vous me racontiez votre première journée à Illugastadir.

— Ah, oui. Natan était content de me voir. Il a veillé à ce que je sois bien installée et m'a parlé des habitants et des fermes des environs. La journée a passé vite, les suivantes aussi. Nous travaillions, Sigga et moi, de l'aube au crépuscule. Le soir, nous bavardions et échangions des anecdotes en riant de bon cœur. Quelques mois se sont écoulés ainsi. Je crois pouvoir dire que nous étions heureux. D'après Sigga, Natan n'avait pas coutume de passer autant de temps chez lui. Sur le moment, j'ai pensé qu'il appréciait ma compagnie. Il se rendait à son atelier dès le lever du jour, préférant bricoler et réparer ses outils que s'occuper de la ferme. Il embauchait souvent des journaliers pour faucher le pré ou panser les chevaux au lieu de s'en charger lui-même. Il n'était pourtant pas fainéant, loin de là. Seulement, ce type de travail ne l'intéressait pas. Il m'a expliqué comment pratiquer les saignées et m'a décrit les différentes maladies qui peuvent nous affecter. Je crois qu'il était ravi de pouvoir parler médecine et botanique avec moi. Sigga était jolie, très efficace à la buanderie et à la cuisine – surtout lorsqu'il s'agissait de vider le poisson –, mais elle ne comprenait rien à ce que Natan appelait « les choses de l'intellect ». Il m'encourageait à lire autant que je le souhaitais et me faisait découvrir les vertus de la science. Savez-vous, mon révérend, que le chou fortifie les gencives enflammées et fait disparaître les taches brunes sur les jambes ?

Tóti sourit.

— Je l'ignorais.

— J'ai d'abord cru que Natan se moquait de moi. Puis j'ai vu de mes propres yeux comment il guérissait certaines maladies avec des remèdes très simples : une infusion, un cataplasme au saindoux et au soufre, un peu de résine tirée d'une racine, et même du chou bouilli !

« Je me réjouissais chaque matin de la bonne fortune qui m'avait conduite à Illugastadir. Natan m'avait fabriqué des mocassins en peau de phoque et m'avait offert un très beau châle. Je pouvais me régaler d'œufs de canard à tous les repas et, lorsqu'il partait en voyage, il nous rapportait toujours des petits cadeaux. C'est pour cela que j'ai pris Sigga pour sa fille la première fois que je l'ai vue : Natan veillait à ce qu'elle soit bien mise. Quand je suis arrivée, il m'a donné de la dentelle, de la soie et un petit mouchoir qui, jura-t-il, venait tout droit de France. Si bien que, malgré l'isolement de la ferme et l'exiguïté des lieux, j'avais l'impression de mener grande vie. Nous recevions peu de visites. Mais j'avais Natan, et je tolérais Sigga. Parfois, sa compagnie se révélait même assez agréable. Dites-moi, révérend… L'avez-vous vue ? A-t-elle été graciée ?

Tóti secoua lentement la tête.

— Je ne le sais pas encore.

Agnes demeura pensive.

— Elle a sans doute beaucoup changé, reprit-elle au bout d'un moment. J'imagine qu'elle est devenue très pieuse… A Illugastadir, elle ne l'était pas. Elle se montrait même franchement impertinente quand ça lui chantait ! Elle passait son temps à faire des suppositions sur les habitants du canton. Natan faisait mine d'être intéressé : « Qui devrait épouser qui, d'après toi ? Et à quoi ressembleront leurs enfants ? » lançait-il à la veillée. Elle répondait le plus sérieusement du monde. Pour lui, c'était un petit jeu sans conséquence : il s'amusait de ces niaiseries. De mon côté, je ne me vexais plus de l'entendre se présenter comme la gouvernante de Natan, et j'obéissais gentiment quand elle me chargeait de corvées qui auraient dû être les siennes : vider le pot de chambre, nettoyer l'étable ou faire sécher le poisson. Comme le disait Natan, Sigga n'était qu'une gamine. Une enfant qui posait un regard d'enfant sur le monde.

« Fridrik Sigurdsson nous a rendu visite quelques jours après mon arrivée. C'était la première fois que je le rencontrais. Sigga me l'avait décrit comme une connaissance de Natan. Elle se mettait à rougir quand elle parlait de lui. On aurait dit un agneau écorché ! Il était clair que le jeune homme lui plaisait… Je n'ai jamais compris pourquoi. Moi, il me mettait mal à l'aise. Parfois Natan aussi, d'ailleurs. Il y avait quelque chose de déséquilibré chez Fridrik. Il avait l'art de pousser Natan à bout. L'atmosphère se tendait dès qu'il arrivait. Et c'était contagieux : écouter leur conversation vous plongeait dans une rage sourde, et vous commenciez à en vouloir à la terre entière pour des broutilles… J'ai vite compris que Fridrik était un garçon impétueux. Il cherchait par tous les moyens à se prouver qu'il était un homme. Il s'offensait d'un rien et fulminait en permanence, comme si la terre entière s'était liguée contre lui. En fait, il aimait se mettre en colère. Et il adorait se battre. Il exhibait ses poings meurtris comme des trophées.

« Natan était différent : il ne ressentait pas le besoin de faire ses preuves. En revanche, il se laissait ébranler par des "signes" qui tenaient, pour moi, de la superstition. Et ce que j'admirais chez lui – sa manière de voir le monde, son appétit de connaissance, sa simplicité et sa bonhomie – avait un revers. Avec lui, j'appréciais d'autant plus le ciel bleu qu'il fallait endurer les pires tempêtes.

Agnes s'interrompit en voyant Tóti porter sa main à son cou en grimaçant.

— Vous ne vous sentez pas bien ? demanda-t-elle.

Le révérend s'éclaircit la gorge.

— L'atmosphère est un peu confinée, ici. Continuez, s'il vous plaît. J'irai boire un bol d'eau dans un moment.

— Je vous trouve bien pâle !

— J'ai dû prendre froid en chemin.

— Vous devriez peut-être passer la nuit à Kornsá.

Tóti secoua la tête en souriant.

— J'ai connu pire, je vous assure ! Je ne voulais pas vous interrompre. Reprenez, je vous en prie.

Agnes l'observa avec attention, puis obtempéra.

— Bien. Revenons à Fridrik, puisque vous insistez. Je puisais de l'eau à la rivière quand il est arrivé. J'ai entendu un cri et vu un jeune rouquin arriver au trot sur le sentier qui descendait de la montagne. Il y avait une femme avec lui. Natan s'est penché à la fenêtre de l'atelier. Il les a vus, lui aussi. Il est sorti aussitôt après en verrouillant la porte derrière lui. Peu de gens venaient à Illugastadir, et il ne cherchait pas à ce qu'il en soit autrement.

« Natan m'a présentée à Fridrik, qui m'a dit être le fils de Sigurdur, le fermier de Katadalur, une masure située de l'autre côté de la montagne. Il a ajouté qu'il s'était absenté pendant l'hiver, puis il nous a présenté son amie, Thórunn, une servante affublée de très mauvaises dents, qui nous a souri poliment. J'ai remarqué que Sigga l'observait à la dérobée, comme si sa présence l'inquiétait. Pour tout dire, révérend, ils m'ont fait une mauvaise impression. J'ai trouvé Fridrik vantard et affreusement prétentieux. Il parlait sans interruption de sujets sans intérêt. Après avoir affirmé qu'il ferait sous peu la fortune de son père, il nous a raconté comment il s'était battu contre trois hommes à Vesturhóp – combat dont il était sorti victorieux, naturellement. Bref, il ne nous épargnait aucun des mensonges qu'on peut attendre d'un garçon de son âge. Je ne sais pas pourquoi Natan se donnait la peine de l'écouter : il n'aimait guère ce type de discussion, sauf lorsqu'il s'agissait de mettre en avant ses propres succès. Sur le moment, j'ai pensé qu'il était peut-être le mentor de Fridrik. Qu'il cherchait à le mettre sur le bon chemin, comme il prétendait le faire pour Sigga.

« Il a fait entrer Fridrik et Thórunn dans le badstofa. Je n'avais pas spécialement envie de faire leur connaissance, mais je me suis jointe à eux. Fridrik a avalé son poisson en deux bouchées, comme s'il n'avait rien mangé depuis quelques jours. Sa famille vivait dans une extrême pauvreté – je l'ai appris plus tard. J'ai pensé que Natan le connaissait depuis longtemps et veillait sur lui par compassion.

« Après leur départ – Thórunn suivait Fridrik comme un petit chien – Natan s'est volatilisé. "Où étais-tu passé ?" lui ai-je demandé quand il est revenu. Il a souri. "Je vérifiais qu'il ne manque rien", m'a-t-il expliqué. Puis il a ajouté que Fridrik avait les doigts crochus et ne venait à Illugastadir que pour essayer de découvrir où il cachait son argent.

« J'étais stupéfaite. Pourquoi faire entrer Fridrik chez lui s'il savait que c'était un voleur ? Natan a ri et m'a répondu qu'il ne laissait jamais d'argent dans la ferme, de toute façon. "Et puis, ce petit jeu me plaît", a-t-il avoué. Ils n'étaient pas vraiment amis, tous les deux. Plutôt rivaux, par ennui plus qu'autre chose, d'ailleurs. Convaincu que Natan était riche, Fridrik voulait lui prendre une part de sa fortune ; Natan l'encourageait pour s'amuser, puisqu'il savait pertinemment que Fridrik ne trouverait jamais sa cachette. Ce jour-là, j'ai dit à Natan qu'il me semblait dangereux de provoquer un tel homme. "Un tel homme ! a-t-il répété d'un ton moqueur. Fridrik n'est qu'un gamin imprudent." Je n'étais pas convaincue. J'ai répliqué que ce gamin était deux fois plus grand que lui et pourrait facilement le mettre à terre s'ils en venaient aux mains. Cette fois, Natan n'a pas ri. Il s'est fâché pour la première fois depuis notre rencontre.

— Que vous a-t-il dit ?

— Il m'a prise par le bras et m'a entraînée dehors. Là, il m'a ordonné de ne plus jamais dire des choses pareilles devant Sigga. « C'était pourtant vrai ! me suis-je écriée. Fridrik est deux fois plus grand que toi ! » Puis j'ai affirmé que je n'avais pas voulu le blesser et que Sigga l'admirait énormément, tout comme moi. Il s'est un peu calmé, mais je suis restée sur mes gardes. Sa virulence m'avait effrayée. J'ai constaté par la suite qu'il pouvait changer d'humeur d'un instant sur l'autre – gare à ceux qui voyaient son visage s'assombrir ! Il vous traitait en ami le matin et vous jetait dehors à la nuit tombée si vous aviez eu le malheur de renverser ne serait-ce qu'un bol d'eau sur la table. Comme on dit par ici, toute montagne a sa vallée.

— Si vous l'aviez su auparavant, auriez-vous accepté d'aller travailler pour lui ? s'enquit Tóti.

Agnes réfléchit, puis hocha la tête.

— Je voulais quitter la vallée de Vatnsdalur. C'est tout ce qui comptait.

— Parlez-moi encore de Sigga, suggéra le révérend.

— Cette nuit-là, après la visite de Fridrik, Sigga m'a confié qu'elle rêvait de se marier. « Eh bien, ne trouves-tu pas que Fridrik Sigurdsson ferait un beau parti ? » me suis-je exclamée. Je me moquais, bien sûr. Fridrik est couvert de taches de rousseur. Il a le teint marbré, les cheveux carotte et une famille si pauvre qu'on les prend pour des va-nu-pieds. Sigga n'a pas perçu mon ironie : elle a viré à l'écarlate et m'a demandé si je pensais que Fridrik était fiancé à Thórunn. J'ai compris qu'elle avait vraiment le béguin pour lui.

« J'ai continué sur le même ton. “Sais-tu à quel point il est difficile de se marier ? lui ai-je demandé. — Oh, ça ne peut pas être plus difficile que ça !” m'a-t-elle répondu en désignant la cuisine et les corvées qui nous attendaient. J'ai ri et lui ai expliqué que je ne parlais pas d'un travail physique, mais des obstacles à surmonter pour convaincre les autorités de laisser une servante s'unir à son promis.

"Il te faudra la permission du pasteur, celle du policier du canton et celle du commissaire du canton. Sans oublier celle de Natan, puisque c'est lui qui a le dernier mot… Ton mariage ne se fera pas avec un seul homme !" ai-je conclu. Sigga semblait désemparée. Elle avait blêmi en apprenant qu'elle ne pourrait se passer du consentement de Natan. Elle a gardé le silence, même lorsque j'ai tenté de la faire rire en lui racontant ce que Natan m'avait dit de Fridrik et du "petit jeu" auquel il se prêtait à son insu. "Tu crois vraiment que Fridrik est un voleur ?" s'est-elle exclamée. J'ai répondu qu'il me semblait particulièrement honnête, au contraire.

« Natan a éclaté de rire quand je lui ai relaté ma conversation avec Sigga et son désarroi en apprenant qu'elle ne pourrait se marier sans son accord. "Je suis content qu'elle le sache", m'a-t-il dit. Je lui ai parlé du béguin manifeste qu'elle nourrissait pour Fridrik et j'ai réitéré mon inquiétude quant aux soupçons que Natan faisait peser sur lui. "C'est ce qui arrive quand on jette deux créatures dans un trou !" s'est-il exclamé, et nous sommes passés à autre chose.

« L'agnelage approchait. Natan a profité du beau temps pour se rendre dans le Nord, où il comptait gagner de l'argent en allant de ferme en ferme pour soigner les malades et vendre ses remèdes. Il était parti depuis quelques jours quand une première brebis a mis bas. Sigga et moi n'étions pas assez fortes pour tirer les agneaux hors de la matrice s'ils se présentaient mal, et les aider à respirer si nécessaire. Que dirait Natan s'il trouvait moins d'agneaux que prévu à son retour ? Bien qu'il nous ait formellement interdit de laisser venir quiconque chez lui, j'ai demandé à Sigga de courir jusqu'à la ferme la plus proche pour demander de l'aide. Elle est revenue avec Fridrik.

« Je l'ai accueilli avec réticence, mais nous avions réellement besoin de son aide : entre-temps, d'autres brebis avaient commencé à agneler et je savais que nous ne pourrions pas nous en sortir seules. Et Fridrik savait y faire : il était fils de fermier, après tout ! Il nous a aidées à tirer les agneaux et à les secouer pour stimuler leur respiration. Quand nous avons découvert que les mamelles d'une des brebis étaient trop courtes, Fridrik a fabriqué à la hâte un biberon de fortune que nous avons donné au nouveau-né. Après ça, je me suis montrée moins distante envers lui, mais je ne voulais toujours pas le laisser dormir avec nous dans la maison. Il passait ses nuits dans l'étable, où je lui avais préparé un lit.

« Il est resté une semaine à Illugastadir. Je veillais constamment à ce qu'il ne touche à rien. J'avais remarqué qu'il était obsédé par la valeur des choses : il calculait le prix des agneaux, de leurs mères, de la vache que nous avions, des terres qui environnaient la ferme, et même du ruban de soie que Sigga portait dans les cheveux. Je mettais cette obsession sur le compte de la misère dans laquelle il avait grandi. Un jour, je l'ai surpris en train de creuser des trous devant la porte d'entrée. Quand j'ai voulu savoir ce qu'il faisait, il s'est mis à rire en m'expliquant qu'il cherchait les pièces d'argent qu'il avait confiées à Natan et que ce dernier ne lui avait pas rendues. "Il ne sait plus où elles sont enterrées !" a-t-il conclu. Pur mensonge, naturellement : Fridrik n'avait pas un sou, et n'en avait jamais eu. Il cherchait l'argent de Natan, non le sien !

« Sigga ne remarquait rien : les machinations de Fridrik, son caractère sournois, n'entamaient pas son affection, au contraire : elle se mettait en quatre pour lui faire plaisir, courant lui chercher ses outils lorsqu'il travaillait dehors et gloussant aux récits de ses prétendus exploits. Le soir, elle lui apportait un bol de lait dans l'étable "pour lui souhaiter bonne nuit", comme elle disait – ce qui lui prenait un certain temps. Comme je vous l'ai dit, c'était un beau brin de fille, et Fridrik a vite oublié Thórunn et ses dents noires. Il est bon cavalier et cette semaine-là, il s'amusait à harasser sa monture pour impressionner Sigga. Quand la pauvre bête l'a jeté à terre pour mettre fin aux coups de cravache qui avaient ensanglanté ses flancs, Sigga s'est précipitée vers Fridrik pour éponger sa tempe meurtrie. Elle lui a apporté une assiette de soupe, restant à côté de lui pendant qu'il l'engloutissait et le couvrant de baisers dès que j'avais le dos tourné.

« Quand Natan est rentré de voyage, il a constaté que la plupart de ses brebis avaient mis bas. Il nous a félicitées d'avoir accompli un si bon travail. Sigga lui a avoué que nous n'y serions pas parvenues sans l'aide de Fridrik Sigurdsson. "Fridrik ? s'est écrié Natan. Pourquoi diable avez-vous invité ce voleur chez moi en mon absence ?" Sigga s'est mise à pleurer – elle ne supportait pas les disputes – mais Natan a continué de hurler, la traitant d'idiote et d'écervelée, si bien que j'ai fini par intervenir. "C'est moi qui ai convoqué Fridrik, ai-je affirmé. Je comprends que la ferme n'est pas ton unique préoccupation, mais tu ne peux pas nous demander d'accomplir certaines tâches sans l'aide d'un homme. Je ne suis pas assez forte pour porter les agneaux à bout de bras et les secouer jusqu'à ce qu'ils respirent ! Sigga encore moins. Il y a beaucoup de travail ici et nous peinons à tout faire. Je sais que tu n'aimes guère Fridrik, mais il a sauvé une partie de ton troupeau. Et j'ai veillé à ce qu'il ne mette jamais les pieds à l'intérieur." Je me suis gardée de préciser que j'avais surpris le gamin en train de creuser des trous devant la porte.

Natan s'est calmé et la vie a repris son cours. Peu après, il nous a annoncé qu'il allait se rendre à Geitaskard pour embaucher Daníel Gudmundsson : les foins approchaient et nous aurions besoin de bras supplémentaires. Natan m'a également assuré qu'il ferait désormais venir un homme chaque fois qu'il s'absenterait, mais que ce ne serait pas Fridrik.

10

Le 13 avril 1828

La cour a appelé Rósa Gudmundsdóttir de Vatnsendi à comparaître. Elle a refusé de se prononcer sur les crimes commis à Illugastadir, mais elle a affirmé qu'Agnes Magnúsdóttir lui avait rendu visite au cours de l'hiver précédent et qu'elle avait dit du bien de Natan Ketilsson. La fillette qui avait été placée à Illugastadir est maintenant revenue à Vatnsendi auprès de sa mère, la poète Rósa. Elle est maintenant âgée de trois ans. Rósa s'est dite convaincue que l'enfant n'a pas été blessée ou maltraitée lors du meurtre. Elle a toutefois confié à la cour que la fillette parle souvent de Natan en disant qu'il est « parti dans la montagne » – c'est ce qu'on lui a raconté après la découverte des corps. Interrogée sur Agnes et Sigrídur, Rósa a répondu qu'elle les connaissait à peine et n'avait rien de particulier à dire sur leur compte. Elle a précisé que Natan avait quitté Vatnsendi au cours de l'été 1825, après avoir passé deux ans au sein du foyer qu'elle forme avec Olaf, son mari, et leurs enfants. Elle a déclaré qu'elle savait que Natan était alors en possession d'une importante somme d'argent. Par mesure de prudence, elle lui avait proposé d'en laisser une partie à

Vatnsendi, ce qu'il avait accepté : il lui avait alors confié cinquante rigsdalers d'argent, qu'elle avait cachés chez elle.

Au printemps suivant, Fridrik Sigurdsson est venu de Katadalur pour s'entretenir avec elle en privé. Rósa a déclaré à la cour qu'elle l'avait emmené dans l'étable, où il avait cherché à la séduire, affirmant qu'il la désirait et souhaitait passer la nuit auprès d'elle. Elle a dit qu'elle avait repoussé Fridrik et rejoint son mari en lui demandant de ne pas laisser le jeune homme dormir dans la maison. Plus tard dans la journée, Olaf est venu la trouver. Il lui a raconté que Fridrik avait demandé à entrer dans la remise pour y chercher l'argent de Natan. Fridrik se sentait autorisé à le faire puisque, disait-il, Natan lui-même lui avait déclaré qu'il pourrait prendre cet argent s'il parvenait à dormir chez Rósa. Fridrik avait proposé à Olaf de lui offrir deux ou quatre rigsdalers d'argent s'il le laissait fouiller dans la remise. Il avait aussi raconté à Olaf que sa mère avait rêvé de cet argent, le voyant caché sous un gros tonneau. Rósa a répondu à son mari que l'argent de Natan n'était pas dans la remise et que Fridrik pouvait la fouiller autant qu'il voulait. Au cours de la soirée, Olaf étant sorti, et Rósa et sa servante s'étant endormies, Fridrik s'est rendu dans la remise, où il a vidé le tonneau sans trouver la moindre pièce d'argent. Il était furieux, et s'en est pris à sa mère qui « rêvait de travers ». Puis il a dit qu'il avait trouvé un objet très lourd qu'il n'avait pas réussi à déplacer et qu'il reviendrait après avoir demandé des précisions à sa mère sur l'endroit où était caché l'argent. Il n'est pas réapparu.

Ensuite, tout le monde a commencé à dire que Fridrik détestait Natan parce qu'il n'avait pas réussi à trouver l'argent. Après la visite de Fridrik, Rósa a rendu à Natan la somme qu'elle avait gardée pour lui. C'était la première fois qu'elle le voyait depuis de longs mois, a-t-elle affirmé à la cour. Elle a ajouté que Natan avait pour habitude d'enterrer ses pièces d'argent sous le plancher de la maison ou dans la cour de la ferme lorsqu'il vivait avec elle. Il n'a pas été possible d'obtenir d'autres renseignements de cette femme qui a, par ailleurs, refusé de confirmer l'authenticité de ce compte rendu.

Compte rendu établi en 1828
par un greffier du tribunal

Tóti s'éveilla dans la pénombre du badstofa paternel. Il respirait difficilement. Lorsqu'il voulut s'asseoir, la tête lui tourna. Ses bras tremblaient, refusant de soutenir le poids de son corps. Il voulut tousser : sa langue resta collée à son palais.

Les ronflements de son père, qui dormait au fond de la pièce, se succédaient de manière immuable : une inspiration sifflante, une pause de quelques secondes, puis une longue expiration sonore.

Pourquoi dort-il encore ? Le jour va bientôt se lever. Un peu d'eau me fera du bien.

Il posa doucement ses pieds nus sur le plancher. Son cœur battait à grands coups, comme au sortir d'un cauchemar. Il se leva en chancelant et se dirigea vers le garde-manger. L'air de la petite pièce lui parut délicieusement frais sur sa peau moite. Il se laissa glisser au sol.

Je vais dormir ici. Il fait si chaud dans le badstofa ! A croire qu'un incendie s'est déclaré…

Lorsqu'il s'éveilla de nouveau, son père tentait de le soulever.

— Tu cherches à prendre froid, c'est ça ? Tu déambules en pleine nuit comme un pauvre fou !

— Mamma ?

Il y eut un bref silence.

— Non, mon fils. C'est moi.

Le révérend Jón recula d'un pas, puis glissa ses mains calleuses sous les aisselles de Tóti. Il parvint à le hisser sur son séant.

— Et maintenant, debout ! ordonna-t-il en se penchant pour reprendre sa bougie. Tu dors toujours ?

Tóti secoua la tête.

— Non. Je ne dors pas. Je me sentais tout drôle... Je me suis levé pour aller boire. J'ai dû m'assoupir en arrivant ici.

Il s'agrippa au bras que Jón lui offrait et ils regagnèrent le badstofa.

— Assieds-toi sur ton lit.

Le révérend lâcha le jeune homme, qui oscilla sur ses jambes. Ses yeux étaient plus brillants que d'ordinaire et ses cheveux trempés de sueur brillaient sous la chandelle.

— Tu es épuisé, mon garçon. Ces trajets jusqu'à Kornsá ont eu raison de ta santé. Il fait bien trop froid pour voyager, à présent !

Tóti leva les yeux vers lui.

— Père ?

Il serait tombé si Jón n'avait ouvert les bras pour le rattraper.

Les jours diminuent, à présent. Nous avons assez de temps pour tout faire. Trop de temps. Margrét et ses filles se sont rendues à l'église avec Gudmundur pour occuper les longues heures du dimanche matin. Les montagnes sont couvertes de neige et l'eau a gelé dans l'étable la nuit dernière. Jón a chargé Bjarni de briser la glace à l'aide d'un marteau.

Depuis, nous sommes assis dans le badstofa, Bjarni, Jón et moi, à attendre le retour des autres.

Le révérend n'est pas venu depuis plusieurs jours. Où est-il ? Je pensais le voir pour mon anniversaire, puisqu'il a découvert ma date de naissance dans le registre de la paroisse, mais nous n'avons reçu aucune visite ce jour-là, et je n'ai rien osé dire à la famille du fermier. Depuis, le mois de novembre s'égrène lentement sans apporter de nouvelles du révérend. Pas le moindre message pour apaiser mon inquiétude. Steina m'a fait remarquer l'autre jour que le mauvais temps le retenait peut-être à Breidabólstadur. Il est vrai qu'un terrible blizzard s'est abattu sur le canton la semaine dernière. Nous avons failli être bloqués par la neige. Il se peut aussi qu'il soit retenu par ses obligations pastorales : je l'imagine allant de ferme en ferme comme le révérend Pétur, notant le nom de ses paroissiens dans le registre pour que l'histoire ne les oublie pas. A moins qu'il ne se soit lassé de mes histoires ? Je l'ai peut-être choqué, et le voilà maintenant convaincu de ma culpabilité, certain que je dois être abandonnée à mon sort. Ne suis-je pas terriblement impie ? Je le détourne de ses méditations premières ; je le fais douter de sa foi dans un Dieu d'amour. Ou bien Blöndal l'a de nouveau convoqué à Hvammur pour lui interdire de m'écouter… Quoi qu'il en soit, je le trouve bien cruel de ne pas m'avoir avertie de son absence. Je ne sais même pas s'il a l'intention de revenir. Sans lui, les journées semblent interminables. Elles sont pourtant de plus en plus courtes : la lumière fuit le pays comme un cheval au galop. J'ai de moins en moins de travail, et l'attente met mes nerfs à vif. Chaque fois que j'entends quelqu'un taper ses bottes contre le mur de la ferme pour en faire tomber la neige, chaque fois que quelqu'un tousse dans le couloir, je crois qu'il est revenu. Hélas, non. Ce n'est jamais lui. Seulement les garçons de ferme qui rentrent de l'étable après avoir nourri les bêtes. Ou Margrét, qui crache dans son mouchoir.

Cette attente me retourne l'estomac. Pourquoi pas maintenant ? Pourquoi ne pas prendre la hache et le faire ici, à la ferme ? Bjarni pourrait s'en charger. Ou Gudmundur. Ou Jón. Ils seraient trop heureux de me plaquer au sol et de me couper la tête sans plus de cérémonie. Pourquoi s'embarrasser d'un prêtre ou d'un juge ? Puisqu'ils ont décidé de me tuer, qu'ils le fassent maintenant, et qu'on n'en parle plus !

C'est Blöndal qui a dû leur ordonner de ne rien faire. Pour me paralyser d'angoisse avant l'exécution. Il cherche à me briser en m'ôtant le seul réconfort que j'aie encore en ce monde. Cet homme est un barbare. Il me reprend Tóti et m'oblige à regarder passer les jours. Lui seul pouvait m'offrir un cadeau aussi cruel : des mois entiers pour faire mes adieux à la vie. Pourquoi ne me donne-t-il pas la date de l'exécution ? Elle est peut-être prévue pour demain, et le révérend n'est pas là pour m'aider. Pourquoi ne revient-il pas ?

Le caractère irrévocable de la sentence me met au supplice. Il transperce la banalité de ma vie quotidienne à Kornsá comme un coup de poignard. Cette épreuve m'aurait peut-être été épargnée si j'étais restée à Stóra-Borg. J'aurais succombé à la faim. Mon corps couvert de boue, transi de froid, se serait su condamné. Il aurait cessé de lutter, m'offrant une mort anticipée. Ne serait-ce pas mieux que de passer l'hiver à bobiner de la laine en attendant qu'on vienne me tuer ?

Dimanche prochain, je demanderai peut-être à Margrét la permission de l'accompagner à l'office. A quoi sert Dieu, si ce n'est à nous extraire un instant du bourbier dans lequel nous pataugeons ? Nous sommes tous des naufragés. Englués dans une tourbière de misère. Quand suis-je allée à l'église pour la dernière fois ? Certainement pas quand je vivais à Illugastadir. Ce devait être à Geitaskard, avec les autres domestiques. Nous nous y sommes rendus à cheval et nous nous sommes changés derrière le mur de l'église.

L'air froid du petit matin nous mordait les jambes tandis que nous enfilions à la hâte nos habits du dimanche, propres et sans un poil de cheval. J'aime la chaleur presque étouffante qui se dégage des corps massés sur les bancs. Je me languis de me fondre dans cette assemblée, d'entendre les reniflements, les toussotements, les gémissements des nourrissons. Je laisserai la voix du pasteur me submerger sous son flot continu de sons et d'inflexions. Je n'écouterai que la musique des mots, comme autrefois quand j'étais jeune fille, recrutée dans des fermes perdues au milieu de nulle part pour langer les bambins et laver le linge sale dans des bacs de cendre et de saindoux. Le dimanche, je me réfugiais à l'église pour exister autrement. Pour me purifier.

Je n'en serais peut-être pas là aujourd'hui si Natan m'avait permis d'assister à l'office à Tjörn. Je m'y serais peut-être fait des amis. J'aurais rencontré une famille susceptible de m'accueillir quand la situation s'est dégradée à Illugastadir. J'aurais connu des fermiers prêts à m'embaucher. Mais Natan m'a empêchée d'y aller, et je n'ai rencontré personne. Je n'avais plus d'amis, pas la moindre lumière pour m'aider à sortir de ce long tunnel hivernal.

Rósa et moi serions peut-être devenues amies si nous nous étions rencontrées dans d'autres circonstances. Natan prétendait que nous n'avions rien en commun, mais il se trompait. Nous l'aimions toutes deux, pour commencer. Et malgré ce que j'ai dit au révérend Tóti, les poèmes de Rósa ont embrasé les copeaux de mon âme. Ils m'ont éclairée de l'intérieur. Natan n'a jamais cessé de l'aimer. Comment aurait-il pu se détourner d'une telle femme ? Sa poésie illuminait ceux qui la lisaient.

Nous n'avons pas trouvé de terrain d'entente, Rósa et moi. Ce n'est guère plus sa faute que la mienne. Dès notre première rencontre, elle m'a fait clairement comprendre que nous étions sur un champ de bataille. Elle a surgi comme un fantôme dans le badstofa par une longue nuit d'été. Aucun de nous ne l'avait entendue arriver. La porte s'était ouverte et refermée sur elle sans un bruit. Elle est apparue au milieu de la pièce comme par enchantement, sa petite fille dans ses bras. Ses vêtements noirs faisaient ressortir l'éclat de son teint. Sigga disait souvent que Rósa avait l'air d'un ange. Cette nuit-là, j'ai trouvé qu'elle avait l'air lasse.

J'en savais plus sur elle qu'elle n'en savait sur moi. « C'est une femme extraordinaire », m'avait dit Natan quelque temps auparavant. J'avais reconnu la morsure de la jalousie au pincement qui me serrait le cœur. « C'est une excellente sage-femme et une grande poète », avait-il ajouté, omettant de mentionner qu'elle était aussi la mère de son enfant. La fillette avait hérité de Natan son regard aigu sur le monde : elle observait les êtres et les choses avec une intensité troublante.

Avant cette première rencontre à Illugastadir, Natan avait pourtant su apaiser mes craintes. « Rósa m'étouffait, m'avait-il confié. Elle voulait que je m'installe définitivement chez elle et son mari... Mais j'avais besoin d'avoir ma propre vie. Et je l'ai trouvée ici. Ma propre ferme. Mon indépendance. » Il lui avait écrit, affirmait-il, pour lui annoncer leur rupture. Il ne la désirait plus : l'amour qu'il me portait avait supplanté celui qu'il avait pour elle. Il était fier de mes origines misérables : « Tu as dû te battre pour tout. Tu prends le taureau par les cornes, Agnes. Tu n'es pas comme Rósa. » J'avais souri, convaincue de sa sincérité.

Puis la poète avait surgi dans le badstofa par une nuit d'été, et le visage de Natan s'était éclairé.

Elle n'avait rien dit. Serrant l'enfant dans ses bras, elle m'avait fixée d'un regard haineux, comme si elle braquait un revolver sur mon visage.

— Vous êtes Agnes Magnúsdóttir, j'imagine ? La rose de Kidjaskard. La fleur de nos vallées.

Sa main, dégagée de sa moufle, avait glacé la mienne.

— Bonsoir, Rósa. Je suis heureuse de faire enfin votre connaissance.

Elle avait posé les yeux sur Sigga, puis haussé les sourcils.

— Tu es bien installé, à ce que je vois, avait-elle lancé. Et tu ne manques pas de compagnie.

L'allusion était claire. J'ai fait un pas vers Natan. Je voulais me tenir près de lui. Montrer à Rósa qu'il était mien, désormais.

— Ce doit être Thóranna… ai-je dit en désignant la fillette qu'elle avait posée au sol.

Celle-ci a souri en entendant son prénom. Rósa l'a aussitôt reprise dans ses bras.

— Oui. C'est Thóranna. Ma fille et celle de Natan.

— Du calme, voyons ! intervint celui-ci, un sourire amusé aux lèvres. Inutile de vous disputer… Sigga, va nous chercher du café. Rósa, enlève ton manteau.

— Non, merci.

Elle a posé Thóranna dans un coin, à bonne distance de l'endroit où je me tenais.

— Je suis seulement venue l'amener ici, a-t-elle ajouté. Je repars tout de suite.

— Pardon… ? ai-je balbutié.

J'étais stupéfaite. Natan ne m'avait pas dit que sa fille viendrait habiter avec nous. Je l'ai interrogé à voix basse. Pourquoi ne m'avait-il pas avertie de leur arrivée ? Je ne savais même pas qu'ils étaient encore en contact !

— C'est le moins que je puisse faire pour Rósa, a-t-il répondu. Thóranna a passé l'hiver précédent ici, et je souhaite faire de même cette année. C'est ma fille. Il est normal qu'elle vienne vivre avec moi de temps en temps.

Rósa a laissé échapper un rire acerbe.

— Tu la consultes sur tout, maintenant ? J'ignorais qu'elle t'avait maté à ce point… En tout cas, il est clair qu'elle ne veut pas de notre enfant chez elle !

Natan a ri, lui aussi.

— Chez elle ? Agnes est ma servante, Rósa.

— Vraiment ? J'ai du mal à te croire.

Elle m'a lancé un regard furieux, avant d'asséner :

— Je ne veux pas qu'elle s'occupe de notre fille !

— Je le ferai avec plaisir, ai-je assuré.

Je mentais.

— Je me fiche de savoir ce qui vous fait plaisir, Agnes.

Natan s'était rembruni. Lui était-il désagréable de voir ses deux amantes, l'ancienne et la nouvelle, se heurter si vivement ?

— Reste, Rósa. Buvons un peu de café tous ensemble.

— Un peu de café ? a-t-elle répété d'un ton mordant. Quelle bonne idée, Natan ! Toutes tes gueuses rassemblées à la même table ! Non, merci. Très peu pour moi.

Elle a repoussé la main qu'il avait posée sur son épaule et s'est tournée vers la porte. Je pensais qu'elle sortirait sans me saluer, mais elle s'est penchée vers moi avant de franchir le seuil.

— Veillez sur Thóranna, je vous en prie. Veillez sur elle !

J'ai hoché la tête. Elle s'est penchée plus près encore, et j'ai senti ses doigts effleurer mon bras.

— *Brennt barn forđast eldinn*, a-t-elle murmuré. L'enfant brûlé craint le feu.

Elle est partie sans se retourner.

La fillette s'est mise à pleurer. Sigga l'a prise sur ses genoux pour la consoler. Natan scrutait la porte du badstofa, comme si Rósa allait revenir.

— Lui avais-tu parlé de nous ? ai-je chuchoté.

— Non. Elle ne sait rien.

— Pourquoi a-t-elle mentionné la rose de Kidjaskard ? Et cette histoire de gueuses réunies autour de la table…

Il a haussé les épaules.

— Rósa a une manière bien à elle de nommer les gens. Elle t'a certainement trouvée très belle.

— Je doute qu'elle ait voulu me faire un compliment !

Il ne m'écoutait plus.

— Je vais à l'atelier.

— Maintenant ? Sigga nous a préparé du café !

— Fiche-moi la paix, Agnes. Et tais-toi, pour une fois.

— Tu vas la chercher, c'est ça ?

Il est sorti sans me répondre.

Une nuit, Tóti fut pris d'une telle fièvre qu'il crut voir Agnes apparaître à la porte du badstofa.

— Regarde ! Ils l'ont laissée venir jusqu'ici, dit-il à son père.

Penché sur lui, le révérend Jón l'enveloppa sans rien dire dans une couverture supplémentaire.

— Entrez ! lança Tóti.

Il se débattit pour sortir ses bras tremblants des couvertures et les tendre vers Agnes.

— Venez. Voyez-vous comme nos vies sont mêlées ? C'est Dieu qui l'a voulu ainsi.

Elle s'agenouilla près de son lit. Ses longs cheveux noirs frôlèrent son oreille. Il frémit, saisi d'un désir inconnu.

— Il fait si chaud, ici !

Elle se pencha pour embrasser son front mouillé de sueur, mais ses lèvres lui semblèrent râpeuses et ses doigts cherchaient à se refermer sur sa gorge.

— Agnes ! Agnes !

Il la repoussa violemment, haletant sous l'effort. De grandes mains se saisirent des siennes et les plaquèrent de chaque côté de son corps, sur les couvertures.

— Arrête, dit-elle. Laisse-toi faire.

Tóti laissa échapper un gémissement. Déjà, les flammes frôlaient sa peau nue et sa bouche s'emplissait de fumée. Il toussa. Son torse se creusa sous le poids d'Agnes lorsqu'elle le chevaucha. Le couteau brillait au bout de son bras levé.

— Je ne te crois pas ! protesta Steina en donnant un violent coup de balai sur le plancher.

La poussière qu'elle venait de rassembler se dispersa dans la pièce.

— Steina ! Regarde ce que tu fais… C'est encore plus sale, maintenant.

La jeune fille continua à manier le balai avec fureur.

— Cette histoire est trop cruelle pour être vraie, reprit-elle. Je ne serais pas étonnée d'apprendre que Róslín l'a inventée de toutes pièces.

— Elle n'est pas la seule à l'avoir entendue.

Lauga éternua.

— Tu vois ? s'écria-t-elle. C'est pire qu'avant.

— Très bien. Fais-le, toi !

Steina tendit le balai à sa sœur et s'assit sur son lit.

— Qu'est-ce qui se passe, ici ? Pourquoi vous disputez-vous ?

Margrét entra dans la pièce et promena un regard effaré sur le plancher.

— Qui a fait ça ?

— Steina, répondit Lauga d'un ton réprobateur.

— Ce n'est pas ma faute si le toit tombe en ruine ! Regardez, mamma. Il y en a partout. Et la pluie commence à s'infiltrer dans la maison… Ça goutte là-bas, dans le coin.

Steina s'était levée en frissonnant pour montrer les dégâts à sa mère, qui chassa ses propos d'un revers de main.

— Tu es de mauvaise humeur, à ce que je vois…

Elle se tourna vers sa fille cadette.

— Qu'est-ce qui l'a mise dans cet état ?

Lauga leva les yeux au ciel.

— Elle fait toute une histoire d'une anecdote que je lui ai racontée sur Agnes. Elle refuse d'y croire.

— Ah oui ? fit Margrét. Et de quelle anecdote s'agit-il ?

— Les gens de la vallée se souviennent d'elle quand elle était petite, et certains racontent qu'un voyageur lui avait annoncé qu'une hache lui tomberait sur la tête.

Margrét fronça le nez.

— Tu tiens ça de Róslín, j'imagine ?

— Pas seulement de Róslín ! répliqua Lauga d'un air outré. Agnes était une enfant, à l'époque, mais cette histoire a fait le tour de la vallée, je vous assure ! Elle était chargée de surveiller le pré avant les foins. Un matin, elle s'est aperçue qu'un voyageur avait passé la nuit dans l'herbe. Son cheval dévorait les plus belles tiges. Quand elle lui a demandé de partir, il l'a injuriée et s'est mis à crier qu'un jour elle serait décapitée.

Margrét voulut protester, mais fut submergée par une violente quinte de toux. Lauga posa le balai et l'entraîna doucement vers sa couchette. Steina ne bougea pas, les yeux rivés sur leur mère.

— Là, mamma… Ça va aller.

Penchée sur elle, Lauga lui massait le dos. Elle retint un cri en voyant un caillot de sang jaillir de sa bouche.

— Mamma ! Vous saignez !

Steina s'élança et trébucha sur le balai. Lauga la repoussa.

— Laisse-la respirer !

Elles se turent, désemparées, tandis que Margrét continuait de tousser.

— Avez-vous essayé la gelée de lichen ?

Agnes se tenait sur le seuil et observait Lauga.

— Ce n'est rien, croassa Margrét en portant la main à sa poitrine. Je me sens déjà mieux.

— Ça dégage les bronches, insista la prisonnière.

Lauga se tourna vers la porte, les yeux brillants de colère.

— Laissez-nous, maintenant.

Agnes fit mine de ne pas avoir entendu.

— Avez-vous essayé la gelée de lichen ?

— Nous n'avons pas besoin de vos remèdes, répliqua sèchement Lauga.

Agnes secoua la tête.

— Je crois bien que si.

Margrét cessa brusquement de tousser et l'interrogea du regard.

— Que voulez-vous dire ? murmura Lauga.

Agnes prit une profonde inspiration.

— Faites bouillir longuement de petits morceaux de lichen dans de l'eau, puis laissez refroidir. Le bouillon va former une gelée grise. Au goût, c'est assez déplaisant, mais vous cesserez peut-être de cracher du sang. La gelée a un pouvoir cicatrisant qui agit sur les poumons.

Les yeux rivés sur Agnes, Margrét et Lauga gardèrent le silence. Steina traversa la pièce pour s'installer de nouveau sur sa couchette.

— Est-ce Natan Ketilsson qui vous a enseigné ce remède ? demanda-t-elle posément.

— Il paraît que c'est efficace, éluda Agnes. Je peux en préparer pour vous, si vous le souhaitez.

Margrét s'essuya lentement la bouche avec un coin de son tablier, puis hocha la tête.

— Oui. Faites-le pour moi.

Agnes tourna les talons et repartit dans le couloir. Lauga se tourna vers sa mère.

— Mamma, vous ne devriez pas avaler ce…

— Ça suffit, Lauga, l'interrompit Margrét. Ça suffit.

Le révérend ne revient pas. L'hiver, si. L'automne s'est enfui, chassé par un vent glacé qui plaque des rafales de neige contre les murs de la ferme. L'air devient transparent, fin comme du papier. Mon souffle reste en suspens devant ma bouche tel un esprit malin. Le sol gelé disparaît sous une brume épaisse, descendue des montagnes. Les ténèbres ont pris possession du nord de l'île. Elles s'étendent sur la vallée comme un bleu sur la chair de la terre. Et le révérend ne vient toujours pas.

Pourquoi, grands dieux ? Pourquoi ?

S'il venait ce soir, lui dirais-je que Natan et moi vivions comme mari et femme ? Je pourrais alors lui raconter ce qui s'est passé. Comment les choses se sont dégradées entre nous. Il l'a peut-être déjà compris, en fait.

A la fin de l'été, le sel est arrivé sur la plage d'Illugastadir. Un vent obscur s'est levé et le sable noir nous a piqué les jambes. Le sentier s'est fait plus escarpé vers des eaux plus froides. Le sel est arrivé.

Que dirais-je à Tóti s'il venait ce soir ?

Révérend, dirais-je, les choses ont commencé à changer à la fin de l'été, quand Natan a repris ses tournées dans le nord de l'île. Il en revenait différent, de plus en plus distant. Etranger à moi et à lui-même. Il surgissait dans la laiterie, me prenait la brosse à récurer des mains et m'attirait contre lui – non pour m'embrasser mais pour me demander si j'avais réchauffé le lit de Daníel en son absence. Si je m'étais bien amusée pendant qu'il s'échinait à détourner la mort des entrailles de ses compatriotes. Il m'a même soupçonnée d'aimer Fridrik ! Ce bon à rien qui jouait des poings à Vesturhóp et puait la laine mal lavée. Les accusations de Natan me faisaient sourire. Ne voyait-il pas qu'il m'avait manqué ? Ignorait-il à quel point il était différent des hommes que j'avais connus avant lui ?

A ce stade de mon récit, Tóti aurait sans doute rougi. Il aurait essuyé ses paumes moites sur son pantalon. Hoché lentement la tête. J'imagine son visage éclairé par la flamme vacillante de la bougie. Son regard attentif rivé sur moi.

Révérend, aurais-je poursuivi, je faisais de mon mieux pour apaiser les craintes de Natan. Je répondais que Daníel n'était rien pour moi ; que Fridrik était amoureux de Sigga. Je lui promettais d'être sienne aussi longtemps qu'il voudrait de moi. Je lui proposais même de devenir sa femme, s'il le voulait.

Ce sont ces sautes d'humeur qui nous ont séparés. Je le trouvais de plus en plus souvent dans son atelier, l'air sombre, occupé à verser des potions dans des bouteilles, ou à écumer la mousse grisâtre qui se formait à la surface de ses décoctions de racines. Je lui proposais de l'aider, comme je l'avais fait à mon arrivée. Il secouait la tête. « Je ne veux pas de toi », disait-il. Parlait-il de mon aide, ou de ma présence ? Il me montrait la porte. « Va-t'en. Je ne veux pas de toi ici. J'ai du travail. »

Je me réfugiais parfois dans la remise, où je m'emparais d'un os de vache, un fémur, pour réduire en miettes les têtes de morue séchées. Histoire de passer ma rage sur quelque chose. Je frappais les carcasses avec l'énergie du désespoir. *Il t'aime moins qu'avant*, me disais-je. Je commençais même à me demander s'il m'avait jamais vraiment aimée.

Nous partagions encore quelques moments de bonheur. Il venait me rejoindre quand je ramassais des plumes de canard sur la plage. Nous nous enlacions près des nids d'oiseaux. Il glissait ses mains dans mes cheveux et jouissait de moi avec le visage d'un homme qui se noie. Il avait besoin de nos étreintes comme de l'air qu'il respirait. Je le devinais à son regard, à la manière dont il s'agrippait à mes hanches comme à une bouée en haute mer.

Révérend Tóti, approchez votre siège. Je vais tout vous dire, à présent.

Je ne supportais plus d'être sa servante. Amante la nuit, nos respirations à l'unisson, domestique au réveil. Il ne me faisait même pas la grâce de me nommer gouvernante ! Je ressentais de plus en plus ses ordres sans chaleur comme des réprimandes.

« Rentre les moutons pour la nuit. Va traire la vache. Et les brebis. Va chercher de l'eau. Ramasse les cendres et répands-les sur le sol. Fais manger Thóranna. Je ne veux plus l'entendre pleurer. Je ne veux plus l'entendre ! Cette marmite est encore sale. Demande à Sigga de te montrer comment on nettoie correctement un vase à bec. »

Comprenez-vous de quoi je parle, mon révérend ? Pour vous, l'amour est-il immuable, toujours constant ? Ou vous est-il arrivé d'aimer si puissamment une femme que vous haïssiez l'emprise qu'elle avait sur vous ?

Moi, je haïssais la manière dont mon esprit se tournait vers Natan à toute heure du jour, ressassant ses propos et les miens jusqu'à l'écœurement. Je détestais l'angoisse qui me saisissait à l'idée que son amour pour moi s'était tari ; je ne supportais pas de trébucher encore et encore sur les rochers qui menaient à son atelier pour lui offrir ce dont il ne voulait plus.

C'est Daníel qui m'a ouvert les yeux. Sans lui, je n'aurais jamais vu la réalité en face.

Un matin, je l'ai trouvé sur la plage en sortant de l'atelier de Natan, qui s'était absenté pour quelques jours. Je venais de verrouiller la porte derrière moi quand je l'ai aperçu près de l'eau, sa faux dans une main, son chapeau de l'autre.

— Que faisais-tu là-bas ? m'a-t-il lancé.

— Mêle-toi de tes affaires.

— On n'a pas le droit d'y aller. Où as-tu trouvé la clé ?

— Natan me l'a donnée. Il me fait confiance.

— Bien sûr… J'avais oublié que vous bénéficiez d'un traitement de faveur, Sigga et toi.

— Que veux-tu dire ?

Daníel s'est mis à rire.

— Où sont *mes* mocassins en peau de phoque ? Et *mes* nouveaux vêtements ?

— Tu n'es pas là depuis longtemps, ai-je répliqué. Je suis sûre que Natan t'offrira quelque chose quand il rentrera.

— Je ne veux pas de ses cadeaux.

— Dans ce cas, pourquoi me reproches-tu de bénéficier d'un traitement de faveur ?

— C'est de toi que je veux un cadeau.

Son intonation avait changé : elle s'était faite plus douce, presque caressante.

— Agnes, tu sais bien que j'ai un faible pour toi…

— Un faible pour moi ? ai-je répété en riant. A Geitaskard, tu racontais à tout le monde que nous étions fiancés !

— J'avais bon espoir de te convaincre, Agnes. Et je continue d'espérer. Tu ne seras pas toujours la maîtresse de Natan.

Je me suis figée, muette de stupeur. Ma tête s'est mise à tourner.

— Qu'est-ce que… Qu'est-ce que tu viens de dire ?

— Tu n'imaginais tout de même pas avoir gardé ton secret pour toi toute seule ? Sigga, moi, Fridrik… On a vite compris. Ceux de Geitaskard aussi. On savait tous que tu le rejoignais dans l'étable à la nuit tombée.

Je me suis ressaisie en le voyant esquisser un sourire narquois.

— Si tu passais moins de temps à colporter des ragots et plus de temps à étaler les foins, tu te rendrais bien plus utile ! Retourne travailler, Daníel.

La colère a déformé ses traits.

— Tu te crois meilleure que nous autres parce que tu partages la couche d'un fermier ?

— Ne sois pas vulgaire.

— Tu te berces d'illusions. Jouer à être son épouse ne fait pas de toi une femme mariée, Agnes.

— Je suis la maîtresse de maison, rien de plus.

— Sa maîtresse, ça, c'est sûr !

J'ai cédé à la colère, moi aussi. Je lui ai arraché la faux des mains et je l'ai plaquée rudement contre son torse.

— Je ne te reconnais plus, Daníel. Comment oses-tu médire de ton maître ? Et insulter la femme que tu voudrais faire tienne ? Tu me dégoûtes !

Raconterais-je tout cela au révérend, s'il était là aujourd'hui ? Il s'est peut-être déjà fait une opinion. Est-ce pour cette raison qu'il ne vient plus me voir ?

Je pourrais lui relater ce qui s'est passé quelques jours plus tard, le jour des lames de fond. Sigga m'avait envoyée chercher des pierres pour réparer la cheminée. Je venais d'arriver sur la plage quand j'ai entendu le clapotement d'une rame qu'on plonge dans l'eau. Il n'y avait pas un souffle de vent, comme si le monde retenait sa respiration. La mer semblait enroulée sur elle-même.

Tournant les yeux vers l'océan, j'ai aperçu la barque. Daníel ramait ; assis derrière lui, Natan se tenait très droit, parfaitement immobile. Les deux hommes étaient partis pêcher depuis moins d'une heure. Pourquoi revenaient-ils si tôt ? Visage fermé, lèvres pincées, Natan crispait les doigts sur la coque du bateau comme s'il était pris de nausées.

Il a débarqué dès qu'il a pu sauter dans l'eau et s'est dirigé vers la plage à grands pas, soulevant des gerbes d'écume et de galets sur son passage.

Nos quelques mois de vie commune m'avaient appris que rien ne pouvait le calmer lorsqu'il était dans cet état. Aussi me suis-je gardée d'intervenir quand je l'ai vu traverser la plage en fulminant, les vêtements dégoulinant d'eau de mer. Il s'est engagé sur le sentier qui menait à la ferme sans me jeter un regard.

J'ai attendu que Daníel ait tiré la barque sur le rivage, puis je me suis approchée pour lui demander ce qui s'était passé. S'étaient-ils disputés ? Avaient-ils perdu un filet ?

Daníel m'a accueillie avec le sourire, visiblement amusé par les sautes d'humeur de son maître. Il a entrepris de sortir les filets du bateau et m'en a confié quelques-uns afin que je les rapporte à la ferme.

— Natan est persuadé que nous avons été poursuivis par des lames de fond. Je n'aurais jamais cru qu'il était si superstitieux !

Des cristaux de sel brillaient dans sa barbe. Il m'a raconté qu'ils venaient de lancer les filets quand trois énormes vagues les avaient frappés de plein fouet. D'après Daníel, la barque avait vraiment failli chavirer. Il s'était précipité vers la ligne et l'avait retenue avant qu'elle ne passe par-dessus bord. Il avait alors levé les yeux vers Natan, pensant le trouver soulagé, mais ce dernier était blanc comme un linge. « Qu'est-ce qui ne va pas ? » avait demandé Daníel. Natan l'avait regardé comme s'il avait perdu la tête. « Nous aurions pu mourir ! C'étaient des lames de fond. »

Daníel avait répliqué que ces vagues n'existaient que dans l'imagination des vieilles commères et qu'un homme aussi instruit que lui ne pouvait accorder le moindre crédit à ces fariboles. Natan s'était rembruni et l'avait attrapé par la manche. « Tu riras moins quand tu seras au fond de l'eau ! » s'était-il exclamé.

Daníel avait alors suggéré d'écoper l'eau qui avait inondé le fond de la barque, mais Natan avait secoué la tête. « Pas question. Crois-tu que je vais te regarder écoper en attendant qu'une autre vague vienne m'engloutir ? On rentre ! »

Sa fureur était telle qu'il aurait sans doute été capable de jeter son domestique à l'eau dans le seul but de lui prouver qu'il avait raison. Un peu effaré, Daníel avait donc ramé jusqu'à la côte sans protester davantage.

Après avoir entendu ce récit, j'ai décidé d'aller parler à Natan. Daníel a tenté de me retenir, assurant qu'il valait mieux le laisser tranquille.

— Il est convaincu que sa mort approche, mais il finira par reprendre ses esprits, comme toujours, a-t-il argué.

J'étais trop inquiète pour l'écouter. J'ai regagné la ferme, où j'ai trouvé Natan dans le badstofa. Il criait après Sigga, qui tentait maladroitement de lui ôter ses vêtements mouillés. La chemise raide d'eau de mer s'était coincée à hauteur des épaules, emprisonnant son visage dans un carcan glacé. Sigga semblait bouleversée par ses insultes.

— Laisse-le. Je m'en charge, ai-je annoncé.

J'ai entrepris de dévêtir Natan, mais il m'a repoussée, préférant rappeler Sigga.

— N'oublie pas qui tu es ! m'a-t-il lancé d'un ton sec. Reste à ta place, ça vaudra mieux.

Plus tard dans la journée, je l'ai suivi jusqu'à son atelier. J'avais pris une lampe à huile, pensant qu'il pourrait en avoir besoin. Les jours raccourcissaient. Bientôt, les dernières lueurs du jour s'éteindraient à l'horizon.

Natan a fait tourner la clé dans la serrure et s'est aperçu qu'elle n'était pas verrouillée. Il m'a aussitôt demandé si j'étais entrée sans sa permission.

— Tu sais bien que je suis venue tisonner les braises quand tu es parti pêcher !

J'avais oublié de refermer la porte à clé en partant, rien de plus. Mais il m'a accusée de fouiller dans ses affaires.

— Tu cherches mon argent ! a-t-il crié. Tu profites de moi !

Profiter de *lui* ? Perdant patience, j'ai répliqué que nous étions dans la situation inverse : c'est lui qui m'avait attirée dans cette ferme isolée en me faisant miroiter une position qu'il n'avait jamais eu l'intention de me confier. Il m'avait menti en prétendant que je serais sa gouvernante alors que Sigga l'était déjà avant mon arrivée. La payait-il plus que moi ? Et pourquoi m'avoir menti à Geitaskard, puisque je l'aurais suivi de toute façon ?

Natan m'a tourné le dos et s'est mis à ouvrir ses coffres et ses malles pour vérifier que rien ne manquait dans son atelier. Son attitude m'a profondément blessée. Comment pouvait-il imaginer que je lui avais dérobé quoi que ce soit ? Qu'aurais-je fait de ses pièces d'argent, de ses onguents, de ses misérables secrets cachés dans les recoins ?

Je suis restée dans l'atelier. Il n'a pas réussi à me chasser, cette fois-là. Après s'être assuré que je n'avais rien volé, il a sorti des peaux de phoque d'un coffre et les a brossées sans plus m'adresser la parole. L'après-midi touchait à sa fin. Du ciel bas et gris filtrait une lumière pâle, insuffisante pour travailler. Je me suis assise près de la cheminée, la gorge nouée, attendant qu'il se tourne vers moi, qu'il me prenne dans ses bras, qu'il me présente ses excuses.

Au bout d'un moment, il a posé son couteau par terre et s'est essuyé les mains dans un linge. Avait-il oublié ma présence ? Peut-être. Ou bien il s'en fichait, tout simplement. Il est sorti sans me regarder et s'est avancé vers la mer, tout au bout de la digue. Je l'ai suivi.

J'ai glissé mes bras autour de sa taille pour le réconforter.

— Je suis désolée.

Natan n'a pas cherché à rompre mon étreinte, mais j'ai senti son corps se raidir sous mes doigts. J'ai enfoui mon visage dans les plis graisseux de sa chemise pour embrasser son dos.

— Arrête, a-t-il murmuré.

Il contemplait obstinément l'océan. J'ai resserré mes paumes sur sa taille et me suis blottie contre lui.

— Arrête, Agnes, a-t-il insisté en serrant les mâchoires.

Il a pris mes mains dans les siennes et m'a repoussée violemment. Au même instant, une bourrasque a soulevé son chapeau, qui s'est envolé vers le large.

Je lui ai demandé de m'expliquer ce qui n'allait pas. Avait-il reçu des menaces quelconques ? Il a ri, mais ses yeux sont restés durs comme des pierres. Emmêlés par le vent, ses cheveux fouettaient son visage avec insistance.

— Je vois la mort partout, a-t-il lâché brusquement.

— Natan… Tu ne vas pas mourir maintenant !

— Ah oui ? Explique-moi les lames de fond, alors. Et les pressentiments… Les cauchemars qui me poursuivent !

— Tu es le premier à en rire, ai-je répliqué calmement. Tu les racontes à tout le monde.

— Regarde-moi. Ai-je l'air d'en rire ?

Il m'a saisie par les épaules. Son visage était si près du mien que nos fronts se frôlaient.

— Chaque nuit, tu entends ? Chaque nuit, je rêve de la mort. Je la vois partout. Et partout, du sang !

— C'est normal. En ce moment, tu chasses le renard et tu dépouilles tes proies…

— J'en vois sur le sol, des mares sombres de sang poisseux ! Je sens son odeur, son goût dans ma bouche quand je m'éveille.

— Tu te mords peut-être la langue dans ton sommeil ?

Il m'a offert un sourire froid.

— Je vous ai vus, Daníel et toi, près du bateau. Vous parliez de moi, n'est-ce pas ?

— Lâche-moi.

Il a crispé les doigts sur mes épaules.

— Lâche-moi !

Je me suis libérée d'un geste rageur.

— Tu m'inquiètes, Natan. Si tu continues comme ça, tu vas ressembler à ces vieilles harpies qui nous rebattent les oreilles de leurs cauchemars !

Il faisait froid. De gros nuages montaient de la mer, éteignant les dernières lueurs du jour. Les yeux de Natan brillaient dans la pénombre, accentuant mon malaise.

— Je rêve souvent de toi en ce moment, a-t-il repris.

Je n'ai rien dit. J'avais envie de courir vers la ferme et la flamme rassurante des lampes à huile. L'océan me paraissait soudain dangereusement proche de nous.

— Je rêve que je suis couché et que je vois du sang couler sur les murs. Ce sang goutte sur ma tête et me brûle la peau. J'essaie de m'enfuir, mais je suis attaché à mon lit et le sang monte dans la pièce. Il finit par me recouvrir entièrement… puis il disparaît. Je peux de nouveau bouger. Je m'assieds et je regarde autour de moi. La pièce est vide.

Il a pris ma main dans la sienne et enfoncé ses ongles au creux de ma paume.

— C'est alors que je te vois, Agnes. Je me dirige vers toi. Et je m'aperçois que tu es clouée au mur par les cheveux.

A cet instant, une rafale de vent a emporté ma coiffe, libérant mes cheveux. Je ne les avais pas nattés ce matin-là. Ils m'ont aussitôt cinglé le visage. Natan a refermé la main sur une longue mèche brune et l'a tirée sans ménagement.

— Arrête ! Tu me fais mal !

Il ne m'écoutait pas.

— Qu'est-ce que c'est ? a-t-il chuchoté.

Le vent transportait avec lui une terrible odeur de pourriture.

— Les algues, ai-je répondu. Ou un cadavre de phoque.

— Tais-toi. J'entends des pas !

Cette fois, c'en était trop.

— Il n'y a personne, Natan. Tu n'es pas assez important pour qu'on cherche à te tuer !

J'ai tiré sur mes cheveux pour me dégager et je me suis tournée vers la ferme, mais il m'a saisie par la manche, m'a fait pivoter sur moi-même et m'a frappée au visage.

J'ai crié et porté la main à ma joue. Il m'a attrapé les poignets et m'a poussée vers le sol, me forçant à m'agenouiller devant lui.

— Ne t'avise pas de me reparler sur ce ton !

Il s'était penché pour plaquer sa bouche contre mon oreille. Sa voix basse vibrait de fureur.

— Je n'aurais pas dû te faire venir ici, a-t-il asséné.

Le vent glaçait ma joue meurtrie. Il a continué de serrer mes doigts dans les siens, si fort que j'ai gémi de douleur. Puis il m'a lâchée et m'a poussée rudement vers le sentier.

J'ai gravi la colline en trébuchant, le visage ruisselant de larmes. Le vent avait forci et ses mugissements se mêlaient au son entrecoupé de ma respiration. Pourtant, j'ai entendu Natan crier. Demeuré sur le rivage, il a hurlé d'une voix forte :

— N'oublie pas qui tu es, Agnes !

Cette nuit-là, j'ai guetté son retour à la ferme. J'ai laissé une lumière brûler dans le badstofa dans l'espoir de lui parler lorsqu'il viendrait se coucher. J'espérais me réconcilier avec lui, effacer le souvenir de cette querelle atroce. J'ai attendu en vain. Minuit est venu, puis reparti. Daníel et Sigga s'étaient endormis depuis longtemps. Les yeux grands ouverts, je regardais la flamme de la lampe danser autour de la mèche. Mon cœur cognait dans ma poitrine. Je me préparais au pire.

J'ai cru plusieurs fois entendre un bruit de pas dans la cour. Je me précipitais aussitôt vers la porte – personne. Rien que les ténèbres et le bruit des vagues sur le rivage. Un épais brouillard s'était levé, m'empêchant de voir si Natan avait laissé brûler une lampe dans l'atelier. Dépitée, je refermais le battant et regagnais mon lit déjà froid.

J'ai fini par m'endormir. Je me suis réveillée dans l'obscurité : la lampe s'était éteinte d'elle-même. Natan n'était toujours pas rentré. J'ai attendu un court instant, puis j'ai entendu son pas dans le couloir – j'avais sans doute été tirée du sommeil par le claquement du loquet. J'ai retenu mon souffle. J'espérais tant sentir ses mains se glisser sous mes couvertures ! Déjà, j'imaginais son corps contre le mien et, au creux de mon oreille, sa voix douce murmurant des excuses…

Mais Natan n'est pas venu vers moi. Sous mes paupières à demi closes, je l'ai vu s'asseoir sur un tabouret pour ôter ses bottes. Ensuite, il a quitté son pantalon et passé sa chemise par-dessus sa tête. Ses vêtements formaient un petit tas sur le sol. Lorsqu'il s'est levé, j'ai cru qu'il se dirigeait vers moi, mais il a fait deux pas vers la fenêtre. Et dans la pénombre, j'ai vu qu'il se glissait sous les couvertures de Sigga.

J'ai compris alors ce que Rósa avait voulu dire en nous traitant de gueuses. J'ai dû faire un violent effort sur moi-même pour ne pas crier quand je l'ai entendu chuchoter à l'oreille de Sigga pour la tirer du sommeil. Prise de nausée, j'ai mordu ma main lorsque Sigga s'est tournée vers lui en soupirant d'aise. Mon cœur a cessé de battre. J'ai suffoqué sous les couvertures.

Le souffle de Natan s'est accéléré quand il est entré en elle. J'ai fermé les yeux et retenu ma respiration – sans quoi ma gorge pleine de sanglots m'aurait trahie. J'ai enfoncé mes ongles dans la chair de mon bras jusqu'au sang.

J'ai attendu que Natan quitte le lit de Sigga et gagne le sien ; j'ai attendu que la respiration de Sigga s'apaise et que Natan se mette à ronfler ; j'ai attendu qu'ils soient tous deux profondément endormis. Alors, j'ai repoussé les couvertures et me suis assise sur ma couchette. Le chagrin me nouait la gorge. Le chagrin et autre chose – un sentiment plus âpre, plus virulent et plus noir. Je me suis interdit de pleurer. J'ai laissé ce sentiment de rage m'envahir jusqu'à ce que mes mains en tremblent. J'aurais pu rassembler mes affaires et partir avant le lever du jour, mais où serais-je allée ? Je ne connaissais que la vallée de Vatnsdalur. Là-bas, je savais où affleuraient les rochers, je connaissais le nom de chaque sommet enneigé, de chaque lac sillonné de cygnes sauvages, de chaque rivière bordée de tourbe. Et les corbeaux ! Je savais tout de leurs vols, de leurs habitudes et de leurs parcours. A Illugastadir, c'était différent. Je n'avais pas d'amis. Je ne comprenais pas le paysage. Seules quelques langues de rochers brisaient l'étreinte parfaite du ciel et de la mer. Rien ni personne ne venait rompre la ligne d'horizon. Et je n'avais nulle part où aller.

11

Le 19 avril, Bjarni Sigurdsson, le frère de Fridrik, est revenu devant la cour. Ce garçon de dix ans, fils cadet du fermier de Katadalur, semblait vif et intelligent. Soumis à de nombreuses questions, il n'avait jusqu'à présent rien divulgué à la cour, mais ce jour-là, il nous a déclaré que Fridrik avait égorgé deux brebis laitières et un agneau au cours de l'automne précédent, alors que leur père était absent. Interrogé par la cour, Bjarni Sigurdsson s'est souvenu que ces bêtes appartenaient à Natan. Sa mère, a-t-il déclaré, lui avait fait promettre de n'en parler à personne, et de ne pas mentionner l'incident lors du procès. Après cela, malgré tous nos efforts, nous n'avons plus rien obtenu de ce garçon : ni la douceur ni les menaces n'ont entamé son mutisme.

Compte rendu établi en 1828
par un greffier du tribunal

Margrét fut réveillée par des petits cris plaintifs. Elle s'assit et se tourna vers les couchettes de ses filles : toutes deux dormaient paisiblement.

Agnes.

Margrét s'allongea de nouveau près de son mari et tendit l'oreille. Pas de doute : la prisonnière était en train de pleurer. Des sanglots étouffés jaillissaient du fond de la pièce. Margrét sentit sa gorge se nouer. Difficile de rester sourde à cette détresse. Fallait-il aller la consoler ? Et si c'était un piège ? Si seulement il ne faisait pas si noir… Les pleurs s'interrompirent brusquement, puis reprirent de plus belle. Comme ceux d'un enfant.

Margrét se leva et se dirigea à tâtons vers la porte. Les braises qui rougissaient dans l'âtre éclairaient faiblement le couloir. Elle le traversa rapidement et gagna la cuisine. Là, elle prit une chandelle qu'elle alluma en soufflant sur les braises pour raviver les flammes. Sa bougie à la main, elle se figea, soudain apeurée. Les pleurs d'Agnes résonnaient faiblement à travers la maison, accentuant son malaise. Que craignait-elle, au juste ? Elle se força à quitter la chaleur de la petite pièce et regagna le badstofa. La bougie faisait danser son ombre sur les murs. Toute la maisonnée dormait, la tête enfouie sous les couvertures pour se prémunir du froid de décembre qui déposait du givre sur les cloisons. Margrét arrondit la main autour de la flamme pour la protéger des courants d'air et s'avança lentement vers Agnes.

La prisonnière dormait, elle aussi, mais ses yeux roulaient sous ses paupières closes. Les couvertures avaient glissé au pied du lit, exposant son corps frêle à l'air glacé. Elle tremblait, les poings serrés comme si elle s'apprêtait à se battre à mains nues.

— Agnes ?

La prisonnière poussa un gémissement. Margrét tendit sa main libre vers les couvertures et les remit doucement en place pour la réchauffer. C'est alors qu'Agnes se retourna. Et referma la main sur son poignet.

Margrét ouvrit la bouche pour crier, mais aucun son n'en sortit.

— Qu'est-ce que vous faites là ? s'enquit Agnes d'une voix rude.

— Rien. Vous trembliez de froid.

— Vous étiez en train de me regarder !

Margrét toussa. Sa bouche s'emplit de sang, mais elle le repoussa au fond de sa gorge. Pour sortir son mouchoir de sa chemise, elle aurait dû poser la bougie au sol. Ce n'était peut-être pas une bonne idée.

— Je ne vous regardais pas, protesta-t-elle. Vous m'avez réveillée. Vous pleuriez dans votre sommeil.

Agnes l'observa d'un air soupçonneux, puis elle lâcha brusquement son poignet pour tâter ses joues encore humides de larmes.

— Je pleurais ?

Margrét hocha la tête.

— Oui. Vous m'avez réveillée, répéta-t-elle.

— Je faisais un cauchemar.

Margrét toussa de nouveau – trop soudainement, cette fois, pour pouvoir porter sa main libre devant sa bouche.

Un caillot de sang vint maculer les couvertures. Agnes le vit en même temps que Margrét, puis releva les yeux vers elle.

— Voulez-vous vous asseoir ? murmura-t-elle.

Margrét acquiesça. Agnes plia les jambes pour lui faire une place au bout de la couchette.

— Deux mourantes sur le même lit, fit remarquer Agnes d'un ton égal.

En d'autres circonstances, Margrét se serait sentie insultée. Cette nuit-là, elle comprit à quel point Agnes avait raison.

— Jón se fait du souci pour moi, admit-elle. Il ne dit rien, mais je sais à quoi il pense. Quand on vit si longtemps avec un homme, on finit par se comprendre à demi-mot.

— Lui avez-vous parlé de la gelée de lichen ?

— Il sait que vous avez une bonne connaissance des plantes. Il a appris que vous aviez sauvé Róslín et son bébé.

Agnes semblait surprise.

— Il ne s'est pas fâché ?

— Bien sûr que non ! Ce n'est pas un mauvais bougre, vous savez… Il fait de son mieux pour vivre en bon chrétien. Comme nous tous, d'ailleurs. Mon Jón ne ferait pas de mal à une mouche ! Seulement, avec vous ici… Il se fait du souci, voilà tout. Mais nous continuerons à travailler et à veiller sur nos filles, aussi longtemps que Dieu nous prêtera vie.

— Votre mari a compris que vous êtes de plus en plus souffrante, n'est-ce pas ?

Margrét haussa les épaules.

— De quoi rêviez-vous, tout à l'heure ? demanda-t-elle après un court silence.

Agnes remonta la couverture sur son cou.

— Je rêvais de Katadalur.

— La ferme de Fridrik ?

La prisonnière hocha la tête.

— C'était un cauchemar ? insista Margrét.

Agnes baissa les yeux sur la tache de sang qui s'étalait entre elles sur la couchette. Elle la scruta un moment avant de répondre :

— J'étais à Katadalur quelques jours avant la mort de Natan, dit-elle enfin.

— Je croyais que vous viviez à Illugastadir ?

Margrét frissonna. Agnes attrapa son châle, posé sur la tête de lit, et le lui tendit.

— Je suis restée à Illugastadir jusqu'à ce que Natan me jette dehors. Ensuite, j'ai demandé l'hospitalité à la famille de Fridrik.

— Je croyais que vous ne l'aimiez guère !

— C'est vrai, mais je n'avais nulle part où aller.

Agnes leva brusquement les yeux.

— Pourquoi ne m'avez-vous jamais interrogée sur les meurtres ?

Margrét tressaillit, prise de court.

— Je pensais que vous réserviez cette… question à vos discussions avec le révérend, marmonna-t-elle.

— Pas vraiment.

Margrét sentit sa gorge s'assécher. Elle lança un regard vers son mari : il ronflait, couché en travers de leur couchette.

— Voulez-vous m'accompagner jusqu'à la cuisine ? suggéra-t-elle. J'ai besoin de me réchauffer… Sans quoi, je serai morte avant l'aube !

Agnes prit un tabouret dans la laiterie et s'assit près de l'âtre tandis que Margrét jetait des briquettes de bouse séchée sur les braises pour raviver le feu. Les flammes ne tardèrent pas à monter – la fumée aussi. Prise d'une autre quinte de toux, la fermière se redressa en s'essuyant les yeux.

— Vous avez soif ? demanda-t-elle.

Agnes acquiesça. Margrét remplit une petite marmite de lait, qu'elle suspendit à la crémaillère, avant de s'asseoir près d'elle.

— Ma mère ne laissait jamais le feu mourir dans l'âtre, confia-t-elle, les yeux rivés sur les flammes. Tant qu'une lumière brûle dans une maison, le Diable n'y entre pas ! disait-elle. Pas même aux heures les plus sombres de la nuit.

Agnes l'observait avec attention.

— Et vous, que croyez-vous ? demanda-t-elle.

— Je crois surtout que le feu nous aide à rester au chaud.

Agnes sourit. La tourbe craquait et les flammes gagnaient en vigueur, réchauffant leurs membres engourdis.

— Quand je travaillais à Gafl, le feu s'est éteint en plein hiver. C'était de ma faute : nous étions bloqués par une tempête de neige et les enfants étaient affamés. J'étais si occupée à calmer le dernier-né en lui faisant téter un chiffon trempé dans du petit-lait que j'ai oublié d'attiser les braises dans la cuisine. Nous avons passé trois jours dans le noir, sans chaleur ni lumière, avant de pouvoir sortir demander de l'aide à la ferme la plus proche, quand le temps s'est enfin adouci. Il s'en est fallu de peu que les voisins nous trouvent morts et bleus de froid sur nos couchettes !

— Je veux bien le croire, renchérit Margrét. Il y a tant de façons de mourir.

Un bref silence s'ensuivit. Le lait frémissait dans la marmite. Margrét le versa dans deux bols. Elle en tendit un à Agnes et reprit place à son côté.

— Vous avez de la chance : votre famille ne manque de rien, ici, remarqua la prisonnière.

— Nous avons plus d'argent cette année, expliqua Margrét. Le commissaire de canton nous a octroyé une compensation financière.

A peine avait-elle prononcé ces propos qu'elle les regretta, mais Agnes ne sembla pas s'en formaliser.

— Je l'ignorais, dit-elle finalement.

— Ce n'est pas grand-chose, vous savez...

— Oh, je ne vaux plus grand-chose, renchérit-elle avec amertume.

Margrét porta son bol à ses lèvres. Le liquide bouillant se répandit dans son corps, achevant de le réchauffer. Elle changea de sujet :

— Il y a longtemps que le révérend n'est pas venu…

— C'est vrai.

Le visage d'Agnes était encore bouffi de sommeil. Soudain attendrie, Margrét faillit passer un bras autour de ses épaules. On dirait une enfant, songea-t-elle en serrant plus fort le bol dans ses mains.

— Je suis désolée de vous avoir réveillée, reprit Agnes.

Margrét haussa les épaules.

— Je me réveille souvent au cours de la nuit. Quand mes filles étaient petites, je me levais pour m'assurer qu'elles respiraient encore.

— Est-ce pour cette raison que vous vous êtes levée, tout à l'heure ?

Margrét lui lança un regard aigu.

— Non. Absolument pas.

— Je sais que vous avez eu peur pour elles à cause de moi. Je le regrette. Si j'avais pu vous rassurer…

— Toutes les mères ont peur pour leurs enfants, l'interrompit Margrét.

— Je n'ai jamais été mère.

— Non, mais vous en avez une.

Agnes secoua la tête.

— La femme qui m'a donné naissance m'a abandonnée quand j'étais petite. Depuis, je n'ai plus de mère.

— Je n'en suis pas sûre, objecta doucement Margrét. Même loin, elle pense toujours à vous.

— J'en doute.

— Les mères pensent toujours à leurs enfants, insista-t-elle. La vôtre, celle de Fridrik, celle de Sigga… Toutes les mères du monde.

— La mère de Sigga n'est plus en vie. Et celle de Fridrik va être envoyée à Copenhague.

— Pourquoi ?

— Thórbjörg se doutait de ce que Fridrik avait en tête, répondit Agnes après un instant d'hésitation. Elle savait que son fils avait volé des brebis. Elle a menti à la cour.

— Je l'ignorais.

Margrét but une autre gorgée de lait, attendant la suite.

— Thórbjörg m'a sauvé la vie, ajouta Agnes au bout d'un moment. Elle m'a accueillie chez elle quand Natan m'a renvoyée. Je serais morte de froid si elle n'avait pas voulu m'ouvrir sa porte.

Margrét hocha la tête.

— Il y a du bon et du mauvais en chacun de nous.

— Quand Thórbjörg était jeune, avant de se marier et d'avoir sa propre ferme, elle a mis le feu au lit de sa maîtresse et tué le chien de son maître à coups de hache. Les juges en ont parlé au procès.

— Seigneur !

— Inutile de vous dire que ça ne m'a pas rendu service... Elle leur a raconté que nous étions amies, elle et moi. Que je m'étais disputée avec Natan et que j'étais venue lui demander conseil.

— Ce n'était pas le cas ?

— Pas du tout. Elle ne m'a jamais suggéré de mettre le feu à Illugastadir, comme ils l'ont prétendu. Et je ne suis pas allée à Katadalur pour lui demander son aide ni conspirer contre Natan avec Fridrik. Encore moins pour organiser les meurtres, comme les juges l'ont laissé entendre.

Agnes porta son bol à ses lèvres, avant de poursuivre :

— Je me suis rendue à Katadalur parce que Natan ne voulait plus de moi à Illugastadir et que je n'avais nulle part où aller.

Margrét ne sut que répondre. Les yeux rivés sur les flammes, elle tenta d'imaginer Agnes traversant leur badstofa en pleine nuit, une lampe à la main, pour incendier la ferme et ses habitants. La fumée suffirait-elle à réveiller sa famille avant qu'il ne soit trop tard ?

— C'est Fridrik qui a mis le feu à Illugastadir, n'est-ce pas ? demanda-t-elle d'une voix mal assurée.

— J'ai dit à la cour que le feu s'était déclaré dans la cuisine, répliqua Agnes. Je leur ai dit que Natan avait mis une marmite pleine de plantes à bouillir dans l'âtre, et que les flammes étaient parties de là.

— Je croyais que c'était Fridrik.

— Non. Ce n'était pas lui, objecta Agnes.

Margrét toussa et cracha dans le feu.

— Si vous cherchez à protéger un ami…

— Fridrik n'est *pas* mon ami ! l'interrompit Agnes d'un ton rageur.

Elle posa son bol par terre et secoua la tête.

— Ce n'est pas mon ami, répéta-t-elle plus calmement.

— J'avais cru comprendre que vous passiez beaucoup de temps ensemble…

Agnes fronça les sourcils.

— Pas vraiment. Mais à Illugastadir… Natan voyageait beaucoup et… la solitude…

Elle s'interrompit, cherchant le mot juste, avant de reprendre :

— La solitude me *dévorait* nuit et jour. Fridrik était parfois notre seule compagnie pendant des semaines entières. Je m'en contentais, faute de mieux.

— Il vous rendait souvent visite ?

Agnes hocha la tête.

— Ce n'est pas loin de Katadalur. Et Fridrik avait un faible pour Sigga.

— J'ai beaucoup entendu parler d'elle, confia Margrét en se levant pour remettre des briquettes de bouse dans l'âtre.

— Les gens l'aiment bien dans la vallée. Elle est très jolie.

— Et un peu simplette, à ce qu'il paraît.

Agnes haussa les épaules.

— Ce n'était pas l'avis de Fridrik, en tout cas. Dès que Natan partait en voyage, il nous rendait visite sous un prétexte quelconque – pour nous demander un service ou nous transmettre un message de ses parents ou du pasteur. J'ai découvert par la suite qu'il les inventait de toutes pièces ! Il descendait de cheval, discutait un moment, puis il faisait mine d'avoir faim ou soif. Sigga allait lui chercher du lait ou un morceau de poisson, et ils continuaient à discuter… Dès le début de l'automne, je les trouvais souvent assis côte à côte sur le lit de Sigga comme deux tourterelles sur une branche.

— La solitude est toujours plus pénible en hiver, remarqua Margrét.

Agnes acquiesça.

— Surtout à Illugastadir. Ce n'était pas comme ici, dans la vallée. Là-bas, les jours semblaient interminables. Je n'avais ni amis ni voisins. Rien que Sigga, Daníel – le garçon de ferme que Natan était allé chercher à Geitaskard – et Fridrik, quand il venait.

— Quand les jours raccourcissent, l'obscurité ne fait qu'aggraver le problème : on se sent encore plus seul, n'est-ce pas ?

— Exactement. Natan détestait l'hiver, d'ailleurs. Il ne supportait pas de vivre dans la pénombre.

— Dans ce cas, je me demande pourquoi il avait choisi de s'installer à Illugastadir. Pourquoi n'avait-il pas acheté une ferme moins isolée ?

— Il partait souvent, expliqua Agnes. Des voyages de quelques jours, parfois des semaines entières. Il passait beaucoup de temps à Geitaskard. Pour le travail, prétendait-il, mais je crois que c'était surtout pour voir ses amis. Ou pour m'éviter… J'aurais préféré qu'il reste à la ferme. Nous avions besoin de lui. Mais plus l'hiver approchait, plus il partait longtemps. Et quand il revenait, il n'était pas content de nous voir. Ni même de retrouver sa petite Thóranna.

— Vraiment ? En tout cas, ce n'était pas très gentil de sa part de vous interdire de recevoir des visites, remarqua Margrét.

Agnes esquissa un sourire.

— Ce n'était pas tant les visites qui le dérangeaient que le *visiteur*... Un autre que Fridrik aurait peut-être été le bienvenu, vous comprenez ?

— Ils ne s'entendaient pas ?

— Non. Ils entretenaient une relation tendue, faussement amicale. Toujours à se soupçonner, à se dénigrer l'un l'autre... Ils ont fini par se battre, d'ailleurs.

— Pendant l'hiver ?

— Un peu avant. Quand une baleine s'est échouée à Hindisvík.

— Je me souviens de cette baleine. Nous avions acheté de la graisse à des fermiers, au nord de la vallée. Ils s'étaient rendus à Hindisvík pour prendre ce qui restait sur la bête.

— Pour nous, c'était une chance. Il avait beaucoup plu pendant les foins. Le peu de fourrage que nous avions récolté risquait de pourrir, privant les bêtes de nourriture pendant l'hiver. Nous serions morts avec elles avant l'arrivée du printemps ! Natan était à la maison quand nous avons appris qu'une baleine s'était échouée près de chez nous. Il est parti le jour même pour acheter des quartiers de viande à la famille qui possédait cette partie du rivage.

« Il est rentré à la nuit, couvert de boue. Il en avait partout : sur ses vêtements, dans ses cheveux, sur son visage... Quand je lui ai demandé ce qui lui était arrivé, il m'a raconté qu'il s'était battu avec Fridrik. "J'avais acheté et payé une bonne part de carcasse au fermier et j'étais en train de la découper quand Fridrik a surgi sur la plage, m'a-t-il expliqué. Cet idiot a commencé à se servir dans mes quartiers de viande. Je lui ai dit d'aller se chercher un couteau et de payer sa part. Il s'est jeté sur moi et m'a roulé dans la boue." Plus tard, les habitants de Stapar, une ferme proche d'Illugastadir, m'ont donné une autre version des faits. D'après eux, Natan s'était fâché en voyant arriver Fridrik. Il l'avait poussé pour l'écarter de son chemin, mais Fridrik s'était retourné et l'avait plaqué au sol. Il l'avait frappé, puis traîné dans la boue. Mais peu importe… Sur le moment, je me fichais bien de savoir qui avait attaqué qui. J'avais assez à faire avec Natan, qui se tenait sur le seuil, répugnant et d'humeur massacrante.

— Quel tracas pour vous, murmura Margrét.

— C'était pire pour Sigga. Je m'occupais de saler la viande de baleine et de la mettre en tonneaux, tandis que Natan se lavait dans la cuisine. Sigga s'efforçait de le calmer, mais il n'arrêtait pas de crier. « Fridrik est complètement fou ! disait-il. Il va tuer quelqu'un avant ses vingt ans. » Sigga n'osait pas le contredire, mais je l'ai entendue pleurer cette nuit-là, quand elle nous croyait tous endormis.

Margrét ne fit aucun commentaire. Elle craignait d'interrompre les confidences d'Agnes d'une remarque ou d'un regard malvenus. Aussi garda-t-elle un moment les yeux fixés sur les flammes. Lorsqu'elle parla, ce fut avec prudence, en choisissant ses mots avec soin :

— La vie devait être rude là-bas, dans ces conditions…

— Oui. C'est devenu pire encore après cette bagarre pour la viande de baleine. Natan passait de moins en moins de temps à la ferme. Et quand il revenait, c'était pour nous réprimander, Sigga et moi. « Je ne vous emploie pas à ne rien faire ! » criait-il. Il nous reprochait tout et n'importe quoi : un jour, c'était le beurre qu'il trouvait trop aqueux ; le lendemain, le badstofa qu'il jugeait sale, ou son atelier qu'il nous accusait d'avoir fouillé en son absence. Dieu sait pourtant que nous n'osions plus y mettre les pieds ! Il suffisait qu'un courant d'air ait fait rouler l'un de ses paniers ou que la cour soit jonchée de petit bois après que l'un de nous en eut ramassé sur la plage pour qu'il nous traite de voleurs : il était convaincu que nous creusions des trous un peu partout pour trouver son argent.

« La mauvaise humeur de Natan s'est encore aggravée lorsqu'il a croisé Fridrik sur le sentier de la ferme au retour d'un voyage dans le sud de l'île. Ils se sont d'abord salués, et nous avons cru échapper au pire… mais très vite, nous les avons entendus crier. Natan menaçait Fridrik de représailles s'il osait remettre les pieds chez lui. Il parlait même d'appeler le commissaire du canton ! Ils ont continué à se disputer un bon moment, puis Fridrik a rebroussé chemin pour rentrer chez lui.

« Natan était dans une colère noire. Après le dîner, il a traîné Sigga dehors. Il l'a accusée d'avoir trahi sa confiance, de lui avoir menti. Il a menacé de la renvoyer et j'ai entendu Sigga le supplier de lui pardonner. Elle n'avait nulle part où aller, disait-elle. Personne n'embaucherait une fille de ferme à cette époque de l'année. Et surtout, elle risquait de mourir de froid sous la neige ! Natan a dû se rendre à ses arguments, car il a baissé la voix et poursuivi la discussion plus calmement. Ils sont restés une bonne heure dehors. Quand ils sont rentrés, Sigga avait les yeux rouges. Elle est allée se coucher sans un mot. Natan m'a ordonné de me lever et de le suivre.

« Il faisait très sombre. Natan s'est dirigé vers la plage. Là, il m'a annoncé que Fridrik lui avait demandé la permission d'épouser Sigga. Cette proposition l'avait beaucoup surpris. Il savait que les jeunes gens se fréquentaient derrière son dos, mais il était convaincu qu'il s'agissait d'un simple béguin.

« J'ai renchéri, assurant que ces deux innocents ne faisaient rien de mal. "Deux innocents ! s'est-il esclaffé. Ils sont loin de l'être, crois-moi." Il a sorti trois pièces d'argent de sa poche et m'a dit que Fridrik les lui avait données en échange de son consentement. J'étais stupéfaite. Pourquoi avoir accepté l'argent s'il s'opposait au mariage ? Natan a ri, là encore. "Seuls les imbéciles refusent l'argent qu'on leur offre !" Puis il m'a reproché d'avoir encouragé cette romance en accueillant Fridrik à la ferme en son absence. J'ai répliqué que je ne l'appréciais guère, mais que j'avais toujours vécu dans des fermes remplies de monde, et que je trouvais le temps atrocement long à Illugastadir.

Agnes termina son bol de lait, puis jeta les dernières gouttes au feu. Margrét se raidit en les entendant siffler sur les flammes.

— Je crois que je vais rester ici, déclara Agnes. Je n'arriverai plus à dormir, maintenant.

— Moi non plus. Bavardons encore un peu, si vous voulez ?

La prisonnière hocha la tête.

— Je… Je ne savais pas que Fridrik et Sigga étaient mariés, reprit Margrét avec hésitation.

Agnes se mit à rire.

— Ils ne l'étaient pas ! Ils le souhaitaient tous deux, c'est sûr. Fridrik est revenu à Illugastadir dès le lendemain. Natan était parti à Geitaskard. Sigga s'était levée d'humeur morose. Elle se traînait d'une pièce à l'autre d'un air éploré, si bien que j'ai fini par lui demander ce qui n'allait pas. Elle a fondu en larmes, mais a refusé de répondre. Lorsque j'ai voulu savoir si elle avait avoué à Natan qu'elle aimait Fridrik, elle a secoué la tête. Alors je lui ai parlé des pièces d'argent et raconté que Fridrik avait payé Natan pour qu'il la laisse partir. Sigga était tellement surprise qu'elle a cessé de pleurer. Elle n'arrivait pas à croire que Natan ait accepté. La veille encore, m'a-t-elle confié, il lui avait dit que Fridrik n'était pas un bon parti, qu'elle était trop jeune pour se marier et, surtout, qu'elle était *sa* servante et le resterait jusqu'à ce qu'il en décide autrement.

« Quand Daníel a aperçu Fridrik sur le sentier ce jour-là, il lui a conseillé de rebrousser chemin s'il tenait à voir l'été suivant. Fridrik a fait mine de ne pas l'entendre. Ensuite, il m'a demandé où était Sigga. Je lui ai montré la ferme. J'avais une petite idée de ce qui allait se passer et je ne souhaitais pas y assister. Je suis allée marcher sur la plage en attendant. Je ne m'étais pas trompée : Fridrik et Sigga sont sortis main dans la main, et nous ont annoncé, à Daníel et moi, qu'ils venaient de se fiancer.

— Comment avez-vous réagi ? demanda Margrét.

Agnes soupira.

— J'ai fait ce qu'on fait dans ce genre de circonstances... J'ai regagné le badstofa et j'ai sorti la bouteille de schnaps. Fridrik était radieux. Sigga, un peu moins. Elle paraissait inquiète. Après quelques gorgées d'alcool, Daníel s'est mis à chanter. Moi, je suis retournée sur la plage pour prendre l'air.

Le feu se mit à craquer dans la cheminée. Une briquette enflammée se brisa en morceaux, faisant jaillir des étincelles jusqu'au plafond.

— Vous arrive-t-il d'aller au bord de la mer ? reprit Agnes.

Margrét s'enveloppa plus étroitement dans son châle.

— Plus maintenant, répondit-elle. Quand j'étais jeune, j'ai travaillé sur la côte. Près de Langidalur.

— Vous n'êtes jamais allée sur la péninsule de Vatnsnes ?

— Non.

— Le paysage est différent là-bas. Les eaux du fjord ressemblent parfois à un grand miroir... On dirait qu'on peut passer sa langue dessus. « Elle est aussi lisse que l'œil d'un mort », disait souvent Natan. Une fois, j'ai vu deux icebergs entrer en collision, poussés par le vent. Ils avaient amassé des bâtons de bois flotté en dérivant sur le fjord. Quand ils se sont heurtés – le choc a été assourdissant –, le bois s'est embrasé.

— C'est le genre de choses qu'on lit dans les sagas, fit remarquer Margrét.

— Je suis restée là, à regarder le bois brûler. C'était sinistre. Même quand la nuit est tombée, on voyait encore des petites flammes sur la mer.

Toutes deux contemplaient le feu qui rougissait dans l'âtre. Les joues baignées dans sa lueur orangée, elles gardèrent le silence tandis que le vent mugissait au-dehors, annonçant l'arrivée du blizzard.

Il a commencé à neiger dans les heures qui ont suivi la demande en mariage de Fridrik à Sigga. J'ai vite compris que le jeune homme ne pourrait pas rentrer chez lui : on n'y voyait pas à un mètre. Il s'est couché avec Daníel : ils avaient avalé assez d'eau-de-vie pour s'assoupir sitôt la tête posée sur l'oreiller.

J'ai mal dormi, cette nuit-là. Les événements des jours précédents s'immisçaient dans mon esprit, troublant mon sommeil. Je comprenais mieux, à présent, pourquoi Natan haïssait Fridrik. Ce n'était pas seulement à cause de sa fortune, et de la convoitise qu'elle éveillait chez Fridrik. C'était à cause de Sigga. Ces derniers temps, Natan mettait autant d'énergie à la désirer, elle, qu'à ne pas vouloir de moi.

Le badstofa était vide quand je me suis réveillée. J'ai tourné les yeux vers la fenêtre : la neige avait enfin cessé de tomber. Dehors, tout était blanc, sauf l'océan, uniformément gris. Un bruit de voix s'élevait du pré adjacent à la ferme. Intriguée, je suis sortie. La silhouette de Fridrik se dressait au milieu du champ. Il semblait taper sur quelque chose… En m'approchant, j'ai découvert qu'il donnait de grands coups de pied dans un mouton mort. Sa violence m'a retourné l'estomac.

— Qu'est-ce que tu fais ? ai-je crié.

Il a continué à frapper la bête en grognant. Ses bottes soulevaient des mottes de neige ensanglantée.

— Fridrik ! Qu'est-ce que tu fais ?

Ma voix semblait stridente dans le silence ouaté qui s'était abattu sur la campagne. Fridrik s'est figé. Puis il s'est essuyé le visage dans sa manche et il a avancé dans ma direction. Le pré était sillonné de congères. Ses bottes s'enfonçaient profondément dans la neige fraîche, freinant sa progression. Il haletait lorsqu'il est arrivé devant moi.

— Bonjour, Agnes.

— Pourquoi frappais-tu cette bête ?

— Elle était déjà morte.

— Pourquoi la frappais-tu ? ai-je insisté.

— Quelle importance ?

Il a levé les yeux vers le ciel chargé de nuages.

— Il va reneiger, c'est sûr ! a-t-il grommelé. Vaut mieux pas rester là.

Il a reniflé et s'est essuyé le nez dans son gant, laissant une trace brillante sur la laine sombre. Un flocon de neige rougie fondait sur sa joue.

— Natan va te tuer, ai-je averti.

J'ai tendu la main vers le cadavre maculé de sang et de boue.

— Regarde ! Tu as abîmé la viande. Et la laine.

Fridrik s'est mis à rire. Je l'aurais volontiers giflé, mais je n'avais aucun pouvoir sur lui, et il le savait.

— Ce mouton était déjà mort, Agnes. Il est mort ce matin.

Son souffle formait un halo brumeux autour de son visage.

— T'en fais pas, a-t-il ajouté. Il sera encore bon à manger.

— Tu l'as piétiné !

Il a balayé ma remarque d'un haussement d'épaule et s'est dirigé vers la ferme.

— Rentre. Tu vas attraper la mort ! a-t-il lancé par-dessus son épaule.

Je n'ai pas bougé. J'ai regardé les nuages descendre de la montagne et laissé l'air glacé s'immiscer sous mes vêtements. Voir Fridrik frapper ce mouton m'avait plongée dans un profond malaise. Ses gestes vifs, ses longues jambes vêtues de noir sur la grande étendue blanche, le corps frêle du mouton offert à ses coups, le sang qui maculait la laine : tout cela formait un tableau sinistre et de mauvais augure.

Il s'est remis à neiger. J'allais regagner la ferme quand j'ai vu un corbeau survoler le mouton. Il a émis un long croassement et s'est posé sur son flanc blessé. De gros flocons blancs mouchetaient ses plumes noires. J'ai tourné les talons quand il a enfoncé son bec dans les entrailles de la bête.

Assis côte à côte sur une couchette, Fridrik et Sigga s'entretenaient à voix basse quand je suis entrée. Ils se sont tus, mais j'ai compris que Sigga venait de pleurer.

— Il nous manque deux moutons, ai-je annoncé.

Fridrik a bâillé ostensiblement.

— L'un d'eux est mort. Tu l'as vu toi-même.

— Il en manque deux autres en plus de celui-là.

Un sourire mauvais a étiré ses lèvres. J'ai vite deviné pourquoi.

— Tu les as tués !

Sigga a laissé échapper un sanglot. Fridrik s'est levé. Il a traversé la pièce et s'est penché vers moi – si près que l'odeur de sa sueur m'a empli les narines.

— Agnes. Je dois te dire que Sigga et moi avons longuement parlé ce matin. Elle m'a avoué que Natan a abusé d'elle.

Sa voix était rauque de colère. J'ai laissé passer un silence, le temps de me calmer.

— Je le savais, ai-je alors répliqué.

Sigga a fondu en larmes.

— Je suis désolée, Agnes ! Je voulais te le dire, mais…

— Tu le savais ? a interrompu Fridrik.

— Je pensais qu'elle était d'accord.

— Pas du tout. Il a abusé d'elle ! a répété Fridrik d'un ton rageur.

Il arpentait le badstofa en brandissant la chemise de nuit en soie verte de Sigga, celle que Natan lui avait offerte.

— Je vais le tuer ! a-t-il lancé.

J'ai levé les yeux au ciel.

— Vas-y. Ça ne changera pas grand-chose, au point où nous en sommes.

Je me suis tournée vers Sigga.

— Natan a-t-il vraiment abusé de toi ?

— Bien sûr que oui ! a répondu Fridrik.

Il a repris place près de Sigga et donné un coup de poing dans le matelas. Elle a sursauté.

— Je… ne sais plus très bien, a-t-elle balbutié.

J'ai repensé à la nuit où j'avais entendu Natan se glisser près d'elle sur sa couchette. Après les lames de fond. Sa respiration saccadée, suivi d'un long gémissement étouffé. Elle ne s'était pas débattue.

— C'est contraire à la volonté divine, a déclaré Fridrik d'un air grave.

Je n'ai pas pu m'empêcher de rire.

— Je ne vois pas ce que Dieu vient faire là-dedans !

Un éclair de panique a traversé les yeux de Sigga.

— Agnes ? Est-ce que je te déçois beaucoup ?

— Pourquoi serais-je déçue ? ai-je répliqué.

Nulle émotion dans ma voix, aussi lisse et calme que les eaux du fjord.

Fridrik froissa rageusement la chemise de nuit en soie verte.

— Le salaud… Je vais le tuer !

— Oh, non ! Je veux pas que Natan meure, s'est récriée Sigga d'un ton si affecté que j'ai failli la gifler.

— Rassure-toi, ai-je rétorqué. Fridrik ne tuera personne.

L'intéressé s'est levé d'un bond, les poings serrés.

— Si ! Je vais le tuer !

J'ai soupiré, lasse de leurs récriminations.

— Bien sûr que non. Et pourquoi te mets-tu dans un état pareil ? Ce qui s'est passé ici ne t'empêche pas de l'épouser !

Fridrik a ricané méchamment.

— J'aurais dû me douter qu'une femme comme toi ne comprendrait pas le problème ! Sigga m'a raconté que Natan profite aussi de toi. Mais tu y prends plus de plaisir qu'elle, apparemment !

J'ai senti ma gorge s'assécher. J'ai fait un pas vers Sigga, qui a blêmi.

— Je ne vais pas te frapper.

J'aurais pu le faire. J'en avais envie.

A cet instant, Daníel est entré dans le badstofa. Fridrik s'est tu, un sourire satisfait aux lèvres. Je tremblais de rage. Je détestais ce sale gamin – sa peau tavelée, rougie par le froid ; ses yeux bleus bordés de cils blonds ; son rire strident, l'odeur de purin qui collait à ses vêtements, ses visites incessantes.

La voix de Daníel s'est élevée dans le silence :

— Rentre chez toi, Fridrik.

— Pas maintenant. La tempête de neige est pour ce soir.

— Parfait. Tu risques de t'y perdre.

J'ai souri, soudain heureuse de pouvoir compter sur Daníel.

— Je n'irai nulle part, a décrété Fridrik en passant un bras autour des épaules de Sigga.

Daníel m'a fait signe de le rejoindre dans le couloir.

— C'est vrai ? a-t-il chuchoté. C'est vrai que Natan profite de vous deux ?

Il a secoué la tête.

— C'est un péché, a-t-il ajouté. Un terrible péché.

J'ai fait mine de ne pas avoir entendu.

— Fridrik a tué des brebis.

— Quoi ? Ici ?

— Je pense qu'il en a emporté deux à Katadalur pendant la nuit, ou tôt ce matin, et qu'il les a tuées là-bas.

— Natan va le massacrer !

— Pas si Fridrik le massacre avant. Il est dans une colère noire.

Daníel a lancé un regard au jeune couple assis dans le badstofa.

— C'est un idiot et une brute. Je lui parlerai quand il se sera calmé.

Natan est revenu trois jours plus tard. Fridrik n'était pas là. J'ignore ce qui se serait passé si Natan l'avait trouvé chez lui – la situation aurait peut-être pris une autre tournure, qui sait ? Comme je m'y attendais, Natan ne s'est pas réjoui d'apprendre les fiançailles de Sigga. C'est moi qui lui ai annoncé la nouvelle. Sigga avait tellement peur de sa réaction qu'elle s'était cachée dans la remise en l'entendant arriver.

— Je ne peux décidément pas vous laisser seules ! s'est-il exclamé. Chaque fois que je pars, un désastre m'attend au retour.

— De quel désastre parles-tu ? Tu as accepté l'argent que Fridrik t'a donné, non ? Leur projet de mariage n'est pas une surprise.

— Et toi, tu es contente ?

— Moi ? En quoi suis-je concernée ?

— Tu joues les entremetteuses depuis la fin de l'été.

J'ai tendu la main pour tenir la bride tandis qu'il dessellait son cheval.

— Absolument pas, ai-je objecté.

— Vous avez tous célébré la nouvelle, j'imagine ?

— Non. A vrai dire, Sigga semble un peu déconcertée.

Il s'est tourné vers moi.

— Déconcertée ? a-t-il répété en haussant les sourcils.

— Oui. Elle n'est pas aussi extatique que Fridrik, en tout cas.

Natan a esquissé un sourire.

— Ils sont aussi idiots l'un que l'autre, ces deux-là…

Il a pris avec douceur la bride et la couverture que je m'apprêtais à plier, et les a posées sur un tas de neige. Il semblait calme, presque grave.

— Agnes… Mon Agnes, je te dois des excuses. Je n'aurais pas dû te frapper l'autre jour.

Je n'ai rien dit, mais je n'ai pas résisté quand il a pris ma main dans la sienne.

— J'ai beaucoup parlé avec Worm à Geitaskard. Il me trouve tendu ces derniers temps. Il dit que je voyage trop, que le froid affecte mon moral. Et ces cauchemars n'arrangent rien… Nous nous sommes tous mal comportés les uns envers les autres. Je n'étais pas moi-même.

Il a lâché ma main pour reprendre la bride et la couverture.

— Tiens, a-t-il dit en me les donnant. Va les ranger et rejoins-moi à l'intérieur.

J'ai tourné les talons, mais il m'a retenue par le bras.

— Agnes. Mon Agnes, a-t-il répété doucement. Je suis content de te voir.

Cette nuit-là, nous nous sommes unis sur ma couchette. Tremblants de désir, comme auparavant. Quand je me suis réveillée dans l'obscurité glacée du badstofa, quelques heures plus tard, il dormait près de moi. Sa présence m'a submergée de bonheur. Si Daníel ou Sigga nous ont vus ensemble, ils n'en ont jamais rien dit. Je me suis levée pour retirer les couvertures de son lit et les poser sur le mien, avant de me glisser de nouveau contre lui.

Margrét revint de la laiterie avec un autre pot de lait. Dehors, le vent continuait de mugir.

Agnes se pencha pour tisonner les braises dans l'âtre.

— Préférez-vous que j'utilise de la tourbe ou de la bouse ?

Margrét désigna les briquettes de bouse séchée.

— Allez-y. Autant profiter d'un bon feu puisque nous n'avons plus sommeil !

— Où en étais-je ?

— Vous me parliez de Fridrik et de sa demande en mariage, dit-elle en versant le lait dans la marmite encore bouillante.

— Ah oui. Je vous disais que Sigga redoutait la réaction de Natan… Quand il est rentré de Geitaskard, il a dû aller la chercher dans la remise : elle s'était cachée et refusait de sortir. Elle m'a raconté plus tard qu'il avait apaisé ses craintes en assurant qu'il ne s'opposerait pas à son mariage, qu'il s'était montré déraisonnable et qu'il avait laissé ses propres griefs l'aveugler. Si elle souhaitait épouser un garçon qui n'avait ni bien ni famille dignes de ce nom, libre à elle ! s'était-il écrié avant de lui souhaiter bonne chance. A quoi bon empêcher deux chiots de jouer ensemble ? m'a-t-il confié le lendemain. J'ai pensé qu'il envisageait ce mariage comme un moindre mal : en épousant Sigga, Fridrik l'emmènerait avec lui, et Natan n'aurait plus à supporter ses visites. Ni à se faire du souci pour son argent, toujours caché aux abords de la ferme.

« Les fêtes de fin d'année sont arrivées. Nous les avons célébrées modestement, puis Natan a renvoyé Daníel à Geitaskard. J'ai pensé que nous allions renouer avec mes premières semaines à Illugastadir, quand Sigga et moi étions seules avec Natan. Quelques jours avant Noël, j'avais décidé de nettoyer la maison de fond en comble et de cuisiner de la raie pour la messe de Saint-Thorlak, le 23 décembre, mais Sigga manquait d'enthousiasme. Elle ne me faisait plus de confidences depuis ses fiançailles avec Fridrik. Elle était devenue morose. Elle travaillait moins ou mal, et passait des heures à rêvasser, les yeux tournés vers la fenêtre. Elle sursautait quand on lui adressait la parole et détournait le regard. Natan lui avait suggéré d'inviter Fridrik pour un verre de schnaps, mais le jeune fermier n'était pas venu.

Sigga se méfiait peut-être de la soudaine courtoisie de Natan. Elle préférait éviter de mettre les deux hommes en présence.

Une nuit, j'ai décidé d'être franche avec lui.

— Natan, je sais que tu as couché avec Sigga.

Il a ouvert les yeux, encore ensommeillé.

— Que dis-tu ?

— Je te dis que je le sais. Et que je te pardonne.

Un silence, puis son rire a bondi vers moi.

— Tu me pardonnes ?

J'ai tendu la main vers lui.

— Je ne te reproche rien. Je voulais seulement te dire que je le sais.

Ses doigts reposaient sur les miens comme un poids mort.

— Et moi, je sais que tu nous as vus, a-t-il répliqué.

J'ai chancelé comme s'il m'avait frappée. Ma bouche s'est ouverte, mais aucun son n'en est sorti. Je me suis levée pour aller chercher une lampe. Pas question de poursuivre cette conversation sans voir son visage. Je ne faisais pas confiance aux mots qui jaillissaient des ténèbres.

J'ai posé la lampe sur la tête de lit, elle baignait le corps nu de Natan dans sa lueur dorée. Il m'a dévisagée sans sourire, avant de lancer un regard vers la couchette de Sigga. Pour vérifier qu'elle dormait, sans doute.

— Natan ?

Ma voix m'a semblé enrouée. Une voix de vieille femme. Baissant les yeux sur ma poitrine nue, je me suis vue pour la première fois telle qu'il me voyait.

— Tu t'es joué de moi.

Il s'est couvert les yeux du plat de la main.

— Eteins la lampe, Agnes.

Je m'étais agrippée au montant du lit pour ne pas vaciller.

— Tu es cruel.

— Ne me force pas à parler de ça.

— Tu n'as jamais eu l'intention de me donner le poste de gouvernante, n'est-ce pas ?

— Eteins cette lampe et viens te coucher. Tes yeux ressemblent à deux trous dans la neige.

— Me coucher ? Tu crois que je vais réussir à dormir ?

Je l'ai fixé un moment, le temps de reprendre le contrôle de moi-même. Je voulais être certaine de pouvoir parler sans fondre en larmes.

— Comment savais-tu que j'étais au courant ? ai-je repris.

Il a souri. N'a rien dit.

— As-tu de l'amour pour moi ?

— Ne sois pas ridicule.

— Réponds-moi.

Il a tendu la main vers la lampe.

— Eteins ça !

— Natan…

J'ai frémi, horrifiée par la plainte que j'entendais dans ma voix.

— T'aurais-je fais venir jusqu'ici si je n'en avais pas envie ? a-t-il argué.

— Tu avais besoin d'une domestique.

— Tu es plus qu'une domestique, Agnes.

— Vraiment ?

— Eteins cette lampe.

— Non !

Je la lui ai arrachée des mains, protégeant la flamme d'un geste vif.

— Tu n'as pas le droit de me traiter comme ça ! ai-je lancé d'un ton accusateur.

Ses yeux ont brillé de colère.

— Tu m'agaces, Agnes.

J'ai explosé :

— Je t'agace ? Va au Diable ! Je t'ai toujours laissé faire ce que tu voulais. Est-ce que je t'empêche de partir en voyage tous les quatre matins ? Et de monter sur Sigga dans le lit d'à côté quand tu me crois endormie ? Une fille de quinze ans… Tu n'es qu'un chien, Natan. Un chien en rut !

Il s'est redressé sur ses coudes.

— Crois-tu vraiment que je me donne la peine d'attendre que tu sois endormie ?

Son regard n'était pas empli de dérision mais de mépris. Un désespoir immense, insondable, s'est abattu sur mes épaules. J'ai vacillé et me suis repliée sous le poids du chagrin.

— Je te hais !

Remarque stupide, enfantine, que j'ai aussitôt regrettée.

— Et tu t'imagines que j'ai de l'amour pour toi ? a-t-il rétorqué. Ma pauvre Agnes…

Il a secoué la tête d'un air navré.

— Tu ne vaux pas grand-chose, finalement. Je m'étais trompé sur ton compte.

— Si je ne vaux rien, c'est de ta faute ! C'est toi qui m'as corrompue !

— Mais oui. Continue. Tu es si pure, si sainte ! Tout est de la faute des autres !

— Non. Tout est de *ta* faute !

— Pardonne-moi. Je croyais t'offrir ce que tu voulais.

Il m'a saisie par le bras et plaquée rudement contre lui.

— Je croyais que tu voulais quitter la vallée. Je t'ai fait venir ici, mais ça ne t'a pas suffi. Il te faut encore autre chose…

— Je te voulais, toi ! C'est pour toi que je voulais quitter la vallée, tu comprends ?

La colère me donnait envie de vomir.

— Je vais devenir folle. Je n'en peux plus.

— Eh bien, va-t'en !

Il s'est levé et m'a agrippé le poignet.

— Sors d'ici ! Tu ne m'as causé que des ennuis !

Ses mains se sont refermées sur mes épaules et il m'a tirée sans ménagement jusqu'au milieu de la pièce. Réveillée par nos cris, Sigga nous observait, assise sur sa couchette. Thóranna s'était mise à pleurer.

— Lâche-moi !

— De quoi te plains-tu ? Je fais ce que tu me demandes, non ? Tu me détestes ? Tu veux partir ? Parfait. Voici la porte !

Natan était costaud, malgré sa petite taille. Il m'a traînée jusqu'au bout du couloir, puis il a ouvert la porte de la ferme et m'a poussée dehors. J'ai trébuché sur le seuil et suis tombée à plat ventre dans la neige. Le temps que je me redresse, Natan m'avait claqué la porte au nez.

Ivre de colère et de chagrin, je n'ai même pas senti la morsure du froid. Pourtant, j'étais nue de la tête aux pieds. Il faisait nuit noire et la neige tombait à gros flocons. J'ai failli tambouriner contre la porte et hurler jusqu'à ce que Sigga vienne m'ouvrir, mais je voulais aussi punir Natan. Qu'il se sente coupable. Alors j'ai serré mes bras sur mon torse nu et tenté de réfléchir. Où aller ? Que faire à une heure pareille, en pleine tempête de neige ? J'ai pensé me tuer. Descendre sur le rivage et m'enfoncer dans l'eau glacée. Mon cœur aurait succombé au froid, et je serais morte sans avoir besoin de me noyer. Comment aurait réagi Natan en trouvant mon cadavre sur la plage, couvert d'algues et d'écume ?

Je me suis réfugiée dans l'étable.

Impossible de dormir : il faisait trop froid. Enveloppée dans la couverture qui servait à seller le cheval, je me suis allongée près de la vache et j'ai pressé mon corps contre ses flancs tièdes. Tendant les jambes, j'ai enfoui mes orteils dans une bouse pour éviter qu'ils ne gèlent.

Un long moment s'est écoulé, puis j'ai entendu un bruit de pas.

— Natan ?

C'était Sigga. Les yeux gonflés de larmes, elle m'apportait mes vêtements et mes chaussures.

— Il ne veut pas que tu reviennes à l'intérieur.

Je me suis redressée lentement, les doigts raidis par le froid.

— Et si je meurs ici ?

Elle a fait un pas vers la porte, mais je l'ai retenue par les épaules.

— Tâche de le raisonner, Sigga. Il a vraiment perdu la tête, cette fois.

Elle m'a lancé un regard hébété.

— Je ne supporte plus de vivre ici, a-t-elle murmuré.

Quand j'ai ouvert les yeux, au petit matin, j'ai mis un moment à comprendre où j'étais. Puis les souvenirs de la nuit précédente ont afflué à mon esprit. La colère m'a noué l'estomac, achevant de me réveiller. Je me suis appuyée contre la vache pour réchauffer mon nez et mes doigts engourdis. Le temps pressait. Je voulais partir avant que Natan vienne nourrir les bêtes.

Lorsque Tóti se réveilla, il aperçut son père au pied de son lit, adossé contre le mur. Sa tête grisonnante dodelinait sur son torse. Il s'était assoupi. Le badstofa était plongé dans la pénombre.

— Pabbi ? chuchota Tóti.

Sa gorge enflammée se contracta douloureusement. Il voulut remuer les pieds pour tirer son père du sommeil, mais ses membres engourdis refusèrent d'obtempérer.

— Pabbi ? répéta-t-il.

Le révérend Jón ouvrit brusquement les yeux. Il se pencha vers lui avec sollicitude.

— Mon garçon… Dieu soit loué ! Tu es réveillé.

Tóti essaya de se redresser, mais les couvertures l'en empêchaient. Son père l'avait emmailloté comme un nouveau-né sous plusieurs épaisseurs de laine.

— Tu étais brûlant de fièvre, expliqua son père. J'ai pensé qu'une bonne suée te ferait du bien.

Il posa sa main calleuse sur le front du jeune homme pour vérifier sa température.

— Il faut que j'aille à Kornsá, murmura Tóti. Agnes...

Le révérend Jón secoua la tête.

— C'est en t'occupant d'elle que tu es tombé malade.

— Mais... En quel mois sommes-nous ?

— En décembre. Calme-toi, mon garçon. Tu ne parviendras pas à l'écouter si Dieu ne t'en donne pas la force.

— Elle est seule au monde ! protesta Tóti en s'efforçant de desserrer les couvertures.

Ses muscles affaiblis répondirent à peine.

— C'est bien normal, après ce qu'elle a fait, bougonna son père.

Il se pencha pour le border plus étroitement encore. Son visage semblait gris dans la pénombre.

— Cette femme ne vaut pas le temps que tu lui donnes ! asséna-t-il d'un ton sec.

Margrét demeura silencieuse. Le lait avait refroidi dans son bol.

— Il vous a jetée dans la neige ?

— Oui, acquiesça Agnes à mi-voix.

— Vous auriez pu mourir de froid !

— Il n'était pas dans son état normal. Il voulait Sigga pour lui seul. Ce soir-là, il a enfin compris qu'elle préférait Fridrik.

Margrét s'empara du tisonnier et repoussa un morceau de briquette enflammée vers le contrecœur.

— Si vous le dites, marmonna-t-elle. Continuez, je vous en prie.

Agnes resserra son châle sur ses épaules avant de poursuivre son récit.

— J'ai décidé de me rendre à Katadalur, chez les parents de Fridrik. Je n'y étais jamais allée, mais je savais que la ferme était bâtie de l'autre côté de la montagne. Le ciel s'était dégagé – assez pour m'encourager à prendre la route sans craindre de me perdre dans le brouillard. J'ai marché plusieurs heures, tout de même. Quand je suis arrivée à l'entrée de la vallée de Katadalur, j'étais ivre de fatigue. La mère de Fridrik m'a trouvée à genoux sur le seuil de sa maison.

« Katadalur est un horrible endroit. Le bâtiment est délabré, le toit menace de s'écrouler, les murs de la cuisine sont noirs de fumée et le badstofa vous donne envie de fuir. Quand je suis entrée, les petits frères et sœurs de Fridrik étaient recroquevillés les uns contre les autres sur une couchette pour se tenir chaud. Fridrik était assis avec son père et son oncle sur un autre lit. Ils aiguisaient des couteaux. "Qu'est-ce qu'il a fait encore ? s'est exclamé Fridrik sans se donner la peine de me saluer. Il a décidé d'épouser Sigga, c'est ça ?"

« J'ai secoué la tête. Je lui ai raconté que Natan m'avait jetée dehors et que j'avais passé la nuit dans l'étable. Je pensais l'émouvoir, mais Fridrik voulait seulement savoir pourquoi Natan s'était mis dans une telle colère. Je lui ai répondu que nous nous étions disputés parce que je ne pouvais plus tolérer la manière dont il traitait Sigga.

« C'est alors que Thórbjörg, la mère de Fridrik, est intervenue. Elle nous avait écoutés jusque-là sans rien dire mais, à cet instant, elle a saisi le bras de son fils. "Il veut te priver de ta femme !" s'est-elle écriée. J'ai cru voir Fridrik lancer un regard au couteau posé sur le lit, et j'ai pris peur.

« J'ai suggéré à Fridrik de tout raconter au pasteur de Tjörn ou même d'aller voir un officier de police. Thórbjörg m'a de nouveau interrompue. Elle a pris son fils par les épaules pour l'obliger à la regarder en face. "Sigga ne sera pas tienne tant que Natan sera en vie", a-t-elle déclaré.

« Ils se sont assis sur leur couchette et l'agitation est retombée. Je me suis endormie peu après. Ils ont sûrement repris leur discussion pendant la nuit et décidé de tuer Natan.

Margrét écoutait, parfaitement immobile. Le feu s'était éteint. De la belle flambée ne restait qu'une faible lueur rougeâtre au milieu des cendres. Dehors, le vent continuait à gémir. Elle se redressa en soupirant. Ces heures de veille l'avaient exténuée.

— Nous devrions peut-être retourner nous coucher, dit-elle.

Agnes se tourna vers elle.

— Vous ne voulez pas entendre la suite ?

12

A Laugar, dans la région de Sælingsdalr, il se fit que Gudrún fut de bonne heure sur pied, alors que le soleil venait de se lever. Elle alla à l'endroit où dormaient ses frères. Elle secoua Ospakr. Il se réveilla promptement ainsi que ses autres frères. Lorsque Ospakr reconnut là sa sœur, il demanda ce qu'elle voulait puisqu'elle était sur pied de si bonne heure. Gudrún dit qu'elle aimerait savoir ce qu'ils désiraient faire ce jour-là. Óspakr déclara qu'ils resteraient tranquilles car « il n'y a pas grand-chose à faire en ce moment ».

Gudrún dit : « Vous avez le caractère qu'il faudrait si vous étiez les filles de quelque bóndi ne faisant rien de bon non plus que de mal ; malgré tout le déshonneur et la honte que Kjartan vous a faits, vous n'en dormez pas moins alors qu'il chevauche ici auprès de l'enclos avec un autre homme. Des hommes comme vous ont vraiment une mémoire de cochon ! Je crois aussi qu'il n'y a pas d'espoir que vous ayez le courage d'attaquer Kjartan chez lui, si vous n'osez pas aller le trouver maintenant qu'il passe avec deux ou trois hommes et que vous restez ici à dire de belles paroles ; ce que vous préférez, c'est bavarder. »

Ospakr dit qu'elle parlait d'abondance, mais qu'il ferait mauvais de la contredire. Il se leva d'un bond et s'habilla, ainsi que chacun des frères tour à tour. Puis ils se préparèrent à s'embusquer contre Kjartan[1].

Saga des gens du Val-au-Saumon

---

1. Extrait du chapitre XLVIII de la *Saga des gens du Val-au-Saumon*, traduite de l'islandais par Régis Boyer, Gallimard, coll. « La Pléiade », 1987.

Natan n'était pas là quand nous sommes arrivés à Illugastadir, Fridrik et moi. Que se serait-il passé, si nous l'avions trouvé chez lui ? Nul ne le saura jamais. Ce matin-là, nous avons frappé longuement à la porte avant que Sigga ne vienne ouvrir. Elle tenait la fille de Natan calée sur sa hanche.

— Il m'a interdit de vous laisser entrer, a-t-elle annoncé.

Néanmoins, elle n'a rien fait pour nous en empêcher.

J'ai accepté le café qu'elle nous a proposé et je me suis assise sur une des couchettes.

— Où est Natan ? ai-je demandé.

— Un messager de Geitaskard est arrivé hier soir. Worm est souffrant. Natan est parti tôt ce matin.

— Comment va-t-il ?

Sigga m'a jeté un regard las.

— Il est de mauvaise humeur.

— A-t-il encore abusé de toi ? a lancé Fridrik en s'approchant du lit de Natan.

Il a ouvert les boîtes et dérangé les ouvrages posés sur l'étagère accrochée au-dessus de la couchette.

— Que cherches-tu ? a murmuré Sigga avec anxiété.

— Une compensation, a répliqué le jeune homme.

Il a jeté un regard par la fenêtre.

— Je suis sûr que j'ai raison, a-t-il ajouté. Il a tout enterré dans la cour.

Je me suis tournée vers Sigga.

— T'a-t-il parlé de moi ?

— Non. Il n'a rien dit.

J'ai tenté de sourire.

— Rien que tu pourrais me répéter en face, en tout cas.

Fridrik a chassé du plat de la main la neige qui blanchissait son manteau, puis il s'est assis près de Sigga et l'a attirée sur ses genoux.

— Mon petit oiseau, a-t-il gazouillé. Ma femme.

Elle l'a repoussé doucement.

— Ne m'appelle pas comme ça.

Les joues de Fridrik se sont enflammées.

— Pourquoi ? Nous sommes fiancés !

— Natan a changé d'avis… Il ne veut plus qu'on se marie.

Elle a éclaté en sanglots.

— Qu'il aille au diable ! s'est écrié Fridrik avec emphase.

J'ai souri, amusée malgré moi.

— Je suis sûre que Natan reviendra sur sa décision, ai-je déclaré.

Sigga a secoué la tête.

— Non… Il a dit que si je dois me marier, ce sera avec lui.

Mon ventre s'est noué. Fridrik a tressailli, le visage blême.

— Quoi ?

— C'est ce qu'il a dit, a gémi Sigga.

— Et qu'as-tu répondu ? ai-je répliqué d'une voix tremblante.

Elle s'est remise à sangloter.

— Tu n'as pas dit oui, tout de même ? a insisté Fridrik en passant un bras sur ses épaules.

Sigga a enfoui son visage dans son cou. Et pleuré de plus belle.

Reclus dans le badstofa d'Illugastadir, nous avons passé les trois jours suivants à organiser notre départ. Sigga espérait retrouver une place à Stóra-Borg, et j'ai proposé de l'accompagner dans la vallée dès que le temps le permettrait. Fridrik me suggérait d'aller demander du travail à Asbjarnarstadir : le fermier n'aimait pas Natan et m'embaucherait peut-être par sympathie jusqu'à la fin de l'hiver.

Nous en étions là de nos réflexions quand nous avons aperçu des voyageurs sur le sentier qui descend de la montagne. Nous étions si absorbés par nos projets d'évasion que nous ne les avions pas vus arriver. C'était au milieu de l'après-midi, et nous étions sortis prendre l'air dans la cour. Il était trop tard pour nous cacher, à présent. Les voyageurs nous avaient vus, eux aussi.

— Agnes ! s'est écriée Sigga. C'est Natan ! Il va me tuer s'il te trouve ici !

Mon cœur battait comme un tambour de régiment, mais je n'en ai rien laissé paraître.

— Il n'est pas seul, ai-je répliqué. Il ne se fâchera pas en public.

Nous sommes donc restés à les attendre, tous trois au milieu de la cour. Quand ils se sont approchés, j'ai reconnu le cavalier qui accompagnait Natan : c'était Pétur, le tueur de moutons. J'étais stupéfaite. Pourquoi l'avoir invité à Illugastadir ?

Natan nous a toisés, puis il s'est tourné vers son compagnon.

— Regarde qui va là, Pétur ! Trois fouines prises la main dans le sac… N'est-ce pas charmant ?

Il souriait, mais son regard m'a glacé le sang. Je croyais qu'il se jetterait sur Fridrik sitôt descendu de sa monture. Je me trompais : il s'est avancé vers moi.

— Qu'est-ce qu'elle fait là ?

Son sourire s'était évanoui. J'ai rougi d'humiliation. Pétur, qui venait de sauter à terre, observait la scène d'un air incrédule.

— Laisse-la revenir, a protesté Sigga. Jusqu'à la fin de l'hiver, au moins !

— Je t'ai assez vue, Agnes.

— Qu'ai-je fait de mal ? ai-je répliqué.

— Tu m'as dit que tu voulais partir, alors pars !

Il a fait un autre pas vers moi en agitant la main.

— Va-t'en ! Et plus vite que ça !

Sigga lui a jeté un regard effaré.

— Elle n'a nulle part où aller, Natan. Il va neiger !

Il s'est mis à rire.

— On ne peut pas te prendre au mot, Agnes. Tu annonces une chose, et tu en prévois une autre. Tu veux partir ? Pars !

J'aurais voulu dire à Natan que je l'aimais, que j'avais besoin de son amour, mais j'ai gardé le silence. Il n'y avait plus rien à dire.

— En tout cas, tu n'épouseras pas Sigga ! a brusquement décrété Fridrik.

Natan a ri de plus belle.

— Encore cette histoire ! Tu vois, Pétur, c'est ce qui arrive quand on vit avec des enfants : ils veulent t'entraîner dans leurs jeux.

Pétur a esquissé un sourire, mais il n'a fait aucun commentaire.

— Bon, a repris Natan en tirant son cheval vers le pré. Agnes peut rester, mais pas dans le badstofa. Pétur et moi passerons la nuit ici, et nous repartirons à Geitaskard demain matin. Agnes, si tu es encore là à mon retour, je te ferai arrêter par le commissaire du canton pour intrusion sur ma propriété. Et toi, Fridrik, va-t'en avant que Pétur ne te tranche la gorge !

Son compagnon a baissé les yeux, visiblement embarrassé.

Ce soir-là, j'ai de nouveau dormi dans l'étable. Il faisait moins froid que la nuit où Natan m'avait jetée dehors, et Sigga m'avait donné des couvertures pour me faire un lit. Ça sentait le purin et le sol grouillait de poux, mais j'ai fini par m'assoupir.

Il faisait nuit noire quand je me suis réveillée. Je me suis levée et je me suis approchée de la porte : la lumière brillait encore à la fenêtre du badstofa. Le sommeil m'avait éclairci les idées. Ma décision était prise : j'allais retourner à la ferme pour tenter de me réconcilier avec Natan. Je m'enveloppais dans mon châle quand j'ai entendu un bruit de pas derrière l'étable.

— Sigga ?

Le silence s'est fait, puis la neige s'est remise à crisser. Quelqu'un venait vers moi. J'ai traversé l'étable à la hâte et me suis plaquée contre le mur.

Une voix masculine a chuchoté :

— Agnes ?

C'était Fridrik.

Il s'est glissé à l'intérieur.

— Qu'est-ce que tu fiches ici ? ai-je murmuré.

Il respirait fort. Je ne distinguais pas son visage dans l'obscurité, mais l'odeur de sa sueur m'emplissait les narines. Un grincement a troublé le silence, si bref que je n'ai pas réussi à en déterminer l'origine.

— Tu es venu à pied de Katadalur ?

— Oui, a-t-il répondu avant d'être pris d'une quinte de toux.

— Natan va te tuer s'il te voit !

— J'attendrai qu'il soit endormi.

— Pour faire quoi ? S'il vous trouve en train de vous bécoter, Sigga et toi, sur la couchette voisine de la sienne, il te fera pendre avant le lever du jour !

Je l'ai entendu renifler.

— Je ne suis pas venu pour ça.

Son intonation m'a semblé étrange. Je me suis redressée, le cœur battant.

— Fridrik… Pourquoi es-tu venu ?

— Pour chercher ce qui me revient. Et régler cette histoire une fois pour toutes.

Derrière nous, la vache a poussé un long meuglement et raclé le sol en terre battue du plat de ses sabots.

— Fridrik ?

— Avoue-le. C'est ce que tu veux, toi aussi.

A cet instant, la lune est sortie des nuages. J'ai vu ce que Fridrik tenait dans ses mains : un marteau et un couteau.

Après ? Je me souviens que je ne l'ai pas cru. J'ai regagné ma couchette sur le sol de l'étable, brusquement épuisée. Je voulais qu'il s'en aille. Qu'il me laisse en paix.

Et ensuite ?

J'ai sombré dans un sommeil agité et me suis réveillée en sursaut. Je suis sortie. La lumière ne brillait plus à la fenêtre du badstofa. Fridrik avait disparu.

J'ai décidé de partir à sa recherche. La peur qui m'avait fait défaut une heure plus tôt me nouait les entrailles. Libéré des nuages qui l'encombraient, le ciel s'était piqué d'étoiles. La ferme baignait dans la lueur blafarde de la lune. La neige a crissé sous mes semelles quand j'ai traversé la cour. J'ai tâtonné pour trouver la poignée de la porte d'entrée, qui s'est ouverte en grinçant.

Sigga était accroupie contre le mur du couloir. Elle pleurait, la petite Thóranna serrée dans ses bras.

— Sigga ?

Elle a mis un moment avant de me répondre.

— Le… badstofa, a-t-elle chuchoté d'une voix étranglée.

J'ai longé le couloir. J'ai pensé – mue par quelle intuition ? – à prendre une lampe dans la cuisine. Mon cœur tonnait dans ma poitrine.

Et ensuite ?

Je tremblais si violemment que la lampe m'a échappé des mains. L'odeur de la mèche noircie s'est élevée dans l'air froid, puis j'ai entendu du bruit : une planche qui grince, une respiration saccadée et des sons étouffés – on aurait dit qu'un enfant tapait dans un oreiller. Un grognement sourd, suivi d'un frottement. Enfin, un murmure dans l'obscurité :

— Agnes ?

Mon cœur a manqué un battement. Un instant, j'ai cru que Natan était là, tout proche ! C'était Fridrik.

— Agnes… Agnes ? Où es-tu ?

Eraillée, chevrotante, sa voix était méconnaissable.

— Je suis là. J'ai fait tomber la lampe.

Agenouillée sur le sol, j'ai tenté de la retrouver. Fridrik a fait un pas dans ma direction.

— Agnes, je ne sais pas s'il est mort. Je n'arrive pas à le savoir !

Je me suis figée, glacée d'horreur. Mes doigts ont refusé de se plier.

Il ne l'a pas tué. C'est un gamin. Il ne l'a pas tué !

J'ai fini par retrouver la lampe. Je me suis éraflé la main sur une écharde en la soulevant.

— Agnes ?

— Je suis là ! ai-je répliqué d'un ton sec. Je vais rallumer la lampe.

Le ton de ma voix m'a surprise, moins terrifié que je ne l'étais en réalité.

— Fais vite, a répondu Fridrik.

Je me suis dirigée à tâtons vers le corridor, où brûlait une chandelle fichée dans un support mural. Je m'en suis servie pour allumer la lampe, puis je suis revenue sur mes pas. La flamme vacillait entre mes mains tremblantes, étendant sa lueur jaune sur les parois grossières du couloir. Le badstofa s'ouvrait devant moi comme une bouche béante et noire. J'ai senti ma gorge se contracter. Je ne voulais pas entrer. Mais Fridrik m'attendait. Il fallait que je sache ce qu'il avait fait.

J'ai d'abord cru qu'il m'avait joué un tour. J'ai tendu la lampe vers le lit de Natan : il était couché sous ses couvertures, les yeux fermés. Tout semblait normal. Puis Fridrik m'a appelée :

— Par ici, Agnes. Viens par ici !

J'ai fait quelques pas et tendu de nouveau la lampe. Vers le lit de Pétur, cette fois. Il gisait dans son propre sang, le crâne fracassé. L'oreiller en était presque noir. Des lambeaux de chair ensanglantée avaient jailli sur les murs, maculés de longues traînées brillantes.

— Oh, mon Dieu ! ai-je gémi. Mon Dieu !

J'ai lancé un regard au marteau que Fridrik tenait encore à la main. Une touffe de cheveux y était collée.

Pliée en deux, j'ai vomi sur le plancher.

Fridrik m'a aidée à me relever. Il refusait de lâcher le marteau, comme s'il comptait encore s'en servir.

— As-tu frappé Natan ? ai-je demandé d'une voix tremblante.

— Viens voir.

Il m'a attirée près du lit. Je me suis penchée, la lampe oscillant au bout de mon bras. J'ai vu que Natan était blessé, lui aussi. L'un des côtés de son visage semblait abîmé, comme si sa pommette s'était affaissée sur elle-même. Le creux de son cou était plein de sang – celui de Pétur, ai-je pensé.

J'ai crié. Un cri rauque, jailli du plus profond de moi-même. Mes jambes ont cessé de me porter. J'ai lâché la lampe et je me suis effondrée à l'instant où la flamme s'éteignait, nous plongeant de nouveau dans l'obscurité.

Et ensuite ?

J'ai dû perdre brièvement conscience tandis que Fridrik allait chercher la chandelle dans le couloir. Quand j'ai rouvert les yeux, son visage brillait dans les ténèbres. J'ai tenté de me redresser. Une plainte s'est élevée dans le silence.

— Qui est-ce ? s'est exclamé Fridrik.

Il m'a rejointe en deux enjambées. Il tremblait de tout son corps. La plainte a retenti une seconde fois. Plus longuement que la première.

— Natan ?

J'avais à peine la force de marcher. J'ai pris la bougie des mains de Fridrik et me suis traînée jusqu'à la couchette de Natan. J'ai approché la flamme de son visage. Il a remué les paupières.

— Qu'as-tu fait de lui ? ai-je crié en me tournant vers Fridrik.

Il était blanc comme un linge.

— Le… Le marteau, a-t-il balbutié.

Natan a gémi de nouveau. Fridrik s'est penché vers lui pour l'écouter.

— Il a dit « Worm », a-t-il déclaré en se redressant.

— Worm Beck ?

— Il est peut-être en train de rêver…

Nous nous sommes tus, guettant d'autres mots, d'autres réactions. Rien. Natan ne bougeait plus. Le silence était assourdissant. Puis il a lentement ouvert un œil. Et il m'a vue.

— Agnes ? a-t-il murmuré.

Ma gorge s'est dénouée. Un soulagement infini m'a submergée.

— Je suis là. Je suis là, Natan !

Son regard s'est posé sur Fridrik. Ensuite, il a incliné la tête sur le côté et aperçu le crâne fracassé de Pétur.

— Non ! a-t-il gémi. Non, non, non…

Fridrik avait reculé vers la porte. Pensait-il s'enfuir ? J'étais sous le choc, mais encore capable de le retenir.

— Regarde ce que tu as fait ! ai-je crié. C'est ton œuvre !

— Je ne voulais pas les tuer ! Natan, tu m'entends ? Je te le jure !

Il haletait, les yeux rivés sur le marteau ensanglanté abandonné au sol.

Natan s'est remis à gémir. Puis il a tenté de se redresser et hurlé en prenant appui sur son bras. Fridrik l'avait brisé.

— Ne mens pas ! Tu voulais sa mort ! ai-je asséné à Fridrik. Et maintenant, que comptes-tu faire ?

Fridrik s'apprêtait à répondre quand Natan a roulé au sol : il avait rampé sur son bras valide pour sortir de son lit, mais ne pouvait aller plus loin.

— Aide-moi à le soulever, ai-je ordonné à son bourreau.

Il a refusé de le toucher. J'ai posé la bougie sur le plancher et tenté de traîner Natan jusqu'au mur, pour pouvoir le mettre en position assise. En vain : son corps blessé, inerte, pesait trop lourd. Mes dernières forces m'ont abandonnée quand j'ai vu son crâne gonflé et son cou ruisselant de sang. J'ai glissé au sol et posé sa tête sur mes genoux. Je savais qu'il ne passerait pas la nuit.

— Fridrik… Fridrik, dis-moi combien tu veux… Je te paierai… Je te paierai, répétait-il d'une voix à peine audible.

Visiblement horrifié, le jeune homme avait détourné les yeux.

— Il te parle ! ai-je hurlé. Viens ici ! Donne-toi au moins la peine d'écouter l'homme que tu as tué !

Les murmures de Natan se sont espacés, puis interrompus. J'ai senti son corps se raidir. Il a levé les yeux vers moi au prix d'un effort manifeste.

— Agnes…

— Oui, c'est moi. Je suis là, Natan. Je suis là.

Sa bouche s'est ouverte. J'ai cru qu'il voulait me dire quelque chose, mais seul un gargouillement est sorti de sa gorge. Fridrik a reculé, pris de panique. Il était blême. Ses cheveux roux maculés de sang tombaient dans ses yeux écarquillés d'effroi.

— Qu'est-ce qui lui arrive ? m'a-t-il demandé.

Natan s'étouffait. Un long filet de sang coulait sur son menton et se répandait sur ma jupe.

— Qu'est-ce qui lui arrive ? a répété Fridrik. Fais quelque chose, Agnes !

J'ai tendu la main vers le couteau qui gisait au sol.

— Fais-le toi-même ! ai-je répliqué. Finis ce que tu as commencé.

Il a secoué la tête. Son visage cendreux, ses yeux exorbités trahissaient sa terreur.

— Fais-le ! ai-je répété. Ne le laisse pas mourir à petit feu.

Fridrik continuait de secouer la tête. Les blessures qu'il avait infligées à Natan saignaient abondamment, à présent. Une matière visqueuse s'échappait de son crâne. Le jeune homme a tendu les mains vers moi d'un air implorant.

— Non… Je ne peux pas. Je ne peux pas !

Natan a ouvert les yeux. Ses dents étaient rouges de sang. Il a cherché mon regard et remué les lèvres. Aucun son n'est sorti de sa bouche, mais j'ai compris ce qu'il voulait me dire.

Le couteau est entré facilement dans la chair. Une fois, deux fois, trois fois… La lame transperçait sa chemise dans un chuintement qui ressemblait à un baiser. J'ai continué jusqu'à ce que mon poignet baigne dans la tiédeur de son sang. Alors seulement, j'ai lâché le manche et poussé Natan au sol. Le couteau était resté planté dans son ventre. Je me suis penchée vers son visage. La flamme de la bougie éclairait son front, ses cils, son regard levé vers moi. Un regard clair, empli d'indulgence. Un flot de gratitude m'a envahie. Il m'avait pardonné.

— Agnes…

Fridrik se tenait derrière moi. Il avait lâché le marteau et porté les mains à sa tête.

— Agnes, tu l'as tué !

J'aurais voulu pleurer. M'agenouiller près du corps de Natan et pleurer tout mon saoul. Mais comment me recueillir dans un moment pareil ? Fridrik s'était laissé tomber au sol. Recroquevillé sur lui-même, il pleurait sans plus pouvoir s'arrêter. Je le haïssais. Lui, sa sauvagerie, sa couardise et sa panique. Au bout d'un long moment, il s'est levé en reniflant et s'est approché de Natan.

— Qu'est-ce que tu fais ? ai-je demandé.

Trop tard. Il venait d'extirper son arme du ventre de Natan.

— C'est mon couteau, a-t-il répondu. Je le reprends.

Il a essuyé la lame sur son pantalon et s'est dirigé vers la porte.

— Attends !

Il s'est retourné vers moi.

— Quoi encore ?

— Tu seras pendu, ai-je déclaré.

Fridrik a titubé. J'ai vu ses doigts se crisper sur le manche collant du couteau.

— Si je suis pendu, toi, tu seras brûlée vive.

J'ai baissé les yeux sur mes mains. Elles étaient couvertes de sang. J'en avais dans le cou, sur ma robe. La flamme a vacillé dans un courant d'air et je me suis demandé à quoi ressemblerait la pièce sous la lumière grise de l'aube.

C'est alors que j'ai pensé à la graisse de baleine que Natan avait achetée à Hindisvík.

13

Le 22 décembre 1829

Mémorandum à l'attention de Björn Blöndal,
commissaire de police du canton du Húnavatn

Votre Honneur,
Veuillez trouver ci-joint les documents suivants :

1. L'original de la décision de la Cour suprême, rendue le 25 juin de cette année à l'issue du procès intenté contre Fridrik Sigurdsson, Agnes Magnúsdóttir et Sigrídur Gudmundsdóttir pour meurtre, incendie et vol, entre autres crimes. Le jugement de la Cour suprême nous est parvenu le 20 de ce mois par courrier spécial de Reykjavík.

2. Une copie conforme de la lettre que Sa Majesté le roi a adressée au gouverneur de la province d'Islande le 26 août dernier à propos de Sigrídur Gudmundsdóttir : la personne susmentionnée sera graciée, par la volonté du roi. La condamnation à mort prononcée à son encontre par la Cour suprême de Copenhague sera commuée, sur décret de Sa Majesté le roi, en peine de prison. Elle sera transférée à Copenhague pour y travailler sous la stricte surveillance de ses geôliers jusqu'au terme naturel de son existence. Sa Majesté le roi a également décidé de maintenir la condamnation à mort prononcée par la Cour suprême à l'encontre de Fridrik Sigurdsson et d'Agnes Magnúsdóttir.

3. Une copie conforme du document adressé le 29 août par le secrétariat de Sa Majesté le roi au gouverneur de la province d'Islande à propos de cette affaire, document dans lequel le Secrétaire du Souverain estime qu'il serait préférable d'exécuter la sentence sur les lieux du crime, ou aussi près que possible de ces lieux, et uniquement si cela ne risque pas d'occasionner des émeutes ou des événements fâcheux. Le gouverneur de la province doit impérativement s'accorder avec vous sur ce point.

4. La lettre de mission rédigée aujourd'hui même à l'intention de Gudmundur Ketilsson, le fermier d'Illugastadir chargé d'exécuter les condamnés Fridrik Sigurdsson et Agnes Magnúsdóttir en application du jugement prononcé par la Cour suprême – jugement que je vous demande, Votre Honneur, de mettre en œuvre de la manière la plus appropriée possible. Compte tenu des changements évoqués dans la lettre de Sa Majesté le roi, Votre Honneur doit s'assurer que les condamnations à mort seront exécutées en toute légalité dans les plus brefs délais. Nous saurions gré à Votre Honneur de nous adresser confirmation des décès dès que vous aurez procédé aux exécutions. En tant que commissaire de canton, vous avez toute notre confiance pour préparer et faire exécuter dignement les condamnés. Nous ne doutons pas de votre capacité à organiser l'ensemble des événements de la manière la plus appropriée à cette situation délicate. Nous nous permettons cependant d'insister sur les détails suivants :

a. Si cela n'a pas déjà été fait, Votre Honneur doit s'assurer que les condamnés Fridrik Sigurdsson et Agnes Magnúsdót-

tir reçoivent quotidiennement la visite d'un pasteur sur leur lieu de détention. Ces pasteurs doivent être placés sous votre supervision et veiller à soumettre aux condamnés un choix de lectures religieuses susceptibles de les réconforter et de les préparer à affronter leur destin. Les pasteurs devront suivre les condamnés jusqu'au lieu de l'exécution.

b. Il est entendu que Votre Honneur décidera en son âme et conscience du lieu de l'exécution – soit près d'Illugastadir, soit dans la localité de Thingi, soit ailleurs, sur une colline (mais pas trop élevée) afin que l'événement puisse être vu de loin.

c. Au lieu d'une plateforme en bois, il serait judicieux que Votre Honneur fasse construire une solide plateforme en tourbe dotée d'une rampe. Votre Honneur veillera à ce qu'un billot pourvu d'un creux pour le menton soit placé sur cette plateforme. Votre Honneur s'assurera également que le billot soit recouvert d'un tissu rouge, en coton ou en drap de laine.

d. Le bourreau choisi pour l'exécution devra s'entraîner, en toute discrétion et au domicile de Votre Honneur, pour la mission dont il a reçu la charge. Ces précautions sont requises afin que, dans la mesure du possible, cet homme ne perde pas la foi ni le contrôle de lui-même au moment précis où il en aura le plus besoin. Les condamnés devront être décapités d'un seul coup de hache afin de leur épargner toute souffrance. En conséquence, Gudmundur Ketilsson ne devra boire qu'une petite quantité d'alcool avant de procéder aux exécutions.

e. Nous demandons à Votre Honneur de solliciter autant d'hommes que nécessaire auprès des fermes voisines afin de construire deux ou trois rangées de gradins autour de la plate-forme. Ces hommes seront tous obligés de se conformer à vos ordres sans aucune contrepartie financière.

f. Ne pourront accéder aux gradins que les personnes dûment autorisées à le faire.

g. Le condamné qui sera exécuté en dernier ne sera pas autorisé à assister à l'exécution du premier. Votre Honneur veillera à ce qu'il soit tenu à l'écart, dans un endroit qui n'offre pas de vue directe sur la plateforme.

h. Après l'exécution, les corps devront être enterrés sur place, sans cérémonie, dans des cercueils de bois blanc. Il est absolument essentiel que Votre Honneur et très Respectée Personne soit présente sur les lieux de l'exécution pour lire le verdict de la Cour suprême et de Sa Majesté le roi, pour organiser et contrôler le bon déroulement de l'exécution, et pour rédiger un compte rendu des événements qui sera consigné dans le registre de votre bureau. Votre Honneur pourra rendre compte des exécutions en islandais, mais elle veillera à y apporter un soin tout particulier et à envoyer une traduction en danois du compte rendu à mon secrétariat. Le rapport de Votre Honneur devra offrir une description minutieuse des événements et de la manière dont ils se seront conclus. Vous devrez également relater que Gudmundur Ketilsson a été retenu, sur sa requête, pour exécuter les condamnés, spécifier comment il a décidé d'utiliser les sommes qui lui ont été allouées pour ses services, et ainsi de suite. Enfin, je tiens à remercier Votre Honneur pour sa lettre du 20 août. En réponse à vos questions, sachez que la hache devra être renvoyée à Copenhague après l'exécution, et que le règlement de cet achat devra être imputé sur les sommes prévues pour cette affaire.

G. Johnson
Secrétaire de Sa Majesté le roi
Copenhague, Danemark

A l'attention des officiers de police du Svínavatn, du Thorkelshóll et du Thverá

Messieurs,

Faisant suite au jugement rendu par la Cour suprême le 25 juin et à la lettre que Sa Majesté le roi m'a fait la grâce de m'adresser le 26 août, je vous confirme par la présente que les criminels Fridrik Sigurdsson et Agnes Magnúsdóttir seront exécutés le mardi 12 janvier sur une petite hauteur près de Ránhóla, entre les fermes de Hólabak et de Sveinsstadir.

Suite aux requêtes formulées le 22 décembre par le gouverneur d'Islande, je vous demande d'ordonner aux fermiers du canton du Svínavatn, préalablement choisis par vos soins, de se rendre en ces lieux à cette date, à midi au plus tard. Vous devrez les en avertir le plus vite possible. Conformément aux chapitres II et VII du Jónsbok[1], respectivement intitulés « Thjófnadarbalk » et « Mannhelgisbalk », ces fermiers sont tenus d'assister à l'exécution, et ceux qui contreviendront à vos directives seront sanctionnés. Par conséquent, je vous

1. Recueil de textes de droit islandais adopté en 1281 par la Haute-Assemblée. Il tient son nom de son auteur, Jón Einarsson.

recommande de les en avertir au plus vite, et de veiller tout particulièrement à ce que les hommes qui auront le plus de difficultés à quitter leur ferme ou à effectuer le trajet jusqu'à Ránhóla soient conscients de leurs obligations. Enfin, notez que vous êtes vous-mêmes tenus d'assister aux exécutions.

Si le mauvais temps nous interdit de procéder aux exécutions, elles seront reportées au plus tôt, dès que les conditions le permettront, et toutes les personnes qui auront été convoquées devront y assister, comme spécifié plus haut. Il est impératif que les fermiers apportent avec eux la nourriture nécessaire à leur transport et à leur séjour sur place, puisque le mauvais temps risque fort de perturber leur trajet à cette période de l'année.

Le commissaire de police du canton
Björn Blöndal

Le jeudi 7 janvier 1830

A mon très cher et très estimé frère et ami Björn Blöndal

Au nom de ce que tu as fait pour moi, de nos multiples rencontres et de tes instructions reçues ce matin, je te remercie du fond du cœur et te confirme que je me rends à l'instant même à Vídidalur pour informer les habitants de la date de l'exécution, et leur recommander de prendre à cette fin les dispositions nécessaires. Tu peux donc compter sur moi pour qu'ils soient présents mardi prochain. J'ai informé Sigrídur des conditions de son pardon. Elle prie maintenant avec ferveur, remerciant Dieu et le Roi de leur mansuétude. Pardonne ma hâte – je dois faire vite, hélas ! Que Dieu soit avec toi et les tiens, puissiez-vous commencer l'année en bonne santé et le demeurer dans les temps à venir, aussi bien dans cette vie que dans la suivante.

Ton ami loyal et dévoué,

Br. P. Pétursson de Midhóp

Hymne funèbre islandais

Je pense à mon Sauveur,
Je crois en Son pouvoir.
Dans ses bras puissants, il m'étreint,
De jour comme de nuit.
Christ est mon roc, Christ est mon chemin,
De mon âme la vraie vie.
Christ me portera dans l'épreuve,
Mon cœur arrêté en est certain !

Moi qui vis au nom du Christ,
Au nom du Christ je mourrai ;
De l'ombre froide du sépulcre,
Je n'ai rien à redouter.
O tombeau, où est ton triomphe ?
O trépas, où est ton dard ?
Viens quand tu veux, et sois le bienvenu !
Christ est ma foi, Christ est mon rempart.

Le sixième jour du mois de janvier, Tóti fut réveillé par un coup sec frappé à la porte de la ferme. Il ouvrit les yeux. Une lumière blafarde éclairait le badstofa : la matinée était déjà bien avancée. Le visiteur frappa de nouveau – plus rudement, cette fois. Le révérend se leva à contrecœur, s'enveloppa dans ses couvertures et se dirigea pieds nus vers la porte. Il dut prendre appui sur le mur pour garder l'équilibre.

Un homme se tenait sur le seuil. Le nez rougi par le froid, il soufflait dans ses mains et tapait ses bottes sur le sol pour réchauffer ses membres engourdis. Il salua Tóti d'un signe de tête et lui tendit une petite feuille pliée en trois. Le sceau rouge de Blöndal, apposé à la jointure du papier blanc, ressemblait à une tache de sang.

— Sous-révérend Thorvardur Jónsson ?

— Oui.

— J'arrive de Hvammur. Navré pour le retard. Il faisait si mauvais que je n'ai pas pu venir plus tôt.

Tóti lui proposa une tasse de café, mais le messager jeta un regard inquiet vers le nord de la vallée.

— Si ça ne vous ennuie pas, mon révérend, je préfère repartir tout de suite. Il va se remettre à neiger et je n'ai aucune envie d'être pris dans la tempête.

Tóti lui souhaita bonne route, referma la porte et gagna la cuisine. Son père n'était pas là. Frissonnant sous les couvertures, il tisonna les braises et mit de l'eau à bouillir, puis il tira un tabouret près de l'âtre et s'assit, les mains tendues vers les flammes. Ses vertiges refluèrent peu à peu. Lorsqu'il se sentit mieux, il rompit le sceau et déplia la lettre de Blöndal.

Il la lut à trois reprises, avant de la laisser choir sur ses genoux. Ce n'était pas possible ! Pas comme ça. Pas maintenant, alors qu'il restait tant à dire, tant à faire ! Alors qu'il n'était pas auprès d'elle pour l'aider... Il se leva brusquement, laissant glisser les couvertures au sol, et regagna le badstofa. Il venait d'ouvrir son coffre à vêtements quand son père entra dans la pièce.

— Tóti ? Que se passe-t-il ? Pourquoi es-tu levé ? Tu n'es pas encore complètement guéri.

Son fils fourra une chemise propre dans un sac et laissa retomber le couvercle du coffre.

— Je dois partir, père. Agnes sera exécutée dans six jours. Je viens de recevoir la lettre de Blöndal.

Il s'assit sur sa couchette et s'efforça d'enfiler ses bottes.

— Tu n'es pas en état d'y aller.

— Il n'y a plus de temps à perdre. J'ai manqué à mes devoirs envers elle.

Le vieil homme s'installa près de lui.

— Tu n'es pas encore guéri, répéta-t-il. Il s'est remis à neiger. Tu vas mourir de froid !

Tóti porta la main à son front. Le sang battait à ses tempes.

— Il faut que j'aille à Kornsá. Si je pars maintenant, j'arriverai peut-être avant la tempête.

Le révérend Jón plaqua sa main sur son épaule.

— Tu n'as même pas la force de t'habiller... Tu ne vas pas te tuer pour cette femme !

Tóti le foudroya du regard.

— Le Fils de Dieu n'est-il mort que pour les justes ?

— Tu n'es pas le Fils de Dieu. Tu mourras en chemin.
— Je dois y aller.
— Je te l'interdis.
— Dieu le veut.
Le révérend Jón secoua la tête.
— C'est un suicide. Et le suicide est contraire à la volonté divine.
Tóti se leva péniblement et baissa les yeux vers son père.
— Dieu me pardonnera.

Il faisait terriblement froid dans l'église. Tóti s'avança dans la travée et tomba à genoux devant l'autel. Ses mains tremblaient ; il transpirait sous ses nombreuses couches de vêtements. Le plafond tournoyait au-dessus de sa tête.
— Seigneur Jésus… Aie pitié d'elle. Aie pitié de nous tous.

Margrét enroulait un châle autour de sa tête pour aller chercher des briquettes de bouse dans la remise quand elle entendit quelqu'un taper ses bottes sur le seuil de la ferme. Elle attendit. La porte grinça sur ses gonds.
— Doux Jésus ! Est-ce vous, Gudmundur ? s'écria-t-elle en sortant du badstofa. Non… C'est vous, révérend Thorvardur ? Comme vous êtes pâle ! Et maigre, avec ça ! Vous ne vous sentez pas bien ?
— Bonjour, Margrét. Puis-je voir votre mari ?
Il se tenait sur le seuil, blanc comme un linge, le visage mouillé de sueur. Margrét l'invita à entrer dans le badstofa.
— Asseyez-vous dans le salon, dit-elle en tirant le rideau. Vous n'auriez pas dû prendre la route par un temps pareil. Seigneur… Vous tremblez ! Venez plutôt à la cuisine. Vous vous réchaufferez devant le feu. Que vous est-il arrivé ?

— Je suis tombé malade, répondit-il d'une voix éraillée. De fortes fièvres et une inflammation de la gorge. C'est pour ça que je ne suis pas venu. Je… Je n'arrivais même plus à respirer !

Il se laissa lourdement tomber sur un tabouret près de l'âtre.

— Ne bougez pas. Je vais chercher mon mari.

Elle appela Lauga, qui aida Tóti à se débarrasser de son manteau couvert de neige. Il venait de reprendre place devant le feu quand Margrét réapparut, suivie de Jón.

— Quel plaisir de vous voir, mon révérend ! s'exclama Jón en lui tendant la main. Mon épouse me dit que vous avez été malade…

— Oui. Où est Agnes ? s'enquit-il d'un ton pressant.

Les époux échangèrent un regard intrigué.

— Avec Kristín et Steina, répondit Margrét. Faut-il l'appeler ?

— Non… Pas tout de suite, répliqua Tóti.

Il retira ses gants pour explorer les poches de sa chemise.

— Tenez, reprit-il en tendant à Jón la lettre du commissaire.

— De quoi s'agit-il ?

— C'est un message de Blöndal. Il a fixé la date de l'exécution.

Lauga poussa un cri.

— Quand aura-t-elle lieu ? demanda Jón à mi-voix.

— Le douzième jour de janvier, répondit Tóti. Et nous sommes le six. Vous ne le saviez pas ?

Jón secoua la tête.

— Non. Il a fait si mauvais que nous n'avons pas mis le nez dehors.

Le révérend acquiesça tristement.

— Maintenant, vous le savez !

— Allez-vous le lui annoncer ? s'enquit Lauga en les dévisageant tour à tour.

Margrét tendit la main vers Tóti et referma ses doigts sur les siens.

— Vous êtes brûlant, constata-t-elle. Restez là. Je vais chercher Agnes. Elle préférera l'apprendre de vous, j'en suis sûre.

Le révérend me parle, mais je n'entends pas ce qu'il dit. J'ai l'impression que nous sommes sous l'eau, la lumière vacille au-dessus de nos têtes et je vois les mains du révérend s'agiter, il prend mes poignets puis les lâche, on dirait un noyé luttant pour s'agripper à la bouée qui le maintiendra à la surface. Il est si maigre… Un vrai squelette ! D'où vient toute cette eau ? Je crois que je ne respire plus.

Agnes. Agnes, je suis là. Je ne vous quitterai pas.

Voilà ce qu'il me dit.

Agnes. Agnes !

Il est vraiment gentil avec moi, il m'enlace par les épaules pour me réconforter, mais je ne veux pas qu'il s'approche. Sa bouche s'ouvre et se ferme, s'ouvre et se ferme – on dirait un poisson. Les os pointent sous la peau de son visage comme des couteaux, mais je ne peux rien pour lui, je ne comprends pas ce qu'il veut. Il faut être, comme moi, traînée vers sa propre mort pour savoir ce que c'est : mon cœur a durci d'un seul coup. Je porte un nid de pierres dans la poitrine ; et dans ce nid ? Rien. Je ne suis plus qu'une coquille vide. Stérile. N'attendez pas : je ne produirai plus rien. Je suis le poisson moribond dans l'air glacé, l'oiseau déjà mort sur la grève. En moi, tout s'est asséché. Je ne suis pas certaine de saigner quand ils me trancheront le cou. Mais si, Agnes. Tu es encore tiède ! Ton sang rugit encore dans tes veines comme le vent d'hiver. Ecoute-le s'enrouler autour de ton cœur. Vois comme il secoue le nid vide ! Où sont partis les oiseaux ? mugit-il. Où sont-ils partis ?

— Agnes ? Agnes ? Je suis là. Je suis avec vous.

Penché sur Agnes, Tóti la dévisageait avec anxiété. Les yeux rivés au sol, la respiration entrecoupée, elle se balançait d'avant en arrière, faisant grincer le tabouret sous son poids. Il sentit sa gorge se nouer, ses yeux le picoter, mais il s'interdit de pleurer. Toute la maisonnée se tenait derrière lui, sur le seuil de la cuisine, observant la scène.

— Vous devriez peut-être lui donner un verre d'eau, suggéra Steina.

— Non, objecta Jón. Ça ne suffira pas.

Il se tourna vers les garçons de ferme.

— Bjarni ? Allez chercher le schnaps.

Le jeune homme s'exécuta. Ce fut Margrét qui porta la bouteille aux lèvres d'Agnes.

— Tenez, dit-elle. L'alcool vous fera du bien.

Agnes en recracha une bonne partie sur son châle, mais ce qu'elle avala la tira de sa stupeur.

— Combien de jours ? s'enquit-elle.

— Six, répondit doucement Tóti.

Il prit sa main dans la sienne, avant d'ajouter :

— Je suis là. Je ne vous quitterai pas.

De sa main libre, elle enfonçait ses ongles dans la chair de son bras. Pour ne pas crier, peut-être ? songea-t-il avec désarroi.

— Révérend Tóti ?

— Oui, Agnes ?

— Je pourrais peut-être les supplier ? Si j'allais voir Blöndal, il changerait peut-être d'avis ? Et si vous tentiez de lui parler, révérend ? Si vous alliez le voir pour tout lui expliquer, il vous écouterait ! Parce qu'ils ne peuvent pas…

— Je suis là, Agnes, interrompit-il en posant la main sur son épaule. Je suis là.

Elle le repoussa brusquement.

— Non ! Il faut tout essayer ! Il faut les convaincre, révérend ! Je vous en supplie !

Margrét fit claquer sa langue contre son palais.

— C'est injuste, murmura-t-elle. Elle n'y était pour rien.

— Comment ? s'exclama Tóti en se retournant. Pourquoi dites-vous cela, Margrét ? Agnes vous a-t-elle parlé ?

La maîtresse de maison acquiesça, les yeux brillants de larmes. Quelqu'un pleurait derrière elle – une de ses filles, sans doute.

— Oui, elle m'a parlé, confia-t-elle d'une voix brisée. Une nuit. Nous n'arrivions pas à dormir. C'est tellement injuste… Oh, Seigneur ! Y a-t-il quelque chose à faire ? Tóti, que pouvons-nous faire pour l'aider ?

Visiblement bouleversée, elle n'attendit pas la réponse et s'engouffra dans le couloir, le corps secoué de sanglots. Son mari la suivit.

Agnes tremblait, les yeux fixés sur ses mains.

— Je ne peux plus les bouger, énonça-t-elle. Je ne peux plus les bouger.

Tóti referma de nouveau ses doigts sur les siens. Il n'aurait su dire qui, d'elle ou de lui, tremblait le plus violemment.

— Je suis là, Agnes. Je ne vous quitterai pas.

Il ne trouvait pas d'autres mots.

Pour ne pas m'effondrer, je pense à de petites choses. Le drap sur ma peau ; ma respiration – je la veux aussi profonde et aussi discrète que possible ; le courant d'air froid qui traverse le badstofa. Un courant d'air qui te traverse comme si tu n'étais pas là, comme s'il se fichait de savoir si tu es morte ou vive, puisqu'il sera encore là quand tu seras partie, tout comme le vent qui plaque l'herbe au sol se fiche de savoir si la terre est gelée ou non, puisqu'elle gèlera et dégèlera encore. Bientôt tes os, que réchauffent ton sang et ta moelle épinière, seront secs et cassants ; ils s'effriteront, ils gèleront et dégèleront sous le poids de la terre accumulée sur ta tombe, les dernières gouttes d'eau de ton corps seront aspirées par les brins d'herbe qui poussent à la surface. Puis viendra le vent qui couchera l'herbe et te plaquera contre les rochers, t'arrachera au sol de ses ongles acérés et t'emportera, en hurlant, vers la mer dans un grand tourbillon de neige.

Le révérend Tóti veilla sur Agnes jusqu'à ce qu'elle finisse par s'endormir, bien après minuit. Assise à l'autre extrémité du badstofa, Margrét les couvait d'un regard inquiet. Bientôt, le pasteur s'assoupit à son tour, adossé au montant du lit. Le voyant frissonner, elle se leva et l'enveloppa dans une couverture. Elle faillit le réveiller pour l'installer sur une couchette libre, puis se ravisa. Il refuserait sans doute de quitter le chevet d'Agnes.

Elle regagna sa place, tricota encore un moment, et posa son ouvrage. Le souvenir de Hjördis, et des heures qui avaient précédé sa mort, revenait la hanter. Il y avait des mois qu'elle n'avait pas pensé à cette pauvre servante – la dernière fois, c'était le soir de l'arrivée d'Agnes –, mais, cette nuit, tout contribuait à raviver ses souvenirs : la mort annoncée de la prisonnière, l'attente morbide, la lumière qui brûle tard dans la nuit, les sanglots qui vous laissent épuisée… Margrét promena un long regard sur la maisonnée endormie. La couchette de Lauga était inoccupée.

Où sa fille était-elle passée ?

Margrét se leva. Aussitôt, une quinte de toux la courba en deux. Elle tomba à genoux et toussa jusqu'à ce qu'un caillot de sang jaillisse de ses poumons. Pantelante, elle resta un moment à quatre pattes avant de pouvoir se remettre debout.

Il lui fallut plusieurs minutes pour trouver Lauga. Elle n'était ni dans la cuisine, où les braises dispensaient encore une douce chaleur, ni dans la laiterie. Restait la remise, où Margrét entra à petits pas en tenant la chandelle haut devant elle.

— Lauga ?

Un murmure étouffé s'éleva du fond de la pièce, où les plus gros tonneaux avaient été entreposés.

— Lauga, c'est toi ?

La flamme de la bougie projeta l'ombre de Margrét sur les murs avant d'éclairer une silhouette recroquevillée derrière un sac de grain à moitié plein.

— Mamma ?

— Lauga ! s'écria Margrét en s'approchant. Qu'est-ce que tu fais là ?

Sa fille plissa les yeux, éblouie par la bougie qu'elle tendait vers son visage.

— Je… Rien, répondit-elle. Rien de spécial.

Elle s'était redressée, révélant à contrecœur son visage mouillé de larmes.

— Quelque chose ne va pas ? insista Margrét.

— Non, mamma. Tout va bien.

— Je t'ai cherchée partout !

— Pardonnez-moi. J'avais besoin d'être seule.

Elles échangèrent un long regard sous la lueur vacillante de la chandelle.

— Allons… au lit, maintenant ! murmura Margrét.

Elle tendit la bougie à Lauga et la suivit sans mot dire jusqu'au badstofa.

Fridrik n'a jamais trouvé l'argent qu'il cherchait. Même cette nuit-là, quand il a pu vider la malle de Natan, il n'a rien trouvé. *Agnes, Agnes, où l'a-t-il enterré ? L'a-t-il mis dans une bourse ? Caché sous son lit ?* Trop tard. Mes doigts étaient déjà luisants de la graisse de baleine étalée sur les boiseries et mêlée au sang répandu sur le sol, la lampe avait déjà roulé sur le plancher et Sigga avait déjà hurlé en entendant le verre se briser contre le montant d'une couchette.

Ils veulent me faire manger, mais j'en suis incapable. Dites-leur, Tóti ! N'essayez pas de me nourrir ou je vous mordrai. Je mordrai la main qui me nourrit, la main qui refuse de m'aimer, la main qui me trahit. Où est mon caillou ? Vous ne comprenez pas ! Je n'ai plus rien à vous dire. Et les corbeaux ? Où sont les corbeaux ? Jóas les a tous chassés et ils ne m'adressent plus la parole. C'est injuste. Voyez ce que je fais pour eux ! Je mange des cailloux, je me brise les dents, mais ça ne leur suffit pas : ils refusent toujours de me parler. Seul le vent me fait encore des confidences. Il me parle mais je ne comprends rien, il hurle comme une veuve éplorée et me quitte sans attendre de réponse.

Tu te perdras. Pour toi, ni dernière demeure ni funérailles. Rien qu'une interminable errance, un voyage avorté qui te mène partout et nulle part sans jamais te montrer le chemin du retour, car il n'y a pas de retour – nulle demeure, rien que cette île glacée et tes restes obscurs dispersés à sa surface jusqu'à ce que tu épouses le vent et sa solitude. Tu ne rentreras pas chez toi, tu es appelée à disparaître, le silence te réclamera, il engloutira ta vie sous ses eaux noires, il fabriquera des étoiles qui pourraient se souvenir de toi, mais si c'est le cas, elles ne diront rien. Elles ne diront rien, je le sais, et si personne ne prononce plus ton nom, on t'oubliera. Je sombre déjà dans l'oubli.

La veille de l'exécution, la famille de Kornsá se réunit au complet dans le badstofa. Steina, les joues sillonnées de larmes, avait disposé des lampes un peu partout pour chasser les ombres tapies dans les coins. Assis sur leurs couchettes respectives, dos au mur, les domestiques observaient Tóti et Agnes qui se tenaient la main, blottis l'un près de l'autre sur le lit de la prisonnière. Le révérend lui parlait à mi-voix ; parcourue de longs frissons, elle scrutait le sol en silence.

Jón les rejoignit après avoir nourri les bêtes. Il se laissa choir sur sa couchette, près de Margrét, et se pencha pour délacer ses bottes. Son épouse posa son ouvrage et se leva pour l'aider à ôter son manteau. Ensuite, elle demeura au milieu de la pièce, le vêtement usé entre les mains, comme si elle ne savait qu'en faire.

Steina se redressa. Près d'elle, Lauga fixait la flamme de la lampe d'un air impassible.

— Mamma ? dit Steina. Donnez-moi ça.

Margrét pinça les lèvres et lui tendit le manteau mouillé sans un mot. Puis elle se mit à genoux et se pencha sous son lit en réprimant une quinte de toux.

— Steina ? Viens m'aider, s'il te plaît.

Sa fille se pencha à son tour et l'aida à tirer un coffre en bois peint de sous la couchette.

— Pose-le sur le lit, à côté de Jón.

Steina le hissa tant bien que mal sur les couvertures. Un nuage de poussière s'éleva dans l'air froid. Margrét ouvrit le fermoir en acier et rabattit le couvercle. Le coffre était rempli de vêtements.

Elle lança un regard vers Agnes, qui continuait de trembler, et sortit du coffre un très beau châle blanc. Elle s'avança vers la prisonnière, se pencha et drapa le lainage autour de ses épaules.

Tóti chercha son regard dans la pénombre et lui offrit un sourire crispé, le visage blême.

Margrét regagna sa couchette et se remit à fouiller dans le coffre sans accorder un regard au reste de la maisonnée, qui l'observait avec attention. Elle sortit d'abord une jupe de couleur sombre, au pourtour entièrement brodé, et l'étala avec soin sur les couvertures. Puis vinrent un chemisier en coton blanc, un corset brodé et un tablier à rayures. Elle lissa chaque vêtement des deux mains pour estomper les plis.

— Que faites-vous, mamma ? demanda Steina.

— Le moins qu'on puisse faire, répondit posément Margrét.

Elle promena un regard sur la petite assemblée, comme si elle s'attendait à des objections, puis elle ferma le coffre d'un coup sec et fit signe à Steina de le replacer sous la couchette.

Ensuite, Margrét demeura immobile quelques instants, les yeux tournés vers Lauga. Puis elle traversa le badstofa en quelques enjambées et se posta devant sa fille cadette, la main tendue.

— Ta broche, dit-elle.

Lauga leva les yeux vers elle, bouche bée. Après une légère hésitation, elle se leva et se pencha sous son lit pour sortir le bijou. Puis, réprimant ses larmes, elle le remit à sa mère. Margrét se retourna, posa la broche en argent sur le corset étalé sur le lit, et reprit son tricot.

Il ne neige plus. Le monde s'est arrêté. Les nuages se sont figés dans le ciel comme des cadavres. Seuls les corbeaux bougent encore. Les corbeaux et les habitants de Kornsá – mais qui est qui ? J'ai du mal à les distinguer. Ils sont tous en noir et me tournent autour en attendant l'heure du repas. Et le temps ? Parti, lui aussi. Envolé avec l'été. Je suis au-delà du temps. Le révérend ? Il m'attend près du gué de Gönguskörd. Penché sur le sol, il cherche un squelette sous la mousse, la lave, les cendres.

Margrét me prend la main. Elle serre si fort mes doigts dans sa paume qu'elle me fait mal. Elle me fait mal !

— Vous n'êtes pas un monstre, dit-elle.

Ses joues sont rouges. Comme ses lèvres, qu'elle mord pour retenir un sanglot. Ses doigts sont brûlants et enduits de graisse.

— Ils vont me tuer.

Qui a dit ça ? Est-ce moi qui ai dit ça ?

— Nous ne vous oublierons pas, Agnes.

Elle referme encore l'étau de ses doigts sur les miens. Des larmes de douleur me viennent aux yeux. Je vais pleurer. Je pleure. Je ne veux pas qu'ils se souviennent de moi. Je veux rester là !

— Margrét !

— Oui, Agnes. Là… Ça va aller, ma fille. Ma petite fille.

J'ouvre la bouche, mais un poids pèse sur ma langue. Je suffoque, je crache. Un caillou roule au sol. Je jette un regard à Margrét : elle n'a rien remarqué.

— J'avais un caillou dans la bouche, dis-je.

Son visage se plisse d'incompréhension. Je n'ai pas le temps de m'expliquer : déjà, elle passe mes mains à Steina, comme si j'étais un talisman ou un morceau de pain destiné à la communion. Steina serre brièvement ses doigts glacés sur ma main, puis la relâche pour m'enlacer. Ses sanglots me déchirent les tympans, mais je m'accroche à elle parce que la chaleur de son corps me fait du bien, parce que je ne sais plus à quand remonte la dernière fois où quelqu'un m'a prise dans ses bras, la dernière fois où quelqu'un m'aimait assez pour poser sa joue contre la mienne.

— Je suis désolée, m'entends-je dire. Je suis vraiment désolée.

De quoi suis-je désolée ? Je l'ignore. Leurs mots et les miens jaillissent de nos bouches comme des bulles d'air. Je fais tout mon possible pour ne pas me remettre à pleurer, j'en ai le dos brisé – ne pas pleurer, ne pas pleurer, mais je pleure tout de même. Des larmes coulent sur mon visage. Les miennes ou celles de Steina ? Je ne sais pas. Tout est mouillé. Est-ce l'océan ?

— Vont-ils me noyer ?

Lauga secoue la tête.

— Agnes, murmure-t-elle. Agnes…

— C'est la première fois que vous m'appelez par mon prénom, dis-je.

Il n'en faut pas davantage : elle s'effondre comme si je lui avais transpercé l'estomac d'un coup de couteau.

— C'est l'heure. Nous devrions nous mettre en route, déclare Tóti.

J'aimerais me tourner vers lui mais je ne peux pas. Nous sommes tous sous l'eau et je ne sais pas nager.

— Je vais vous aider.

Une main se ferme sur mon bras et on me soulève vers le ciel. L'espace d'un instant, je crois que je vais me cogner la tête dans les nuages, puis je comprends : ils m'ont juchée sur un cheval. Tel un cadavre qu'on emmène au cimetière. Ils vont me mettre en terre, et la terre m'avalera comme un petit caillou. Les corbeaux tournoient dans le ciel, mais quels oiseaux volent sous l'eau ? Et comment chantent-ils s'il n'y a pas de cailloux au sol pour les écouter ?

Natan le saura. Je dois penser à le lui demander.

La neige recouvrait la vallée comme un grand drap blanc. Ou un linceul prêt à accueillir le ciel inerte qui agonisait au-dessus d'elle.

C'est la fin, songea Tóti. Il mit son cheval au trot pour rattraper celui d'Agnes. Il ôta un gant puis, tenant les rênes d'une main, il se pencha et lui toucha doucement la jambe. Une odeur d'urine flottait dans l'air. Agnes lui jeta un regard hébété. Ses lèvres frémissaient, agitées de tremblements incontrôlables.

— Je suis désolée, énonça-t-elle.

Tóti s'efforça de retenir son regard, mais elle avait déjà reporté son attention sur la vallée. Ses yeux virevoltaient d'un lieu à l'autre sans jamais s'attarder.

— Agnes, murmura-t-il. Agnes, regardez-moi.

Elle obéit brièvement, et il lui sembla que le bleu de ses iris avait encore pâli, devenant presque blanc.

— Je suis là, dit-il, la main toujours posée sur sa jambe.

Jón Jónsson chevauchait à courte distance, le visage fermé. Tóti constata avec surprise que d'autres hommes les avaient rejoints, tous vêtus de noir, les joues enfouies sous leurs écharpes pour se protéger du froid. Ils avançaient en ordre dispersé, dans le cliquetis du mors de leurs montures et la buée qui s'échappait de leurs naseaux.

— Révérend ! cria une voix derrière lui.

Tóti se retourna. Un homme aux larges épaules galopait vers lui. Ses longs cheveux blonds dansaient sur ses épaules. Il sortit une flasque d'alcool de son manteau et la tendit au pasteur, qui l'accepta d'un hochement de tête. Il se pencha à son tour vers Agnes, lui prit la main et posa la flasque dans sa paume ouverte.

— Buvez, Agnes.

Elle lui jeta un regard étonné.

— Buvez, répéta-t-il. Ça vous fera du bien.

Elle dévissa le bouchon et porta des deux mains la bouteille à ses lèvres tremblantes. La première gorgée la fit tousser, mais Tóti l'encouragea à continuer. Elle recommença – sans cracher, cette fois. Il remarqua que ses dents tremblaient moins violemment.

— Buvez tout, Agnes, suggéra le cavalier aux cheveux blonds. Je l'ai apportée pour vous.

Elle repoussa les longues mèches brunes qui tombaient sur son front et se tourna vers l'inconnu. Elle le fixa.

— Merci, murmura-t-elle.

Après avoir chevauché un long moment, les cavaliers virent apparaître les premières collines de Vatnsdalshólar, au bout du défilé qui marquait l'entrée de la vallée. Tóti frissonna en les apercevant : elles paraissaient sinistres sous la lumière bleutée.

Agnes avait enfoncé son menton dans les châles enroulés autour de son cou, et ses cheveux étaient retombés sur son visage, masquant son regard. S'est-elle assoupie après avoir bu une bonne partie de la flasque d'eau-de-vie ? se demandait Tóti.

Quand les chevaux s'arrêtèrent, elle redressa brusquement la tête.

— Sommes-nous arrivés ? chuchota-t-elle à Tóti en désignant l'entrée de la vallée.

Elle avait recommencé à trembler. Le révérend descendit de cheval et le confia à l'un des cavaliers. Il secoua la tête pour se défaire de la nausée qui le submergeait et fit quelques pas dans la neige fraîche. Elle crissa sous le poids de son corps.

— Je vais vous aider à descendre, dit-il à Agnes en lui tendant la main.

Elle acquiesça, mais ne fit pas un geste. Jón et l'un de ses compagnons aidèrent Tóti à la faire glisser le long des flancs de l'animal. Lorsqu'ils la posèrent au sol, elle tituba et tomba la tête la première.

— Agnes ! Donnez-moi la main.

Elle leva vers lui des yeux pleins de larmes.

— Je ne peux plus bouger, avoua-t-elle. Mes jambes ne m'obéissent plus.

Tóti se pencha et passa son bras autour des épaules de la condamnée. Seulement, lorsqu'il tenta de la soulever, les forces lui manquèrent et ils chutèrent de nouveau, s'enfonçant profondément dans la neige fraîche.

— Révérend ! s'exclama Jón en se précipitant vers eux. Je vais vous aider…

— Non !

Tóti avait crié plus fort qu'il ne l'aurait voulu. Il dévisagea les hommes rassemblés en cercle autour de lui. Agnes s'était agrippée à son bras.

— Non, répéta-t-il plus calmement. Laissez-moi. Je veux, je dois, la porter moi-même.

Les hommes reculèrent. Tóti se mit à genoux dans la neige, puis se redressa lentement. Une fois debout, il vacilla, saisi de vertige. Fermant les yeux, il prit une profonde inspiration.

Ne faiblis pas. Respire.

Le malaise s'estompa. Tóti se pencha et tendit la main à Agnes.

— Prenez-la, dit-il. Prenez ma main.

Elle ouvrit les yeux. Et obéit, enfonçant ses ongles dans la chair de son poignet.

— Ne me lâchez pas, murmura-t-elle.

— Je ne vous lâcherai pas, Agnes. Je suis là.

Serrant les dents, il la tira vers lui, puis il passa un bras autour de sa taille pour la soulever et l'arracher à la neige. L'odeur d'urine et d'excréments qui montait de ses jupes s'était accentuée, mais il n'en tint pas compte.

— Et voilà ! dit-il en la posant au sol avec douceur. Je vous tiens bien.

Ils n'étaient pas seuls sur le chemin : les fermiers du canton commençaient à affluer vers les trois collines choisies par Blöndal. Une quarantaine d'hommes se tenaient au pied de celle du milieu, tous vêtus de noir. On dirait des vautours encerclant leur proie, songea Tóti.

— Faut-il aller avec eux ? demanda Agnes d'une voix blanche.

— Non. Nous allons marcher encore un peu, puis nous attendrons, expliqua-t-il. Fridrik ira en premier.

Agnes hocha la tête. De sa main libre, le révérend repoussa délicatement ses longs cheveux pour dégager son visage, puis il fit un pas en avant, l'entraînant lentement avec lui. Il enjamba maladroitement une congère, et parvint à hisser

Agnes sur une grosse touffe d'herbe couverte de neige. Le souffle court, il se laissa choir près d'elle. Jón les rejoignit. Il s'accroupit et ramassa la flasque d'alcool que Tóti avait laissée échapper de sa main gantée. Il en avala une gorgée en grimaçant.

Les minutes s'égrenaient. Tóti s'efforçait d'ignorer la morsure du froid. Il tenait fermement la main de la condamnée dans la sienne ; elle avait posé sa tête sur son épaule.

— Voulez-vous prier avec moi, Agnes ?

Elle ouvrit les yeux et fixa la ligne d'horizon.

— Je les entends chanter, dit-elle.

Tóti se tourna vers l'endroit d'où venait le chant. Il reconnut les premières mesures de « Tout comme la fleur », un hymne funèbre traditionnel. Agnes écoutait en tremblant, les yeux écarquillés.

— Ecoutons-le ensemble, murmura-t-il.

Il noua un bras autour de ses épaules. Les couplets s'élevaient dans l'air glacé, puis retombaient sur eux comme une bruine légère.

Jón s'était agenouillé dans la neige. Les mains jointes sur sa poitrine, il récitait le Notre Père à voix basse.

— « Seigneur, pardonne-nous nos offenses comme nous pardonnons à ceux qui nous ont offensés… »

Agnes laissa échapper un cri de panique.

— Tóti… Tóti, je ne suis pas prête. Je ne crois pas que ce soit le moment… Pouvez-vous les faire attendre ? Il faut qu'ils attendent !

Il l'attira plus près de lui et serra sa main dans la sienne.

— Je ne vous quitterai pas. Dieu est avec nous, Agnes, tout autour de nous. Jamais je ne vous quitterai.

La condamnée leva les yeux vers le ciel gris. Soudain, le son du premier coup de hache résonna à travers la vallée.

Ce jour, les criminels Fridrik Sigurdsson et Agnes Magnúsdóttir ont été transférés de leur lieu de détention au lieu retenu pour l'exécution. Ils étaient accompagnés des révérends Magnús Arnason, Gísli Gíslason, Jóhann Tómasson et du sous-révérend Thorvardur Jónsson. Les condamnés avaient souhaité que ces deux derniers prêtres les préparent à leur mort prochaine. Après que le révérend Jóhann Tómasson eut prodigué un ultime sermon d'admonestation au condamné Fridrik Sigurdsson, la tête de Fridrik fut tranchée d'un seul coup de hache. Le fermier Gudmundur Ketilsson, qui officiait comme bourreau, s'est acquitté de la mission qui lui avait été confiée d'une main vaillante et sûre. La criminelle Agnes Magnúsdóttir, qui avait été placée sous bonne garde à plusieurs mètres de distance, dans un endroit d'où elle ne pouvait voir le billot d'exécution, fut alors amenée. Après que le sous-révérend Thorvardur Jónsson l'eut dûment préparée à la mort, le bourreau lui a tranché la tête avec la même adresse qu'auparavant. Les têtes des condamnés ont été plantées sur des piques près du billot d'exécution, tandis que leurs corps étaient enfermés dans des cercueils en bois blanc, puis enterrés avant que la foule se soit dispersée. Tout s'est déroulé dans le calme, et la matinée s'est conclue par une courte adresse du révérend Magnús Arnason aux personnes présentes.

Actum ut supra.
B. Blöndal, R. Olsen, A. Arnason
Extrait du registre du tribunal du Húnavatn, 1830

Note de l'auteur

Ce roman est une œuvre de fiction basée sur des faits réels. Condamnée pour sa participation au meurtre de Natan Ketilsson et de Pétur Jónsson dans la nuit du 13 au 14 mars 1828 à Illugastađir, sur la péninsule de Vatnsnes, tout au nord de l'île, Agnes Magnúsdóttir fut la dernière personne à être exécutée en Islande. Exhumés en 1934, les restes d'Agnes et de Friđrik Sigurđsson ont été transportés de Þrístapar au cimetière de Tjörn, où ils reposent dans le même caveau. Le nom de Natan Ketilsson, enterré dans le même cimetière, n'est plus lisible sur sa pierre tombale. Sigríđur Guđmundsdóttir fut graciée et condamnée à une peine de travaux forcés. Elle fut employée à la fabrication de colorants textiles dans un pénitencier de Copenhague, où elle mourut, quelques années plus tard. Selon une autre version des faits, très répandue à l'époque, la jeune fille aurait été libérée par un homme fortuné auprès duquel elle aurait vécu heureuse jusqu'à ses vieux jours. Bien qu'inexacte, cette fable témoigne de la sympathie dont jouissait Sigríđur auprès de la population locale.

J'ai fondé mon interprétation des meurtres d'Illugastađir et ma description de l'exécution sur plusieurs années de recherche, au cours desquelles j'ai consulté les archives et les registres paroissiaux, les recensements de population, les publications locales, et parlé à de nombreux Islandais. Si certains personnages ont été inventés, d'autres omis ou dotés d'un patronyme différent, la majorité d'entre eux, notamment Björn Blöndal, Þorvarður Jónsson, la plupart des habitants de Kornsá, ainsi que les parents, le frère et la sœur d'Agnes, figurent dans les documents historiques.

J'espère sincèrement que les descendants des personnes dont j'ai emprunté le nom pour raconter l'histoire d'Agnes ne verront aucune offense dans mes écrits : je n'ai jamais eu l'intention de blesser quiconque en écrivant ce roman.

Une grande partie des lettres et des textes qui ouvrent les différents chapitres du livre ont été traduits et adaptés à partir de documents islandais. Les ruines de l'atelier de Natan sont toujours visibles à Illugastaðir, et une plaque de granit marque le lieu de l'exécution à Þrístapar. Tous les noms de lieux évoqués ici sont exacts, et la majorité des fermes citées sont encore habitées et exploitées aujourd'hui.

L'ensemble des éléments historiques relatifs à la vie d'Agnes et aux meurtres d'Illugastaðir figure dans le roman ; le déroulement des événements reprend la chronologie que j'ai pu établir d'après les archives, ou reflète les hypothèses que j'en ai tirées : ce sont des fictions vraisemblables. Les fermiers de Kornsá ont effectivement détenu Agnes après son incarcération à Stóra-Borg, et c'est elle qui avait requis le soutien du sous-révérend Þorvarður Jónsson dans les semaines précédant son exécution. J'ai imaginé les circonstances de leur première rencontre, le rêve d'Agnes, et la nature de leurs relations à partir des récits écrits ou oraux que j'ai recueillis dans la région. Enfin, l'excellent niveau d'alphabétisation dont font montre mes personnages est historiquement exact : dès la fin du XVIIIe siècle, la quasi-totalité de la population islandaise savait lire et écrire.

Je dois beaucoup aux travaux de certains chercheurs – en particulier à ceux de Gísli Agust Gunnlaugsson, d'Olöf Garđarsdóttir, de Loftur Guttormson, de Gunnar Thorvaldsen, de Sören Edvinsson, de Richard Tomasson et de Sigurđur Magnússon, qui ont abondamment publié sur le statut des enfants abandonnés, la mortalité infantile, les enfants nés hors mariage et les liens de parenté dans l'Islande du XIXe siècle. Je me suis également appuyée sur les écrits de voyageurs étrangers ayant séjourné en Islande au XIXe siècle : les récits d'Ebenezer Henderson, John Barrow, Alexander Bryson, Arthur Dillon, William Hooker, Niels Horrebow, sir George Mackenzie et Uno Von Troil m'ont été fort utiles. La lecture du *Húnavetningur*, du *Sagnaþættir úr Húnaþing* et du *Húnavatnsþing Brandsstađaannáll* s'est aussi révélée infiniment précieuse.

Il existe un grand nombre de publications remarquables sur les meurtres d'Illugastađir et la vie (et la mort) de Natan Ketilsson. Je pense notamment à *Enginn Má Undan Líta*, de Guđlaugur Guđmundsson, à *Yfirvaldiđ*, de Þorgeir Þorgeisson, aux trois *Dauđi Natans Ketilssonar*, celui de Gunnar S. Þorleifsson, celui de Gutđrandur Jónsson, et celui d'Eline Hoffmann (traduit en islandais par Halldór Friđjónsson), à *Friđþæging*, de Tómas Guđmundsson, et à *Agnes of Friđrik fyrir og eftir dauđann*, de Sigrún Huld Þorgrímsdóttir. Bien que très utiles, certains de ces ouvrages et de ces articles se contredisent, et tendent à donner d'Agnes l'image d'une « sorcière inhumaine, attisant les pulsions meurtrières ». C'est pour offrir aux lecteurs un portrait plus contrasté de cette femme que j'ai écrit ce roman.

Remerciements

Je dois beaucoup aux nombreuses personnes qui m'ont aidée à me documenter, puis à écrire ce livre. Je remercie sincèrement Knútur Oskarsson et sa mère pour leur générosité, leur café et l'aide qu'ils m'ont apportée dans mes traductions. Nos longues conversations nocturnes à Osar restent gravées dans ma mémoire. Vous avoir rencontrés à ce moment précis de ma vie fut une grande chance. Merci également à Jón Torfason et à ses collègues archivistes aux îles Þjóðskjalasafn pour leur aide et leur enthousiasme. Sans eux, je n'aurais jamais retrouvé les lettres échangées pendant le procès. Merci à Guðmundur Jóhannsson pour sa lettre infiniment précieuse. Merci aux bibliothécaires et aux employés de la Þjóðminjasafn, de l'institut d'études islandaises Arni Magnússon, des bibliothèques Kringlan, Arbæjarsafn et Glumbær, pour leurs conseils et leur patience.

Ma gratitude va également à ma « famille islandaise » – *þakka þér kærlega fyrir*. Sans eux, ce roman n'aurait pas vu le jour. Pétur Björnsson, Regína Gunnarsdóttir, Hera Birgisdóttir, Halldór Sigurðsson, Sylvía Dögg Gunnarsdóttir et María Reynisdóttir m'ont dispensé leur gentillesse, ouvert leur chambre d'amis et fait bénéficier de leur immense générosité. Je leur voue une reconnaissance et une affection infinies. Je suis également très reconnaissante envers les nombreux autres Islandais qui ont contribué à l'élaboration de ce roman de mille et une façons. J'espère qu'ils liront ce livre comme la lettre d'amour (un peu vache) que j'ai voulu écrire à l'Islande.

Merci aux enseignants de la Flinders University, et tout spécialement à Ruth Starke, qui m'a soutenue dès le début. Merci à mes premières lectrices, Kylie Cardell et Kalinda Ashton, ainsi qu'à Kate Douglas, David Sornig et Bec Starford, pour leur amitié et les perches qu'ils m'ont tendues.

Mille mercis à Geraldine Brooks pour ses conseils et ses remarques judicieuses. Merci aux organisateurs du Writing Australia Unpublished Manuscript Award, aux employés du South Australia Writers' Centre, à Peter Bishop, Valerie Parv, Patrick Allington et Mark Macleod : leurs remarques bienveillantes m'ont été infiniment utiles.

Je dois beaucoup à la merveilleuse Pippa Masson et à ma chère Annabel Blay, chez Curtis Brown Australia. Merci à Gordon Wise, à Kate Cooper et à toute leur équipe chez Curtis Brown UK, ainsi qu'à Dan Lazar, chez Writers House. A Emma Rafferty, Sophie Jonathan, Amanda Brower et Jo Jarrah : merci pour votre regard attentif et vos suggestions judicieuses. Merci à mes formidables éditeurs – Alex Craig et Paul Baggaley chez Picador, Judy Clain chez Little, Brown – d'avoir cru en ce roman.

Enfin, mes remerciements les plus vifs vont à Pam, Alan et Briony pour leur affection et leur constance. Merci d'avoir aimé Agnes Magnúsdóttir autant que moi ! Et, le dernier mais pas le moindre : merci à Angharad de n'avoir jamais douté et de me rendre plus forte heure après heure, jour après jour.

FSC
www.fsc.org
MIXTE
Issu de sources responsables
FSC® C003309

Composition et mise en pages : FACOMPO, Lisieux

Imprimé en Allemagne par
GGP Media GmbH
à Pößneck
en avril 2014

Dépôt légal : mai 2014